COLECCIÓN DORADA
INTERÉS GENERAL

DE LOS AMORES NEGADOS

Ángela Becerra

DE LOS AMORES NEGADOS

Villegas
editores

Libro diseñado y editado en Colombia por
VILLEGAS EDITORES S. A.
Avenida 82 No. 11-50, Interior 3
Bogotá, D. C., Colombia
Conmutador (57-1) 616 1788
Fax (57-1) 616 0020
e-mail: informacion@VillegasEditores.com

Editor
BENJAMÍN VILLEGAS

Departamento de Arte
DAVID RENDÓN

Primera edición, septiembre 2003
Trigésima reimpresión, agosto 2010

ISBN, 978–958–8160–38–2

Preprensa, ZETTA COMUNICADORES

Impreso en Colombia por
PANAMERICANA FORMAS E IMPRESOS S. A.

VillegasEditores.com

A Cilia Acevedo y Marco T. Becerra,
con toda mi alma.

CONTENIDO

1. LA ANUNCIACIÓN

El ángel del Señor anunció a María…
y ella dijo: "… Hágase en mí, según su palabra"

Lucas 1:28

Esa mañana Fiamma se había soñado con un arcángel de alas suavísimas que le iba llevando por los aires y ella reía a carcajadas sueltas. Siempre había creído que los sueños eran presagios negativos disfrazados de alegría.

Se levantó con desgana y empezaron a escurrirle pensamientos entre el agua y el jabón que le lavaban. Se dio cuenta que mientras se frotaba la piel, en realidad estaba tratando de quitar una mancha que de repente había descubierto en su mente.

Para remate, el día había amanecido amodorrado, cargado de espesas nubes que parecían burras de carga. Ese día atravesaría la bahía caminando. Hacía un calor húmedo y derretido, de esos que se pegan al cuerpo y acompañan a la fuerza. Apesadumbrada, abrió el armario y mientras sacaba las sandalias de un cajón, guardó sus pensamientos premonitorios en otro.

Desayunó sin hambre unos trozos de papaya y piña y con el último trozo en la boca salió a la calle.

Le encantaba respirar el aliento destemplado del puerto; ese olor a sal mojada y a mojarra recién pescada. Miró el reloj y se dio cuenta lo tarde que era. Si no se daba prisa llegaría tarde a la cita que tenía con aquella periodista que quería sacarla en su programa Gente que cura, que se emitía los martes en la principal cadena de televisión. Cogió su atajo preferido. La Calle de las Angustias había sido su sempiterno trayecto de infancia, el camino que cada mañana la llevaba al colegio. En aquel entonces se entretenía enumerando fachadas de colores. Allí seguían sin envejecer aquellas enormes casas de pórticos nobles y colores primarios; parecía como si un dios pintor hubiese derramado sin mesura toneles de pintura sobre ellas; rojos, azules y naranjas vibraban rotos por aquella extraña casa violeta que tanto le había intrigado y a la que había bautizado como flor oriental.

Aceleró el paso. Hacía ya tiempo que evitaba pensar demasiado. Sus días se habían convertido en un ir y venir de sueños frustrados; una monotonía vestía como uniforme su alma y le impedía disfrutar de nada. Hoy sería distinto, pensó. Tendría algo diferente que hacer.

Iba distraída pensando en la entrevista cuando un grito desgarrado venido del cielo no pudo prevenirla de lo inevitable.

Una presión brutal la cegó despegándola del mundo. Elevándola a un estado placentero de inconciencia total. Aterrizándola en el cemento ardiente. Lo último que vio fue una mancha negra, caliente y líquida. No llegó a enterarse del ángel que bajando en picado desde el cielo acababa de caerle encima.

Fiamma quedó tendida en el andén. Un hilo de sangre fue tiñéndola de rojo. A su lado un ángel con cara plácida y cuerpo partido en dos esperaba el auxilio de su dueña.

La mujer que desde una terraza había gritado tratando inútilmente de evitar el accidente, había sido la causante de éste. Mientras situaba la última adquisición de su colección de ángeles entre sus madreselvas, había dejado escapar de sus manos la valiosa pieza.

El ulular de una ambulancia fue atrayendo vecinos y transeúntes ávidos de morbosidades accidentales.

La mujer del ángel, horrorizada con lo que acababa de provocar, descendió a trompicones los cuatro pisos que la separaban del exterior y, abriéndose paso entre el tumulto curioso, llegó hasta el lugar donde yacían los dos cuerpos. Comprobó —sin que se le notara apenas— que su ángel tenía arreglo y que la mujer respiraba.

Cuando Fiamma abrió los ojos se encontró rodeada de caras de mulatitos espantados y con un rostro blanquísimo de mujer que la miraba fijo con sus ojos de largas pestañas y le decía algo que ella no escuchaba. Había olvidado quién era. Qué hacía allí. Dónde estaba. Lo único que sentía era un dolor agudo en su nariz.

Al llegar la ambulancia Fiamma continuaba desorientada y desmemoriada. Los camilleros gritaban pidiendo paso. Sin darse cuenta Fiamma se vio metida en el vehículo, escoltada por una extraña que se había empeñado en acompañarla después de que los enfermeros le habían preguntado si era pariente o algo de la accidentada.

Mientras iba camino al hospital, su cabeza giraba al loco ritmo de la sirena y, aunque todos sus signos vitales eran correctos, su desmemoria era evidente.

En medio de un tráfico infernal, la ambulancia coronó las urgencias del Hospital del Divino Dolor. Fiamma fue conducida por un pasillo lleno de camillas ocupadas por parturientas, ancianos y borrachos en coma etílico, mientras la mujer del ángel tuvo que quedarse en la sala de espera, sin poder dar más datos que los propios, pues desconocía la identidad de su víctima.

En medio de esas paredes blanquecinas y descuidadas a Fiamma le fue invadiendo aquel olor a desinfección que tanto odiaba. Aquella pestilencia a formol le resucitó el primer recuerdo.

Aborrecía las salas de urgencia de los hospitales. En realidad no era un rechazo al sitio, aunque ella lo había puesto en el mismo paquete, era el olor a muerte. Algo que se le había metido en su nariz a los dos años, cuando había visto, y sobre todo olido, a su abuela dentro del ataúd. A la hora de embalsamarla, al encargado de la funeraria se le había ido la mano vertiendo el contenido de un galón de formol sobre su cuerpo. Años después, cuando fueron a enterrar al abuelo encima de la abuela, Fiamma la había vuelto a ver intacta envuelta en aquel tufo a desinfección que estuvo a punto de resucitar al muerto. De aquel olor Fiamma no había podido librarse nunca. Ahora, gracias a él, poco a poco le había ido llegando su identidad. Lo más remoto y lo inmediato. Desde sus retazos de infancia hasta la cita a la que acudía en el momento de no sabía qué. Tardó los minutos justos para comprobar que sentía manos y pies, entonces reaccionó como resucitada. Se levantó de golpe con una idea clara: necesitaba escapar del hospital. Su fobia era peor que su malestar. Se escurrió entre camillas hasta meterse en la primera puerta que encontró, un lavabo. Allí examinó su nariz hinchada y comprobó que el hematoma se resolvería sin más cuidados que los caseros.

Pudo escabullirse por la sala de espera sin que nadie notara su salida, salvo la mujer del ángel que decidió seguirla.

Empezó a huir como alma que lleva el diablo, temiendo que algún enfermero le llamara la atención. Mientras caminaba la brisa salada la fue regenerando. Le dolía todo, pero se acordaba de todo. Había pasado un susto de muerte. Lo que aún no entendía era qué le había pasado para haber perdido el conocimiento.

Detrás, a pocos metros, con sus zapatos de charol rojo y su impecable vestido de chaqueta verde, la seguía su sofisticada agresora fortuita, quien, al darse cuenta que Fiamma había parado un taxi, se adelantó y presentándose educadamente como Estrella Blanco, sin más preámbulos, se metió dentro con ella.

Llegaron a la Calle de las Angustias. El taxi se detuvo frente a una gran fachada amarilla. Estrella Blanco se había empeñado en llevar a Fiamma a su casa, después de insistirle sin éxito en regresar al hospital, y ésta había aceptado a desgana pues se encontraba sin fuerzas para pelear otra negativa. En el camino le había explicado cómo había sucedido todo sin parar de disculparse compulsivamente por su torpeza.

Cuando estaban atravesando el lujoso pórtico, Estrella empezó a contarle a Fiamma todas las piruetas que había tenido que hacer para conseguir el piso que estaba a punto de enseñarle. Le contó que aquella casa había pertenecido a una vieja aristócrata, coleccionista de arte sacro. Una dama culta y de refinados modales. Mientras hablaba, abrió el viejo portal de hierro. El chirrido de la puerta les destempló los dientes. Era una vieja y elegante casa de pisos que en siglos anteriores había albergado a nobles familias. Tomaron el ascensor hasta llegar arriba de todo.

Al entrar, se encontraron en el recibidor al agresor. Lo había subido el portero después del accidente. El ángel partido en dos era un antiguo mascarón de proa, una bella talla en madera del siglo XVI. Estrella se acercó a él y se entretuvo acariciando las posibilidades de restauración. Fiamma la observaba sorprendida; no dejaba de intrigarle el comportamiento de esa mujer. Se preocupaba más por aquella pieza de anticuario que por ella. No paraba de hablar superficialidades. O estaba muy nerviosa o era una frívola. Prefirió no juzgarla; como sicóloga estaba acostumbrada a toda clase de conductas. Por su consulta pasaban todo tipo de mujeres. Sus tardes eran un desfile variopinto de dolores, tics, desilusiones, manías, soledades y frustraciones, la mayoría de las veces disfrazadas de locuacidades o silencios.

Se dejó guiar por Estrella entre el amplio ático de techos altísimos y terraza volada, llena de ángeles que asomaban por entre madreselvas, buganvillas y naranjos. El canto de cientos de petiamarillos vestía el lugar de magia. Ese jardín había sido creado por un ser delicado, de alta sensibilidad, alguien que tal vez, pensó Fiamma, había amado mucho.

Estrella le fue contando detalles del jardín aéreo. De cómo lo había descubierto. Le dijo que nunca se había atrevido a modificar nada de ese rincón, pues lo consideraba un lugar sagrado, un santuario de amor. Le contó que la mujer que lo había creado había tenido una historia de amor muy contrariada y triste, que la había llevado a refugiarse entre ángeles para olvidar sus penas. Al final, de tanto tratar de olvidarlas, se había olvidado hasta de ella. Había muerto sin saber quién era. Se la había llevado un Alzheimer. Claro que de eso habían pasado varios siglos, y en aquel entonces lo del Alzheimer se desconocía, así que atribuyeron su muerte al amor.

Mientras la escuchaba, Fiamma pensó en tantas y tantas historias de amor frustrado que había llegado a escuchar en su consulta y se encontró imaginando ríos de lágrimas que bajaban por su escalera hasta crear el diluvio de los amores negados. Sin darse cuenta terminó concluyendo en voz alta que todos necesitaban de un sueño para vivir o se corría el grave riesgo de morir por partes.

Estrella había dejado el ángel en la terraza, que con sus brazos caídos y sus manos abiertas parecía suplicar. Sus magníficas alas con la luz tenue del día se desplegaban majestuosas como si estuvieran a punto de emprender vuelo. Si Martín hubiese estado

allí, pensó Fiamma mientras observaba el ángel roto,
habría dicho que eran alas de Botticelli; sabía tanto de
ángeles. De repente se sintió mareada. Estrella la cogió
por el brazo y la hizo recostar en el sofá. La sangre
perdida había ido a parar a su estómago, produciéndole una fastidiosa sensación que Fiamma aguantaba
en silencio. Como siempre, no quería molestar a nadie;
evitaba producir incomodidades ajenas aun a fuerza
de ocultar las propias. Así había sido desde niña; se
había ido tragando sus disgustos para satisfacer a los
demás y tenerlos contentos.

A pesar de no haberle pedido nada, Estrella fue a
la cocina y le trajo una humeante infusión de hier-
babuena hecha con hojitas arrancadas del jardín. El
olor silvestre de la taza la reanimó. Entre sorbo y
sorbo pasaron a tutearse, y terminaron finalmente
enfrascadas en una entretenida conversación, donde
Fiamma acabó olvidando del todo su incomodidad.

Mientras escuchaba, Fiamma se dedicó a observar
con ojos de lechuza la magnífica sala y la colección
de ángeles más maravillosa que jamás había visto. Se
acordó de su locura de ir coleccionando deidades
indias y pensó algo que nunca se le había ocurrido:
"Coleccionamos para llenar vacíos. Cuando estamos
llenos por dentro, no tenemos espacio para nada exterior". Entonces, se preguntó intrigada… ¿Cuándo
había empezado ella a coleccionar sus deidades? Tenía
que buscar en qué fecha había nacido ese hábito. De
repente interrumpió a Estrella y le preguntó cuánto
tiempo hacía que coleccionaba ángeles. A Estrella le
pareció que la pregunta no tenía nada que ver con lo

que estaban hablando, pero como los ángeles eran su locura, no le importó cambiar de conversación, explicándole con lujo de detalles de dónde le venía esa fascinación. Le contó que de niña había estudiado en el colegio de las carmelitas descalzas, a la entrada del cual siempre la había recibido con los brazos abiertos un ángel que presidía la puerta con la orla entre sus alas, recordando en latín el: "ora et labora". Se había acostumbrado tanto a ellos que hasta había pensado que nunca le faltaría uno que la sacara de apuros, pero puntualizó que el ponerse a coleccionar ángeles había sido una costumbre relativamente nueva, que había surgido a raíz de su divorcio, de eso hacía tres años.

Para sus adentros, Fiamma confirmó su recién estrenada teoría de soledad.

Tomó una bolsa de hielo que su desconocida amiga había preparado y se la puso en su nariz. La hinchazón se había apoderado de su cara.

Así, entre el hielo derretido y las palabras de su agresora, se le escurrió el tiempo. Supo que Estrella era directora de la ONG: Amor sin límites, y que se dedicaba en cuerpo y alma a llevar a los rincones más apartados del mundo un bien muy preciado que últimamente escaseaba: el amor. Supo que era huérfana, hija única, y alcanzó a ver a través de sus ojos una mueca desdentada de tristeza y soledad vestida de sonrisa y buenos modales.

Fiamma estaba acostumbrada a lanzar preguntas que invitaban a desnudar el corazón, provocando que la gente se abriera a ella sin reservas. Aparte de poseer el don de saber escuchar, era una sagaz observadora.

Había aprendido a descifrar, en el lenguaje gestual, carencias y conflictos enraizados en el fondo de la psiquis humana. Sabía ver en los rostros la cara del alma. Se dedicaba a escuchar tristezas, abandonos y frustraciones, y a dar abrazos, silencios y mucha comprensión. Estaba convencida que lo más importante, lo que de verdad hacía feliz a un ser humano era sentirse comprendido por alguien. La incomprensión era el caldo de cultivo de la soledad crónica, el carcoma que engendraba el desamor. Percibió que Estrella necesitaba ser escuchada, tenida en cuenta. Debajo de tanta belleza, acicales y elegancias se escondía una raída orfandad. Cuando su interlocutora acabó de hablar, Fiamma le contó a que se dedicaba; hablaron de las mujeres, de los hombres, de las incomprensiones, de los maltratos, de las ilusiones y las desilusiones… de las soledades… En cada palabra pronunciada por Fiamma, Estrella se iba identificando. Jamás se le había ocurrido pensar que ella arrastraba un problema que necesitaba ser tratado. Ahora, conversando con Fiamma, se le habían revuelto sus dolores. Nunca había hablado de ello con nadie. Había escondido su fracaso y miseria interior, rellenando vacíos con actos benéficos. ¿Cuánto tiempo hacía que arrastraba solitudes en medio de cócteles, champán, risas, discursos y cara de niña buena? No había peor soledad que aquella que se vivía acompañada de carcajadas y felicidades ajenas… y de eso, Estrella iba atiborrada. Acababa de descubrir que sufría de soledad crónica. Sin querer, sus labios dibujaron una sonrisa; este gesto no pasó desapercibido para Fiamma, quien en sus años de experiencia había descubierto que cuando las personas no podían soportar algo que les dolía demasiado, recurrían a la risa para ocultar su pena.

En ese momento las campanas de todas las iglesias se alzaron en vuelo. Eran las doce, la hora del ángelus. Fiamma recordó la cita a la que nunca llegó y se levantó como un resorte del sofá. Buscó en su bolso el teléfono. Odiaba los móviles, por eso solía tener el suyo en silencio; el buzón de voz anunciaba en parpadeos la sobresaturación de mensajes.

Qué sensación más extraña… Le parecía que las campanas se equivocaban. No había podido pasar tanto tiempo allí. De un soplo se le había esfumado la mañana; las horas habían volado placenteras. Había hablado mucho y escuchado más. Ahora volvía a resucitarle el dolor; sentía su nariz como un enorme apéndice pegado a su cara, con palpitaciones y clamores propios.

Ni siquiera había vuelto a mirarse la herida. Estrella había ofrecido dejarle una blusa limpia, pues la que llevaba estaba manchada de sangre, y no se había cambiado. Había mariposeado entre ángeles e historias. Se hubiera quedado el día entero, hablando y escuchando…

Se miró la camisa y, extrañada, comprobó que la sangre había creado un bello y significativo cuadro. Como nacidas del pincel de Frida Kalho aparecían, entre un entramado de espinas, ocho rosas rojas. Era una pintura extrañamente bella. Fiamma tenía estudiado el trazo y la vida de esa mexicana, a la que había llegado a entender y conocer observando sus cuadros; el arte era su pasión más íntima. Toda su sensibilidad se excitaba cuando descubría, en alguna expresión artística, las voces del alma. Esas rosas que había descubierto en su blusa significaban algo, pero no podía identificar el qué.

A petición de Fiamma, Estrella la fue guiando por el pasillo hasta el cuarto de baño. Los ángeles que cubrían las paredes y los techos embovedados del corredor eran unas pinturas exquisitas, en tonos pálidos y rebordes de oro, que en su día habían sido una lujuria de color. Ángeles sopladores y tranquilos, con cabellos dorados al viento y flores y mariposas entremezcladas, formaban una especie de orgía primaveral, empalidecida seguramente por los centenares de años y salitre al que habían estado sometidos, pues Garmendia del Viento siempre había sido una ciudad salada.

Al llegar al baño, su cara reflejada en el espejo veneciano le devolvió una Fiamma veintiañera. Se le había redondeado la cara a punta de hinchazón. Le habían desaparecido 17 años de golpe y por el golpe. Le gustó verse tan niña. Se lavó muy bien hasta sentir que toda la sangre seca había caído. Volvió a mirarse. Después de todo, concluyó, no estaba tan mal como había pensado. Revisó su blusa, esta vez a través del espejo, y de nuevo volvió a ver las ocho rosas rojas con espinas. Aquella imagen le inquietaba. Mientras se observaba, Estrella volvía con una camisa de lino blanco que había ido a buscar a su dormitorio.

Después de cambiarse, Fiamma fue doblando la blusa accidentada tratando de descifrar, en las manchas

de sangre, lo indescifrable. Ahora empezaba a tener
prisa. La tarde se le presentaba cargada de citas de
pacientes que no podía anular.

Estrella no quería que Fiamma se fuera; hablándole
se había sentido muy acompañada y cómoda. Le dijo
que quería volver a verla, cuando en realidad deseaba
que la tratara en su consulta; pensaba que a lo mejor
ella tendría la fórmula para acabar con su soledad
crónica, pero no se atrevió a sugerírselo. No quería
que pensara que estaba loca o algo parecido, pues
para Estrella todo lo que tenía que ver con sicólogos
y siquiatras le sonaba a locura; y ella, loca no estaba,
lo que estaba —le costaba reconocerlo— era SOLA. La
palabra le quedó retumbando en la cabeza como si la
hubiera gritado en un inmenso espacio vacío. Mientras
Estrella reflexionaba, Fiamma sacó de su cartera una
tarjeta y se la entregó.

Estrella la fue leyendo. "FIAMMA DEI FIORI.
Sicóloga. Calle de las Jacarandas…" En ese instante
cayó en cuenta que había ignorado como se llamaba
aquella cálida mujer. Levantó la mirada sorprendida,
nunca había escuchado ese nombre. Le sonó italiano.
Fiamma se entretuvo un rato más contándole la historia de su adorado abuelo, un inmigrante lombardo
que había llegado hasta allí clandestinamente como
polizón de un barco, y después se había enamorado
locamente, primero de una garmendia y después de
la ciudad, quedándose a vivir en ella para siempre. Le
dijo que el apellido dei Fiori no se había extendido más
porque su abuelo sólo había tenido un hijo varón, y
éste a su vez sólo había tenido hijas mujeres: once en

total. Le contó que su nombre quería decir "llama", y que siempre le había encantado ser lo que ardía en las flores... "la llama de las flores". Después de la explicación, Estrella guardó la tarjeta con intención de llamarla; pensaba que Fiamma podría ser una buena amiga para ella; sabía escuchar.

Se despidieron con un abrazo. El ángel también pareció despedirla con su sonrisa benevolente y su cara de "yo no fui". Quedaron para algún día, como siempre se queda cuando se conoce a alguien con el cual no se está seguro de volver a verse, de tomar un café o un té... de reencontrarse.

El olor de la calle la despejó. Olía a lluvia. Una bofetada de viento la recibió y la devolvió a la realidad cotidiana. Era el mes de los vientos y en Garmendia del Viento ya sabían lo que era. Llovería a cántaros. Lloverían hasta novios, le decía su mamá cuando era niña, y Fiamma se lo creía y miraba hacia el cielo, imaginando cientos de chicos que caían desde arriba con los brazos abiertos, volando como gaviotas inciertas desconocedoras inocentes de su destino. Pensaba que debía existir un chico para cada chica, y el de ella tendría que ser el mejor. ¡Qué ingenuidad tan bella la del niño! Ahora le gustaría volver a creer. Sabía que cada vez creía menos. Tantas historias vividas a través de sus pacientes le estaban endureciendo el corazón... le habían ido matando los sentires. ¿Cuánto tiempo hacía que ella no sentía? Las lágrimas se le habían ido secando, y no había cosa peor que perder las lágrimas; porque las lágrimas lavan; porque cuando se pierden las lágrimas se va perdiendo la tristeza, y al perder la tristeza se pierde el camino que lleva a la alegría, a la dicha de saberse vivo y vivido.

Todo le daba igual. Pensó que estaba a punto de empezar a morir por partes. Se había quedado sin un sueño. La monotonía se había ido colando por la ranura de su puerta y ahora le había invadido lo que más había querido: Martín.

Recordó el día que le conoció.

Era una noche de carnaval y fiesta, pero ella había huido en busca del húmedo mar; amaba la soledad del oleaje, la simetría de su música. Se había quitado los zapatos para sentir el crujir de las caracolas trituradas bajo sus pies, otro sonido que adoraba. Había llegado a la orilla, y se había sentado a escuchar el vaivén de las olas... su respirar y expirar constantes. En ese momento, había entendido que las olas eran la respiración del mar; venían y se iban en un sí y no constantes. Decían sí cuando llegaban y lamían la arena, y no cuando se alejaban. Sí... cuando poseían. No... cuando abandonaban. Estando en esa paz marina de ires y venires había presentido compañía. A pocos metros de donde ella estaba, una barca de pescadores había perdido su amarre y las olas la llevaban y traían a su antojo. Cerca un hombre silencioso observaba la barca. Aún se escuchaban los últimos compases de la fiesta, de la cual ella había escapado.

El hombre parecía no reparar en Fiamma, pero ya la había visto. Simplemente quería que el silencio mojado les uniera un rato más. Caía una lluvia fina, de esa que aparenta no mojar pero que en realidad empapa. De repente un viento huracanado había empezado a soplar con tal fuerza que la barca había enloquecido. Una ola furiosa la había lanzado fuera. Panza abajo giraba en vertiginosos círculos sobre la arena, como queriendo enterrarse hasta dejar dibujado un anillo perfecto. Después, sometida a la rabia ventiscal, se había elevado y finalmente había caído sobre la cresta de una ola inconclusa. Dentro del anillo formado, las partículas de arena brillaban con luz propia; pequeños granos de oro resplandecían. El fugaz huracán había cesado, dejando una atmósfera mojada de misterio. A Fiamma aquello le había parecido una señal divina, algo sobrenatural que la invitaba a participar. Como hipnotizada por el instante, se había dirigido al círculo, observando por el rabillo del ojo que el solitario compañero de playa también hacía lo mismo. Se habían sentado juntos dentro del anillo obedeciendo al silencioso mandato de la noche, y durante un instante eterno se habían mirado con mirada de olas; entonces ella había reconocido, en los ojos de él, su alma. Tuvo la certeza de que lo amaba sin apenas conocerlo. Él, rasgando con palabras el silencio mojado, le había preguntado a qué sabía la lluvia, y ella, sacando la lengua para saborearla, le había contestado que a lágrimas; entonces él, haciendo lo mismo, había concluido que la lluvia también tenía sabor a mar.

Le había apartado de sus ojos un largo rizo empapado, y la había acariciado como nunca nadie lo había hecho. Ella había pensado que la besaría, pero no había sido así. Se habían tendido con los brazos abiertos sobre la fresca arena, dejando que el agua

caída del cielo acabara de empaparles los sentires.
En aquel momento, él le había recitado con su voz
profunda un bello poema, salado, espumoso y tibio,
que hablaba del mar...

Olas,
vals de compases despeinados,
burbujas sin aliento desplomadas
sobre arenas fatigadas
de tanto golpe,
de tanto nada...

... y a ella le había parecido un sueño. El hombre,
sin dejar de tocarle sus largos rizos negros, la había
ido enredando en sus palabras de poeta, adornándole
de alegrías ignoradas sus ilusiones niñas.

A partir de esa noche, él y Fiamma habían empezado a verse cada día para despedir el sol, coleccionar
atardeceres y recoger caracolas, que eran vomitadas
por el mar siempre a última hora de la tarde. Sin darse
cuenta se volvieron compañeros inseparables de vida
y sensaciones íntimas. Vivían ebrios de caricias y sueños, nadando en los locos aleteos de las mariposas que
sentían en el estómago, cuando las húmedas lenguas de
sus interminables besos les rozaban el alma...

Un apoteósico trueno la despertó de su recuerdo;
sobre el campanario de la catedral había caído un
rayo, destemplando las campanas que empezaron a
sonar enloquecidas. Era mediodía pero el día se había
cerrado por completo. Parecían las seis de la tarde y

por la calle no había nadie. Debían estar almorzando, pensó Fiamma. Aún en la ciudad se respetaban los viejos horarios de descanso. ¿Cuánto hacía que había dejado de tenerle miedo a las tormentas? Una vez, siendo pequeña, se había metido en un armario al ver como un rayo partía en dos el viejo árbol de mango que presidía el patio interior de la casa azul de sus padres, y su madre había estado buscándola durante dos días. Dos días que para ella habían sido una noche eterna, pues al cerrar la puerta del armario pensó que todavía no había amanecido. Que tal vez no amanecería nunca. Había sido Martín quien le había ido quitando esos miedos. Le había enseñado a querer el viento y las borrascas; a sentir sus cambios con la nariz; a entender huracanes, maremotos y ciclones; a descifrar las horas en el reflejo de las sombras.

Volvió a pensar en él; esa tarde regresaría del viaje. Ya no tenían nada importante que decirse. Comentarían nimiedades. Se preguntarían "cómo te fue hoy por la consulta", "qué tal por el diario"… Se les había ido gastando el amor como la suela de sus zapatos favoritos. Hasta habían caído en la desgracia de hablar del tiempo, haciendo las predicciones del día mientras el beso mecánico les despedía. Habían pasado de coleccionar atardeceres nuevos a coleccionar días iguales, repetidos. Empezó esa separación que nadie nota por ir vestida de gala, cenas y amigos comunes. Risas estudiadas, viajes comentados, trajes de moda y conciertos próximos.

Habían cambiado la alegría de saborearse a solas por la necesidad de masa acompañada, pero como vieron que las otras parejas eran iguales que ellos, pensaron que habían entrado en la natural decadencia de los años matrimoniales, tan rica en pasados, tan vacía en presentes. No se dieron cuenta cuando el corazón dejó de cabalgarles desbocado entre sus abrazos para ir a dormir taciturno entre la almohada; ni notaron el quejido del tedio, ni el medio luto que les insinuaba su muerte. Dejaron de mirarse con el alma y comenzaron a verse con los ojos. Se empezaron a descubrir las pequeñas arrugas de los comportamientos indebidos; las carcajadas ordinarias, las toallas mojadas abandonadas en el suelo del baño, los desórdenes, los dentífricos mal aplastados y mal cerrados, las camisas arrugadas, los desayunos de diario abierto, el café frío… o muy caliente, el arroz desabrido, la tapa del váter rociada de pequeñas esferas de orina, y hasta la boca pastosa de los despertares, ya no a punta de beso sino a punta de despertador ronco y aburrido. Pero a ellos les pareció lo más normal del mundo; total, no iban a estar toda la vida subidos a lo más alto de la ola. La vida les había enseñado, por experiencia de otros, que todas las parejas estables terminaban "estableciendo" su rutina, y eso significaba seguridad, solidez de mesa de cedro, inamovible en peso y forma. Estaban pues salvados de rupturas y fragilidades.

Llegó a su casa chorreando agua. Las sandalias le bailaban entre los pies. Ese día se había equivocado de calzado, de calle, de todo. Tendría que llamar a la periodista y darle una excusa por no haber llegado a la entrevista. Algo que sonara coherente. "Un ángel me cayó del cielo y casi me mata" no era lo más apropiado. Sonaría mejor "una paciente me llamó de urgencia, estaba a punto de cometer una locura y no tuve más remedio que…"

Menos mal que el programa se pasaba en diferido. Llamaría inmediatamente.

Dejó el paquete de la blusa accidentada en la mesa del recibidor, tomó el teléfono inalámbrico y fue directo al balcón. El mar estaba calmo, triste, como si se le hubieran ahogado las olas, como si estuviera muerto; vestía traje gris de pies a cabeza. Fiamma respiró hondo y marcó. Una voz de mujer lineal e impersonal le devolvió una frase: «está usted llamando a Gente que cura; si tiene algún problema digno de programa deje sus datos y enseguida le llamaremos. Gracias». A continuación se escuchó el bip. Se quedó pensando… odiaba hablar con los contestadores, se sentía ridícula. Colgó.

¿Qué quería decir eso de… "problema digno de programa"? ¡Cómo se les ocurría semejante barbaridad! Ya le comentaría a Marina Espejo, la presentadora, para que cambiara el mensaje y lo hiciera más humano. Insistió en su móvil y esta vez le contestó. Quedaron para el martes siguiente. Fiamma llevaría al programa el caso de una juez que había abandonado a su marido, metiéndose a monja después de haber parido cuatro hijos y millones de lágrimas.

En su consulta tenía casi tantos casos como mujeres había en Garmendia del Viento. Ya no daba abasto. A veces hasta empleaba sus mediodías para atender alguna emergencia. Últimamente había notado un crecimiento exagerado de divorcios, era como una epidemia que había ido desencadenando soledades diversas. Incluso sus amigos más íntimos, Alberta y Antonio, olían a separación inminente.

Una noche, en medio de una cena, había presenciado una pelea kafkiana entre ellos; había empezado como una tomadura de pelo, todo porque al cruzar la pierna el calcetín de Antonio dejaba al descubierto media pantorrilla. Antonio decía que no sabía cómo Alberta podía comprarle esos calcetines tan cortos que lo hacían ridículo; pidió que Martín le enseñara los suyos, cosa que su marido había hecho y, la verdad, a ella le había parecido ver que el calcetín de su marido tenía la misma altura que el de Antonio, pero Antonio no lo veía así; escuchó como Alberta aseguraba que no existía ninguna otra medida de altura, mientras con sus ojos le pedía que participara en la pelea. La cosa se fue poniendo fea cuando Antonio se quitó el calcetín en pleno restaurante y estuvo a punto de dejarlo en el plato y se complicó aún más cuando ella, días después, le envió al estudio una caja llena de medias de mujer con una nota que decía: "¿los querías altos? pues aquí tienes, para que te lleguen hasta la cintura".

Recordó cuando los cuatro caminaban de novios bordeando la muralla. En aquel entonces no había tiempo para calcetines, todo lo ocupaba el amor. Todo lo que Alberta decía era maravilloso. Alberta era para Antonio su musa espiritual y material, su alma gemela. Antonio era para Alberta el pintor de su vida. Habían vivido la experiencia de permanecer en el Tibet, durante casi un año, viviendo entre monjes y silencios.

Recordaba haberlos recibido en el aeropuerto envueltos en un halo de paz y serenidad, rezumando equilibrio y reposo. Llevaban en el cuello un collar de cuentas, que aún conservaban, pero eso no había impedido que la plaga del desamor les invadiera a trozos. Había empezado por los pies, más exactamente por los calcetines, pero pronto iría subiendo hasta invadirles el corazón. Era difícil razonar con los dos, parecían molestos por todo. Fiamma hubiera querido ayudarles, pero ellos no se daban cuenta que su amor estaba cayendo en desgracia, y mientras fuera así, sería muy difícil echarles una mano.

De pronto escuchó la llave en la cerradura; era Martín que regresaba del viaje arrastrando la pequeña maleta que ella le había regalado en su penúltimo cumpleaños. Atrás habían quedado los regalos pensados y trabajados durante meses para darle la sorpresa que produjera el milagro de verle brillar sus ojos. Se les habían agotado las ideas pero no el amor, siempre se lo decían. Hacía un año que se habían comprometido a no darse más regalos, pues empezaron a repetirse con corbatas, aretes, camisas, pulseras y billeteras. Un día llegó a contar quince corbatas idénticas, veinte camisas del mismo color, siempre azules, y alrededor de treinta billeteras. Ella en cambio, guardaba en su joyero la colección más increíble de aretes, todos imponibles. Pero nunca dejó de sonreír y hacerse la sorprendida cuando abría el paquetito rojo que, con su lazo, desvelaba a gritos el contenido.

Fiamma le llamó desde el balcón. Martín Amador se acercó y le dio un beso indefinido. No se dio cuenta del golpe que llevaba en su nariz hasta que no estuvo frente a ella. Entonces, ella le contó con lujo de detalles la mañana que había pasado. Lo del ángel, el hospital, la huida, la entrevista a la que no había acudido y el aguacero que había vivido de regreso. Él estaba vestido de presencia-ausencia. Últimamente era el traje que más se ponía: de cuerpo presente, pero de mente ausente. Con la mirada fija en la cara de Fiamma pero atravesándola, mirando por detrás de ella sus propios pensamientos.

Se prepararon entre los dos una ensalada, mientras se recordaban la próxima salida. El Réquiem de Mozart ese viernes sería cantado por el coro búlgaro en la iglesia de La Dolorosa, que quedaba a orillas del mar, en la playa donde ellos hacía 17 años se habían casado, donde se habían enamorado. Fiamma forzó una conversación intrascendente para llenar el vacío. Hablaron de las noticias y del último artículo sobre la guerra entre petroleras y bananeras. Volvieron a hablar del tiempo y de la pronta floración de los almendros. Del dulce de coco y de la pila del reloj de Martín, que hacía varios días se había parado. Comentaron de los amigos y de todos los problemas que veían a su alrededor. Hablaron de todo, menos de ellos. Ni se enteraron que una paloma blanca se había colado por el balcón y había empezado a hacer su nido en la cabeza de la escultura Mujer con trompeta; una figura maravillosa de la que se habían enamorado en uno de sus viajes, cuando escudriñaban en galerías hasta encontrar, adivinando el uno en la mirada del otro, la elegida. Era su juego. ¡Se habían llegado a decir tanto con los ojos! La paloma llevaba en el pico pequeñas ramitas, que iba entretejiendo delante de ellos, sin vergüenza.

Nunca habían tenido hijos, no porque no los hubieran deseado sino porque la vida se había empeñado en mantenerlos juntos, sólo por amor a su amor. Pero ellos nunca sintieron soledad. Sin saberlo, cada uno fue supliendo la necesidad de dar ternura niña al otro. Muchas veces, Fiamma había vivido a Martín como si fuera su hijo. Un día había sentido la necesidad imperiosa de arrullarle y cantarle, y Martín había terminado durmiendo en su regazo, acunado por su canto.

Se le había quedado sin estrenar su maternidad y el vestidito que su madre había bordado antes de morir para un nieto que nunca llegó. A veces añoraba no haber vivido los arañazos y mordiscos impacientes de un bebé hambriento. Esa necesidad de pezón lácteo, desbordante de leche y vida. Se había preparado a fondo leyendo sobre el tema, y cuando fueron pasando los años los libros se fueron envejeciendo con sus ganas de ser madre. Nunca volvió a hablar del tema —siempre que algo le dolía terminaba guardado en el último rincón de su memoria— pero alcanzó a llorar, cuando Martín no la veía, su infertilidad sin causa. En cambio a él, ese hecho parecía haberle dado tranquilidad; en realidad los bebés nunca habían sido su punto fuerte, siempre había preferido hablar con adultos; odiaba el llanto, le ponía muy nervioso. Nunca supo lo que se perdió perdiéndose de ser padre. Como Fiamma, tampoco entendió por qué no lo fueron. Les habían hecho todas las pruebas y ambos habían salido fértiles. En lo más profundo de su alma Fiamma guardaba un rencor aún desconocido por ella; había culpado a Martín de su obligado celibato materno, pues nunca le había visto serias ganas de ser padre.

Terminaron de comer la ensalada y se estiraron en la hamaca que tenían en el balcón. Siempre les había fascinado hacer la siesta allí; era su postre. Podían ver el mar que tanto les había acompañado; era el único gesto antiguo que todavía mantenían, a pesar de los años y los cambios. Martín empezó a acariciar despacio el brazo de Fiamma, y ella adivinó lo que él quería pero no le apetecía; le dolía la nariz. Sólo quería sentir su abrazo. Continuamente le decía que sus abrazos eran algo que nunca quería perderse. Al darse cuenta que ella rechazaba su acercamiento, interpretado sexual por parte de Fiamma, Martín retiró con brusquedad el brazo. En realidad, a él tampoco le apetecía mucho, pero lo había hecho por cotidianidad costumbrosa. De todas maneras, respetó su "estado digno" de enfado. Ella pareció no darse cuenta.

Martín Amador jamás había sido dado a las caricias tiernas; era poco afectuoso, parco en arrumacos y querendonerías, y esto se acentuaba más si estaban en público. Fiamma dei Fiori, en cambio, era abrasadora en abrazos y ardores, pero tenían que saberle llegar; sólo entonces se derramaba en fuegos, que podían hacer arder montañas de hielo. La primera vez que sus cuerpos se habían encontrado sin un trozo de tela encima había sido en la playa. La arena estaba como un espejo. Todo el cielo había caído, por arte del crepúsculo, a la tierra. Esa tarde habían estado buscando caracolas entre la arena y se habían encontrado una muy especial. Parecía una novia larga, arisca, vestida de tules blancos y encajes finísimos. Era una Spirata inmaculata, la novia de los mares del Sur. Martín la llevaba buscando hacía mucho tiempo. Había gastado tardes enteras de ojos en el suelo. Era una especie difícil de encontrar, que sólo aparecía cuando las corrientes del Sur removían con fuerza los fondos del mar, donde solían esconderse como niñas tímidas. Martín estaba feliz. Había sido Fiamma quien la había descubierto. Fiamma empezó a correr, reteniendo la caracola en su mano, y Martín a perseguirla. Él cayó y la cogió por los pies buscando que ella perdiera el equilibrio. Así se encontraron en medio de la playa, con toda su juventud desnuda y un cielo malva, rosa y naranja que se les reflejaba como espejos en los cuerpos, con los temblores primeros de una sexualidad desconocida por ella, pues con sus escasos veinte años, la severidad de su padre y la religiosidad de su madre, nunca había podido jugar a pieles, ni con sus manos, ni con sus amigas, ni con sus primos. Fiamma tuvo que recurrir, años después, al recuerdo de esa primera vez, cuando se dio cuenta que sus pezones no volvieron a izarse como banderas ante las caricias de Martín. Recordaba cómo había empezado a recorrerle el cuerpo con la punta de la *Spirata* inmaculata. Había sido un dolor suavísimo, casi imposible de aguantar. Martín hacía deslizar la caracola por el cuerpo de Fiamma, creando espirales de lujuria. Las crestas eran hélices que sobrevolaban como alfileres romos, acariciando-hiriendo su piel reventada en hervores.

En la cima de sus senos le fue dibujando margaritas imaginarias, mientras le recitaba apartes del poema inconcluso del primer día de encuentro. Así aprendió que la letra con pieles entra. Se les hizo de noche y luego de día y luego de noche. Estuvieron amándose durante trece días. Trece días y trece noches, sin comer más que sus propios cuerpos. Sin beber más que sus propias salivas. Sintió coronar la Spirata inmaculata de Martín en la cima de su monte más oscuro. Sintió brotar con fuerza cascadas de placeres, que a punto estuvieron de ahogarle las entrañas. Vivieron nadando entre las olas de un amor que supieron terminaría en boda o en cárcel, pues el padre de Fiamma ya había dado aviso a las autoridades de la desaparición de la hija. Y cuando la vio llegar, con los linos hechos jirones y su pelo negruno convertido en masa, tan enredado que parecía una virgen de paso de procesión de Semana Santa, presintió que a su hija se le había metido el duende de la locura en la cabeza. Lo que llevaba dentro, en realidad, era un empacho de amor.

En quince días se organizó la boda. Hablaron con el párroco de la iglesia de La Dolorosa; Fiamma se empeñó en que la boda se celebrara allí por ser el sitio donde la imagen de su virgen titular había visto como su virginidad se había ido para siempre de paseo. Se vistió de blanco purísimo, a pesar de las súplicas de su madre por ponerla en tonos beiges, pues sus amigas ya sabían que su hija había estado desaparecida durante trece días con su novio, y aunque delante de ella nunca hicieron ningún comentario, sabía que en los tés de las tardes, mientras tejían vestiditos para los huerfanitos del tercer mundo, entre el monopunto y el ensortijado sus amigas de la Cruz Roja habían despellejado a punta de chismorreos la virginidad de su hija.

El día de la boda, la playa se había vestido de encajes blancos y rojos. Eran residuos de corales que los espumarajos de las olas habían vomitado la noche anterior sobre la arena. Después de la ceremonia, adornada con una celestial recopilación de Avemarías cantada por doña Carolina Soto de Junca, Fiamma y Martín quisieron recorrer la playa; por eso habían querido casarse descalzos. Caminaron abrazados y vieron cómo el mar los bendecía a su paso. Sobre un atardecer que sangraba naranjas, las olas iban creciendo hasta alcanzar metros y metros de altura. El mar de Garmendia del Viento nunca había vivido olas más bellas. Subían y bajaban creando un ballet de lujurias perezosas, en una cadencia de murmullos mínimos que confirmaban la placidez interior que estaban viviendo en ese instante. Susurrando infinitos síes. Como si el agua estuviera reafirmando la promesa que acababan de regalarse, concediéndoles ese vals de compases despeinados que Martín le había recitado el día que la conoció. Mientras avanzaban, Martín le desveló más versos. Nadie podía escuchar lo que le iba susurrando al oído, sólo ella le sentía su aliento húmedo y salino que no cesaba de crear palabras nuevas… Su voz le acariciaba el alma. Pero ella, ignorante en su juventud, desconocía que ese instante era glorioso. Lo vivió y lo dejó pasar, como novia primeriza, envuelta en horganzas y tules, en ceremonias y fiestas.

Amnésica de cuánto le costaría después volver a sentir tanta ebriedad de dicha.

Qué lejos quedaba todo aquello. Cuánta cordura aburrida la llenaba ahora de reflexiones. Mientras Martín dormía a su lado, Fiamma pensaba "¿por qué será que cuando tenemos la felicidad soñada entre las manos, no la saboreamos más a fondo?; ¿por qué seremos tan inconscientes y nos cuesta identificar el momento de gloria?; ¿por qué no chupamos como troncos sedientos la savia de alegría de ese instante, y lo vamos liberando como alimento que nos nutra día a día?; ¿por qué la felicidad nos pasa desapercibida en el segundo mismo en que la estamos viviendo, y luego toca revivirla a punta de recuerdos?; ¿quién nos metió en la cabeza que la felicidad, para ser reconocida, debía ir vestida de felicidad, con un letrero luminoso diciendo: Hey estoy aquí. Soy la felicidad, disfrútame?" La voz de Martín interrumpió de golpe su monólogo de preguntas; debía estar soñando con algo que le dolía, pensó Fiamma, pues su cara estaba contraída y sus manos eran puños cerrados. Lo miró con ternura y le abrazó, pero él se liberó de su abrazo con un gesto rápido.

La semana se fue volando con el viento de Garmendia del Viento. La hinchazón de la nariz de Fiamma bajó. Las historias de sus pacientes engordaron su libreta de apuntes y la cinta de su grabadora. Los artículos de prensa de Martín cada vez eran más agudos y críticos. Las noches, cada vez más idénticas. A veces, Fiamma se levantaba por la mañana y no sabía si se estaba levantando o se estaba acostando de tan plana que llegó a ser su actividad camística. El coro búlgaro llegó en medio de una tormenta tan bestial que casi obligó al avión que los traía a atravesar el centro del reloj sin agujas de la gran torre que presidía la puerta amurallada de la entrada de la ciudad, sino hubiera sido por la maestría con que el piloto desvió el avión. Al final, en la primera plana del diario La Verdad, donde Martín trabajaba, había una foto del avión rozando la gran torre y un titular que decía "Salvados por el canto".

Martín y Fiamma asistieron al concierto del Réquiem de Mozart destilando agua. Aquella noche llovió tanto que se desbordó el mar. El agua no sólo llegó a la entrada de La Dolorosa, sino que subió escaleras y atravesó los dinteles de la puerta que se encontraba cerrada para proteger la sonoridad y acústica de la iglesia; fue invadiendo reclinatorios, confesionarios, santos y vírgenes que terminaron haciendo nado sincronizado, una especie de ballet triste acompañado por las angelicales voces que marcaban uno de los momentos más sublimes del Réquiem, el Confutatis, en medio de un público impertérrito que aguantó, casi a punta de nado, la última parte. El concierto llegó a su punto culminante con los cantantes en el altar interpretando el Sanctus con el agua al cuello. La gran obra de Mozart finalizó con las voces búlgaras haciendo prácticamente gárgaras, sacando de su boca pequeños pececillos tricolores como los de la bandera nacional. Los aplausos se ahogaron entre el agua del mar y los chuzos de lluvia, que esa noche habían resuelto casarse. Hacía muchos años que en Garmendia del Viento no pasaban cosas raras, y ahora el tiempo parecía haber decidido revolver y agitar la olla donde reposaba la paz de los garmendios.

Una tarde, mientras Fiamma estaba pasando consulta, recibió la llamada de alguien que había olvidado por completo. Estrella. Estrella Blanco. No le sonaba de nada. Al principio no recordó quién era. Habían pasado algunos meses y sólo la había visto una vez. Tuvo que ser Estrella quien habría de evocarle el encuentro.

"¿Recuerdas?, te golpeé con un ángel." Imposible de olvidar, pensó Fiamma, preguntándole con prisas cómo le iba la vida, tratando de que no la distrajera mucho, pues enfrente tenía el caso de María del Castigo Meñique, una mujer con delirio de persecución que miraba fijamente el teléfono mientras se mordía frenéticamente las uñas, convencida que quien llamaba era su marido averiguando con quién andaba; la llamada la había puesto tan nerviosa que sus dedos empezaban a sangrar.

Estrella, percibiendo la urgencia por colgar que tenía Fiamma, le esbozó a grandes rasgos el deseo, un poco confuso, que tenía de visitarla. Quedaron para verse en dos semanas aprovechando una anulación de última hora.

Al colgar Fiamma se quedó pensando… ¿Qué le podría explicar esa mujer que tenía tanto, que parecía tenerlo todo? Tanta gente que se veía tan llena y en cambio estaba tan vacía.

Aquella llamada era repetir el continuo ciclo de su vida. Otra paciente. Otras penas. Otras ilusiones. Otras lágrimas. La vida se le había ido cargando de anécdotas cada vez más ajenas que propias. Había vuelto a hacer lo que aprendió en su casa. Dar, dar y dar. Vaciarse en otros sin pensar en ella. Se había ido acostumbrando a vivir los días como una secuencia de puntos que encadenaba a modo de labradoritas de collar indio hasta formar su recta existencia. Había canalizado sus sentimientos en una sola causa: dar luces a los demás, en este caso a las demás, con el desconocimiento total de poder encontrar su propia luz, aquella que la llevara a vivir su madurez a plenitud. Era un ejemplo perfecto de: "En casa de herrero, cuchillo de palo".

Había perdido la zona de encuentro con Martín. ¡Él era tan perfeccionista! Siempre la estaba corrigiendo cuando hablaba. Remarcándole puntos, comas y acentos, como si fuera uno de sus famosos artículos de La Verdad listo para la entrega. Nunca le escuchaba los contenidos de sus conversaciones. La analizaba como párrafo compacto, con titular en negrita y tipografía courier new. Se quedaba en la forma y no llegaba ni a oler el fondo. Era un perfecto ilustrado. Había ido escalando a fuerza de perseverancia y talento. Era imaginativo y, cuando quería, casi siempre con los demás, era divertido y seductor. Tenía un halo de misterio que nunca le había desvelado, a lo mejor porque carecía de él, y Fiamma se lo había ido creando en su enamoramiento desmesurado. Porque si algo había tenido ella era un romanticismo desbordante y un idealismo platónico. Ya se sabe que, cuando se está enamorado, se puede llegar a disfrazar al ser amado con virtudes, a lo mejor inexistentes, para llenar posibles carencias. Es lo que podría llamarse "engaño de enamorado", tan común entre los mortales.

Sus mesitas de noche hablaban por sí solas. La de Fiamma, a punto de caer por el peso de los libros, estaba llena de lecturas que iban desde el Tao Tê-King de Lao-Tsê, tratados de religiones, ensayos sobre bioenergética, la vida de la madre Teresa, libros de autoayuda, casos clínicos de psiquiatría, tratados sobre la muerte y la vida, hasta libros sobre el placer de los sentidos, la sexualidad y el arte de amar.

La de Martín, estaba reventada de títulos como El éxito del éxito, La vida de Winston Churchill, Los mejores artículos del The New York Times, Del periodismo a la política, Agilidad mental, El pensamiento bilateral, Decir mucho o decir nada o Derrotando al enemigo con la lengua.

Eran lo que se llamaba contrarios-iguales. Un término que se habían inventado una noche de cena y risas en su restaurante favorito, El jardín de los desquicios, donde solían pedir como ritual sacro dos margaritas, el cóctel mexicano que los dos adoraban porque les sabía a mar salado. Era el único momento en que la locuacidad hacía de ellos una pareja perfectamente avenida, de diálogos chispeantes y gestos próximos. Cuando bajaba el efecto margarito el silencio volvía a hacer acto de presencia, pero ya habían jugado a hacerse el amor enamorados, decirse lo indecible acariciando recuerdos apolillados, y pegado con babas los pedacitos rotos de sus anécdotas más desternillantes.

Ya aguantarían para otros ocho días más, pues era una costumbre que había nacido un Jueves Santo, y por ser santo se había santificado por años y años en la misma mesa, con la misma música, el mismo pianista, la misma vela que nunca encendían y el mismo camarero de chaqué naranja con botones dorados y hombreras de gigante en cuerpo de mosquito.

Ese jueves, Fiamma le esperaba como siempre en El jardín de los desquicios, pero él no llegó hasta pasadas las once. Mientras ella ya se había tomado tres margaritas y estaba prendida como hoguera de candombe, él venía entre taciturno y sátiro. Se le acercó evitando el beso abierto, con lengua, que Fiamma le ofreció desparpajada. Al acercarse, Fiamma le sintió un olor a sahumerio, como a botafumeiro de iglesia en Semana Santa, pero no le dijo nada. Esa noche él no quiso la margarita ni ninguna otra flor de coctelera que le ofrecieron. Un mal día, pensó Fiamma. Un día fantástico, pensó Martín.

Cenaron en silencio, salvo por las continuas correcciones que Martín hizo a Fiamma. Primero por la equivocada elección del primer plato. Luego, por dejar la mitad del segundo. Después, por haber pedido una botella de vino sólo para tomarse dos copas, y por último, como postre, una recomendación: debía cambiar de peinado. Cortarse la melena larga y peinarse un poco más seria. En palabras textuales "llevar el pelo más ordenado, que a veces pareces salida de un manicomio". En resumen, la noche fue el naufragio de las margaritas de Fiamma y el insomnio a vuelo de pensamientos de Martín. Ese día había sido uno de los peores jueves de su vida, pensó Fiamma. Miró el calendario en su reloj: era ocho de mayo. En dos días cumplirían los dieciocho años de casados.

2. LA FLORACIÓN

Va persiguiendo
pétalos de cerezo
la tempestad.
TEIKA

Fiamma buscaba como loca la blusa que le había dejado Estrella el día del accidente. En media hora se vería con ella en la consulta. La encontró en el último cajón del armario; a su lado descansaba el paquete con la otra. Intrigada, volvió a mirarla. Las ocho rosas, intuidas en las manchas, estaban más vivas que nunca. La sangre, en lugar de haberse ennegrecido con los meses, había ido cogiendo una brillantez de óleo fresco. Incluso llegó a tocarla pensando, no sabía por qué, que le pintaría los dedos. Se le ocurrió enmarcarla. ¿Por qué no? El arte daba cabida a todo, incluso a los accidentes.

Llegó empapada de sudor; el calor que hacía aquella tarde era de infierno de Dante. Ese día morirían reventadas más chicharras que de costumbre. Hacía horas que no cesaban de cantar enloquecidas y el ambiente había ido cogiendo aquel olor a orines que se empotraba hasta en los sesos. Estrella ya había llegado; se había adelantado a la hora. Tenía necesidad de empezar con Fiamma. Le había costado mucho entender que su soledad necesitaba ser tratada; que tenía que ir a una sicóloga para que le diera un tratamiento, más que efectivo, afectivo. Había descartado la idea de buscar una siquiatra, primero porque odiaba que la fueran a medicar. Ya conocía algunas conocidas que vivían entre el Prozac y el Tranzilium; Prozac para potenciar la alegría y Tranzilium para encontrar la calma; y segundo, porque no creía que su problema fuera un verdadero problema, que tal vez el tema estaba en que no tenía un amigo o amiga desinteresado que sólo quisiera estar con ella por el placer de estar con ella; que quisiera devolverle el afecto a la manera en que ella lo daba. Ahora, a cambio de dinero, una cuasidesconocida sicóloga sería su amiga y confidente.

Se saludaron. Fiamma acostumbraba a ser muy cálida con sus pacientes. Desde el primer día abrazaba, consiguiendo que sus abrazos se sintieran como los de una vieja tía o una madre tardía. Comentaron por encima lo bien que había cicatrizado la nariz y entraron a fondo en el tema de la visita.

La consulta estaba bañada de luz dorada. Era un gran salón de altos ventanales, paredes lavadas y balcones de hierros historiados. Un espacio amplio decorado con austeridad japonesa, donde destacaba un gran diván estilo confidente, verde y mullido como césped virgen, que invitaba a la reflexión y a la comodidad de irlo diciendo todo, o casi todo, como si la paciente hubiera bebido el elíxir de la verdad verdadera. A Fiamma le encantaban las lámparas de aceite aromatizado, en su consulta solía mantener alguna encendida; ese día el ambiente estaba cargado de canela. Estrella se fue dejando ir en el relato, relajada en sus vapores. Le costaba ordenar sus pensamientos. Fiamma la fue ayudando. Así supo que además de ser hija única siempre había estado al cuidado de distintas niñeras, ya que sus padres habían tenido una vida social muy agitada. Irónicamente, a pesar de tanta agitación, la habían protegido mucho, incluso cuando cambió de estado civil gracias a un alcohólico, anónimo sólo para ella, pues todos conocían su debilidad por las aguas ardientes; un muchacho, adorable y divertido para los demás que, muchos años después, llegó a ser detestable para ella. Le contó la decepción de su primera noche de casados, cuando prácticamente había sido violada y ella había terminado nadando entre sus destrozados velos y sus lágrimas amargas, que el borracho de su marido, en alarde machista, había interpretado como de placer y gloria. Así, durante once años, había estado con su dolor mudo entre las piernas y su sequedad vaginal, problema que le quedó desde aquel día, tal vez por el pánico que llegó a sentir y por la falta de caricias adecuadas. Una molestia que se le convirtió en crónica y que nunca se había atrevido a comentar hasta ese instante. Mientras más se iba metiendo en su historia, más lágrimas iban rodando por sus mejillas. A Fiamma le costaba mantenerse ajena a la narración. Estaba asistiendo a una violación y se imaginaba lo que podría estar sintiendo ella al revivirla. Entre Kleenex y sollozos, Estrella le explicó la vergüenza que sentía de sí misma por no haber parado aquella cantidad de vejaciones que se fueron produciendo a lo largo de aquellos once años. La rabia que escondía en su interior por no haber sido capaz de defenderse de su "gran amor violador". Aquellas ganas que tuvo una vez de romperle en la cabeza una silla Luis XV, y por miedo a manchar con sangre su tapicería se había dejado arrancar una vez más otro dolor. Le habló de cuánto llegó a esconder a sus padres y cuánto llegó a aguantar, sólo por no demostrar que había fracasado y que podría cambiar las alicoradas costumbres de su marido, a quien en el fondo amaba con locura. Vivía sometida a su desequilibrado estado de ánimo, llegando a fabricar una dependencia enfermiza hacia su agresor de la cual nunca había sido conciente; provocándole con situaciones que alborotaban sus agresiones psíquicas para, una vez efectuadas, obtener de él sus cariñosas disculpas. Le explicó que en sus once años de casada había llegado a recopilar treinta y seis mil ochocientas sesenta y cinco tarjetas de amor, donde le pedía perdón por sus malos tratos y le profesaba su deseo de cambio y su más ardiente amor.

Durante dos ininterrumpidas horas Estrella no paró de hablar y sollozar. Nunca en toda su vida había removido tantas penas. Se había propuesto olvidar su pasado a fuerza de no recordarlo, llegando a creerse que lo tenía superado sólo porque no hablaba de él. Pero sus penas estaban frescas y florecidas, como recién regadas. Aún no lograba liberarse de su exmarido que, a pesar de haber desaparecido de su vida —se había enamorado locamente de una jovencita veinte años menor que él–, le había dejado marcas imborrables; bajo su impecable apariencia, Estrella escondía miedos que acrecentaban constantemente sus inseguridades. Para ella el mundo era hostil, salvo cuando se trataba de gente marginada, necesitada o carente de afecto, personas que consideraba inferiores. Entonces, delante de ellos adquiría la seguridad que necesitaba. Se sentía omnipotente y salvadora. Importante y dueña de sí. Por eso, inconscientemente había creado aquella institución benéfica; allí se protegía de sus miserias, rodeándose de miserias ajenas.

Fiamma miró el reloj; se había pasado el tiempo escuchándola. Poco a poco iba haciéndose una idea de su paciente. En las primeras visitas siempre pasaba igual. Escuchando encontraba pistas. Hasta podía llegar a calcular con exactitud el momento en el cual se había producido el trauma, sólo con la manera en que sus pacientes narraban sus episodios vividos; la mayoría de las causas se hallaban en sus historias más íntimas. Pocas veces se había encontrado con lesiones congénitas. En este caso concreto, Estrella era la única que podría llevarla a encontrar la salida haciéndola partícipe del trayecto de su vida ya recorrido. En ella misma estaban las claves de su curación.

Antes de dar por finalizada la entrevista, Fiamma le preguntó qué pensaba del amor y sintió pena por lo que le respondió. Estrella creía que el amor era un asco. A continuación le preguntó qué opinaba de la vida, y después de un largo silencio en el que sopesó la respuesta como si se tratara de un test de aptitudes, había murmurado a regañadientes que valía la pena vivirla; mientras contestaba, Estrella pensaba que estaba repitiendo como loro lo que decían la mayoría de las personas. ¿Sería la respuesta que Fiamma quería oír? Quería quedar bien hasta con su sicóloga. No sabía si lo decía por convicción propia o por un acto reflejo. El resultado fue que Fiamma se alegró. Pensó que su problema tendría solución. Estrella amaba la vida y eso era lo más importante a la hora de empezar un tratamiento. Lo demás tendría arreglo. Era cuestión de ir desenredando la madeja hasta encontrar el nudo y deshacerlo con cuidado. Faltaba que le contara muchas cosas, pero no quería presionarla. Ya iría ventilando su pasado. Al principio iría descargando los dolores más pesados y después se quedaría en las anécdotas, donde muchas veces se encontraban los meollos de las lesiones. Ahora quería que le dijera qué pensaba de los hombres. Le hizo la pregunta y dubitativamente Estrella concluyó que todos eran iguales… aunque al final, corrigió con un "casi" todos.

Se despidieron y quedaron para verse todos los viernes a última hora de la tarde. Fiamma le entregó la camisa limpia y Estrella se fue con los ojos que parecían un par de pelotas de ping-pong hinchados de tanto llanto lavado, pero con el alma ligerita. Como si se hubiera sacado un poco aquel peso que llevaba cargando encima desde hacía años.

Ya era de noche cuando Fiamma salió de la consulta. Las calles habían sido inundadas por millones de chicharras que despedían, en los últimos estertores de su muerte, unas pequeñas lucecitas amarillas, como si quisieran alumbrar con su última luz el camino de Fiamma a casa. El espectáculo era tristemente bello. En el suelo yacían las cantoras del día silenciadas por la sobriedad de la muerte, envueltas en el ácido olor a meaos. Un cementerio luminoso de alas rotas, de voces sin canto. Todo estaba mudo. Fiamma no sabía por donde pisar, no quería aplastar con sus sandalias lo que quedaba de las cigarras, pero no tenía más remedio a no ser que fuera volando. Empezó a escuchar los cracracs de todo lo que sin querer aplastaba. Aligeró el paso y se metió instintivamente en la catedral movida por una vieja añoranza. Acababa de finalizar un oficio religioso y todavía olía a misa. Este olor le recordaba su niñez, sus hermanas… su madre; sus manos ásperas siempre oliendo a cebolla y ajos, acariciándola mientras la convertía en su confidente de tristezas. Fiamma nunca había querido escuchar sus penas, quería que todo fuera alegría, no estaba preparada para entender la infelicidad, pero su madre la había elegido; según sus hermanas, había sido una "privilegiada". Nunca entendieron cuánto le había costado ser "la escuchante favorita" de su madre. Aquello, que parecía tan inocuo, le había dejado profundas secuelas. De tanto oír, su oído había terminado ensanchado a la escucha. Siempre atenta a atender y entender. De tanto oír, Fiamma había aprendido a dar, nunca a pedir. Esas charlas terminaron modelando su futuro como sicóloga. La prepararon para ayudar a los demás antes que a ella. La hicieron apta para desarrollar un continuo sacrificio de entrega, que ella consideró como su más valiosa virtud. La maduraron antes de tiempo. La convirtieron en la mejor sicóloga de la ciudad. La mejor sicóloga de mujeres de Garmendia del Viento. Todavía le costaba pensar en su madre. En días de trabajos pesados, la culpaba de su carga. Salió de allí sin encontrar lo que buscaba. No sabía por qué se sentía tan sola y abatida.

Esa noche Martín y ella habían decidido romper el círculo vicioso de actividades que había ido monotonizando su vida de pareja. Se habían dicho que tenían que hacer más cosas juntos. Cenando, empezaron a pensar… Necesitaban encontrar alguna actividad que les hiciera conocer otra gente y les llevara a compartir más los momentos de soledad de pareja. Unos amigos les habían recomendado tomar clases de baile de salón. Volver a bailar cheektocheek, algún bolero o tango, pero lo desestimaron por poco afín a ellos. Otros les propusieron aprender a jugar golf, que además tenía la ventaja de iniciarlos en un turismo nuevo; la búsqueda de los campos más exclusivos en parajes verdes y relajantes, Escocia para el verano o Bali para el próximo noviembre, pero la idea no les llegó a convencer; había mucho buenavida y cantamañanas en los campos que no habían dado bola en su vida, salvo a la bola de golf.

Pensaron tomar juntos clases de ajedrez… demasiado estático, de tenis… demasiado movido. Construirse una casa en la isla de Bura, entre manglares y cocoteros. Afiliarse al club de numismáticos. Hacer un curso de paracaidismo y de vuelo sin motor, pero lo descartaron. Fiamma temía a las alturas. Pensaron tomar clases de submarinismo, y aunque fue lo que más les entusiasmó, al final lo dejaron estar, llegando a la conclusión de que Martín temía a las profundidades. Pensaron meterse a un curso de ornitología, pues con la cantidad de pájaros que llegaban a invadirles cada día la sala tendrían cómo practicar, pero aunque a Fiamma le encantó la idea, a Martín le pareció muy poco útil. Él siempre buscaba la utilidad de las cosas. Así, entre quesí-quenós se les fueron las horas; tratando de ponerse de acuerdo en encontrar alegrías distraídas. Las propuestas de Fiamma eran rebatidas ampliamente por Martín; las de Martín le parecían aburridísimas a ella.

Después del rotundo fracaso en la búsqueda de entretenimientos matrimoniales, tuvieron una noche larga y tendida. Larga, porque les llegó la mañana tratando de conciliar un sueño que nunca llegó, imaginando felicidades futuras difíciles de obtener, ni siquiera en el mejor de los cursos. Y tendida, porque aunque estuvieron toda la noche acostados, no se les ocurrió que podrían haberla consumido vaciándose el uno en el otro y el otro en el uno; haciendo de vasos comunicantes. Logrando ese dormir a pierna suelta tan fácil, la maravillosa fatiga de los amantes exprimidos que se han regado y desintegrado en alma y cuerpo. El abandono satisfecho de sexo pleno.

Todo lo que buscaban rellenar con nuevos y exóticos cursos, era el pálido hueco que había ido dejando con los años aquella pasión que a Fiamma en tantas ocasiones la había quemado, subiéndole en fogonazos desde el pecho hasta el cuello. Se les había muerto la pasión.

Habían ido pasando de hacer el amor a todas horas, todos los días de la semana, a hacerlo tres veces por semana, luego dos, después a la noche de los sábados y finalmente a la de los domingos, y como esa noche no era domingo, no tocaba tocarse.

A la mañana siguiente, Fiamma se topó con la imagen de Martín reflejada en el espejo. Se miraba con una pose que ella desconocía. Hinchaba los cachetes, como queriendo sacarse en un soplo contenido veinte años de encima. Coqueteaba con el espejo; sonreía y hacía miradas de intelectual interesante. Al entrar le había preguntado si le encontraba atractivo. Fiamma había reído, abrazándole. Siempre le había atraído. Aunque no era lo que se dice un Adonis, le parecía guapísimo. Detestaba los hombres con cara de niños perfectos, de musculatura gomosa y ancha que parecían inflados a punta de aire. Prefería la inteligencia adivinada en unos ojos; unas manos suaves, que acariciaran o prometieran caricias; una conversación brillante y profunda. Y él tenía todo eso, o al menos lo había tenido cuando ella se había enamorado. Estaba delgado. No hacía ejercicio, pero a sus 47 años se mantenía en plena forma. Desnudo siempre le había sorprendido, aunque lo prefería vestido de negro. Tenía el punto intrigante de los seminaristas guapos. Blanco de piel y de ojos y cabellos muy negros. No era demasiado alto; unos pocos centímetros más que ella. Alguna vez alguien les había confundido como hermanos, pues aunque no se parecían en nada sus negros mechones de pelo ensortijado eran idénticos.

Se dieron un beso y ella se quedó sola frente al espejo. Lo que vio no le gustó. Tendría que adelgazar un poco y comprarse lencería nueva. Algo más llamativo que sus monótonas braguitas blancas de algodón y sus sujetadores a juego, comprados siempre a docenas. Se recogió su largo pelo y pensó que tal vez Martín tenía razón cuando le había dicho que debía cortárselo. La última vez que lo había hecho había sido por una depresión, y de eso hacía mucho, entonces tenía 18 años. Había pasado de llevarlo hasta la cintura a cortárselo a lo garçon. No sabía por qué los cortes de pelo coincidían con los estados de ánimo. Lo había comprobado con sus pacientes. Las más inestables le llegaban cada semana transformadas. Había una que en sólo un mes había llegado a ser pelirroja, rubia ceniza, morena, rizada y lacia; era una paciente que un día alababa a su marido y lo dejaba por las nubes y dos días después decía que era un maldito desgraciado. Había querido cambiar de profesión como de color de pelo, decenas de veces. De ser arquitecta había pasado a querer ser ingeniera de caminos, veterinaria, abogada, odontóloga y fisioterapeuta. Un día le dio porque ya lo tenía claro. Lo que quería era ser teóloga. A sus 52 años llegó a inscribirse en la universidad, después de haber pasado por unos exámenes dificilísimos para los cuales llegó a aprenderse la Biblia y el Corán enteritos –tenía un coeficiente intelectual superior alto–, pero una vez pasadas las pruebas de ingreso no sólo no asistió sino que lo dejó porque quería ser bailarina de danza de vientre. Así era esa mujer. Todos sus estados de ánimo quedaban pintados en su pelo.

Fiamma se dijo que tendría que estudiar más a fondo la relación pelo-estado de ánimo.

Volviendo a lo suyo, pensó en cuidarse más. Regresaría al gimnasio, lo que no sabía era a qué horas, pues prácticamente no tenía un segundo libre al día. Mientras cavilaba y se iba arreglando se le ocurrió que un viaje con Martín no les vendría mal… Hacer viajes originales había sido la debilidad de ambos. Concluyó que era una buena idea.

Durante los casi 18 años que llevaban juntos habían recorrido medio mundo, los últimos ocho tratando de evadir los silencios muertos. Se habían ido llenando de curiosidades varias. Árboles de la vida mexicanos, escarabajos egipcios tallados en piedra, collares tribales, figuritas en lapislázuli, alfombras persas, lámparas modernistas, retablos de estilo renacentista y antigüedades austriacas y francesas. Mil y un objetos que fueron llenando su piso hasta darle ese aire desordenadamente ecléctico que sólo les describía a ellos.

El color de sus paredes hablaba de sus pasiones viejas. Las habían pintado entre los dos hacía mucho y nunca las habían retocado. Tenían el descolorimiento propio del tiempo, el desgaste de los años, y eso las hacía más bellas. Estaban pintadas al estuco, de un rojo que bañaba de calidez todos los rincones. Habían resuelto coronar los techos de azul cielo. Romper el colorado, pintando las columnas que remataban los arcos de su casa en un azul marino. Esos colores habían nacido una tarde de amor sublime. Aquel día Fiamma le había dicho a Martín que lo veía azul,

color de mar; le dijo que desde que lo había visto la
primera noche había notado a su alrededor un halo
índigo. Lo había sentido tono cielo. Tono luna. Él en
cambio dejó escapar entre besos que siempre la había
visto en color rojo, con matices naranjas. Como sol
exprimido. Como fuego ardiente. Pasión al rojo vivo.
Aquella tarde de juegos coloristas había sido la más
bella de sus vidas. Habían estado haciéndose el amor,
mirándose a los ojos; llorando de placer. La boca de
Fiamma había sido una abeja hambrienta sobrevolando el cuerpo de Martín; libándole entre los pliegues
todas sus mieles. Las manos de Martín habían sido
cuerdas tensas de un arpa que desprendía música a su
paso. Ella se había sentido ingrávida; aquellas manos
levantaban sus caderas como plumas. La elevaban y
bajaban con una suavidad y cadencia que contrastaba
con la violencia que le embestía por dentro; había
entrado a su cuerpo para arrancarle el alma. Se habían
relamido y chupado su fatiga de amor hasta saciarse.
Ese día ella había definido a Martín como una fuerza
suave. Él había confirmado en Fiamma su color, al
sentirle las borrascas de su cuerpo. Definitivamente
era roja. Aquella tarde habían decidido pintar las paredes de su casa del color del amor, del corazón, de
las rosas, del fuego, de sus sexos, de sus bocas, de sus
lenguas. Habían decidido pintarlas de rojo.

Ahora, mientras las observaba y repasaba con su
mano el desgaste, Fiamma pensaba para sí cuánto
empezaban a parecerse esas paredes al amor de ellos.
Seguían de pie. Habían aguantado terremotos, inun-
daciones, salitres y vapores rancios que a veces venían

del mar, tenían algunas que otras grietas y desconches, pero mirándolas de lejos todavía se las veía enteras. Igual que ellos. Mientras no detallaban en sus días, mientras no hacían acercamientos a primer plano, el plano general era de lo más resultón.

Fueron pasando las semanas en Garmendia del Viento. Fiamma ni se cortó el pelo, ni se compró braguitas, ni sujetadores, ni ligueros, ni ninguna lencería especial, ni fue al gimnasio, ni se apuntó a ningún curso. Lo único que no dejó de hacer fue asistir cada día a su consulta con puntualidad religiosa.

Un miércoles, mientras Fiamma se entretenía en su casa espiando el nido lleno de huevos a punto de romperse que la paloma había montado en su escultura, recibió la llamada de una Estrella excitadísima que tenía que verla con urgencia. No podía esperar al viernes, le dijo, tenía que abrirle un hueco en su agenda. Más que un pedido era un ruego; aunque Fiamma lo tenía difícil, quedó que la recibiría al día siguiente; por lo menos le adelantaría en un día su cita. Notó en su voz una agitación y urgencia desproporcionadas, como de niña poseedora de un gran secreto con muchas ganas de revelarlo. Colgaron, y al volver a mirar el nido lo encontró lleno de cabecitas pelonas, de picos abiertos. Habían nacido palomas moñudas en su sala. No quiso acercarse por temor a ser vista por la paloma madre y que los pequeños fueran a sufrir un abandono temprano. Lo que no sabía era que la paloma ya había abandonado esos huevos, pues había escapado con un palomo nuevo

que le había estado haciendo arrumacos en la plaza
de la catedral. Fiamma tuvo que criarlos a punta de
gotero, donde ponía lombrices trituradas, una papilla
asquerosa que se inventó por necesidad y que a los
palomitos les parecía manjar de dioses. Así se vieron,
a falta de hijos, rodeados de palomos blancos, a los
que Fiamma y Martín llegaron a bautizar con nombres
y apellidos.

Esa noche Fiamma soñó que era una caracola
que entraba y salía con las olas del mar, cansada de
no poder escapar de una vez de la marea. El agua la
ahogaba en su sal y en su arena. ¿Por qué las caracolas
no tendrían alas?

Llegó a la consulta a las nueve en punto, envuelta en perfume de azahares. Tenía días en que se le
alborotaba su aroma. Estrella Blanco ya estaba ahí.
Como siempre impecable y antes de la hora prevista.
Era curioso, pensó Fiamma, todas sus pacientes se
hacían esperar menos ella.

La hizo pasar, no sin antes darle su abrazo entrañable. Descubrió en su mirada color miel, un brillo nuevo que encandilaba. Fiamma ya conocía esa extraña
luz. La había visto en sus ojos de jovencita, cuando
se había enamorado de Martín Amador.

Empezó la sesión tratando de calmar a Estrella;
desde que había empezado la terapia nunca la había
visto tan excitada. Parecía una niña con juguete nuevo.
La miró como solía mirar a sus pacientes, entre interrogante y expectante, esperando que abriera la boca.

En el desorden de su alegría atropellada, Estrella
le fue describiendo lo que venía sintiendo los últimos

días. Esa exaltación que la mantenía ebria de dicha. Se disculpó de no habérselo dicho en las anteriores citas por puro miedo; creía que era de mal agüero desvelar los secretos alegres. Le dijo que aquello se le había ido creciendo tanto que ya no le cabía en el cuerpo y necesitaba compartirlo con alguien, exorcizar su alegría. Fiamma dejó que hablara.

"He conocido un ser maravilloso. Un ángel", le dijo excitadísima. Sin guardarse ni un respiro le fue contando los pormenores del primer encuentro.

Le explicó que una tarde sin saber por qué, saliendo de la sede de Amor sin límites había sentido el impulso de sentarse a descansar en uno de los bancos del Parque de los Suspiros, aquel que quedaba cerca de la torre del viejo reloj; preguntó a Fiamma si lo conocía más que con ganas de que le contestara, comprobando si la seguía en el relato. Fiamma asintió. ¡Claro que recordaba aquel antiguo reloj sin agujas!, muchas veces observándolo, había deseado que los relojes fueran así, sin agujas; relojes destiempados que dieran cabida a los momentos sublimes. Donde la espera no existiera, ni las prisas; donde nada de lo bueno se quedara por hacer, ni decir; donde lo más bello permaneciera suspendido en el instante eterno; donde se pudiera retroceder y borrar lo equivocado y triste. Estrella no se dio cuenta que por un momento su sicóloga se había elevado y continuó desenvolviendo su secreto…

Aquella tarde los rosales del parque que durante años habían permanecido sin florecer estaban cargados de botones a punto de abrirse. Era la primera vez que Estrella los veía así. Estando a la espera de lo inesperado, había sentido un soplo de brisa que venía del banco de al lado; un hombre daba de comer restos de pan a decenas de gaviotas. Después de posarse sobre los zapatos de Estrella, la más jolgoriosa había abandonado un trozo sobre ellos. Entonces, de una mirada, ella y el hombre se desvistieron el alma. Terminaron hablando. Él se le fue acercando con el pretexto de hablar de la gaviota y del pan, de los rosales y, sin saber cómo, acabaron hablando de ángeles. La invitó a conocer los ángeles más bellos de Garmendia del Viento y ella, con sonrisa de caricia se dejó llevar. Ya había entrado en ese estado de ingravidez donde el tiempo queda suspendido y todo empieza a suceder lento. Veía reflejado en los ojos del hombre el brillo de sus ojos. En la sonrisa de él su propia sonrisa. Ella se sentía interesante. Él, interesado. En ese estado de levedad, empezaron a caminar por entre callejuelas adoquinadas hasta llegar a la capilla de Los Ángeles Custodios. Dentro, el retumbar de los tacones de Estrella y los pasos de él habían roto el solemne silencio. El olor a cirios derretidos y a incienso había cargado el aire de espectral recogimiento. Las luces de las velas proyectaban sus sombras en el pequeño altar. Subieron los pequeños escalones que les llevaron hasta allí, y cuando estaban en el centro, él le hizo mirar hacia arriba. La cúpula de la pequeña capilla era un esplendor de ángeles desnudos que, entre velos, presentaban el nacimiento de la Virgen: una madonna de cabellos dorados ondulantes emergiendo de una gran rosa roja abierta, circundada por cientos de pétalos rojos suspendidos en el aire. Una obra del Quattrocento tan bella, que Estrella terminó con los ojos húmedos de emoción. Al ver su reacción, el hombre trató de secarle las lágrimas que rodaban por sus mejillas, con un ramillete de botones cerrados que había arrancado de los rosales; al contacto con las gotas, los capullos se abrieron en una floración inesperada. Estrella pensaba que lo que estaba viviendo en realidad lo soñaba. Se sentía en las nubes, como uno de esos ángeles que tanto la habían conmovido. Así se quedaron hasta muy tarde, flotando en la alegría del enamoramiento fulminante; con las manos entrelazadas de palabras nuevas. Parecía que se hubieran conocido de toda la vida. Él la inició en el culto a las alas dándole una clase magistral. Le enseñó que los grandes pintores renacentistas, antes de pintarlas recogían plumas de todos los pájaros existentes y hacían un estudio minucioso. Así, las alas que pintaba el Beato Angélico eran diferentes a las de Lorenzo de Credi o a las de Duccio o Giotto. Le contó que para la Anunciación, Simone Martini había recogido plumas de águilas, estorninos, martines pescadores, búhos, carpinteros, pavos reales, patos salvajes, azulejos, gallinas y aves de corral. De todos esos estudios habían salido, en oro bizantino y colores armónicos, las alas más hermosas del Renacimiento. Estrella, que sólo coleccionaba ángeles por puro placer, volaba en lo que escuchaba. No sabía que existiera alguien que supiera tanto de alas y vuelos.

Terminaron hablando de los sueños, de las almas gemelas. En cada lamparilla de votos que encontraron

encendieron dos velas que colocaron juntas. Cuando
el hambre de beso fue más fuerte que todas las historias, acabaron mordiéndose las bocas; fundidos en
un interminable aliento enamorado, respirando deseo
hasta que, un fraile en sombras, empezó a apagar los
últimos cirios encendidos del altar. La capilla quedó
en penumbra total. Se levantaron con desgana arrastrando los pies hasta encontrar la salida. Estuvieron
a punto de quedarse encerrados, sino hubiera sido
porque el cura al final los descubrió y, con tosecitas
y gestos, los empujó a la salida envidioso del momento que estaban viviendo. El hombre y Estrella
desandaron las calles en silencio, sabiendo que lo que
acababan de sentir era maravilloso; al llegar al parque,
todos los rosales habían florecido. Rosales que habían
sido de distintos colores, ahora daban una floración
única, toda roja. A la luz de la luna, los arbustos se
doblaban de flores.

Quedaron de volver a verse, siempre en el mismo
parque, el mismo día, los jueves, y a la misma hora,
las seis. Al despedirse el hombre preguntó por su
nombre, ella le contestó un Estrella susurrado. Entonces él le dijo que tenía el nombre más brillante de
la tierra. Estrella quiso saber el suyo, y se encontró
con una pregunta: "¿Cómo quieres que me llame?".
Ella lo bautizó *Ángel*.

A Estrella, que no había conocido más hombre que
un marido borracho y machista, *Ángel* le había parecido maravilloso. Había roto el solemne juramento
que se había hecho de no volver a enamorarse nunca,
cayendo otra vez en aquella agitación. Se volvía a

sentir, más que viva, revivida. Le había llegado ese amor, como una ráfaga de viento, limpiándole de un soplo, sus prevenciones, dolores y desconfianzas. La había bañado con esa ingenuidad tan de mortales que a la hora de amar iguala a todos, porque en el fondo del corazón siempre se abriga la esperanza de encontrar el amor perfecto, aquel que regala felicidad las veinticuatro horas del día, todos los días del año. Esa tarde de encuentro fortuito, Estrella había vuelto a creer en el amor. Había guardado su secreto celosamente, pero finalmente, al no resistir la tentación de contárselo a alguien, esa mañana de jueves, en la consulta de Fiamma, se había vaciado explicando con lujo de detalles su más íntima felicidad.

A las seis lo vería. Ya llevaban un mes así. Encontrándose en el Parque de los Suspiros. Metiéndose en la capilla de Los Ángeles Custodios, besándose y tocándose hambrientos, por encima de la ropa, mientras nadie los veía. En realidad el fraile era testigo mudo de sus jueves; no quería perderse de sentir, aunque fuera de lejos, esos amores ajenos. Se escondía en el confesionario para vivir su calentura improcedente. Así, acababan jugando los tres a no ser vistos. Al final siempre los echaba de allí, eso sí, con gestos delicadamente sacerdotales y una velada invitación al regreso. Ellos terminaban vagando por las calles sin rumbo fijo, pero cargados de conversación y gestos. No habían hecho el amor aún y eso le gustaba a Estrella, que temía al encuentro desnudo. Esa prohibición sexual no hablada la había ido llenando de un deseo ardiente que

la atacaba sobre todo en las noches y la hacía correr
a la bañera y enfriarlo, a punta de baños larguísimos
en los que colocaba unos bloques inmensos de hielo
que hacía subir al portero del edificio. Un día tuvo
que echarlo a gritos, pues se dio cuenta que después
de descargar los bloques en el baño se había quedado
detrás de la puerta tratando de escucharla; espiando
sus calores, esos vapores que aún *Ángel* desconocía. Se
sentía como una olla a presión a punto de explotar. La
pasión que estaba sintiendo por *Ángel* la quemaba. Era
verdad que no sabía muchas cosas de él, pero tampoco
le preocupaba; lo encontraba un ser tan especial que
hasta verlo solamente una vez a la semana le había
parecido algo natural, pues nada de lo que hacían era
habitual. Lo encontró parte de ese estado. "¿Por qué
tendrían que hacer lo que todos?", se decía. Así que,
cuando Fiamma trató de aconsejarla en la manera en
que estaba llevando esa relación, Estrella la apartó con
delicadeza. Creó una muralla de protección donde no
había cabida más que para ella y *Ángel*.

A Fiamma le preocupaba que, en cada cita, Estrella
no sólo no comentara sobre su historia pasada, sino
que ocupara la hora en su totalidad narrando sus
encuentros con *Ángel*. Ella, que había llegado a su
consulta pidiendo ayuda, buscando resolver el problema de su soledad crónica, ahora sólo hablaba de
su nueva compañía. Aquella solitud angustiosa había
sido llenada un día a la semana por un extraño. El
problema seguía allí, pero de eso ya no se hablaba.

Por más que Fiamma trataba de desviar las sesiones,
llevándolas a otros aspectos de la vida de Estrella,

todo, aun lo más lejano y ajeno, terminaba al final en *Ángel*. La sentía como una adolescente susceptible y ella no quería asumir el papel de madre; no le tocaba ni creía que le fuera a servir a ninguna de las dos. Sabía que Estrella necesitaba desfogar su dicha y que, si la liberaba en ella, era porque no tenía a nadie más. Nadie en quien confiar. Le preocupaba el hecho de que *Ángel* llegara a desaparecer de la vida de Estrella tan de golpe como había entrado. Le había empezado a coger simpatía; le intrigaba. Hasta le producía un poco de morbo el hecho de que no se la hubiera llevado a la cama todavía. Se empezaba a preocupar demasiado por este caso, reflexionó. No quería ni pensar que tal vez se estuviera identificando en el sentir de su paciente. Tendría que controlar más sus sentimientos, se dijo, mientras se preparaba para el último paciente de la tarde.

Fiamma no tenía tiempo de aburrirse. Su trabajo como sicóloga le aportaba vida. Sus pacientes la hacían sentir necesaria, salvadora de almas. Cada caso, en su complejidad, le regalaba nuevas sensaciones y retos. La forzaba a investigar, a estar al día. La paseaba por otros modos de vida. La obligaba a estar atenta a los cambios sutiles que sus pacientes iban experimentando en cada terapia. Todas estas personas le llenaban la vida. Le ayudaban a trazar nuevos mapas en la tan compleja geografía humana. A veces los sentía su familia; la acompañaban día y noche en la gélida soledad vivida con Martín. A sus treinta y siete años se sentía en una madurez plena. Segura de que ya lo había experimentado todo, habiendo quemado cada etapa de su vida a fondo. Ahora tocaba el sosiego y ella lo iba viviendo; se sentía en paz y equilibrio, aunque en el fondo más hondo de su ser añoraba la sana locura de la juventud. La expresión abierta y suelta de todos sus deseos. La cándida desfachatez de la locura de poder hacerlo todo protegida por la inconciencia de la edad temprana. Hoy, esa energía sacada de lo insensato se le había ido cubriendo de hollín. Había ido quedando cubierta por años y años de cordura rutinaria. A veces se preguntaba por qué había dejado perder esa locura. ¿Adónde se había ido ese desentenderse, ese ir por las calles a plena lluvia sin importarle empaparse hasta los huesos? ¿Qué había sido de aquella muchacha que corría entre las rocas y se lanzaba al mar de madrugada para coger gaviotas al vuelo o comer ostras vivas o erizos sin miedo a pincharse? ¿No había sido ella misma la que se había impuesto esa cordura para pertenecer más a una sociedad establecida a base de sedentarismo y rectas reglas?

Se le ocurrió pensar que tal vez su consulta estaba llena de personas que, como ella, habían olvidado en el cajón de su infancia la llave de la inocencia; del dejarse ir. Tantas reglas habían ido clasificando individuos y hoy la gente se moría de aburrimiento y tristeza por culpa de ellos mismos. Se habían ido obligando a desempeñar papeles para moverse dentro de la sociedad, buscando ser aceptados; no ser desclasificados. Entre más analizaba casos, más identificaba los estragos que la educación había hecho en ellos. Educaciones equivocadas habían ido traspasándose la infelicidad de generación en generación, como si fueran genes.

Había verificado como muchas de las mujeres que trataba en su consulta eran niñas que ya habían nacido con ese estigma, y a las que ni siquiera el destino podía hacer nada para salvarlas de su futuro programado. En muchos casos, mujeres de familias enteras, desde tatarabuelas, bisabuelas, abuelas, madres, hijas hasta nietas, habían elegido un mismo tipo de marido, casi siempre maltratador, al que daban por normal y bueno, pues nunca habían tenido otro patrón referencial que les hubiera dado otra luz en su vida. Ahora ella trataba de romper ese círculo vicioso con muchas de sus pacientes, para que al menos su descendencia alcanzara la liberación. Tenía pacientes médicos que hubieran preferido cualquier otra profesión, pero por mantener el juramento hipocrático, más que con su profesión con sus padres, no habían roto la cadena. Y se transmitían de padres a hijos, no sólo los estetoscopios, los tics o las verrugas familiares, sino también hasta el deseo de ser lo que no querían ser. Tenía otras que llevaban a cuestas profesiones frustradas de sus progenitores, ahora realizadas en ellos; recordaba aquella violinista que le llegó un día descamisada, a punto de matarse a golpes. Había desarrollado una alergia al sonido del violín cuando lo tocaba. Una erupción violeta que le venía desde la garganta hasta los dedos de las manos. Ese día, en un arranque de rabia, había lanzado desde un décimo piso su Stradivarius, regalo odiado recibido a sus quince años, a ver si con el impacto se acababa de una vez el deseo de su madre de verla como gran solista y concertista en La Scala de Milán, y para su desgracia el violín no había sufrido ni un rasguño. Se revelaba contra el instrumento y no contra quien le había hecho el ser más desgraciado de la tierra; al final Fiamma había terminado tratando a su madre, a quien recomendó tomar clases de violín tardías y dejar a su hija en paz.

A Fiamma le gustaba caminar. Prefería eso a tomar su coche o el metro. Era el momento del día en que podía reflexionar y escucharse a sí misma. Tardaba más de una hora en su paseo, pero le servía para despejarse y coger fuerzas para el día siguiente. Se aplaudía interiormente por los resultados obtenidos en su jornada. Sin saber, se iba calificando. De cero a cinco, como cuando estaba en el colegio. Ese día se había puesto un cuatro coma ocho. Pensó en Martín. No estaba segura, pero le parecía que esa manía de calificarse le venía de él. Terminó preguntándose, "¿será que al final uno termina pareciéndose a su pareja?", ¿cuántas cosas suyas había ido abandonado sólo por complacer a Martín?

Recordaba cuánto le habían molestado sus comentarios de cada noche, cuando le preguntaba por su día menospreciando su cansancio; sus irónicas frases sobre su profesión; sus burlas sobre "escuchar locuras y payasadas" de sus pacientes diciéndole que ella, más que cobrar tendría que pagar, pues los problemas que escuchaba eran en realidad distracciones que no tenían precio. En cambio la actividad de él la valoraba como la más ardua y compleja. Habían llegado a tener discusiones bizantinas que no les habían llevado a ninguna parte; por eso ella había optado por el silencio, pero

Martín había entendido ese silencio como un estar de acuerdo; "el que calla, otorga" apuntaba, pensando que por fin ella le daba la razón. No sabía que Fiamma simplemente había creado un escudo protector contra sus tonterías. Siempre que él empezaba con alguno de sus comentarios de articulista consumado ella interiormente se vestía con un chubasquero, donde la lluvia de sandeces de su marido resbalaba sin mojarla. "Sin mojarla" se repitió, eso es lo que ella había creído, pero en realidad le dolía. Todos esos detalles la habían ido alejando interiormente de Martín. Habían dejado de tener conversaciones, porque sus puntos de vista eran muy diferentes y ella había terminado por cansarse de esos pulsos de conocimiento sostenidos; de discutir hasta el cansancio teorías sobre filosofía, política, humanidades y religiones, temas que en su noviazgo les habían unido y hecho interesentes el uno al otro, y que ahora les distanciaban. Echaba de menos una conversación inteligente que le contara cosas nuevas, que le abriera puertas. Añoraba compartir sus carcajadas; aquel cansancio de estómagos risueños a punto de reventar de risa. Sus carreras al baño bajándose los pantalones, tratando de llegar a tiempo, aguantando el hacerse pipí encima mientras él la perseguía.

A Fiamma dei Fiori le hacían falta muchas cosas, pero nunca había dicho nada.

Entre tantas cavilaciones, había llegado a casa. Decidió subir las escaleras en lugar de tomar el ascensor, pero antes se quitó los zapatos. Le gustaba ir descalza y sentir el frío del mármol. Fuera, el asfalto todavía

ardía derretido. El calor en Garmendia del Viento a
veces se hacía insoportable. Ese día no se había movido ni una hoja. Cuando era pequeña su madre le
había enseñado que esa era una mala señal. Empezó
a subir, y estando a punto de llegar a su piso escuchó
aquel rugido. Ese grito ahogado que venía del centro
de la tierra. El bramido de animal furioso que buscaba
salir de su guarida. Las últimas escaleras empezaron a
moverse. Había arrancado a temblar. La tierra rugía.
Ya conocía ese sonido que tantas veces había temido
cuando era pequeña. Fiamma se agarró como pudo
de un dragón que sobresalía de la barandilla de hierro.
Necesitaba llegar a la puerta y abrirla. Meterse dentro
de su marco, pues sabía que era la mejor protección
que existía. La vecina del quinto, una abuelita milenaria que había perdido el juicio, comenzó a rezar
unas letanías mientras gritaba: "Tienes razón, San
Emidio, nos lo merecemos". Al coronar la puerta,
Fiamma empezó a luchar por tratar de meter la llave
en una cerradura que no paraba de moverse; al final,
después de tanto movimiento e insistencia nerviosa,
logró abrirla. Su casa trepidaba. Las lámparas de la
sala iban de un lado para otro cargadas de palomas
que se columpiaban, cagándose de miedo sobre las
alfombras. Los cuadros caían inmisericordes. Sobre
las mesas, jarros, fotos y flores tiritaban, buscando
hacerse añicos en el suelo. En el balcón, la hamaca
se mecía descontrolada columpiando a nadie. Del
dormitorio del fondo del pasillo Martín Amador salió
impasible. Caminaba despacio, al mismo tiempo que
volvía a colocar todo lo caído en su sitio, como si lo

que estaba sucediendo en ese momento, fuera cosa
de todos los días. El ruido cesó. Había parado de
temblar; sólo había sido un aviso sin mayores consecuencias. A Fiamma le pareció ver en su marido, otro
hombre. Más enigmático. Más misterioso. Más nuevo.
Llevaba una cara plácida, como si acabara de salir de
un masaje de shiatsu. Fiamma le preguntó si ese día
había ido donde el chino que solía masajearlo. Él le
respondió que no. Esa noche cenarían en El jardín
de los desquicios. Ella se acercó a besarlo y le sintió
en su camisa un intenso olor a mirra. ¿Habría vuelto
a ir a misa Martín? ¿Había recuperado su costumbre
de juventud… aquella que le había quedado del seminario de los franciscanos, cuando había estado a
punto de convertirse en sacerdote?

Se arreglaron en silencio. Ella se vistió de negro.
Igual que él.

3. LA EQUIVOCACIÓN

Se equivocó la paloma.
Se equivocaba...
Creyó que el mar era el cielo,
que la noche, la mañana.
Se equivocaba.

RAFAEL ALBERTI

En la sede de La Verdad se había armado un gran revuelo. Ese día habían hecho grandes cambios. Martín Amador había sido ascendido de redactor-jefe de la sección política y cultural a director adjunto del diario. Eso le llevaría a mucho más poder, más cócteles, más cenas obligadas, más encuentros con grandes políticos; en resumen, a un cambio de rutina.

Martín siempre había sido un polemista a favor de un cosmopolitismo cultural muy abierto, como lo había sido James Joyce, uno de sus escritores favoritos. Era irreverente y liberal declarado, no había tenido nunca pelos en la lengua, y quien conocía el filo de su pluma le tenía pánico. Dentro del diario era respetado y admirado. Siempre había escuchado que habría podido ser un gran gobernante, pero a él la política sólo le gustaba desde fuera. Pensó que su nuevo cargo le llevaría a maniobrar con mayor libertad, y sutilmente, a imponer sus opiniones; a cambiar la dirección del viento de La Verdad. Estaba radiante. Sentía que ese cargo se lo merecía. Llevaba veintitrés años esperando ese ascenso. Había empezado redactando anuncios clasificados por palabras, y a punta de tesón y esfuerzo había entrado en la redacción, donde se cocinaban desde platos muy selectos hasta los más ordinarios; donde estaba la verdad del diario. Aquellos primeros años le había impresionado la agitación, el pulso efervescente, la trepidancia con que se vivía dentro del periódico; las entrañas del medio impreso. Con su ingenuidad juvenil había creído que cambiaría el mundo. Aún le seducía todo. Desde el olor a tinta fresca, hasta el reto diario de crear artículos y noticias que, una vez habían acompañado el café de la mañana de los garmendios, terminaban con toda seguridad envolviendo pescados en algún mercado, limpiando cristaleras o sirviendo como papel secante empapado en el agua de alguna inundación. Le gustaba el carácter efímero de su trabajo. Sus columnas tenían una vida corta, sólo veinticuatro horas, pero la satisfacción que recibía era tan grande que compensaba esa muerte temprana. Cada mañana hacía de la lectura del diario un ritual. Era un momento casi mágico.

Se imaginaba a miles de lectores leyendo sus columnas; iluminando las mentes de otros; conectando con miles de neuronas. Haciéndoles pensar, rabiar, amarlo u odiarlo. Sus escritos siempre generaban algo y eso le encantaba; odiaba la indiferencia, tanto a nivel personal como profesional. Por eso le gustaba remover. Sus columnas tenían su sello inconfundible. Era un agitador de letras.

Martín se había hecho muchas reflexiones después de que le comunicaron su nuevo cargo. Una de ellas, la más íntima e infantil había sido que al final tendría una buena disculpa para ausentarse de casa. Le comunicaría a Fiamma su ascenso. La invitaría a cenar y después… llamaría a Estrella. De repente se encontró recriminándose. ¿Cómo era posible que estuviera mintiendo si él era el primero que odiaba la mentira? ¿Qué le había pasado ese ocho de mayo en el parque, cuando había conocido a Estrella? ¿Había estado jugando a hacerse el interesante… el seductor? Desde que había conocido a Fiamma nunca había tenido ojos para otra mujer. En todos sus años de matrimonio era verdad que le habían gustado algunas mujeres, pero de verlas y admirarlas nunca había pasado a más. A los amigos que solían hablar de temas de faldas les había insinuado que había tenido algún affaire, más que para presumir, para no hacerlos sentir mal a ellos; pero todo era mentira. Ahora se encontraba frente a una delicadísima verdad que se le podía convertir en un serio problema. Estaba empezando a jugar con fuego. Nunca le había sido infiel a su mujer. Tenía que terminar con esas citas clandestinas. Era mejor ahora, cuando todavía no habían pasado a mayores. Sí, acabaría con esa relación, pensó Martín. Pero una cosa era lo que pensaba la razón y otra muy distinta lo que sentía el corazón. Y su corazón cada día pensaba más en Estrella. Se encontraba contando los días, las horas y hasta los segundos que le separaban de volver a verla. Anhelaba esos jueves como agua de mayo. Se sentía como un adolescente. Había vuelto a escribir poemas a escondidas, una costumbre que había ocultado por temor a ser visto como un ser frágil y demasiado sensiblero. Un hábito que había desaparecido con la estabilidad de su relación con Fiamma. Ahora se deleitaba sintiendo ilusión por arreglarse, por tener conversaciones brillantes, por investigar y leer cosas nuevas que luego explicaba con lujo de detalles a una mujer que le escuchaba embelesada, que estaba de acuerdo en todos sus planteamientos, en su filosofía de vida.

Se enorgullecía de no haber llevado esta relación a los revolcones precipitados de las sábanas. Le estaba dando una dimensión superior. ¿Angelical? Lo que en verdad le pasaba a Martín era que estaba convencido que mientras no se metiera en la cama con Estrella, no estaba siendo infiel. Estaba seguro de que la infidelidad sólo era infiel cuando se consumaba con el acto sexual. Creía sólo en la infidelidad física; por eso internamente había ido creando esa permisividad que le ayudaba a reducir sus complejos de culpa y a cambio le hacía disfrutar casi tan plenamente como si hubiera estado sumergido entre múltiples orgasmos, salvo por aquel malestar. Le había vuelto ese antiguo dolor bajo. El dolor que en su adolescencia llamaban "dolor de novio". Sentía sus testículos plenos, quemantes. Cuando cada jueves abandonaba la iglesia con Estrella, solía caminar muy despacio. Estrella había pensado que era para no perturbar la paz del recinto; en realidad, le costaba hasta caminar. Era un sufrimiento que se había ido convirtiendo, cuando lo recordaba, en un agudo e indescriptible placer.

Todo lo que rodeaba sus encuentros con Estrella iba revestido de gloria. Además, había ido descubriendo otro sentimiento nuevo: ella le estimulaba su instinto paternal. La sentía un poco desvalida y frágil. Hasta en su voz le había adivinado un tono infantil, muy femenino, que en cierta forma le hacía sentir más hombre; más omnipotente y activo. Se estaba tejiendo perfectamente una relación de protector y protegida; de profesor y alumna. Algo que Martín no alcanzaba a enfocar con exactitud, pero que le estaba generando una adicción con síndromes de abstinencia todavía incipientes.

Tomó su inseparable pipa y la empezó a limpiar. Vació la picadura usada y la fue llenando con parsimonia. Era un ritual que le serenaba en momentos de nerviosismo. Había ido haciendo una colección a fuerza de la repetición de regalos entre Fiamma y él. Todas las bocas de sus pipas estaban mordidas; tenían su sello. Se fascinaba probando nuevas picaduras. La encendió y lanzó al aire bocanadas de humo azulado mientras marcaba el número de Fiamma.

Nunca la llamaba, a no ser que tuviera una emergencia; en ese momento Fiamma atendía a una paciente, pero se puso al teléfono. Él se mostró agitado y feliz; esperaba que diera un grito de alegría con la noticia, pero ella se limitó a decirle que ya lo sabía. Que estaba tan convencida de que un día lo harían director que no le había cogido por sorpresa. Martín colgó desilusionado y se le vino a la cabeza Estrella. Si ella lo supiera, seguro que se alegraría más; se sentiría orgullosa de él. Claro que nunca le había dicho a qué se dedicaba, por eso no podría comunicárselo. Sin querer empezó a comparar y en el balance Fiamma salió, con gran ventaja, perdedora absoluta. Le dio una oportunidad; intentó otra reacción. Volvió a marcar el número de su mujer, aunque interiormente quería marcar el de Estrella. Fiamma le pidió, por favor, que no le interrumpiera más y le propuso cenar juntos, más que con el deseo de celebrarlo, con la intención de colgar rápido. La cabeza de Martín empezó a urdir un nuevo encuentro con Estrella justificado por la fría reacción que había tenido Fiamma respecto a su ascenso.

Ahora, cuando le había llegado la plenitud profesional, no podía saborear la felicidad. Se sentía triste en su alegría. Había empezado a degustar la frustración.

Siendo un hombre tan agudo y duro en su trabajo, su comportamiento profesional contrastaba con la indefensión que a nivel afectivo llegaba a tener; y es que aun el hombre más duro, cuando le llega el amor tardío, puede terminar convertido en un niño desvalido.

Por primera vez Martín cayó en cuenta que desde hacía años vivía como muerto. La alegría nueva que Estrella le proporcionaba en cada cita le había abierto los ojos, haciéndole ver cuán vacío había llegado a estar los últimos tiempos; comprobó que sólo había tenido una plenitud de pareja los dos primeros años de matrimonio y que había vivido una tristeza, programada por el hábito y la comodidad, los otros dieciséis. Se fue agarrando a esto, cada vez con mayor fuerza, para desoír la voz de su conciencia que en algo empezaba a incordiar.

Ese deseo ardiente que cada jueves Martín consumía como velitas de voto en la capilla de Los Ángeles Custodios, buscaba en realidad la aprobación de Dios. Inconscientemente había ido a parar al mismo sitio de donde había salido despavorido, cuando había caído en cuenta que él no servía para amar sólo a Dios, sino que también necesitaba amar a las mujeres. Amar un cuerpo, amar la carne. Seguía creyendo en la trilogía divina, pero no con la severidad de su juventud. Habían sido muchos los años de machaques doctrinales, primero en el colegio de San Antonio donde había estado interno por culpa de su hermano mayor que siempre le había acusado de ser el artífice de todas sus fechorías, y después en el seminario de Los Abnegados Misioneros del Sacrificio Divino donde en realidad había ingresado huyendo de las palizas de su padre, un hombre agrio, parco en palabras y pródigo en castigos. No sabía si su desidia por tener hijos tenía su origen en ese hecho. Nunca se había puesto a investigarlo. Es posible que no hubiera querido traer al mundo a ningún vástago para evitarle castigos a los que hubiera tenido derecho, sólo por el hecho de ser hijo. Claro que en lo del seminario no se sabía qué había sido peor, si el remedio o la enfermedad, pues una vez había ingresado se había encontrado con un padre que, aunque no era el suyo natural, le imponía otra serie de castigos tanto o más fuertes que los de su progenitor, eso sí, disfrazados de regalos divinos. Le había hecho meterse piedras en los zapatos, atarse en la cintura alambres con púas y ofrecer todas esas mortificaciones a Dios, asegurándole que con ello ganaría indulgencias para la otra vida. Tenía un cuaderno donde iba anotando suplicios, jaculatorias, flagelaciones, todos sacrificios sacros por amor a Dios. De tanto ir anotando le había ido cogiendo el gusto a escribir. Empezó a observar el comportamiento de todos los aprendices a cura, de los superiores, de la movida interna del claustro; lo anotaba todo. Un día descubrió entre la sotana de uno de los compañeros un par de tetas descomunales. Había entrado al servicio a orinar y se encontró con el padre Dionisio, el cura dedicado a la limpieza del seminario, con la sotana remangada haciendo pipí sentado. Resultó ser que el padre Dionisio era en realidad la señora de la limpieza, camuflada entre los hábitos, pues tenía un cuerpo tan escultural y hacía el trabajo tan bien que al superior de la orden se le había ocurrido esconderla entre los novicios disfrazándola de uno de ellos. El asunto quedó en secreto entre la señora y Martín, quien para mantenerse en silencio vivía con los enormes pechos "sofíaloren" en su boca recibiendo todos sus favores, favores que disfrutaba en esta vida y no en la otra, cosa que le encantó. Se subían al campanario, aprovechando la tarea que habían impuesto a Martín de tocar las campanas y, en un ejercicio de malabarismo y contorsión circense, Martín se colgaba de la cuerda del campanario, sotana al aire, mientras le esperaba el cuerpo rotundo de Dionisio, que en realidad se llamaba Dionisia. Así, camuflada por el sonido de los cobres al viento, ella chillaba de placer con las embestidas en volandas del seminarista. Terminaron campaneando cada día, anunciando no sólo el paso de las horas, sino los cuartos y hasta los minutos. Por poco acaban tísicos de tanto cuerpo tocado y sordos de tanto tantan oído, sino hubiera sido porque los echaron casi a patadas. A partir de ese momento, a Martín le había quedado claro que las campanas, una fascinación infantil, le seguían gustando pero oídas desde bien afuera, al igual que las carnes femeninas, pero estas últimas sentidas bien adentro. Por supuesto que Martín pasó algún tiempo refugiado en esos pechos y en sus creencias religiosas, hasta que emprendió definitivamente su camino. Claro que, cuando no se sentía seguro, una parte de él volvía a sus orígenes seminaristas. Y en este momento, con lo que estaba sintiendo por Estrella, había reincidido en lo religioso. Se había creído el refrán "el que peca y reza, empata" y había llevado su pecado ante Dios. Ahora que estaba viviendo en ese desvivir sentimental, sus creencias y arraigos más íntimos afloraban con mayor fuerza. Martín era creyente, aunque no lo manifestara en público ni fuera practicante. Es más, había corrido un tupido velo sobre su pasado como seminarista, un pasado que había desvelado a Fiamma en un momento de debilidad cuando acababan de vaciarse el uno en el otro. Él le había ofrecido el secreto como dádiva por acabar de hacerle feliz. Le regalaba su mayor tesoro. Ella se lo había tomado en broma; había reído, le había estado tomando el pelo, pidiéndole que le bendijera frente, senos, ombligo y pubis. Le había llamado reverencia, eminencia, santidad, padre Martín, pero al ver que él no le seguía la burla había jurado no volver a tocar el tema nunca más.

Y lo había cumplido. Hasta había terminado olvidando que él había sido proyecto de cura; sólo había vuelto a recordarlo el día del temblor, cuando había llegado a casa y le había sentido ese olor a incienso y mirra concentrado en su camisa.

Fiamma nunca había pensado en la infidelidad. Era un tema que no entraba en su relación con Martín. Sentía que se amaban profundamente. Que sus espíritus llevaban unidos muchos años. Que eran uno parte del otro. Un solo ser dividido en dos. Martín, el lado masculino, y ella, el femenino. El uno no estaría completo sin el otro. Ambos habían jurado amarse para toda la vida; "hasta que la muerte nos separe" habían prometido delante del sacerdote. No se les había pasado por la cabeza el no vivir juntos. Aunque tanto modernismo hubiera terminado por deshacer matrimonios "modelo", ellos no entraban en ese juego. Esa estabilidad sentimental ayudó a Fiamma a consolidarse profesionalmente. Cuando sus pacientes se habían interesado por su estado civil, había dado por hecho que la pregunta sobraba. Su estado no podría haber sido otro que "felizmente casada".

Por su consulta pasaban los casos más increíbles de mujeres engañadas y a ella le daba mucha tristeza; sentía pena ver cómo naufragaban los matrimonios. Cómo se iban quebrantando los juramentos de amor; "tan fácil como tomarse un vaso de agua" había dicho alguna vez. Los casos que analizaba en su consulta le servían para reafirmarse incondicionalmente en su compromiso de amor con Martín, compromiso recíproco que ella también veía en sus ojos. Por eso nunca sospechó de él.

Martín había decidido llamar a Estrella y encontrarse como de costumbre en la capilla. Esa tarde se había encerrado con doble llave en su despacho para escribirle unos versos. Siempre que quería imaginarla le costaba mucho hacerlo; cerraba los ojos y sólo podía ver apartes de su rostro. A veces, le venía la sombra de sus largas pestañas sobre su pequeña nariz. Trataba de irla construyendo a partir de esa imagen, pero ésta desaparecía por la de su carnosa boca entreabierta. Luego, empezaba a reconstruirla a partir de la boca y ésta se le esfumaba... entonces imaginaba sus delicadas manos. Había leído que cuánto más se quería a una persona, cuánto más se la sentía, más difícil era visualizarla. Pensó, como ejercicio contrario, en el director del diario, por quien no sentía ni simpatía ni antipatía. Cerró los ojos, y su rostro le llegó nítido, perfecto; frente, ojos, nariz, boca, barba, hasta la perenne caspa que cubría sus hombros. No fue capaz de pensar en el rostro de Fiamma por temor a descubrir que le llegara claro y nítido como el del director. Se vació en el papel. Escribió como hacía tiempo no lo hacía para ninguna mujer. Tanta contención de amor le había dado la más grande inspiración. Empezó a sentirse un poco Romeo viviendo en las prohibiciones, ya no de sangre, sino de estado civil. En sólo dos horas alcanzó a hacer veintiún poemas de amor y tres canciones desesperadas y lo hizo de un tirón, sin corregir ni una coma ni un punto. Era su sentir exorcizado en el papel. Las palabras se amontonaban en su cabeza, como las palomas de la plaza de la catedral cuando les tiraba pan, como las gaviotas al olor del pescado fresco. Le invadían. No le daban tiempo a descansar los dedos. Quería atraparlas todas, para regalárselas a Estrella. Cuando se le escapaba alguna, la agarraba de la última vocal, tiraba de ella y terminaba poniéndola como adjetivo a algún sustantivo lleno de significado. Su antigua pluma, que hoy había vuelto a utilizar después de muchos años en desuso, era su arma. Su redecilla donde quedaban encerradas las más bellas letras; los más tiernos significados. Quería que sus escritos acariciaran a Estrella; que la acompañaran en sus ausencias debidas. Desocupaba sobre el papel toda su tinta, todas sus ansias. Cuando se quedaba en blanco, no era él quien se quedaba, era la pluma que le pedía a gritos más tinta. Entonces, volvía a llenarla y volvía a agotarla. Le había vuelto una vitalidad literaria que había creído agotada para siempre. El amor lo había resucitado a la vida, a la alegría. Se encontraba pensando en las estrellas, en las hojas caídas, en las cascadas, en las flores, en el cielo, en el mar... en las caracolas. Había vuelto a pensar en su colección de caracolas. ¿Dónde estarían los cientos de ellas que había recogido en sus años de juventud? Se acordó de aquel baúl que tenía en la buhardilla de su casa, arriba de todo. ¿Cuánto hacía que no subía allí? También guardaba algunos juguetes de cuando era niño. Sus soldaditos de plomo que derretía infringiendo castigos cuando le castigaban a él. Allí convivían desde hacia dieciocho años todas sus historias con las muñecas de Fiamma y los trabajos manuales que ella había realizado durante sus años de colegio; estaban las ropitas de cuando les habían bautizado y la Spirata inmaculata, con la que había acariciado por primera vez el cuerpo de Fiamma. Los recuerdos de ambos ahora estaban amontonados, escondidos entre las telarañas y el moho. Quería subir allí pensando que tal vez encontraría algo para regalarle a Estrella esa tarde. Le habían resucitado las ganas de volver a hacer regalos sencillos; los que no se compraban con dinero; los que nacían del sentimiento. Siempre le había parecido que el acto de regalar era más bello por su valor sentimental; que el valor material demeritaba el objeto, pero el día que notó que se le empezaban a agotar las ideas románticas con Fiamma, había intentado comprarlas en joyerías, y le había parecido que a ella le gustaban, aunque no recordaba haberle visto puestos muchos de los regalos que le había dado. Cuando él le había hecho algún comentario, ella le respondía que nunca encontraba la ocasión adecuada para adornarse con tal fastuosidad. No había captado la sencillez y austeridad con que Fiamma vestía.

Esa tarde Fiamma regresó de la consulta más temprano que de costumbre. Había tenido una anulación a última hora y quería aprovecharla para tomar un baño. Antes de ir a casa había pasado por el mercadillo indio. Aquel pasaje le fascinaba y retrocedía a sus quince años, cuando el movimiento hippie había pasado de refilón por Garmendia del Viento y sólo les había dejado los restos de unos harikrisnas enyerbados y rapados que cantaban por la calle unas jeringonzas imposibles de entender. El barrio indio, como todos le decían, era una pequeñísima ciudad dentro de la ciudad. La entrada estaba presidida por una estatua gigante del dios Ghanesa, aquel niño con cabeza de elefante. Sólo entrar un aluvión de olores revueltos daba la bienvenida al visitante, la mezcla de verduras podridas, frutas frescas, almizcles, esencias, inciensos y tantos perfumes que a Fiamma le excitaban la cabeza y la llevaban a la India. Había comprado en el Bazar Namasté unos conos que, al ser quemados, emanaban un intenso olor a sándalo; una vela con forma de estrella y otra, en forma de luna. Esa tarde se regalaría un rato para sí misma, se querría mucho. Necesitaba sentirse con todos sus sentidos. A veces le parecía haber perdido el contacto con su propia naturaleza. Por primera vez sintió su soledad, tal vez porque en ese momento le había quedado un hueco libre, no ocupado por ninguna de sus pacientes y sus problemas. Siempre había dicho que la soledad era buena para encontrarse a sí mismo, para escucharse. Lo decía a sus pacientes cuando las veía atolondradas entre los oficios y la familia, pero una cosa era estar sola y otra sentirse sola. Esa diferencia la había tenido clara a la hora de explicarla, pero le había fallado a la hora de sentirla. Puso la Novena sinfonía de Beethoven interpretada por la filarmónica de Rusia y su coro nacional, y subió el volumen al máximo. No quería pensar. Quería sentir vibrar todos los instrumentos, todas las voces en su oído. Empezó a llenar la bañera, olió con avidez el frasco que contenía las sales y lo vació por entero en el agua. Cerró las ventanas y se quedó en una semipenumbra relajante. Encendió las dos velas, una en cada esquina de la bañera; prendió los inciensos que empezaron a inundar de sándalo no sólo el baño sino el dormitorio, la sala y el comedor hasta escapar por las ventanas, impregnando las calles de un olor que por una hora tuvo intrigados a los garmendios. Pretendía que el asiático aroma se le metiera hasta en los huesos. Preparó sin prisas una margarita y se metió en el baño con la coctelera llena. Pronto aquella margarita se le convirtió en un ramillete, pues todo lo que le sobró después de llenar su copa se lo fue sirviendo. Paladeaba cada trago como si fueran pétalos que arrancaba uno a uno de la copa.

Desnuda, se sumergió hasta el fondo en el agua tibia y perfumada que le esperaba con los brazos abiertos. Allí volvió a sentirse en el vientre materno. Flotando ingrávida. Hizo una regresión placentera y vio su cara niña reflejada en el agua. Le sonrió. Con sus manos sumergidas empezó a crear olas, descubriendo en su piel la suave caricia del agua que le llegaba en suaves ondas. Abrió sus piernas y continuó agitando humedades. Pronto sintió un aleteo exquisito que casi tenía olvidado; su sexo era una mariposa abierta que aleteaba con ganas de volar. En el centro de su pubis una luz dorada florecía, se movía con vida. Parecía como si estuviera pariendo luz; eran los reflejos de las velas en el agua. Crecían con el movimiento de sus manos y se adelgazaban en la acuosa quietud. Las voces cantaban en alemán el Himno de la alegría mientras sus manos ya habían pasado de mover el

agua a acariciar con suavidad su monte. Estaba viva,
su cuerpo era un instrumento que daba todas las to-
nalidades, todos los matices, simplemente había que
saberlo tocar. Por primera vez se había amado a sí
misma, sin complejos. Había gemido con su propio
gozo. Se había ido descubriendo entre los poros zonas
que al mínimo contacto crecían de placer. A sus treinta
y siete años se estaba descubriendo un cuerpo nuevo.
Nunca se había atrevido a tocarse a fondo, pues en el
colegio las monjas le habían dicho que hacerlo era un
acto impuro, que Dios veía todos sus movimientos y
pensamientos, y así lo corroboraban aquellos cuadros
con un ojo triangular y la inscripción "Dios te ve"
a los que tanto había temido. Una vez, cuando era
pequeña, se había metido con su primito debajo de
la mesa del comedor, aprovechando el momento en
que los mayores habían pasado a tomar el café a la
sala, y empleando el mantel como cortina se habían
escondido de ese Dios supremo que todo lo veía para
enseñarse con ingenuidad sus respectivos sexos. Durante muchas noches estuvo viendo el omnipotente
ojo que en plan acusador la estuvo señalando, hasta
que en la confesión de antes de la primera comunión
se había liberado por completo. Por eso nunca había
investigado su cuerpo. Por eso se había perdido del
placer más íntimo.

Le gustaba la suavidad de su piel, el deslizamiento
aceitoso de caricias acuáticas, cuánta sensualidad sumergida, cuánto erotismo mojado. Estuvo observando todas y cada una de las reacciones de su cuerpo.
Estaba viviendo una curiosa exploración que debía

haber realizado en su juventud. Experimentaba la gloriosa alegría de sentirse piano, violín y voz, todo al mismo tiempo y por obra y gracia de sus sentidos. Había comprobado que, cuando a cada uno de ellos, vista, olfato, tacto y gusto, se le gratificaba con algo placentero, el goce se ensanchaba. Todo era importante. "La sincronización de los sentidos en busca de un objetivo: el placer" sería un buen título para una charla. Siguió soñando. Sacó las manos del agua y ayudada por la luz de las velas empezó a hacer sombras chinas que se proyectaron sobre la desteñida pared azul. Creó pájaros de alas enormes, águilas que se posaron sobre la boca de la copa y bebieron de su margarita; perritos chihuahuas y bóxer besándose; conejos de largas orejas comiendo zanahorias; jirafas buscando atrapar hojas del follaje más alto. Estuvo jugando un largo rato en su zoológico espectral, disfrutando como nunca siendo niña. Se olvidó de todo. Ni siquiera notó que Martín estaba en casa. Había llegado antes que ella y directamente había subido a la buhardilla en busca del baúl de los recuerdos. Allí, mientras Fiamma se exploraba, él exploraba sus pasados que nadaban entre cuadernos apolillados, trompos, zumbambicos, caucheras con las que tantas veces había cazado pájaros, cristos hechos en plastilina, juguetes de cuerda rotos y el tren eléctrico que se había ganado en una rifa de barrio y que nunca se atrevió a desempacar por miedo a perder alguna pieza. Todo yacía sobre una capa ceniza de polvo. Siguió buscando, sin saber lo que buscaba, convencido que cuando lo encontrara sabría reconocerlo. De repente, un rayo de sol filtrado por la ventana iluminó la vieja caja de madera que contenía su colección de caracolas. Al abrirla las reconoció; allí estaban todas, intactas. Empezó a tocarlas, retirándoles el polvo con el dedo mientras las nombraba mentalmente. Todavía se acordaba de sus nombres: Amoria undulata, Puperita pupa, Rissoina bruguierei, Lyncina Aarhus, Mitra papalis, Conus gloriamaris. Se quedó con una de ellas y se le ocurrió algo insólito: escribir todo un poema en su superficie exterior. Ese era el regalo que le daría a Estrella. Eligió una de finas rayas sobre fondo blanco, la Conus litteratus. Haría que las letras descansaran sobre las líneas negras; las utilizaría como renglones de página. Calculó si le cabría todo, cerró la caja y se la metió en el bolsillo. Antes de salir tropezó con viejas evocaciones y de pronto se vio invadido de nostalgias. Se le vinieron de golpe sus cuarenta y siete años. Cómo llegan a pesar los recuerdos, pensó. ¿Cómo podía estar tan triste de la dicha? Volvió a sentarse, pero esta vez pensó en Fiamma. No podía hacerle esto. Entonces deseó tener el don de la ubicuidad. Ser dos. Uno para acompañar a Fiamma en su trayecto de vida y cumplir la promesa que le había hecho hacía dieciocho años, y otro para ser feliz con Estrella, ahora cuando su madurez le pedía otro tipo de vida. Así no le haría daño a su mujer y tampoco se lo haría a él. No renunciaría a ninguna de las dos. ¡Qué fácil sería! Bajó de su utopía y aterrizó en su realidad, donde por más que trataba de no pensar, las reflexiones peleaban por salir. Volvió a tener esas ganas apremiantes de sentir, sólo sentir, dejarse ir en el vivir sintiendo, sin consecuencias futuras.

Por un momento se le vino un pensamiento que consideró oriental: "El pasado ya pasó. El futuro no ha llegado. Sólo el presente existe". Vivir en el ahora, esa sería la felicidad. Ningún compromiso. Ja, otra utopía, continuó cavilando, preguntándose lo que nunca se había preguntado. ¿En qué momento una relación empieza a tener matices de rutinaria? ¿No somos nosotros mismos los que nos empujamos a la rutina, cansados de derramar tanta adrenalina en los comienzos del amor? ¿Resistiríamos esa vehemencia, mezcla de pasión e incertidumbre de los inicios, por los años de los años? ¿O nuestro corazón terminaría explotando de tanto gozo perenne? ¿Cuántos infartos se habrán producido por amor? ¿Por amores negados o por amores excedidos?

Por primera vez sintió una punzada en el pecho. Jamás se había tomado el tiempo para pensar en sus sentimientos. Parecía que estos le hubieran quedado mutilados desde su niñez. Cuando era niño y lloraba, su padre siempre se lo impedía con un grito de rabia y el sarcástico comentario de "para de llorar de una vez, mariquita, nena. ¿No ves que los hombres no lloran?" Ahora se le venía a la memoria ese pequeño Martín temeroso, haciendo aquel esfuerzo sobrehumano para mantener en la garganta todos sus sollozos. Se había llegado a beber todas las lágrimas hasta quedarse castrado en su sensibilidad. Por eso le costaba tanto dar muestras de afecto, por eso tenía tan contenida su parte femenina. Había demostrado siempre lo que le habían impuesto. Dureza y parquedad. Pero como el sentimiento tenía que salir de alguna forma, su inconsciente había creado su válvula de escape: la escritura. Todo lo manifestaba a través del papel y, en algunos casos, a través de los pájaros; cuando se sentaba en el parque con su bolsa de migas de pan escondida bajo el brazo, mientras los alimentaba, terminaba hablándoles con una ternura imposible de ofrecer a nadie más. Por eso cuando nacieron palomos en su sala, no tuvo ningún reparo en que se quedaran allí; hasta les terminó enseñando donde debían hacer sus necesidades, los había domesticado y convertido en mansos perros. Su sensibilidad seguía viva pero equivocada de camino, de destinatario. Ahora volvía a tener las lágrimas, tantos años contenidas, a flor de piel. Reapareció ese sentir, aquel nudo en la garganta, pero volvió a dominarse, aun sabiendo que su padre ya había muerto hacía mucho tiempo y que nadie le reprendería por dejar escapar sus sentimientos a través de esas gotas saladas; que podía llorar a sus anchas y a lo mejor humedecer tantos recuerdos deshidratados que estaban a punto de morir de sed en ese cuarto. Se encontró recriminándose por esa debilidad. Ahora estaba haciendo de padre y de hijo al mismo tiempo. Habían calado tan hondo las doctrinas de su padre que, aun estando bajo tierra, su antecesor seguía ejerciendo con la misma fuerza de antaño. Un perfume a sándalo fue filtrándose por la ranura de la ventana. Martín lo aspiró con fuerza apartando esa mezcla de niñez y adultez que le había ocupado la mente durante tanto rato. El sonido de un concierto tocado a cientos de violines y violonchelos le recordó La naranja mecánica, aquella película tan violenta de

Kubrick; no podía ser otra que la Novena sinfonía de Beethoven. ¡Cómo habría podido escribir esa sinfonía tan maravillosa estando completamente sordo! Debía llevar la música en su alma, pensó. Entonces atribuyó el sonido a la señora del quinto piso, fan del compositor alemán. No se le pasó por la mente que todo venía de su mismo apartamento. Que Fiamma estaba allí.

Bajó llevando consigo la caracola rayada, dispuesto a tratar de grabar el poema con un cincel muy fino que guardaba en el escritorio. Necesitaría trabajar con una lupa. Abrió la habitación y se encontró con una Fiamma radiante, de senos al aire y toalla blanca anudada a la cintura. Su pelo negro empapado contrastaba con su piel blanquísima. Sus ojos verdes desprendían un brillo muy singular. Llevaba la cara relajada. Se veía muy joven, con sus mejillas sonrosadas y sin gota de maquillaje. Le recordó a la primera Fiamma que había encontrado en la playa aquella noche de lluvia. Tuvo un momento de deseo que se evaporó, como el agua en los rizos de ella al contacto con el secador.

Se puso lívido. Un miedo se apoderó repentinamente de él; era un sentimiento nuevo, muy molesto. Recordó por qué estaba allí. Había ido a buscarle un regalo a Estrella. Se iba a poner a grabar la caracola. Menos mal que antes había entrado en la habitación. Empezó a hablar con Fiamma quien le explicó banalidades, que si el mercadillo estaba lleno para la hora a la que había ido, que si valdría la pena llamar al fontanero para arreglar el desagüe atascado de la cocina, que si la junta de propietarios se haría esta vez en su piso o en el del segundo, que si pasarían a recoger el cuadro en la tienda de marcos… Todo cosas sin importancia.

Esa noche cenaron juntos y se amaron con amor automático; cada uno con la cabeza en otra parte. Fiamma pensaba en su maravillosa tarde mojada de bañera y aceites, y Martín en el cuerpo de Estrella, a quien no podía dejar de pensar. Terminó haciendo el amor a su amante en el cuerpo de Fiamma. Se quedaron profundos, cada uno soñando sus propios sueños, unas fantasías tan iguales como ninguno de los dos se lo hubieran imaginado. En el sueño de Martín, él corría de la mano de Fiamma por un campo verde de extensiones infinitas; reían felices tratando de alcanzar con sus manos una luna roja que emergía majestuosa de entre la hierba. Al tocarla, Martín había sentido un dolor intenso; se había quemado. El astro era fuego ardiente. En su sueño, pegó un grito y se giró para mirar a Fiamma, entonces se encontró con la cara de Estrella riendo. Fiamma se le había convertido en Estrella.

En el sueño de Fiamma, ella corría sola por el mismo campo verde, intentando llegar a Martín que se le había adelantado y estaba cerca de la luna roja. Cuando llegó a él, no era Martín quien le esperaba, era otro hombre; no reconoció esa cara. Se despertó angustiada. Martín también, pero ninguno de los dos se atrevió a contarle al otro su pesadilla.

A la mañana siguiente, mientras desayunaban, apareció como bajado del cielo el loro del vecino y les amenizó el rato con un Strangers in the night cantado en perfecto inglés; llenando providencialmente el hueco de mutismo que reinaba entre papayas, piñas, diarios, cruasanes y cafés con leche.

Ese día los garmendios habían amanecido alborotados. Los noticieros hablaban que, para finales de mes, se avecinaba la llegada de un ciclón y era muy posible que los cientos de cocoteros que bordeaban las murallas, todos con más de 500 años, llegaran a arrancarse y caer sobre casas, parques, restaurantes y conventos, alcanzando incluso a despertar el lejano volcán que llevaba durmiendo entre nieves perpetuas casi los mismos años que las palmeras. Con ello, se esperaba una lluvia de cocos a la cual habría que temer más que al ciclón, pues el año anterior había dejado descalabrados a un ciento de la población que había terminado en una convalecencia alimentada a punta de coco. Comiendo arroz con coco, pollo con coco, pescado con coco, plátanos con coco y cocadas, para variar mezcladas con guayaba, piña, níspero, frutas que terminaron sabiendo, por más buena mezcla que se hizo, a coco. Hasta el café se había acabado mezclando con leche de coco. Gracias a esa lluvia, en Garmendia del Viento habían vuelto a resucitar por las calles las negras de delantal blanco y bandeja en la cabeza anunciando con sus voces, a grito pelado su producto recién hecho: cocaaa, cocaaa.

Aun cuando la gente estaba acostumbrada a esos fenómenos, los comercios se preparaban para lo peor. Para tal eventualidad ya se habían fabricado gorros metálicos, como los de los ingenieros de obra. Claro que muchas veces los ciclones pasaban sin pena ni gloria, pues terminaban eligiendo otro escenario para sus destrozas. Así era Garmendia del Viento, sobre todo cuando el tiempo cambiaba con la brutalidad con que a veces lo hacía.

Fiamma nunca había temido al viento. Le gustaba escucharlo zumbar entre sus orejas. Hasta sentía un raro placer cuando le levantaba la falda; la hacía sentir más libre. Le ventilaba el alma. Ese día de ventarrón muchas mujeres quedaron con las bragas al aire, tratando de poner en su sitio lo imponible. Fiamma también. Llegó despeinada a la consulta pero oxigenada de viento preciclóneo. Abriría la tarde con Estrella. Sonrió al pensar en su historia. La alegría con la que llegaba invadía siempre la consulta de ganas y deseos ardientes. Le excitaba el tipo de relación que se estaba desarrollando entre ella y *Ángel*. Como mujer, a Fiamma le fascinaba vivir la pasión a través de Estrella. Como profesional, se recriminaba de sentir ese placer, pero no podía separar lo uno de lo otro. No supo en que momento la ilusión de Estrella había pasado a ser su propia ilusión. La historia de su paciente había ido cogiendo un aire shakesperiano. Un amor sin acabarse de desarrollar pero muy avanzado en los sentimientos. Un amor con tintes platónicos con el que cualquier mujer en algún momento de su vida habría soñado. Con impedimentos de momento, pareciera que impuestos por ellos, y en un escenario increíble, el interior de una capilla.

Era curioso que Estrella, una mujer de treinta y seis años, directora de una importante ONG, fogueada en fiestas, conocedora de destacados presidentes de grandes multinacionales, hábil conseguidora de donaciones para su causa, viajera infatigable, tan activa profesionalmente hablando, se comportara de modo tan pasivo en esta relación. Fuera tan indefensa a la hora de amar.

Había acordado con Fiamma ir a su consulta ya no una vez por semana, sino dos. Esto se debía en gran parte a que la excitación provocada por sus encuentros con *Ángel*, la tenían fuera de sí y, como Fiamma se le había convertido en su confidente, aunque tuviera que pagar más, ella necesitaba gastar horas hablando de su relación, a sabiendas de que no llegaba nunca a ninguna conclusión clara. Conocía tan poco de *Ángel*, no porque él no se lo hubiera querido decir; simplemente nunca se lo había preguntado y como ella no lo hacía, él evitaba hablar sobre su vida. Seguramente Estrella no quería llevar a la realidad esa relación por temor a volver a fracasar; tal vez ese placer incierto liberaba las alas de su imaginación y la dejaba, como libélula ligera, pellizcar a sorbos ese agua de amor vivo. En ese estado de inexactitud su sueño adquiría unas dimensiones gigantescas; se había otorgado la potestad de filtrar sus sentires, dejando colar sólo aquellos sentimientos que le aupaban su alegría. Era como una fantasía infantil, un escudo protector que le evitaba sufrimientos. Esa relación había sido buscada por su inconsciente como si se tratase de una medicina, le ayudaba a sobrevivir en su soledad. Necesitaba una dosis de *Ángel* semanal, pero su efecto era prolongado; liberaba cada día pequeños gramos de recuerdo que la energizaban y llenaban de alegría.

Como su anterior relación había pecado de terrenal y grotesca, ahora instintivamente se refugiaba en lo celestial y delicado. Estaba viviendo un amor ideal, el que debía haber vivido en su juventud. Soñaba despierta con la felicidad total obtenida sin esfuerzo. Este tipo de amor casi siempre estaba rodeado de los más selectos ingredientes: misterio, negación e incertidumbre.

Cuando esa tarde empezó a hablar, Estrella sintió que se le atragantaban las palabras y le salían atolondradas y revueltas, en un discurso inconexo. Fiamma pudo ver como salían de su boca convertidas en nudos. Parecía poseída por una lengua sajona. Todas las vocales se le habían quedado enredadas entre las cuerdas. Salían zetas, equis, haches, jotas y kas que, apenas se encontraban desparejadas, volvían a entrar a la boca de Estrella buscando como locas sus compañeras. Para Fiamma era otro caso de "negación verbal", producido por exceso de palabras no dichas, típico en pacientes con soledades crónicas. Tuvo que pedirle que se tendiera en el sofá y respirara hondo. Hicieron relajación durante diez minutos. Fiamma bajó las persianas y puso una música, que más que música era un canto de olas roto por algunos trinos mañaneros; en verdad era una grabación que había hecho un amanecer de caminar solitario. Durante algunos minutos le hizo inspirar a fondo, al ritmo del sonido marino, hasta hinchar el estómago y luego vaciar todo el aire. Le habló muy suave, en voz baja y tono didáctico sobre las técnicas de meditación budista. La invitó a que eligiera cada mañana unos minutos para estar ella y su respiración en total conciencia y armonía, le dijo que eso le ayudaría a aquietar su mente; asimismo le hizo caer en cuenta del equilibrio que cohabitaba entre palabra y silencio. La llevó a visualizar los espacios blancos existentes entre las palabras, las respiraciones en medio de cada una de ellas. Cuando notó que su paciente podía hablar serena, volvió la luz y con ella la charla.

Estrella se incorporó más tranquila mientras retomaba el tema de *Ángel*. Había olvidado cuántas veces lo había visto. No sabía si entre recordarlo y vivirlo había una diferencia, lo que sí tenía claro era que desde el primer momento había quedado sujeta a él. No podía describir ese sentimiento con palabras, pues no le gustaba estar sometida a ningún afecto, pero esto era distinto, dijo. Eran ansias que la emborrachaban de alegría. Fiamma pensó en giogia, aquella palabra italiana que le enseñó su abuelo y que resumía ese estado, mientras Estrella seguía describiendo su sentir. Decía que presentir la proximidad de su encuentro la revitalizaba; a medida que las horas pasaban y le acercaban a *Ángel*, su corazón le latía acelerado. Su exaltación aumentaba hasta dejarla ebria de suspiros. Si se miraba la blusa, alcanzaba a ver cómo, en su lado izquierdo, la tela brincaba al compás de los latidos; le dijo que a veces había notado que en la oficina la gente la miraba sin atreverse a hablarle; ella sabía que ese ruido de péndulo ensordecedor que retumbaba en su despacho cada jueves era su corazón que se le desbordaba desquiciado. Desde el día anterior su alma empezaba a prepararse. Perdía las ganas de comer y hasta le costaba pasar saliva. Vivía pendiente del reloj, tratando de que las seis de esas tardes de jueves llegaran con urgencia, y cuando estaban juntos, ese reloj que la había acercado a él, se le convertía en su más odiado enemigo, pues también le apartaba de su dicha. Amaba a *Ángel* apasionadamente. Le deseaba.

Mientras hablaba, descubrió que tenía sentimientos mezclados. Por un lado quería vivirlo a plenitud; se imaginaba durmiendo con él, amaneciendo con él, viajando con él, en definitiva, compartiendo su vida. Por otro, pensaba en su anterior marido y se llenaba de un terror irracional que la paralizaba. Fiamma adivinando los miedos de Estrella y para ahondar más en su deseo manifestado de compartir más tiempo con *Ángel*, le preguntó a que se dedicaba él. Ella, confusa, se quedó sin saber qué decirle. La verdad no era que supiera poco de él, es que lo desconocía todo, excepto el cómo le susurraba al oído, cómo la besaba y tocaba, cómo la miraba y de qué le hablaba. Salvo los afectos externos, todo su mundo era una incógnita.

Fiamma le pidió que le describiera en más detalle un día de encuentro; al hacerlo cayó en una trampa, pues sin darse cuenta empezó a depender de la historia de Estrella para satisfacer sus deseos, marchitos por los años. Mientras Estrella hablaba, paciente y terapeuta terminaron cerrando los ojos, dejándose ir por un momento en la narración, flotando en los efluvios del amor. En Fiamma nació una sana envidia. ¡Cuánto hubiera dado por ser Estrella una sola tarde para vivir toda esa borrachera de amor! Fueron unos minutos en que olvidó su norte y se dedicó a identificarse en todo el sentimiento de su paciente, algo que por nada del mundo una sicóloga podía hacer, pero lo que Estrella le explicaba era tan bello que por una vez se lo permitió todo, expidiéndose mentalmente una licencia de ensoñación. En el relato, Fiamma imaginó que era Estrella. Mientras la escuchaba, se fue metiendo en las interminables despedidas de besos que Estrella iba narrando jugosamente, adoptando su lugar. Por un instante se vio a sí misma, desmadejada de amor, besando a *Ángel* enfrente de la capilla. Vivió todo lo que Estrella le contó. El dolor de la despedida de las diez, cuando el amante huía como cenicienta dejándole entre sus labios el jugoso sabor de su boca y el hueco de su abrazo en su cuerpo. Antes que Estrella levantara los párpados Fiamma despertó de su aturdimiento recuperando su papel de terapeuta; pensó que debía aconsejarla, aunque se tenía prohibido hacerlo. Quería que Estrella llegara a conclusiones por ella misma y no guiada por sus consejos; en realidad su trabajo como sicóloga consistía en acompañarla durante un tiempo en su camino y hacerle de espejo donde ella reflejara sus propias actitudes; donde pudiera observarse desde fuera, como si observara el paisaje de otra; donde pudiera darse cuenta de sus comportamientos y reacciones para entrar a modificar, por convencimiento propio, conductas que no le hacían bien. Pero ese día pensó que tendría que darle alguna luz. La hizo reflexionar en por qué *Ángel* escapaba a las diez. ¿Sabía si tenía mujer? ¿Sabía que profesión tenía? ¿Sabía si tenía familia, hermanos tal vez? ¿Era garmendio? ¿Dónde vivía? ¿Conocía algún teléfono, algo que le diera alguna pista? Si quería que la relación avanzara, tenía que empezar a desvelar incógnitas. Le hizo pensar en su deseo ya casi incontrolable. Ese sano apetito carnal estaba pidiendo a gritos hacer el amor. Si *Ángel* no tomaba la iniciativa, le dijo Fiamma a Estrella, tendría que hacerlo ella. ¿Por qué no se atrevía? ¿Qué podía perder? Estrella le dijo que el temor a desencantarse, a encontrar un ser vasto y violento detrás de esa fachada de dulzura la había detenido. En el fondo, Fiamma deseaba que la relación de Estrella fuera a más, no sólo por su paciente sino por ella misma; sin siquiera percibirlo, esa "Fiamma confidente" quería compartir y revivir en las citas de Estrella todos los pormenores de las escenas más amorosas y ardientes. Por eso la empujó con fuerza a tomar una actitud más activa en lo referente al sexo. La convenció para que hallase en *Ángel* un buen amante. La instruyó en el manejo del miedo. Le dijo que la mejor manera de vencerlo era enfrentándolo; que tenía que vivir hasta el extremo ese temor a la relación sexual para superarlo. La invitó a hacer un psicodrama. Por un momento la forzó a pensar que, enfrente de ella, en lugar de tener a su sicóloga, tenía a su exmarido. ¿Qué le diría? La llevó a revivir el momento más crítico de su relación marital y hasta que no paró de llorar y limpiar su dolor no la dejó marchar. Gastaron la tarde entera en preparativos y limpiezas de alma, tarde que se vio afectada por una larga cola de pacientes amontonadas que terminaron en la calle. Mientras la despedía, Fiamma volvió a advertirle lo importante que era enterarse un poco más de *Ángel*, aunque por otro lado le aconsejó que se dejara ir en el deseo desnudo y paladeara a fondo lo que nunca antes había paladeado. La abrazó con cariño y dejó que se fuera.

Estrella había salido más confundida de lo que había entrado. Fiamma le había dejado en su cabeza tal cantidad de interrogantes que le iba a costar serenarse. Lo único que le había quedado claro era que haría el amor con él. Sólo pensarlo le llevó a sentir un vacío en el estómago. Era un martes. Todavía faltaban dos días para verlo. Pasó por una tienda de lencería y pensando en el jueves entró y se probó más de diez conjuntos de ropa interior. Al final se llevó uno de flores verdes y rojas y un juego de ligueros, aunque la verdad, con el calor que hacía, ponerse medias sería terrible pensó mientras pagaba, pero el conjunto era muy sexy y ella quería parecer más versada en estos temas; odiaba la mojigatería, pretendía verse bella al desnudo; por primera vez alguien podría admirar su ropa interior antes de arrancársela y hacerla añicos sin verla. Imaginó que la desnudarían con cuidado, o que tal vez la dejarían con el liguero puesto, algo que había visto en el catálogo de la tienda y que encontraba muy sensual. Se imaginó girando envuelta en los abrazos de *Ángel* hasta que la vendedora la aterrizó con el paquetito y el cambio.

Esos últimos días Martín había corrido como un loco con su caracola en el bolsillo buscando un artesano o grabador que pudiera tallar su poema. Un orfebre callejero, de los que se mantenían a la caza del

turista en El Portal de las Platerías, le había mandado
a un joyero bajito con cara de sabandija, arrugado
como pasa, de antiparras y librea, que tenía su taller
en la Calle del Carbón. Era muy conocido. Su único
oficio había sido marcar todos los anillos de compromiso que lucían los garmendios en sus manos. A
regañadientes cogió el pedido, recalcando con su voz
chillona que lo haría con la letra que a él se le antojara;
de antemano sabía que Martín lucharía por hacerlo a
su manera, y eso serían más pesos. Después de discutir una hora, y a cambio de una suculenta propina,
prometió tenérselo listo para el jueves antes de las
seis. Discutieron la caligrafía y al final quedaron que
copiaría con exactitud la de Martín, escrita en el papel.

Así que llegado el día, y después de una espera
que se le hizo eterna, recogió su regalo feliz como
si fuese un niño esperanzado en la noche de Navidad. Lo metió en una cajita que compró en una jo-
yería y lo envolvió con un papel de seda verde, en
el que antes había escrito una frase que había sacado
de Zen: recopilación de textos sabios, uno de los
libros favoritos de Fiamma que él supuso encantaría
también a Estrella. Se retrasó pero allí estaba ella,
en la capilla, esperándolo como cada tarde de jueves.
La diferencia era que ese día Estrella había venido
decidida a cambiar el rumbo de la conversación,
llevándola a cosas más aterrizadas y reales; menos
angelicales. Llevaba, terrenalmente hablando, unas
ganas incontroladas de salir de tanto incienso y ve-
lamen, desnudar el cuerpo de *Ángel* y su identidad,
pues hasta ese momento el nombre de Ángel se lo

había puesto ella. Ese valor, recién estrenado se debía a la conversación que había tenido con Fiamma; en realidad era el valor de Fiamma que haría acto de presencia esa tarde. Se metieron detrás de la imagen de santa Rita, patrona de los imposibles, y empezaron a besarse con hambre. Cuando se saciaron de beso, comenzaron a hablar. Martín ya se había acostumbrado a su otra identidad, la que le había dado Estrella cuando le había bautizado con el nombre de *Ángel*. Lo apartaba totalmente de su mundo monótono. Interiormente, le había dado licencia para actuar con las dos mujeres; por eso, cuando ella había querido descubrir su verdadero nombre, él se había escudado en el amor, en su identidad recién estrenada, en la que se sentía cómodo. El nombre de *Ángel* le había dado alas para ser un hombre nuevo y comportarse con más libertad y ternura; ser lo que nunca había sido con nadie. Ya no estaba bajo la identidad de Martín Amador, aquella persona educada a golpes y restricciones; ahora era *Ángel* a secas, sin apellido, profesión ni familia. Era un hombre convertido en ángel por amor. Le dolía el alma pensar que un día este sueño se acabara, cuando desvelara no sólo que no era libre, sino que además tal vez nunca podría serlo ni compartir su vida con ella, pues no sabía qué cordón férreo le ataba tanto a Fiamma. Estaba seguro que Estrella le dejaría, a no ser que ella estuviera casada como él; entonces, el impedimento sería mutuo y estarían hablando de igual a igual, podría haber más comprensión; no existiría esa necesidad de posesión que al final terminaba matando el amor. Así que cuando

Estrella le cuestionó, él prefirió evadir la pregunta entregándole rápidamente su regalo. Ella lo abrió con delicadeza, y se encontró con aquel pensamiento que él había copiado del libro de filosofía zen de Fiamma: "Cuando no puedes hacer nada, ¿qué puedes hacer?". Esa frase fue como un pararrayos para Martín. Lo libró de su confesión manifestada únicamente por su silencio. Un silencio que había dicho más que cien palabras gritadas. El texto oriental dejó pensando a Estrella. Sintió pena por *Ángel*. Había adivinado miedo en sus ojos. Se dio cuenta que le amaba por encima de todo; ¿qué más daba si se llamaba Pedro, Pablo o Juan? ¿Dejaría de ser lo que él le había mostrado que era? ¿Lo amaba por lo que tenía o por lo que era? Pensó que ninguno de los dos estaba preparado para la verdad, bastante intuida por ella, así que se dedicó a disfrutar de ese instante como si el mundo se fuera a acabar a las diez. Decidió dejarse ir en el amor, olvidando las normas impuestas. ¿Por qué iba a matar con sus preguntas su propia alegría? ¿Qué ganaba desvelando el misterio? Se fundió en su abrazo maravilloso; tenía necesidad de acurrucarse en él, de sentirlo. Cuando finalmente abrió el estuche aterciopelado, se encontró con una caracola sólida y pesada de forma cunicular; era la Conus litteratus que ahora llevaba escrito el poema; no se dio cuenta de lo que estaba grabado en la superficie, aunque sí percibió las letras como asperezas en la yema de sus dedos. Entonces miró a *Ángel* con sus pestañas interrogantes y él le contó que había escrito en ella un poema que tendría que ser leído con lupa. Le explicó su pasión por las caracolas; le hizo escuchar el mar poniéndole la Conus litteratus en su oreja. Ella cerró los ojos y le pareció percibir hasta gaviotas; imaginó un mar inmenso encerrado en ese diminuto espacio. Pensó en su corazón agitado por las olas de ese amor. ¿Cómo podría caberle tanto sentimiento en un espacio tan reducido como su alma? ¿Cómo puede caber tanto mar en una caracola?… Volvió como una niña a alisar el papel del envoltorio con la frase zen escrita. La releyó y aprovechó para hablarle de meditación, de todo lo que le había recomendado Fiamma; hablaba como si fuera una experta en el arte de meditar aunque nunca lo había hecho; se había comprado un libro y de allí había extraído algunas recomendaciones que le dio a *Ángel*, quien le escuchaba embelesado; ella le hablaba de cosas nuevas y, como él se sentía naciente en su identidad, estaba abierto a recibirlo todo; tenía avidez por experimentar, por llenarse de otro tipo de sabiduría. Lo desconocido le ayudaría a crearse de nuevo dejando en libertad su sensibilidad. Por su parte, Estrella estaba sorprendida de ella misma, de encontrarse hablando con tal fluidez de algo que desconocía; no se atrevió a decirle que nunca había meditado y menos que iba a una sicóloga que era quien se lo había recomendado. Aprovechó la atención de *Ángel* para hablarle de respiración explicándole la manera de hacerla. Mientras lo hacía, Estrella cogió la mano de *Ángel*, la puso en su pecho y empezó a inspirar. Le preguntó si sentía como su aliento entraba hasta el fondo. Él le respondió que sí, pero además de sentirle su respiración, *Ángel* la estaba sintiendo toda. Su cuerpo, su alma. En lugar de calmarse con aquellas tomadas de aire su pulso se había acelerado. Sentía hervir su sangre. Le volvieron aquellas ganas imperiosas de desnudarla. Ni siquiera estar en la capilla de Los Ángeles Custodios le frenaba. Detrás de santa Rita, quien miraba con ojos perdidos a san Antonio, el santo de enfrente, *Ángel* metió la mano por entre la blusa de su amante. Mientras la besaba, sus manos ávidas de piel desataron el sostén, liberando los pechos que quedaron como manzanas maduras envueltas en sus manos. Era la primera vez que sus dedos tocaban los senos quemantes de Estrella. Ella sintió que se desmayaba. No podían esperar más. Tratando de evitar un sacrilegio, Estrella se abotonó la camisa como pudo e invitó a *Ángel* a su ático. Esos ríos de deseo necesitaban derramarse en un mar. No podían seguir así. Se iban a morir de amor y ganas. Pero Martín no estaba preparado para la infidelidad física. La imagen de Fiamma iba y venía a su mente sin parar, revuelta entre sus deseos que pedían ser saciados. Su corazón estaba con Estrella, pero su razón volaba con Fiamma. ¿Dónde quedarse? Mientras tanto, Estrella pensaba en lo que le había dicho Fiamma. Tenía que ser más activa. Si él tambaleaba, sería ella quien tomaría la iniciativa. Siguiendo los consejos, Estrella le cogió de la mano suavemente y salieron de la iglesia. Ya era de noche y para los transeúntes ellos se habían convertido en siluetas impersonales. Fuera, Estrella volvió a ofrecerle su sonrisa de niña cómplice y él, de nuevo empezó a besarla. Metió su pierna entre las de ella hasta sentir su cálida humedad. Ella percibió entre su falda la fuerza erguida de *Ángel*. Se fueron caminando abrazados por la calle como dos estudiantes enamorados sin parar de besarse y acariciarse. Se quedaron enfrente de la puerta del reloj, que por primera vez y sin agujas dio las campanadas de las nueve. Les quedaba una hora de amor, pensó Martín. Caminaron protegidos de todas las miradas por su estrecho abrazo que los cubría al completo; tomaron un taxi que les dejó una calle antes, pues esa noche el alcalde Narciso de los Santos Flores había organizado una procesión de la Virgen de las Angustias, implorando el desvío del ciclón que se venía y que podía causar muchos desastres en una ciudad que todavía se estaba recuperando del último huracán. Por eso las otras calles les habían parecido tan vacías. Toda la muchedumbre se había volcado al llamado del alcalde; algunos balcones estaban a reventar de gente que por nada del mundo se hubiera perdido de llorar con la angustiada virgen. Encabezaba el desfile el arzobispo de Garmendia del Viento y el alcalde, seguidos de las autoridades menores; mientras la virgen era cargada por empresarios ilustres, una interminable fila de mujeres, hombres y niños, cada uno con una vela encendida en la mano, cantaban el Ave María; Estrella al escuchar la canción recordó sus cantos del colegio, cuando siendo niña llegaba a aquel estribillo y ella y todas sus amigas lo cambiaban por el aveeee aveeee aveeeenafría para ser luego castigadas por la madre superiora que, llevándolas de la oreja, las dejaba hasta las diez de la noche encerradas y a oscuras en un cuartucho que daba al jardín donde tenían enterradas a todas las superioras de la comunidad de los últimos tres siglos. Mientras ellas esperaban muertas de miedo a sus padres, veían desfilar los fantasmas de las monjas entre los parrales del jardín, coger racimos de uvas y sentarse sobre sus tumbas para comerlos. Luego, sin tocar el suelo terminaban bailando una extraña danza con sus sombras y finalmente desaparecían. Esas imágenes espectrales se volvieron tan familiares para Estrella, pues sus castigos eran continuos, que ya al final hasta se hacía castigar adrede con tal de no perderse el festín de uvas, risas y baile que terminó compartiendo con todas las superioras muertas. Estaba recordando todo esto cuando una viejita de sonrisa desdentada les ofreció incorporarse al desfile regalándoles dos velas encendidas. La única forma de llegar al piso de Estrella, que quedaba justo en la Calle de las Angustias, era disfrazándose de feligreses. No lo dudaron. Se introdujeron en el tumulto, y entre ceras derretidas y cantos virginales, lograron avanzar por la calle con tan mala suerte que, cuando estaban a punto de llegar al portal, la vela de Estrella había prendido fuego a la cabellera de la mujer que estaba delante de ella, quien no paraba de repetir que le olía a pelo quemado sin saber que era su propia cabeza la que ardía. Menos mal que, desde arriba, un feligrés de balcón tiró un cubo de agua helada sobre la mujer, que también alcanzó a empapar a *Ángel* y a Estrella. De esta manera terminaron llegando al portal, ensopados, enamorados y con dos velas que escurrían, aparte de cera, agua. Se les había pasado la hora sin que ellos hubieran

podido llegar a casa. Finalmente, el tumulto los dejó
en la entrada. Estrella abrió la puerta invitando a
pasar a *Ángel* con el gesto. Él dudó por un momento,
pero la gente le metió dentro sin esperar su decisión.
Ahora no sólo no tenía tiempo, sino que además
estaba calado hasta los huesos, sucio de humos ajenos;
así no podría irse. Se rió de su suerte. ¿Qué más le
podría pasar? Ya no conseguía resistirse más. Había
llegado el momento en que no podía "no hacerlo".
Así que, con un gesto fuerte, se sacudió de la camisa
algunos trozos de vela derretida y también sus pensamientos dudosos, que terminaron por quedarse más
pegados que la dichosa cera en su camisa. Se metieron
en el ascensor; se miraron y rieron a carcajadas ner-
viosas, queriendo esconder en ellas todos los temores
y expectativas por lo que estaba a punto de ocurrir.
Ella le explicó, entre los labios de él y como pudo,
que vivía sola desde hacía tres años, cuando se había
divorciado de su marido. Él le tapó la historia con
besos y no quiso escuchar más. Entraron a la casa en
penumbra total. Estrella lo fue llevando a ciegas por
el pasillo hasta situarlo debajo de las bóvedas repletas
de ángeles que hacía algunos meses los ojos de Fiamma habían admirado. Una vez allí encendió las luces;
de la oscuridad emergieron aquellos ángeles desteñi-
dos entre dorados viejos. Ahora era Martín quien se
había maravillado ante tanta hermosura. Se quedó en
silencio observándolo todo, mientras Estrella traía lo
primero que se había encontrado, un whisky. Le ofreció el vaso a *Ángel*, quien lo agarró anheloso a pesar
de que no solía beber. Necesitaba ese trago; tenía la

garganta rasposa y por sus brazos se deslizaba un sudor frío que goteaba hasta el suelo. Estaba nervioso. Era la primera vez que le iba a ser infiel a su mujer. Miraba a Estrella y la veía tan bella y niña. Lo que en verdad no veía era que el miedo también se había apoderado de ella. Era un miedo ansioso de ser vivido; un temor a la decepción que ella había optado por disfrazar con aquel trago. Estrella se bebió de golpe todo el vaso y sintió que el alcohol bajaba por su garganta quemándole todo, hasta el liguero que ese día había estrenado. El líquido le había bajado a las entrañas. Se acercó a *Ángel*, que también había vaciado de un trago su vaso. Cruzó las piernas, y por primera vez él descubrió que eran largas y maravillosas. Sintió ganas de acariciarlas de principio a fin. Empezó a desnudarla poco a poco, como si no tuviera prisa, quitándole botón a botón la camisa. Se encontró con un cuello largo que palpitaba al paso de su boca. Por primera vez se recreó en observar los senos de Estrella. Eran redondos y firmes. Pasó el dedo pulgar sobre las aureolas rosas mientras ella se desvanecía en suspiros. Temblorosos de deseo y miedo se metieron en la habitación a oscuras. Martín encendió torpemente una lamparilla y se encontró de frente con los ojos de un ángel vestido de azul que colgaba de la pared; le miraba fijo, con ojos acusadores. Era el mismo ángel que hacía unos meses había caído sobre Fiamma. El mismo ángel que había hecho daño a su mujer. El mismo ángel que, con sonrisa cálida había despedido a Fiamma aquel mediodía. Martín no pudo sostenerle más la mirada. La bajó avergonzado y se metió en el cuerpo de Estrella para olvidar quién era.

4. LA FRUSTRACIÓN

Porque todos consideran bello lo bello,
así aparece lo feo.
Porque todos admiten como bueno lo bueno,
así surge lo no bueno.

TAO TÊ-KING

Martín había llegado tarde y descompuesto al restaurante. Fiamma lo había notado abatido y lejano pero se había tragado las ganas de preguntarle qué le pasaba; conociéndole como le conocía, lo mejor era no hacerle preguntas. Sabía que cuando algo le preocupaba, odiaba que le interrogaran. Siempre le había dicho que sus cuestionamientos los dejara para sus pacientes, que a él no le estuviera analizando. Cambiaron de tema tres veces hasta caer en los terribles atascos producidos por la procesión; un corte de tráfico del cual Martín se agarró para justificar su tardanza.

Al regresar, habían puesto la televisión, como habitualmente hacían cuando querían llenarse de temas ajenos para esquivar los propios. El último noticiero de la noche mostraba algunas imágenes de la Calle de las Angustias en pleno tumulto. Martín empezó a sudar frío, pues de enfocar a la Virgen y a los empresarios más conocidos, la cámara había pasado a deambular entre las filas de gentes que presidían la procesión. Aterrado le pareció reconocerse a él y a Estrella en una toma, justo en el instante en que el pelo de la mujer de delante de Estrella ardía. En ese preciso momento Fiamma se levantó a buscar agua a la nevera, sin detallar la última imagen que llenaba la pantalla; al regresar, otra noticia ocupaba el telediario. Martín había quedado enfermo de la impresión. Sediento de sed y susto se había bebido toda la jarra. Esa noche se le haría eterna; como en una pesadilla despierta le sobrevinieron todas la agitaciones recién vividas, en una revoltura sacudida de imágenes: los ojos del ángel acusador, los senos de Estrella, el balde de agua helada, la mirada de Fiamma interrogante y muda, la sonrisa desdentada de la vieja de las velas, la caracola desenvuelta, las preguntas sin respuesta de Estrella, sus sentimientos encontrados, su camisa empapada, la humedad del sexo de Estrella prendida a su pantalón, el amasijo de ropa mojada que había escondido con urgencia en el cesto de la ropa sucia, la prisa por llegar al restaurante y sobre todo... su deseo en el cuerpo de Estrella que se le había quedado sin resolver, pues al tratar de meterse en ella, un nudo mental le había atado su virilidad dejándole impotente de amor. El exceso de deseo y de infidelidad le habían paralizado. La falta de tiempo para arder juntos y combustionar por fin sus ansias les había robado el momento sublime. Había sido un verdadero desastre. Nunca se había sentido tan mal consigo mismo.

Esa madrugada el alba le sorprendió ensopado de pensamientos, en una cama saturada de posiciones que habían buscado con desespero conciliar ya no el sueño, sino por lo menos una vigilia tranquila. Finalmente el sol le había llegado con una idea difusa entre sus manos. Escribiría una carta.

Para Fiamma, esa noche era la confirmación de lo que venía sintiendo. Los últimos jueves en El jardín de los desquicios se les habían vuelto marchitos y desabridos. Les faltaba aquella chispa que solía encenderlos, a pesar de que sólo fuera el resultado de beberse esa mezcla perfecta que Lucrecio, el barman del restaurante, hacía de cointreau, tequila y limón. Sus margaritas eran las mejores de Garmendia del Viento, aunque habían ido perdiendo el "efecto alegría" buscado por ellos con avidez en cada trago. Hacía ya días que Fiamma notaba a Martín cambiado, poco comunicativo. Pensando y pensando llegó a la conclusión de que este comportamiento coincidía con su ascenso, así que todo se lo atribuyó a las nuevas responsabilidades a las cuales tenía que irse acostumbrando. Él le había comentado por encima que su trabajo era monótono, que se lo pasaba mejor cuando estaba en la cocina del diario; que aún no tenía muy claro sus nuevas funciones. A Fiamma se le ocurrió de pronto la brillante idea de tratar de distraerlo, comprando entradas para asistir a conciertos, exposiciones y cuanto evento anunciaran en la cartelera cultural de los periódicos. Le sorprendería. Llenaría las noches y los fines de semana de pequeñas salidas que con seguridad les gratificarían a ambos, si bien no todos los sentidos juntos, por lo menos cada uno de ellos por separado. En eso coincidían. Les encantaba la música, el teatro, y estaban abiertos a las nuevas tendencias. Podían estarse horas frente a un cuadro impresionista. Ir a exposiciones itinerantes. Visitar museos, tiendas y mercadillos. Les hacía falta salir más. Se estaban encerrando mucho, pensó Fiamma. Con ese último pensamiento se quedó dormida.

A la mañana siguiente tuvo que incluir un dolor nuevo en su agenda. Habían amanecido muertos todos sus palomos. Por la sala todavía revoloteaban cientos de plumas sueltas que, con los primeros rayos de luz filtrados por la ventana, parecían diminutos pájaros iridiscentes llenos de vida. Ignoraba qué les había pasado. El día anterior había jugado con ellos y se les veía alegres y brillantes. No sabía por dónde empezar a recoger cadáveres. Las lágrimas rodaban imparables por sus mejillas. Hacía mucho tiempo que no sentía ese deslizar mojado por su cara. Se fue empapando en su tristeza sin entender muy bien por qué lloraba. Tal vez ese llanto no se debía sólo a los palomos, aunque sabía que les había entregado su amor huérfano de hijos. Recogió a Paz y se quedó con su cabeza inerte colgando. Ese palomo había sido su compañero de sábados solitarios de diario y reflexiones. Solía posarse silencioso sobre su hombro, observando sus escritos y dibujos, como si entendiera lo que ellos escondían. Siguió sollozando cada vez más fuerte; aquella pérdida removía su pena más vieja: la muerte de su madre. ¡Cuánto le dolía recordarla! Los años posteriores a su desaparición, Fiamma había corrido un tupido velo;

una cortina de hierro que la protegía de su dolor más duro. El fallecimiento de su madre no le había cogido por sorpresa, pues antes de saberlo, ella había intuido que tarde o temprano tanta tristeza sin salida se manifestaría en enfermedad. Había estudiado los innumerables casos de somatizaciones fabricadas por pacientes con problemas para defenderse de las agresiones de otros. Pacientes que nunca habían manifestado su descontento, ni gritado, ni rechazado las injusticias a las cuales se veían sometidos. Un informe realizado por un prestigioso centro corroboraba con alarmantes cifras de muertes, los cánceres que podrían llamarse "cánceres de los desamados". Estaba segura que una de esas muertes había sido la de su madre. Pero aunque ella hubiera esperado ese desenlace, nunca se le había ocurrido pensar en el día después; nunca se había preparado para no volver a verla nunca más. Quería que su madre no sufriera; eso era lo primero. Evitándole el sufrimiento a su madre, inconscientemente había estado tratando de evitar su propio sufrimiento. De repente se le vinieron a la cabeza todas las preguntas juntas. ¿Cuántas cosas hacemos por nosotros y cuántas por los demás? ¿Cuántos pesares lloramos por lástima a nosotros mismos, más que por verdadero dolor al hecho en sí? ¿Por qué nunca nos prepararon para asumir la muerte, cuando es tan natural como la vida? ¿Por qué nos aferramos tanto a la vida si no nos pertenece? ¿Por qué en lugar de disfrutarla y exprimirla hasta la última gota, nos quedamos contemplándola de lejos sin participar en ella? ¿Por qué siempre estamos esperando el día menos pensado para vivir a plenitud? ¿Por qué somos tan inconscientes de la vida mientras se nos escapa entre los días? ¿Viviríamos más intensamente un día si supiéramos que es el único que nos queda? ¿Por qué nos cuesta aceptar que la confirmación de haber muerto pasa por haber vivido? ¿Por qué hay gente que muere sin haber vivido? ¿Por qué hay gente que vive sólo esperando la muerte?

Contemplando a sus palomos muertos todas sus tristezas florecieron. Otra vez se sintió infinitamente sola... pero no lo dijo a nadie.

Después de esa mañana enlutada, a Fiamma le costó mucho ponerse en marcha. Llegó un poco más tarde a la consulta. Aquel día abría la tanda de pacientes con Estrella. Al entrar le extrañó que todavía no hubiese llegado. Después de una hora supo que no vendría. Intrigada, la llamó a su móvil, que sonó y sonó hasta que finalmente salió el contestador; con desgana le dejó un mensaje. Pero como pacientes no le faltaban, no se entretuvo más y preparó la siguiente visita.

Con tantos casos por resolver, Fiamma nunca tenía tiempo para pensar en sus propios temas; además, consideraba que lo de ella era nada comparado con los problemas que escuchaba cada día. No se dio cuenta que lo suyo con Martín había empezado a desmoronarse. Que su estabilidad de pareja estaba en peligro de muerte.

Fueron pasando los días. Martín se encontraba perdido en la maraña de sus emociones, con un indefinido sentimiento por Fiamma que le perturbaba. Avergonzado de su mísera actuación con Estrella, pensó en ella. Desde la noche del último encuentro no la había llamado. Estaba quedando como un canalla. En realidad, quería solucionar sus contrariedades amorosas antes de volcarse de nuevo en su amante. Cada día llegaba más temprano al diario; se paseaba por el rotativo como ánima en pena. Su oficina se le había convertido en el mejor refugio. Esas cuatro paredes eran todo lo que tenía para dejarse ir sin poner cara de nada. Estaba huyendo de las miradas de Fiamma en las que empezaba a sentirse juzgado y examinado, cuando en realidad los ojos de ella sólo le estaban enviando amor. Madrugaba para sumergirse en las tipografías y en los cafés impersonales del despacho. Su rincón era un cielo despejado donde su pluma volaba libre. Había empezado a sentirse encadenado a no sabía qué. Nunca había deseado tanto ser dueño de su libertad; ser como aquellas gaviotas que parecían letras blancas en ese inmenso cielo azul, tantas tardes observado en su juventud, cuando todavía soñaba ser poeta. Empezó a escribirle a Estrella desbocado, vomitando con afán lo que ahogaba su alma. Sus palabras aterrizaban en el papel como cascadas de agua fresca, llenas de sensatez y sabiduría, desbordadas de amor y frustración, cargadas de piedras y espumas, de golpes y cadencias. Su teléfono sonaba sin descanso pero él sólo escuchaba lo que el corazón le decía. Después de dos horas de pensar con el corazón y sentir con la cabeza, tenía en sus manos la más bella y dura declaración de amor. Dobló la carta, que metió en un sobre y guardó en un cajón bajo llave. Posteriormente, ya más tranquilo y desahogado, se sumergió en las noticias que destacaría en portada y en una editorial que tuvo que redactar a última hora, después de saber que el director de La Verdad no llegaría hasta el día siguiente. Aquel mensaje había sido el más sensible y humano que jamás se había escrito en ese diario.

Al salir del periódico Martín fue a buscar el cuadro que Fiamma había hecho enmarcar hacía meses. Era la dichosa camisa que ella se había empeñado en convertir en cuadro después del accidente del ángel. Cuando Martín lo tuvo en sus manos tuvo que reconocer para sus adentros que la pieza era en verdad una obra de arte. Habían seguido todas las indicaciones de Fiamma, pegando el trozo delantero de la camisa manchada sobre un lienzo pintado al óleo en un azul eléctrico. Era verdad que las "rosas" rojas que ella había descubierto en la sangre, después del accidente, habían cogido con los días una fuerza increíble. De puño y letra de Fiamma se leía en tinta dorada y en forma circular una inscripción que decía: "Ocho rosas de un mayo adolorido… florecido". Martín se quedó pensando en la casualidad de la inscripción. El ocho de mayo él había conocido a Estrella. ¿Sospecharía algo su mujer? Pero Fiamma lo había escrito sólo para darle más sentido a la obra, imitando los textos que Frida Kalho dibujaba en algunos de sus cuadros. Si Martín hubiese ojeado alguna vez su diario, se habría encontrado con el boceto y la inscripción del cuadro que en ese momento llevaba a casa.

En aquel libro Fiamma escondía sus sueños frustrados; pinturas y apuntes que a veces le daba por hacer cuando nadie la veía. Era uno de los pocos pasatiempos infantiles que conservaba y guardaba para sus ratos de soledad más íntima. Creía que el ser humano nunca debía perder del todo su parte niña. Había estudiado que en el "estado niño" era donde residían las emociones, los afectos, los juegos, la alegría, en definitiva la fuente del optimismo. Su "estado niño" era el que había conectado con Martín cuando se habían conocido. Reían, y en su alegría exploraban el mundo; corrían descalzos por andenes y playas; en los atardeceres se sentaban a la orilla del mar y recitaban alimón todos los versos de Rubén Darío aprendidos en el colegio y actualizados en sus labios, y mientras lo hacían, no paraban de besarse y encontrarse con los ojos. Cantaban a grito suelto los boleros más pasados de moda que, sin conocerse apenas, los dos sabían de memoria. Ella le había enseñado a descubrir animales de nubes en el cielo; él, a buscar caracolas en el suelo. Sus partes niñas se habían unido y eso había sido lo más grande que les había pasado a los dos, aunque ahora no sabían a donde habían ido a parar esas partes que tantas alegrías les habían regalado. Martín ya no se acordaba de ello y ella tampoco; se habían apoltronado en un estado demasiado serio para ser disfrutado. Habían cambiado el compartirse como niños grandes para mirar la vida como adultos. Habían ido recortando poco a poco sus ratos de recreo dual y ahora naufragaban entre compromisos adquiridos y cientos de responsabilidades que estaban distanciando no sólo sus cuerpos, sino sus almas.

Además, acababa de morir el último tema que les había unido: sus palomos; en ellos habían volcado sus frustraciones y desbordado sus ternuras.

Martín se llevó el cuadro a casa pensando si esta vez lo colgarían o se quedaría como casi todos, apoyado sobre una pared de alguna mesa o suelo. Fiamma había impuesto esta moda y a él le encantaba ver cómo su hogar se había convertido en un pequeño museo donde todo cabía y todo se veía bien aunque estuviera descolocado o aparentemente fuera de lugar. Cuando estuvo dentro echó de menos el recibimiento que siempre le hacían sus palomos; llevaba unos días de tristeza atravesada en su garganta. Se distrajo buscando el sitio donde ponerlo y descubrió una foto del día de su boda con Fiamma. Se quedó mirándola y sintió pena por los dos. ¿Debería decirle a Fiamma lo que le estaba pasando? Se contestó rotundo que no. Eso podría hacerle más daño. Se le vino a la memoria el dicho de "ojos que no ven, corazón que no siente", pero lo descartó por mentiroso. Lo desvió a su sentir, concluyendo que él no veía a Estrella y no paraba de sufrir por ella.

Estrella llevaba muchos días encerrada en su trabajo buscando entretener con soledades y frustraciones ajenas su propia soledad. Desde ese jueves naufragado nada le entusiasmaba; se había quedado aturdida, suspendida en el tiempo. No había entendido nada de lo que había pasado. No paraba de reconstruir segundo a segundo su último encuentro con *Ángel* y después de analizarlo no llegaba a ninguna conclusión lógica. Su vida sexual era ruinosa. Había pasado de un marido enfermo de deseo que se había cansado de violarla a un hombre tierno y amoroso que no había pasado a más cuando la había visto desnuda. ¿Qué le había pasado a *Ángel*?, se preguntaba continuamente. De repente se había levantado de la cama, huyendo sin darle explicaciones de nada. Lo único que le había dicho era que lo sentía mucho, que no podía hacerlo y que ya la llamaría. Ella se había sentido utilizada y huérfana, rodeada de ángeles que no le habían protegido de su nuevo dolor. Se recriminaba a sí misma el haber sido tan tonta e ingenua, pero mientras lo hacía, simultáneamente iba fabricando perdones inéditos que le dejaran algún agujero por donde pudiera entrar de nuevo *Ángel*. No había querido ir a la consulta de Fiamma, pues temía defraudarla; consideraba que la estrategia había fallado. Se sentía deprimida y triste, más sola que nunca. No quería mirar a su sicóloga y tener que desnudarse de nuevo, ya no el cuerpo sino sus sentimientos otra vez golpeados, contándole que nada había salido como ella quería. Temía descubrir su fracaso como mujer de delantera, así que se refugió en su trabajo hasta altas horas de la noche, creando una nueva causa social que llevaría pronto a valoración en la reunión semanal que solía hacer con los grandes benefactores de la entidad que dirigía. Mientras trabajaba, no paraba de controlar su teléfono, esperando la bendita llamada que le devolviera el alma al cuerpo. Llegó a autollamarse unas trescientas veces, buscando confirmar el estado del aparato, comprobando si éste recibía llamadas; lo mismo hizo con su móvil, pero *Ángel* no la había llamado. Salvo algunas pocas llamadas incluida la de Fiamma, su teléfono no había sonado. Le hacían mucha falta sus telefoneadas mañaneras y las nocturnas de las siete.

Habían ido pasando los días y se encontraba con otro jueves en sus narices. Aunque *Ángel* no le había llamado esa semana, ella fue a la capilla como siempre. Sus pestañas cargaban el peso de la congoja de sus últimos días y sus pies parecían cementos arrastrados a desgana. Aunque por fuera se había maquillado, su expresión dejaba al descubierto una semana de sufrimiento penoso. Se sentó en el banco y esperó y esperó pero él no apareció. Claro que no sólo ella esperaba a *Ángel*. Escondida en el confesionario otra persona aguardaba impaciente; era el fraile que cada jueves les espiaba. Miraba el reloj sin comprender nada, extrañado por la tardanza; espiando a Estrella a través de la cortina de encajes de bolillo la encontró triste. Le dieron ganas de salir y hablarle, de darse ánimos y consolarse mutuamente. Esa tarde Estrella empezó a tomar verdadera conciencia de la oquedad que la ausencia de *Ángel* dejaba en su alma. No estaba completa sin él. Con su desaparición había perdido la mitad de su cuerpo. Nunca había sentido un dolor así. Se sintió incapaz de aguantarlo. Empezó a llorar, más que por él, por ella; por saberse tan desamparada e incompleta. Hacía mucho tiempo que no rezaba y en ese momento sintió que era lo único que le quedaba. Volvió a creer en su Dios de niña y le pidió con ingenuo fervor, como cuando pedía algún muñeco el día de Navidad, que *Ángel* volviera. Se le había esfumado de las manos como si hubiera atrapado humo, como si no hubiera existido nunca. No sabía donde buscarlo porque no sabía nada de él. Había entrado en su vida de golpe como huracán y como viento sutil había escapado. Sus sollozos retumbaban en todas las paredes de la capilla, envolviendo las columnas en un eco largo y húmedo que fue impregnando de lágrimas los frescos de los techos, diluyendo lentamente los colores de algunas alas de los ángeles más bellos. El fraile no podía quedarse ajeno a la escena, así que empezó a toser mientras corría las cortinas fingiendo arreglar el confesionario. Desde el techo goteaban lágrimas malvas y plata que fueron cayendo al lado de Estrella formando una luna de agua. El cura se le acercó y permaneció en silencio hasta que la encharcada mirada de Estrella le permitió hablar. Con voz melosamente afectada por los muchos años de sacerdocio la invitó a que le desvelara el porqué de su congoja. Aprovechó para tomarle las manos y acariciarlas mientras ella le contaba, sin entrar en detalles, que su amor le había desaparecido; entonces a él se le ocurrió la idea de que le pidiera al santo casamentero para que "el novio" volviera. Le dijo que la recuperación del ser querido necesitaba por lo menos una novena completa rezada a san Antonio, santo que el fraile, sin dejar de acariciarle las manos, le señaló con un gesto. Lo ideal, decía, era hacerlo a la misma hora del mismo día, y lo que era más importante, iluminar con velas su rincón. Cogiéndola por la cintura con familiaridad extrema la condujo hasta la imagen. Allí le dio licencia para encender no sólo una velita, sino las cien que completaban el retorcido hierro, al comprobar disimuladamente el valor del billete que Estrella acababa de depositar en la ranura del cofre. Se sacó del bolsillo la novena y durante un largo rato la abrazó en silencio. Lo que él pensaba mientras la abrazaba sólo él lo sabía. Estrella se quedó allí hasta que el fraile la invitó a salir, pues le había llegado la hora de poner a dormir a todos los santos.

Durante muchos jueves Estrella y el cura, cada uno por separado, estuvieron rezando y pidiendo el regreso de *Ángel*. Los dos, por motivos distintos, necesitaban el milagro de la vuelta a los encuentros. Estrella terminó rezando, además de la novena que consideró corta para la grandeza del pedido, todas las oraciones aprendidas en su infancia, desde el padre nuestro y el ave maría hasta el ángel de mi guarda y el jesusito de mi vida.

En medio de tanto rezo tuvo que hacer un viaje relámpago a Somalia que le ayudó a mitigar y distraer un poco su aflicción, repartiendo ternura y afectos como si los diera a *Ángel*, pues su obsesivo recuerdo no la desamparaba; se le había adherido al alma acompañándola día y noche. La negación, en lugar de hacerle desaparecer el sentimiento, se lo había ido acrecentando; era como leña seca que hacía crepitar el fuego de su amor, manteniéndole al rojo vivo las ansias de encuentro.

Mientras tanto Martín se debatía entre continuar viendo a Estrella o tratar de arreglar su matrimonio con Fiamma. Cada día cogía el teléfono, y cuando estaba a punto de marcar el último número que le regalaría la voz de su amante colgaba, pues se preguntaba que podría ofrecerle aparte de una noche desastrosa. Además, entre más días pasaban más difícil veía arreglar su cobarde desaparición. Se había sumergido de lleno en su trabajo asistiendo a cuanto foro y reunión había; escribiendo sin parar sus artículos más inteligentes; vaciando todas sus rabias y desazones contenidas; evitando los espacios de silencio que le llevaban a la duda y a la soledad, al recuerdo doloroso y malogrado de Estrella. Había cambiado su habitual trayecto que le llevaba a pasar muy cerca del Parque de los Suspiros donde la había conocido, creyendo que desviando su ruta desviaría también sus deseos y los encaminaría hacia Fiamma. Pero la prohibición que se había impuesto no había hecho más que engrandecer su amor por ella. Sin embargo, forzó su alma como si se tratara de una rígida brújula, doblando con fuerza la aguja que marcaba su amoroso norte hasta hacerla apuntar en dirección contraria. Sometiendo su deseo a desear lo que ya no quería.

Con Fiamma decidieron hacer una viaje relámpago de cinco días. Viajarían un fin de semana a la isla de Bura. La idílica isla en la que juntos habían visto derramarse en rojos los atardeceres más bellos y cálidos. El sitio que poseía los acantilados más fastuosos, donde las piedras habían creado, en su sinuosidad, dragones que vomitaban espumarajos de olas por los ojos, que dejaban colar soles por agujeros insospechados. Un lugar donde las almas más distanciadas podían llegar a unirse en un solo latir. Para Martín este viaje sería como una prueba de amor que ayudaría a esclarecer sus sentimientos. Para Fiamma, ajena a la silenciosa lucha interior que mantenía Martín con sus emociones, era otro de sus habituales viajes; les servía para desconectar del trabajo, regalándoles horas de sombra fresca donde leer libros que llevaban años durmiendo de pie en la estantería, aguantando mudos y estoicos el maravilloso instante de ser seleccionados y, al fin, poder desperezarse y hablar a unos ojos ansiosos de saber.

Aunque por esos días el viento había empezado a arrancar furioso cuantas hojas y frutos encontraba en el camino, nada les hizo desistir de hacer el viaje. Se fueron sin decir una palabra a nadie. Salieron del puerto arropados por un ruido inagotable de gaviotas, loros, voces de mujeres gritando a los cuatro vientos las frutas habidas y por haber; maletas, chalupas, barcos y barcazas; vendedores de caimanes, dulces de guayaba, arepas de huevo y bocadillos veleños. En medio de la confusión reinante les esperaba un barco de madera pintado de verde con bandera tricolor izada y un racimo de plátanos maduros colgando de la proa. La sonrisa blanquísima de oreja a oreja de dos negros corpulentos les dio la bienvenida a bordo. Todo rezumaba salitre y olor a pescado fresco. Habían querido alquilar una barca de pescadores para hacer más íntimo y entrañable el viaje, saliéndose del circuito turístico tan repetido y aburrido. Llevaban un pequeño maletín lleno de libros de Fiamma y una libreta en blanco que Martín Amador esperaba llenar de pensamientos, poemas e impresiones. La tarde anterior al viaje él se había hecho un lavado de cerebro, buscando llenarlo de recuerdos. Había subido a la buhardilla a ojear el álbum donde estaban, ya despegadas, todas las fotos de cuando Fiamma y él eran novios. ¡Cuánta juventud y alegría respiraban! Había recordado las veces que la sonrisa de ella le había acariciado. Se había parado en una foto grande en la que Fiamma reía a carcajadas y, pasando sus dedos por encima del destemplado plástico, la había acariciado. Al llegar a la boca se había detenido. ¡Cómo había amado esa sonrisa! Cuando la besaba, más que besar sus labios acariciaba sus dientes. Entretenía su lengua deslizándola en ellos. Ella lo sabía y por eso, cuando estaba feliz, le regalaba sonrisas a cambio de palabras. Qué lejos había quedado todo. Sólo las fotos permanecían como testigos mudos de ese amor; eran la prueba de que lo habían vivido. Sin éstas él hubiera pensado que eso nunca había formado parte de su vida. Había releído los poemas que había escrito para ella tiempo atrás. Se había encontrado, apolillado y amarillento, el libro El Profeta de Jalil Gibran, primer regalo que Fiamma le había hecho; lo había contemplado, tropezando con las anotaciones y subrayados de su puño y letra; allí estaban guardados los pensamientos que, en la ingenuidad púber, habían abierto los ojos del alma a su mujer. Allí también estaba descuadernado y maltratado por el uso El principito de Saint-Exupéry, otro libro que leyó siempre a escondidas ocultándolo de los ojos de su padre; una historia que le había hecho sentirse niño a sus veinte años. En el altillo había permanecido largo rato, revolviendo añoranzas, y cuando consideró que ya se había empapado lo suficiente de relación pasada, había bajado pesaroso y haciendo de tripas corazón se había puesto a hacer la maleta.

Se metieron en el barco y partieron mar adentro, buscando encontrar en otra tierra lo que se les había perdido en ésta. Se dejaron abofetear las caras por la fuerte brisa. Poco a poco se fueron alejando de Garmendia del Viento. La puerta del reloj empezó a hacerse pequeña hasta desaparecer diluida en el paisaje. Cuando estaban a mitad de camino, se encontraron con pescadores que llevaban sus redes milagrosamente llenas de peces voladores. Súbitamente el cielo se cerró cargándose de nubes. El mar estaba tan agitado como el corazón de Martín. Un oleaje fuerte amenazaba con despedazar el barco. La marejada era producida por un descomunal banco de peces voladores y martillos que pujaban por salir. Finalmente acabaron por atravesar el banco prácticamente en volandas, pues todos los peces con sus aletas habían levantado el barco unos centímetros del agua y lo habían vuelto a dejar cuando estaban casi a punto de arribar a la isla, que ese día estaba desierta, pues todos sus habitantes se habían ido, caminando entre las arenas blancas de las islillas nacientes a celebrar el Carnaval de los Muertos, que por esos días se adueñaba del espíritu de los isleños.

Descargaron sus cosas en el bungalow amarillo que habían reservado; el mismo al que solían ir siempre. Como ya les conocían, los empleados les dejaron solos. Ese día no estaba el mar para baños ni bronceados. El cielo estallaba en truenos furiosos y nubes a punto de derramarse en llanto negro. Se quedaron en la habitación, con sus pensamientos repartidos y distantes. Empezaron a hablar y terminaron enfrascados en una acalorada discusión donde no pudieron ponerse de acuerdo. Entre más trataban de aclararse, más se enredaban en palabras. Discutieron hasta por el tipo de vaso en el que les habían servido el jugo de bienvenida. Que si la boca era muy grande, que si era muy alto, que si le faltaba azúcar, que si habían llevado suficiente ropa, que si habían olvidado el cepillo de dientes… que quién se había encargado de guardar los libros. Todas nimiedades ridículas que se acrecentaron en el fragor de la pelea. Terminaron saliendo hasta las pequeñas peleas de recién casados que creían superadas, la fobia que Martín sentía por las diez hermanas de Fiamma, las críticas de ella al padre de él, palabrerías que acabaron por dejarlos exhaustos y en un tenso y compacto silencio que ni el cuchillo más afilado hubiera podido cortar. Martín se cubrió de papeles en blanco mientras Fiamma, ofendida, se refugió en el grueso libro que clasificaba las últimas psicopatologías del siglo. Les llegó la noche tendidos sobre sus pensamientos y con un malestar del cual los dos querían salir, sin dar el brazo a torcer. Cada uno esperó en vano la disculpa del otro, como si fueran un par de niños. Por enésima vez la incomunicación se adueñó de Martín Amador y Fiamma dei Fiori. Él, sublime comunicador de papel impreso, y ella, prestigiosa sicóloga especializada en ofrecer soluciones en las más complejas interrelaciones humanas, no fueron capaces de levantar la veda de palabra que sobre ellos se acababa de cernir. El orgullo de ambos y el cansancio habían podido más que el conocimiento y la cordura. Se quedaron dormidas las ganas de darse las buenas noches con un beso. De espaldas a los gestos inequívocos del amor no hablado. Martín se odió por haberse inventado ese viaje, por no haber vuelto a ver a Estrella, por no haberse quedado con ella aquella noche de jueves, por haber desperdiciado cuatro semanas en negaciones impuestas. Fiamma empezó a maldecir el ascenso de su marido. ¡Cómo le había cambiado! Le estaba volviendo un ser agresivo, poco comunicativo y nada comprensivo. Se estaban volviendo a repetir episodios vividos en la crisis que les había sobrevenido después de los primeros cinco años y que ellos habían sorteado sin siquiera decírselo. Volvía a escasearles el ingrediente que todo ser humano necesitaba para entenderse: la comunicación.

A la mañana siguiente les despertaron unos estruendos energúmenos que amenazaban con partir en dos el bungalow. Una tempestad feroz con vientos huracanados acababa de levantar el pánico en la pequeña isla de Bura. A Fiamma se le alborotaron todos los miedos infantiles, con el agravante de no poder acercarse a Martín por la pelea del día anterior. Temblando, se enroscó como un ovillo y se puso la almohada en la cabeza para no escuchar ni ver lo que se aproximaba; Martín se apiadó de ella y terminó abrazándola y tranquilizándola. Se vistieron y arreglaron como pudieron. La luz se había ido en toda la isla. Habían quedado incomunicados. A pesar de las procesiones y rezos, era posible que el famoso huracán Chiquita finalmente hubiera decidido pasar por allí. No podían hacer nada salvo esperar. Decidieron quedarse dentro; si salían, corrían el riesgo de ser arrastrados por los aires para después terminar ahogados en cualquiera de las gigantescas olas que amenazaba con llevarse la isla entera. Desde la ventana observaban incrédulos la loca danza de las palmeras que se contorsionaban doblándose por la cintura hasta terminar algunas partidas y otras arrancadas de raíz. Volando por los aires se veían bailar enardecidos, manglares, tumbonas, sillas sin patas, parasoles, hamacas, mesas, manteles, papagayos gritando enloquecidos, caimanes, diablos con cola y tridente, esqueletos y momias, todos isleños disfrazados que habían continuado en carnaval después de la noche anterior. La escena era apocalíptica, espeluznante. Fiamma y Martín presenciaban mudos el espectáculo. Durante los años que llevaban juntos nunca habían vivido la furia del viento de Garmendia, pues coincidía que desde su boda, salvo algunos episodios aislados, el tiempo en toda la región se había tranquilizado. Ahora parecía que los desasosiegos ventiscos habían vuelto para acompañar los desasosiegos que empezaban a soplar en sus almas.

Durante horas estuvieron esperando. La pintura del bungalow empezó a desprenderse de las paredes exteriores y hasta que no quedaron completamente desnudas no cesaron de ver trozos amarillos que parecían mariposas revoloteando sobre ellos. Pero así como había venido, el ventarrón se fue. Una calma chicha quedó flotando en el ambiente. Fuera no se veía nada, pues la arena revuelta todavía giraba en el aire desorientada. Cuando se cercioraron que todo había pasado salieron de la habitación. El paisaje era tristísimo. Las playas habían quedado desnudas, la arena había desaparecido, mientras las olas alcanzaban hasta diez metros de altura. Una nube rojiza cubría

como un gran sombrero la totalidad de la isla; fuera de
ella el sol resplandecía. Empezó a llover un barro rojo
del que caían millares de diminutos sapos que se pega-
ban al cuerpo como si fueran de goma. Martín sintió
un asco terrible; para Fiamma era maravilloso. Hacía
tiempo que no vivía una tormenta de sapos. Empezó
a recogerlos y guardarlos en su bolsillo. Recordaba la
cantidad de sapos que había recogido en las tardes de
su niñez cada vez más remota. Adoraba esos pequeños bichos. De pequeña había inventado para ellos
concursos en la mesa del comedor de su casa mientras
su madre a gritos le rogaba que los sacara de allí pues
les tenía pánico. Nunca había vuelto a verlos; se había
quedado con las ganas de quedarse con alguno. Ahora
volvían a aparecer. Sintió ganas de jugar de nuevo con
ellos, de guardárselos todos, pero Martín no paraba
de decirle lo asquientos que le parecían, obligándola
a tirarlos al suelo. En otro momento de sus vidas los
dos hubieran terminado riendo y jugando con los
pequeños batracios, pero ya se sabía que el "estado
niño" de Martín, ese que le hubiera hecho disfrutar
con Fiamma la experiencia de vivir cosas sencillas y
nuevas, ahora pertenecía a Estrella.

Continuaron llenos de barro y sapos, paseándose
por entre lo que quedaba en pie de la isla. No veían
ni un alma. ¿Se habrían quedado aislados de verdad?,
se preguntaba Martín. A Fiamma no le importaba
tanto, aún les quedaban cuatro de los cinco días que
habían reservado para el viaje. Pero Martín se sentía
atrapado y angustiado; la noche anterior había dado
por finalizada su intentona de creer que lo de él y

Fiamma tenía arreglo. Había viajado para comprobar que, en el fondo, su matrimonio era un completo fracaso velado. Había ido a Bura buscando inconscientemente una anuencia que le permitiera continuar con Estrella, a quien echaba de menos con un dolor casi físico, pero el destino había querido que esos días él y su mujer se entendieran a la fuerza. Los días que siguieron tuvieron que aparcar sus desacuerdos para sobrevivir; valerse de lo más primitivo, como pescar entre las rocas de los acantilados los escasos moluscos que se habían salvado del arrebato del mar; recoger cocos caídos para beber agua fresca; encender en la playa fogatas para cocinar lo poco que habían encontrado para comer, y calentarse entre las llamas el desamor que les había calado hasta los huesos. Después de ocho días de oscuridad el sol volvió a alumbrar y la isla se llenó de una belleza voluptuosa. La tormenta había pasado por Garmendia del Viento sin sentirse. Sólo Bura había recibido sus azotes. Finalmente una embarcación había ido a rescatarlos, pues los empleados que la noche de la llegada los habían recibido y dejado sabían que ellos estaban allí pero no habían podido hacer nada, ya que el mar embravecido les había obligado a abandonarlos durante toda una semana, un tiempo que a Fiamma y Martín se les había hecho bochornosamente eterno, y les había enseñado a estar cada uno con su propia tristeza e indefensión. Allí se dieron cuenta que el uno no hacía parte del otro y que las incomodidades les habían acabado por separar. El paisaje sereno y maravilloso que ahora contemplaban sus ojos les estaba confirmando un preludio de adiós, pues sus almas no pudieron sobrecogerse y rendirse ante tanta belleza. Ese paisaje, enmarcado por el arco iris más brillante y colorista que jamás habían visto, no había podido hacer el milagro de devolverles lo que ya se les había ido: las ganas de querer querer.

Aunque Fiamma regresó sin tener claro por qué habían ido, un pequeño agujero empezó a abrirse en su pecho. La certeza de que su relación con Martín no iba. La desilusión de su eventual fracaso como esposa fue planeando por su cabeza, preocupándola como nunca. ¿Quería a Martín?... o lo que ella creía que era amor ¿en realidad era una cómoda costumbre? ¿Quién le podría aclarar un sentimiento que incluso ella empezaba a no tener claro?

Volvió a la consulta que se había visto afectada por su obligada ausencia. Muchas de sus pacientes se habían alborotado con el viento, pues cuando soplaba con fuerza las menos estables acababan por desestabilizarse del todo. Así que llegó a poner orden y a escuchar y escuchar historias increíbles como la de celópata Sherlay Holmes, una ama de casa de unos 45 años que vivía enferma de celos, convencida de que su marido tenía amantes hasta en el tanque del váter. Se la pasaba ideando visitas intempestivas a la oficina de éste, abriendo puertas de golpe, revisando armarios, mirando debajo de las camas y en cuanto rincón había. Inspeccionando la cartera y agenda de su marido hasta diez veces al día, tratando de descifrar en los nombres de hombres claves imaginarias, alguna pista que le llevara a una mujer. Una tarde mientras él hacía la siesta, había sacado copias de todas sus llaves, aun desconociendo a qué correspondían y se había dedicado a ir probándolas en cuanta cerradura encontraba. El vecindario no paraba de recibir sus inspecciones. Cada noche, cuando su marido llegaba del trabajo, le recibía con zalamerías de perro, olisqueándole desde el lóbulo de la oreja hasta la punta del peroné, tratando de desmantelar la infidelidad con la nariz en un protocolo detectivesco. Después del odorífero saludo pasaba a examinar el vestuario, claro que esto último lo hacía sin que él se diera cuenta. Primero le insistía mucho en que se cambiara de ropa exterior e interior y se pusiera cómodo, y después, con el botín bajo el brazo, corría al baño a pasear su puntiaguda nariz por todos los rincones del traje, recreándose con alevosía en los calzoncillos; no quedaba un centímetro sin revisar, ni un hilo sin ser respirado. Una vez efectuado este análisis, la pesquisa pasaba a una segunda fase: la oscultación sañosa con lupa, en la cual se empeñaba en buscar algún pelo, ya fuera de cabeza o púbico, que le confirmara por fin su sospecha. Nunca le había encontrado nada porque en realidad él era más fiel que un santo, pero esos días el viento la había trastornado más de la cuenta. Ahora estaba convencida de que su sospecha era cierta. Había pasado de la inspección a la improvisación de disfraces. Cargaba en su coche con un maletón lleno de pelucas, sombreros, faldas, pantalones, bigotes, barbas y cuanto pudo encontrar para cambiar rápidamente de identidad y poder estar en todos los sitios en los que su marido estuviera sin ser reconocida por él. Le puso trampas de índole diversa, llegó a contratar una femme fatale y, como él no "picó", concluyó que le engañaba ya no con una mujer sino con un hombre.

Fiamma que ya no pudo tranquilizarla más, decidió que este caso había entrado en un delirium celis que requería ya no sólo de sicología sino de siquiatría profunda, así que terminó remitiéndola a otro colega.

Con el viento, también le habían llegado muchos casos nuevos. La inestabilidad era el plato fuerte de la temporada. Fiamma estuvo tan entretenida con todas sus pacientes que su tema con Martín, otra vez, se había licuado entre sus días.

Para Estrella el viaje a Somalia había sido un respiro en su tristeza. Había estado compartiendo durante doce días pensamientos y actitudes que le habían enriquecido y distraído mucho su soledad y anhelo de volver a verse con *Ángel*. Había conocido a Nairu Hatak, el último premio Nobel de la paz, un hombre interesantísimo que había pasado quince años en prisión por una injusticia blanca. Había nacido en Kenia y pertenecía a los kikuyu. Se había hecho a sí mismo a base de mucho esfuerzo, y hoy era reconocido mundialmente por su pacifismo, su gran capacidad de perdón y las acciones humanitarias que estaba desarrollando en toda África. Estrella regresó con un entusiasmo que le duró lo que un bizcocho en la puerta de un colegio: ¡nada!

Empezó a visitar cada tarde la capilla de Los Ángeles Custodios. Necesitaba recordar para vivir. No volvió donde Fiamma, pues todavía se sentía sin ánimo para enfrentar su gran fracaso. Las pocas fuerzas que le quedaban las empleaba en su trabajo, donde hacía equilibrios para que no le notaran su agonía.

De sus baños de hielo para bajar calenturas en las noches había pasado a aprenderse de memoria el poema que le había escrito *Ángel* en la caracola. Lo había leído cuando él había salido disparado por la puerta el último día que le había visto, así que nunca pudo decirle lo bello que le pareció. Ahora, su gran ritual de la noche consistía en recitar las apasionadas palabras que aparecían en la Conus litteratus hasta quedarse dormida con la caracola encerrada en su mano.

Se sentaba en el Parque de los Suspiros a suspirar mientras sus ojos buscaban desesperadamente, entre los anónimos personajes de los bancos, el milagro de encontrarse a *Ángel* dando de comer a alguna gaviota perdida; pero nunca se lo encontraba. Era como si se lo hubiera tragado la tierra, como si nunca hubiese existido. Una vez había corrido detrás de un hombre convencida de que era él. Se había cansado de llamarlo por el nombre de *Ángel*, pero él no se había girado. Convencida de que no se giraba porque en realidad ese no era su verdadero nombre, le había tomado por el brazo obligándole a mirarla; la vergüenza que sintió al ver su equívoco la dejó paralizada. El hombre la había tranquilizado y delicadamente se había liberado de su apretada mano que se había quedado como ella: tiesa. Creía verlo en todas partes. En los taxis, el metro, la estación, los restaurantes, el supermercado. Era una imagen obsesiva que no podía sacarse de la cabeza por más que lo intentaba.

Por su parte, Martín había llegado convencido de que su experiencia en Bura le había confirmado su presentimiento: no había nada que hacer respecto a su relación con Fiamma. Llevaba en el cuerpo una mezcla de desilusión e ilusión que se le iban alternando. Estaba seguro que había intentado tener un acercamiento real con ella cargado de los mejores propósitos, pero había fracasado. Incluso había descifrado en los fenómenos bestiales de la naturaleza, vividos esos días en la isla, la confirmación de que no le convenía tratar de arreglarse con Fiamma; que le había llegado la hora de emprender un nuevo camino en su vida. Pero el qué no le coincidía con el cómo. No sabía cómo hacerlo. Cómo enfrentar su inseguridad de dar el paso. Tampoco sabía en realidad cómo iba a ser Estrella; necesitaba un tiempo para conocerla más profundamente y saber de verdad si lo estaba dejando todo por una realidad o por un sueño. En el fondo tenía miedo de quedarse solo. No sabía hasta qué punto dependía de su mujer; involuntariamente estaba tratando de cambiar lo que recibía de Fiamma por lo que podría darle Estrella. No había tomado conciencia de que, para poder dar amor, primero necesitaba sentirse completo, él con él; que si su relación con Fiamma no había funcionado, no podía pretender reproducir la misma relación con otra persona. No había tenido tiempo de examinar la razón por la cual no había marchado su matrimonio porque, hasta que apareció Estrella, él siempre había creído lo contrario. Pero como ese día los deseos del amor le habían amanecido calientes y frenéticos, al llegar a su despacho no se detuvo en más reflexiones y abrió con apremio el cajón donde descansaba la carta que hacía algunas semanas había escrito a Estrella. Le haría algunas modificaciones y se la haría llegar. No podía dar la cara después de tantos días de ausencia. Esta vez serían sus palabras quienes tocarían el alma de Estrella, así que se puso manos a la obra. Rasgó el sobre y empezó a leerla, tachando y rescribiendo por encima algunas frases; al final terminó rompiéndola y haciéndola de nuevo. Gastó todas las horas tratando de explicar su sentir más íntimo, eligiendo las palabras justas, redondeando sus pensamientos. Mientras lo hacía, descubrió que un nuevo Martín emergía de esas letras.

Se sorprendió confrontando cara a cara sus más arraigados pensamientos con los nuevos que germinaban en su alma, verdes y frescos. Eran pequeños brotes que apuntaban alzarse como árboles fuertes si se sembraban en la tierra adecuada. Nunca había sido tan profundo en toda su vida; incluso muchas veces había jugado al frívolo y hasta le había gustado. No sabía si lo que ahora escribía era real o producido por las ganas de llegarle a Estrella. Como se desconocía esa faceta, terminó atribuyéndolo a un recurso literario. Ignoraba que acababa de iniciarse en él un profundo cambio que habría de renovarlo y cambiar la piel de su espíritu.

Escuchó que las campanadas lejanas de su idealizada capilla llamaban para la misa del mediodía. Esperaría tres cuartos de hora y, cuando estuvieran a punto de cerrar la iglesia, entraría y dejaría la carta en el banco donde solía encontrarse con Estrella.

Si ella iba esa tarde, aunque lo dudaba, se encontraría con el sobre.

Una noticia de última hora seguida de una inaplazable reunión interrumpió sus pensamientos y le tuvo ocupado y preocupado la hora siguiente. Cuando acabó salió, primero caminando, y una vez cruzada la puerta del diario, corriendo como desesperado adolescente a la capilla de Los Ángeles Custodios. Estaba seguro que no llegaría a tiempo y tendría que esperar una semana más para dejarla. No podía desperdiciar ese jueves.

Llegó jadeando. Empujó la pesada puerta de madera y ésta cedió. ¡Lo había logrado! La puerta aún estaba abierta. Entró con sigilo pero no pudo evitar que sus pasos gritaran su presencia y además se la repitieran en eco. Había olvidado en el fragor del desespero en qué banco se sentaban. Le parecía que habían colocado algunas filas de más. No recordaba haber visto antes tantos bancos. Dudó en cual dejarlo; entonces miró al techo y los ángeles de arriba le guiaron hasta el lugar exacto. ¿Y si ella ya no se sentaba allí? ¿Y si no iba? ¿Y si otra persona llegaba antes y descubría la carta? Tenía que correr todos esos riesgos. La había abandonado sin decirle nada. Se merecía lo peor, pensó, mientras se sentaba en el mismo sitio donde tantas tardes Estrella había llorado su huida. Sacó la carta y la dejó sobre el banco. Del bolsillo extrajo otra caracola. Una que llevaba siempre encima y que para él tenía un significado especial. Era un regalo de su madre en una tarde de domingo dorado. Le había acompañado durante cuarenta años. Había estado en su pantalón en los momentos más difíciles en los que había necesitado de la suerte para atravesar obstáculos. Se desprendió de ella convencido de que le ayudaría a recuperar a Estrella. La caracola se quedó brillando encima de la carta, mientras él escapaba justo a tiempo de quedar atrapado en los olores y la humedad del mediodía que se respiraba en el recinto. Se alejó con dejadez, sumergido entre la muchedumbre. Ese mediodía las palomas del Parque de los Suspiros se beneficiaron de la soledad de Martín, llenando sus buches casi hasta reventar con los granos de arroz que terminó comprando en la primera tienda que se le cruzó por el camino.

Estrella miró el reloj de su despacho. Iban a ser las seis de la tarde de otro jueves. Dudó en ir a la capilla. Había pasado tantos jueves vacíos. ¿Por qué hoy tendría que ser distinto? Se entretuvo largo rato en una llamada, pasaron las siete y ella todavía seguía en la oficina. Finalmente cuando cayó la noche salió. Pasó por delante de la iglesia y decidió que tenía que obligarse a olvidar. Salir del círculo vicioso que la tenía sumida en ese silencio vacío, que la había dejado suspendida en el tiempo. Dejar de repetir como autómata un ritual que ya no tenía sentido. Habían pasado casi dos meses desde que *Ángel* había desaparecido. Pero… ¿dónde iría?, se preguntó con desánimo. Sus pasos la condujeron contra su razón hasta la iglesia, dejándola a la entrada. Se miró a sí misma y sintió lástima por ella. Iba a entrar, pero el último hilo de dignidad que le quedaba la detuvo. Dio media vuelta y se perdió ignorada entre la multitud.

5. LA LIBACIÓN

> No ya en el cáliz
> sino en nuestra nariz
> está el aroma.
>
> SÔKAN

Mi amada:

Escucha. Es mi alma quien te escribe. Este papel esconde mi vergüenza, pero también será él quien finalmente me descubra ante ti.

No sabes nada de mí. Aquella tarde de parque mis pensamientos vagaban entre soledades y gaviotas, hasta que una de ellas, no sé por qué motivo, me llevó a ti.

Siempre había tenido miedo de que me desestabilizaran mi tristeza, creía que en ella estaba mi paz y mi seguridad, por eso me conformé gustoso con lo que la vida me entregó. A mis cuarenta y siete años, con la mitad de mi camino recorrido, ¿qué más podía pedir?

Debo confesártelo. Sigo teniendo miedo. Pero éste es un miedo distinto. Me has hecho tener conciencia de mis vacíos; contigo he emprendido una búsqueda interior que no para de hervir dentro de mí y a la cual no estoy siquiera seguro de encontrar la solución. Pero he empezado a caminar.

Te aseguro que mi alma es mejor que yo, porque la presiento limpia y nueva para ti.

Espero que no sea demasiado tarde. En mis tantas noches de insomnio, el cielo me ha enseñado que hay un momento en el que el muy tarde se nos puede volver el muy temprano. Es sólo un instante que se apaga y enciende en un suave destello; cuando la noche agoniza en brazos del primer rayo de luz naciente. Espero que éste sea ese momento.

Mi amada Estrella. Estoy casado. Hace dieciocho años decidí compartir mi vida con una mujer maravillosa a la que creí amar con locura. Nuestros días se fueron congelando entre las nieves del silencio y hoy, con dolor, he comprobado que he sobrevivido al frío de nuestra relación calentándome con los restos de gestos que quedaban de nuestros dos primeros años. Adquirí con ella un compromiso de amor eterno que hoy me deja inmovilizado con relación a ti porque, ¿sabes?, estos días de reflexión profunda me he dado cuenta que entre más fiel es uno a uno mismo, más infiel puede terminar siendo a los demás. ¿Quién se acuerda de los primeros sueños de su infancia? Yo los tuve, pero me los arrebataron. Terminé viviendo el sueño prefabricado por muchos, que anestesió hasta matar mi verdadero sueño.

Fui educado en la fría contención, la responsabilidad y el buen comportamiento, aun a costa de sacrificar mis sentimientos más sensibles, porque has de saber, amada Estrella, que la sensibilidad no es una cualidad que pertenezca sólo a las mujeres. Hoy, te confieso, no me avergüenza comprobar que soy un ser sensible. Durante toda mi vida mis sentimientos más íntimos estuvieron buscando vías de escape donde encubrir o liberar mis dolores y llantos. Gracias a ti, estos días he recuperado, todavía a escondidas, mis lágrimas.

Tuve un padre que no descansó hasta que no creyó haber castrado la totalidad de mis sentires, convirtiéndome en un hombre de bien —todo un orgullo a su masculinidad— haciéndome un desdichado. No lo culpo; a su manera creía que me estaba dando lo mejor que tenía. En el fondo todos somos el producto de las educaciones recibidas por nuestros antepasados, y a mí me tocó como herencia la contención de mi sentir.

Durante años he vivido seco; sediento de vida y savia que, ahora entiendo, sólo puede chuparse sintiendo la vida a plenitud, luchando por alcanzar tus anhelos. Esto, que parece sencillo, lo ignoraba hasta que te conocí.

Cuando me diste el nombre de "Ángel" no sabías lo que me regalabas. Con él me entregaste una nueva identidad, que liberó por fin todas mis negaciones impuestas, de las que no tenía ni siquiera una ligera conciencia. Me diste alas y alegría; ganas de reír y llorar. Has provocado un renacimiento que ha hecho florecer mis días vacíos. Ahora quiero aprender tantas cosas, sólo para enseñártelas. Investigo las puestas de sol y las fases lunares. Recojo las hojas caídas de los árboles y observo la perfección de su estructura. Descubro el vuelo de gaviotas y el canto de los estorninos. Vuelvo a mirar el mar con ojos nuevos. Todo me parece fácil. Cualquier cosa que hago, por banal que sea, la disfruto. He entrado en un estado de conciencia sorprendente. Cada mañana, mientras me ducho observo el correr cadencioso del agua y pienso que el ser humano nunca debería parar de fluir. He vuelto a jugar a hacer grandes buches de agua y lanzarlos alegre, por el sólo placer de hacerlos para mí. Me siento niño y adulto al mismo tiempo. Si tuviera que definirme en una palabra diría: efervescente. Sí, así me siento desde que te conocí.

Has ayudado a simplificar mi alma. Todo lo que me has dado ha desbordado mi corazón de gozo. Me has hecho sentir una fatiga de amor desconocida. Te debo parecer un hombre raro, ya que no he buscado de ti tu cuerpo, aunque bien has sentido la locura que tu presencia provoca en mi piel. Existe tanta sensualidad en cada poro de tu ser, que me he encadenado a tu cuerpo sin haberme vaciado todavía en él.

Aunque te cueste creerlo, nunca antes le fui infiel a mi mujer, por eso no he sabido serlo a la hora de estar contigo.

Si bien, aparentemente para ti, estos días hayan sido de inactividad por parte mía, no sabes hasta qué punto mi corazón ha estado inquieto. He librado una batalla de sentimientos que me ha dejado exhausto. Mi corazón y mi razón no se ponen de acuerdo. Cuando me refugio en el nombre que me diste, "Ángel", todo es más fácil. Desaparecen las barreras y me fundo en alegría. No existen ni pasados ni futuros oscuros, sólo un presente diáfano. Pero cuando vuelvo a la cotidianidad y rutina de mis días, se levantan como muros todos mis impedimentos. Miro a mi esposa y sé que ella no ha tenido la culpa de mis frustraciones, pero así como contigo me siento fluido, con ella no puedo todavía abordar mis verdades. Sé que un día esos muros acabaran por derrumbarse. Sólo te pido tiempo y fe. ¿Podrás dármelos?

Mi amada niña. Estos largos días de espeso silencio tus ojos me han conducido con su luz, iluminando mis tinieblas. Tu sombra, adherida a mi cuerpo, ha acompañado mis sudores. No he dejado de estar en ti ni un solo instante. Pienso que del más desafinado silencio puede brotar la música más bella. Siento que esta separación me ha hecho tomar plena conciencia de lo que puede ser querer o amar. En el querer hay ansias y deseos. En el amar, sólo el deseo del bien a la persona amada.

Ahora ya sé que, si no te tuviera, seguiría amándote. Porque el amor no puede ser posesión. Lo he comprobado al tenerte sin tenerte. Por encima de todo quiero que sepas que te amo, así, sin más. Pero como simple mortal, también quiero que sepas que te deseo con toda mi alma.

Tú me has quitado el temor a vivir. No sé que nos espera, pero siento que contigo voy a empezar de nuevo una andadura más plena e intensa. Ahora, ya sé que tengo un alma. Tú la revelaste ante mis ojos; reconociendo la tuya, he descubierto la mía.

Durante todo este tiempo mi cobardía muda se había extraviado entre dudas oscuras, pero de pronto, en el negro cielo de mi alma ha empezado a brillar una estrella luminosa que encandila mis deseos... Me está quemando con su luz. Quiero empinarme hasta alcanzarla con mis manos y ponerla en mi pecho como escudo... ¿Me dejas alcanzarte?

Ven... Acércate más para tocarte el alma.

P. D. Si ya has llegado a este punto, posiblemente mi caracola más querida está contigo. Quiero que te acompañe ahora a ti. Cuando la toques, piensa que es a mí a quien acaricias... Que es mi alma la que tienes en tus manos.

Estrella se quedó petrificada de gozo después de leer la carta. Las lágrimas le chorreaban por las piernas y encharcaban sus zapatos. Se había quedado anonadada de alegría, incrédula ante tanta dicha. No entendía muchas de las cosas que había leído, pero lo que sí estaba claro era que *Ángel* la amaba.

Ese miércoles había decidido entrar a la capilla guiada por una trasnochada nostalgia. Los ensueños del amanecer le habían traído la visión de *Ángel*, y al despertarse se la habían quitado. La frustración del desvanecimiento de su sueño y el ansia de reminiscencia la habían llevado hasta allí. Por más que lo había intentado, no había podido saltar por encima de sus recuerdos.

Habían pasado quince días desde que Martín había dejado la carta y la caracola en el banco, y aunque él pensaba que estaba solo cuando las dejó, el fraile espía se había enterado de su acción y al ver que Estrella no había aparecido por allí aquel día, había decidido guardárselas en el bolsillo, haciendo de emisario fantasmal, cuidando de que la entrega no se desviase de su destino, con unas ganas enormes de leer la carta y descubrir su contenido. Durante días y días estuvo acariciando la posibilidad de abrirla, empleando vapores de agua para no estropear el sobre, y volver a pegarla con aquellas bolitas de goma arábiga que solía arrancar del árbol del claustro. Pero no quería cargarse con más culpas, suficiente tenía con las calenturas que había vivido a costa de ellos; así que decidió dedicarse a lo suyo. No paró de confesar feligreses, vigilando en todo momento la entrada de Estrella a la capilla. Llegó a trasladar, con la ayuda de un acólito, su confesionario enfrente del banco donde acostumbraba hacerse ella; se sentía mensajero de amor, una especie de sacro cupido en misión especial. Mientras confesaba, observaba a través de la cortinilla cuanto devoto se acercaba. El día que había entrado Estrella, él estaba escuchando a una muchacha que iba hasta diez veces al día a confesarse. Era una adolescente que se había enamorado locamente de la voz del cura y su delicioso aliento, y con tal de poder estar cerca de él se inventaba los pecados más asombrosos que jamás se habían oído. Este fraile, un hombre ya entrado en años pero con voz cálida y joven, tenía por costumbre masticar todo el día pequeños puñados de clavos de olor. A la muchacha, esa semipenumbra envuelta en humo, silencio y recogimiento, el misterio de desconocer la identidad del cura adobado con su acariciadora voz y el aroma a clavos de olor, la excitaban hasta ponerla al rojo vivo. Lo imaginaba alto y musculoso, todo fibra y cuerpo ardiente. Fantaseaba con el momento en que él le interrumpiera, sólo para confesarle que estaba loco por ella y que si no le correspondía moriría de amor. Para el cura, los frecuentes y descomunales pecados escuchados habían convertido a la muchacha en la pecadora más rápida y temible de Garmendia del Viento, un caso a llevar ante la curia. Ese día la chica se había excedido en visitas y mentiras; descubrió que, entre más atroces eran éstas, más hablaba el cura y más tiempo podía respirarlo y excitarse. Había vuelto para contarle que acababa de hacer suyo todo un cuerpo, el cuerpo de bomberos de su barrio, unos sesenta hombres. En esas estaba cuando el cura había visto entrar a Estrella y, sin pensar lo que le decía, atropelladamente despachó a la chica poniéndole como penitencia hacerlo unas cincuenta veces más, exhortándola con el pecado a que se fuera. La muchacha se fue confundida mientras él corría a depositar carta y caracola en el sitio en que las había dejado Martín, refugiándose de nuevo en el confesionario. Al llegar al banco, Estrella no había descubierto la carta. La caracola, que había quedado haciendo equilibrios en el borde, terminó rodando por los suelos deteniéndose a los pies de san Antonio. Estrella la recogió con delicadeza y desandando sus pasos pensó que algo raro estaba pasando. ¿Le habría hecho el milagro san Antonio? Al llegar de nuevo al banco le esperaba la pulida caligrafía de *Ángel* en un sobre. ¡Por fin sabía de él!

Ahora entendía la huida rápida de aquella noche, su sudor y su miedo. Era un hombre con principios. Con aquella carta, la imagen que Estrella tenía de él creció hasta alcanzar la dimensión de lo divino. Su corazón volvió a latir en su garganta ahogándola de espera. El día siguiente sería jueves. ¿Habría dejado la carta esa mañana?, se preguntó. Si era así, seguro que estaba en la antesala de la gloria. Acarició la caracola nacarada y releyó la carta sin fecha hasta aprenderse de memoria cada palabra, antes de guardársela entre el sujetador. Quería pegarse las palabras de *Ángel* en su pecho. El roce del papel en su seno le sonrojó el alma; así salió a la calle, con su cuerpo florecido de esperanza y ganas.

Le había resucitado el sueño. Llevaba la cabeza en alto y los pechos erguidos. Sus caderas se mecían armoniosas llevando el ritmo de una música fiestera. Era el sencillo goce de saberse amada. Todo volvió a tener sentido. Se moría de ganas de gritar a los cuatro vientos que la amaban.

Durante los días anteriores Fiamma no había parado de llamar a Estrella tratando de averiguar el porqué de su prolongada ausencia, pero no había obtenido respuesta. Un día se le ocurrió llamar a la sede de Amor sin límites; allí le dijeron que Estrella estaba en Somalia. Pensó que tal vez ese viaje intempestivo era la razón por la que no había vuelto. Fiamma solía cuidar de sus pacientes mejor que de ella misma; llevaba un riguroso control de asistencias; sabía que durante las terapias algunas llegaban a abandonar si se sentían demasiado removidas, entonces era preciso modificar el tratamiento para llegarles de otra manera. A veces perdían la confianza en su terapeuta, aunque a ella esto casi nunca le ocurría.

En su casa, la situación con Martín seguía estable. Habían camuflado sus contrariedades con un disfraz de paz casi perfecto. No habían vuelto a tocar el tema de su fracasado viaje. Vivían envueltos en cortesías y gestos parcos. Algunas noches se enredaban en caricias obligadas, más por la costumbre de sentirse los calores de sus cuerpos cubiertos por la misma manta; más por la necesidad física de tocar alguna piel en la penumbra, que movidos por el sofocante deseo del amor.

El mismo día que Estrella había leído la carta de Martín, Fiamma estaba leyendo el diario cuando una noticia llamó poderosamente su atención. Acababan de inaugurar la espectacular exposición "Mujeres desoladas". Las fotografías de unas inquietantes y estilizadas esculturas femeninas en actitudes desérticas llenaban la página. No tenía tiempo de leer la crítica, pero por lo que alcanzó a pellizcar entre los párrafos, dedujo que era muy interesante. Dejaban la exposición por las nubes. Arrancó la hoja y se la llevó a la consulta para estudiarla con más calma. Decían que la muestra expresaba como nunca el sentir más recóndito de la mujer, su vida y sentimientos. Eran esculturas que, más que cuerpos, enseñaban la solitud del alma; el abandono del espíritu. Las actitudes proyectaban el misterio de la feminidad extrema. Una delicadeza increíble. Eran figuras que parecían ingrávidas levitar en el misterio. La materia de la que estaban hechas sólo servía para comunicar lo intangible. A Fiamma le interesaba estudiarlas a fondo. Tenían que ver mucho con su trabajo. Era ver, expresado en arte, las realidades cotidianas que ella presenciaba cada día. Lo comentó con Martín mientras se despedían, y éste recordó que en su despacho tenía algunas invitaciones al cóctel de inauguración.

Al llegar a la consulta, la secretaria le informó que había recibido varias llamadas de Estrella pidiendo verla con urgencia. Ese día lo tenía complicado; sin embargo, la curiosidad hizo que apareciera milagrosamente un hueco en su agenda. La vería después de Gertrudis Añoso, aquella longeva mujer que había superado el centenar de años y seguía vivita y coleando; la única anciana en su lista de pacientes. Era una amnésica emocional con síndrome de pseudología fantástica, que cada día le llegaba con algún relato falso, nadando entre personajes irreales, fantaseando entre amantes imaginarios y fiestas extravagantes. Había tenido un episodio de dolor juvenil; un padre que la había casado a la fuerza con un déspota ricachón mientras ella se moría de amor por un pobre pintor. El trauma le había producido una amnesia que le había dejado espacios en blanco, unas lagunas mentales que ella iba rellenando con sus sueños. Cuando se producían esos episodios de fabulación su edad retrocedía al momento en que se produjo la lesión: El día más triste de su vida, en que se vistió de nieve para congelar su corazón. No tenía ningún recuerdo de su boda, salvo aquellos ojos de ónix negro brillante, encharcados en lágrimas, que la miraban entrando a la iglesia. Era su anterior novio. Después su vida afectiva se había hundido en una nebulosa inconexa. Ahora las historias que inventaba siempre tenían que ver con hombres de ojos idénticos. Ese era el único pasado que le había quedado, unos ojos derretidos de llanto.

La ternura que Fiamma sentía por esta mujer era inmensa. Siempre que podía le alargaba la hora, porque sabía que cuando llegaba el momento de partir, Gertrudis la saludaba en lugar de despedirse y empezaba a contar otro ensueño. Nunca había repetido la misma historia en los años que llevaba tratándola.

Ese día la historia había sido conmovedora y a Fiamma la había ablandado más de la cuenta. Le impresionó el realismo del relato, los gestos y la interpretación de Gertrudis; la juvenil coquetería con que imaginariamente se pintaba y acicalaba. Decía que vendría a verla, desde Montparnasse, un chico malagueño de grandes ojos negros llamado Pablo Ruiz, que estaba pintando un retrato de ella. Le pidió a Fiamma que hiciera silencio y mantuvo una dulce conversación con el supuesto pintor. De pronto se sonrojó, mientras con los ojos cerrados ofrecía al aire unos labios entreabiertos, finos y cuarteados, enmarcados entre las cientos de pequeñas líneas de tiempo. Se estaba besando apasionadamente con su visión. Luego la vio desinhibirse y sacarse la camisa, hasta dejar al descubierto unos pellejos que colgaban escurridos y secos apuntando sin piedad al suelo. La agitación del pecho le confirmó a Fiamma un encuentro tan vívido que no fue capaz de cortarle la historia hasta que su respiración no se calmó del todo y no entró en esa placidez henchida de satisfacción. La ayudó a vestir con delicadeza; le acomodó el moño y repasó sus labios con el carmín que escondía en su bolso. Al salir se la entregó a su nieta, quien le preguntó a la abuela cómo había ido todo. Gertrudis ya había olvidado lo que acababa de vivir. Sólo su boca conservaba un rictus de ingenua malicia.

Fiamma se topó con Estrella en la entrada. La abrazó y condujo al diván, al tiempo que ésta se disculpaba por su intempestiva desaparición, atribuyendo su prolongada ausencia al viaje a Somalia; evitando

contar su último encuentro con *Ángel*. Había ido para
aprender de Fiamma muchas más cosas. Estrella la
admiraba profundamente, quería ser como ella. La
veía segura de sí misma y muy evolucionada interiormente. La percibía muy culta, leída y recorrida.
Era sencilla y diáfana; extremadamente femenina,
sin valerse de ningún efecto exterior para serlo, pues
en el tiempo que llevaba asistiendo a su consulta, no
recordaba haberle visto una joya encima. Todo lo que
brotaba de ella era natural; por eso tal vez la serenaba
tanto. Sus gestos tan espontáneos, el ambiente que
creaba a su alrededor, esa mezcla de esencias, luz,
música y silencio de olas le fascinaban. Estrella recibía
de Fiamma un sentimiento de paz y serenidad que
su voz, firme y sin estridencias, confirmaba. Con ella
se sentía arropada y segura. Ahora que había vuelto,
todas esas impresiones la habían saludado amoro-
samente; para sus adentros se arrepintió de haber
dejado de ir durante tantos días. Se había perdido
unos instantes de crecimiento valiosísimos.

Fiamma le cogió las manos con ternura y la dejó
que hablara… Siempre que alguna de sus pacientes
dejaba de asistir a las terapias, regresaba desubicada;
Estrella no era la excepción. Aunque Fiamma se
reventaba de ganas de saber qué había pasado entre
ella y *Ángel*, mordiéndose la lengua se aguantó la pregunta. Recordaba que la última vez habían quedado
en que Estrella averiguaría más sobre la identidad de
Ángel, y si éste no se lanzaba a irse a la cama, sería ella
quien tomaría la iniciativa. La historia había quedado
suspendida en su mejor momento, pero a Fiamma

le pareció que Estrella no quería retomar esa charla
ni explicarle nada, así que decidió echarle una mano
hablándole de sus últimos pasatiempos. Le explicó
que en sus pocos ratos de soledad se había dedicado a
investigar religiones, y cada día se sentía más cercana
a los preceptos budistas porque los encontraba sencillos y prácticos; el camino más fluido para hallar el
bienestar interior. Le habló de la importancia de creer
en las propias capacidades, de amar hasta los propios
errores, de entenderlos y utilizarlos para crecer. De
escuchar más al corazón y descubrir las cosas que le
harían feliz, sin enjuiciarlas de antemano. De actuar
más en coherencia con el interior y no realizar ninguna acción por lo que pudieran valorar los demás,
sino para sí misma, por el placer de hacerse feliz.

Estrella lo iba grabando todo en su cabeza, quería
saber más. Mientras se lo escuchaba a Fiamma lo veía
sencillo, pero cuando trataba de trasladarlo a ella le
costaba ponerlo en práctica. Sabía que dependía de
todos. Que desde hacía muchos años, tal vez toda
la vida, vivía para ser aceptada por todo su entorno.
Que se había ido haciendo a retazos, copiando actitudes y gestos encontrados hasta en programas de
televisión. Iba siempre de prisa, porque para ella la
prisa era un sinónimo de eficiencia. Ayudaba a los
demás para parecer más buena y ser aceptada por la
sociedad. Vestía trajes de chaqueta porque así vestían
las directoras. Una tarde, mientras ojeaba una revista
donde salían las empresarias más importantes del
país, había decidido cortarse el pelo al darse cuenta
que ninguna lo llevaba más abajo de las orejas. Todos

esos elementos externos eran su pasaporte para agradar. Levantaba la voz mientras hablaba por teléfono cuando se daba cuenta que la estaban observando. Alargaba las conversaciones para parecer que hacía muchas cosas. Se había comprado un maletín de ejecutiva que siempre llevaba repleto de papeles en blanco, sólo por el hecho de verse más ejecutiva compulsiva. En su temor a ser aceptada radicaba la esencia de su soledad crónica. Ahora empezaba a darse cuenta, a verlo con más claridad, pero o no sabía cómo arreglarlo o no quería arreglarlo.

La verdad, en ese momento su dependencia de *Ángel* era total. Desde que le conoció, le había dado el poder de elevarla a la gloria, o hundirla en la miseria, que era donde se había sentido las últimas semanas. Había caído en la trampa del amor dependiente, en ese círculo vicioso. En esa montaña rusa que la hacía subir a lo más alto del gozo y luego caer en picado en la desdicha. Claro que todo esto lo justificaba a sí misma diciéndose que había chupado la hiel, pero también se había empachado de mieles. Pensaba que la felicidad que estaba sintiendo en ese instante había valido todos sus días de dolor. Ahora estaba frente a Fiamma; había buscado desesperadamente que la atendiera, quería verla, pero no sabía claramente por qué razón. No era conciente de esa constante urgencia de sentirse aprobada y aceptada, del motor que la impulsaba a realizar la mayoría de sus actos. Esa tarde estaba allí buscando el premio a su "trabajo"; esperando la calificación, una medalla de "aplicación". Ese último comportamiento la retrocedió a sus ocho años. Recordaba los finales de mes, cuando llegaba con la libreta de calificaciones del colegio, siempre con notas bajísimas, y su madre la castigaba bajándole los calzones y pegándole una tunda de correazos que le dejaban las nalgas coloradas y marcadas de furia materna. Se había llegado a sinvergüenzar tanto que, al final, ya no era su madre la que se los bajaba para infringirle el castigo, sino ella misma quien ofrecía su pequeño trasero desnudo como dádiva por las "malas acciones". Después del azote y aún sollozando, su progenitora le hacía leer el texto que rezaba en la contraportada de la libreta: "Estudia y no serás cuando crecida el juguete vulgar de las pasiones, ni la esclava servil de los tiranos". A esa edad ella no había entendido la profundidad de la sentencia, pero cuando se casó los maltratos de su marido le habían recordado frugalmente la primera frase. Así terminó culpándose de su desgracia, atribuyéndola a aquella desgana pueril de libros. Así se fue labrando esa baja autoestima a la que se encadenó con unos grilletes tan oxidados y deformados que ni la llave más precisa y lubricada habría podido liberarla.

Ahora, frente a Fiamma, le costaba retomar la conversación, hablar del fiasco de la última noche con *Ángel*; de la carta descubierta esa mañana que todavía continuaba dentro del sujetador. Pensó dársela a leer, para que fuese la misma Fiamma quien descubriese el contenido pero lo juzgó muy infantil; finalmente, sacando fuerzas de donde no tenía, la puso al día en los hechos de sus últimas semanas, incluyendo el afortunado viaje a Sudáfrica. Le contó del fracaso en su intentona de cama con *Ángel*, de su desaparición, de la depresión y el sufrimiento vivido. Saltaba de una cosa a la otra en total desorden. Picoteaba aquí y allá, alargándose en lo menos importante y recortando lo trascendente. Procurando dar una buena imagen de *Ángel*, disculpándolo por su abandono, magnificando el gesto de su carta.

Con Fiamma, Estrella también estaba representando un papel; le costaba ser auténtica porque en realidad no sabía quién era, porque incluso temía defraudar a su terapeuta; así que, mientras explicaba, tuvo especial cuidado en lo que contaba y en cómo lo contaba.

Estrella ignoraba que no habría tenido necesidad de hacer ningún tipo de esfuerzo, ya que el momento personal que estaba viviendo Fiamma estaba vacío de romanticismo e ilusión y se había agarrado a su historia para vivir alegrías prestadas, violando su regla de no involucrarse en historias de pacientes. Su trabajo como terapeuta, en este caso estaba marcado por la subjetividad. Cada vez que Estrella mencionaba el tema de *Ángel*, Fiamma no podía evitar soñar el sueño ajeno. Era la única historia en la que se había permitido implicar sus sentimientos. Con el regreso de Estrella, había vuelto la ilusión. Esa mujer le daba minúsculas porciones de felicidad ajena, algo que ella necesitaba urgentemente para sobrevivir; eran momentos mágicos en los que exorcizaba su tristeza y sentía la alegría de Estrella como propia.

Así que terminaron las dos igual de ilusionadas con el regreso de *Ángel*. Volvieron a imaginar el encuentro

próximo, las palpitaciones, las miradas y la consuma-
ción final de tanta espera retenida. A Fiamma todo le
pareció bien; llegó a justificar hasta los días de silencio
a los que se había visto forzada Estrella, decía que
ello había servido para consolidar la relación. Ahora
los fundamentos estaban claros, se construiría sobre
la verdad, sabiendo que terreno "estaban" pisando.
Mientras hablaba, Fiamma se encontraba muchas
veces empleando el plural, un detalle que a Estrella
le encantó pues así la sentía más cómplice, más hermana en todo esto; su alegría más íntima era capaz
de multiplicarse y dar alegrías a otros.

Durante más de dos horas vagaron entre ensoña-
ciones femeninas, vistiendo el momento esperado
con ternuras azules que iban convirtiendo, a medida
que crecían sus deseos, en pasiones rojas. Fiamma,
que conocía el ático de Estrella, llegó a proponerle
como escenario de amor la terraza llena de ángeles,
flores y pájaros. Le dejó en préstamo el libro de los
ángeles y otro sobre masajes: Saber tocar. Saber
amar; además, le dejó la grabación que había hecho
de olas y gaviotas, todo para que ella lo estrenara al
día siguiente si se daba el caso. Estrella se despidió
de Fiamma pletórica, cargada de deseos, ideas y vida.
Volvía a pensar en los relojes. No veía la hora de que
fuera mañana.

Fiamma se quedó viéndola marchar. Por primera
vez la había acompañado hasta abajo; la observó
alejarse por la acera y después girarse varias veces
para decirle adiós con su cartera roja; iba esperanzada
y feliz. Cuando definitivamente la perdió de vista,

Fiamma sintió algo extraño: una incipiente envidia acababa de brotar de no sabía qué sitio y, por primera vez, le empantanó el corazón.

Esa tarde Estrella no pasó por la oficina. Se fue directa a casa. Al entrar se sacudió los zapatos que salieron volando por los aires hasta aterrizar, uno encima de la mesa de la sala y otro sobre la cabeza de un ángel. Se dejó caer en el sofá y, sin cambiarse, empezó a leer el libro de los masajes. Iba haciendo prácticas sobre sus muslos, colocando los pulgares en las posiciones recomendadas, copiando las ilustraciones que aparecían. No se levantó hasta que no creyó dominar la técnica. Ya era de noche cuando se asomó a la terraza. Una luna de pan iluminaba las enredaderas dándoles un maravilloso tono hielo. Las buganvillas florecidas habían tomado el tono azul de la noche y los grillos cantaban la misma canción nocturna que Estrella, de tanto escucharla, ya no oía. Cerró los ojos y aspiró el aire salado de las sombras, imaginando el día siguiente. Se acordó de la grabación que le había dejado Fiamma y la escuchó. Era la misma que le había puesto el día que había llegado tan nerviosa a la consulta. Pensó que a *Ángel* le encantaría, pues sabía que las gaviotas y el mar habían sido sus amigos de juventud. Desde la sala trajo un altavoz del equipo de sonido y lo escondió entre las madreselvas, para que la música saliera cubierta de vegetación. Preparó un rincón con alfombras naranjas, cojines de piedrecitas de colores y pequeños faroles trabajados en hierro llenos de agujeros, por donde escaparían las tenues luces de una vela, todo perteneciente a una vieja compra que conservaba desde hacía años. Los había visto anunciados en un reportaje de revista bajo el título: "Las mil y una noches de amor", y había terminado apuntando la dirección de la tienda y haciéndose con todos los objetos que componían el rincón marroquí; después la compra había terminado sin estrenar, amontonada en un armario, ya que nunca había encontrado la ocasión de amor mágico que valiera la puesta en escena. Ahora presentía estar en los preludios de esa noche.

Se recostó entre los cojines y se quedó profundamente dormida. A la mañana siguiente un sol que parecía la pepa con mechas de un mango chupado la bañó de calor. Se encontró rodeada de petiamarillos que picoteaban sin clemencia las piedrecitas de los cojines pensando que eran comida. Los espantó y corrió a cubrir el rincón, protegiéndolo hasta la noche. Salió corriendo, entre empujones de reloj, a ducharse y cambiarse. Era jueves. Gastó ante el espejo el poco tiempo que le quedaba. Llegó a probarse hasta cincuenta trajes entre una angustia e indecisión increíbles. No tenía qué ponerse, pensó. Al final terminó con el mismo traje rojo que llevaba el día que había conocido a *Ángel*, convencida de que le traería suerte. Quiso desayunar, pero no le cabía nada; tenía el estómago atracado de dicha.

Martín estaba de viaje. Había ido a Caucania donde se celebraba el congreso anual de periodismo. El acto finalizaba al mediodía con un gran almuerzo. Estaba sufriendo por el regreso, sobre todo porque aún abrigaba la esperanza de encontrarse con Estrella. Aunque había asistido los dos jueves anteriores a la capilla sin ningún resultado, se había impuesto seguir yendo durante un mes. Trataría de regresar en el avión de las tres y cuarto.

Pero la comida se fue alargando entre charlas polémicas, whiskies y partidismos. Terminaron hablando de la política de guerra adoptada por las Naciones Unidas. De la posición de Estados Unidos en los grandes conflictos mundiales; de los árabes, israelíes, palestinos, iraquíes, chinos y afganos. Así se le fueron pasando angustiosamente los minutos, enfrascado en una discusión que le importaba un bledo pero que no podía abandonar, pues hubiese sido una descortesía con el fundador y propietario del diario, que había propiciado la interminable charla. De pronto, aprovechando una ida al baño de la voz cantante, Martín se escurrió por entre la gente y terminó cogiendo el primer taxi que pasó. Miró el reloj, eran las cuatro y media; con suerte llegaría para tomar el avión de las cinco. Por muchas maromas que hiciera no llegaría antes de las siete a la capilla de Los Ángeles Custodios. Eso, contando con que el avión no se retrasara ni cinco minutos. Incluso le iba fatal coger su coche que había dejado en el parking del aeropuerto, pues la capilla estaba en pleno centro de la ciudad vieja y seguro que a esa hora sería imposible entrar. Tomaría un taxi y al día siguiente ya pasaría a buscarlo, decidió mientras le rogaba al taxista que se diera prisa. Al final pudo embarcarse en el avión de las cinco que salió a las cinco y media, después de hacer una larga cola para despegar. Cuando salió del aeropuerto eran las siete, y aunque pensaba que tal vez sería demasiado tarde para encontrarse con Estrella, se mantuvo firme en lo que había resuelto. Tomó un taxi y aprovechó para llamar a Fiamma y decirle que acababa de aterrizar pero que todavía no llegaría, pues antes tenía que pasar por el periódico. Ese día quedaba anulado ir a El jardín de los desquicios. Fiamma le tranquilizó. En el fondo, esa noche a ella tampoco le apetecía ir de cena. Prefería caminar por las calles. Hacía muchos días que iba de la casa a la consulta y de la consulta a la casa, en una rutina inmisericorde que la estaba matando. Esa noche quería disfrutar sola del bullicio del puerto; darse un paseo largo por las murallas; perderse en la ciudad entre músicos callejeros, saltimbanquis, vendedores de choclos, pintores, cuentistas y estatuas vivientes. Se llenaría de monedas y disfrutaría como cualquier turista, llenando de dinero los sombreros. Esa noche se dejaría maravillar por la lujuria callejera. Miró al cielo y se sorprendió ante la plenitud de la luna. Era noche de luna llena.

Salió a la calle dejándose seducir por el asfalto. Caminó entre los adoquines y el olor a boñiga que dejaban los carruajes de caballos atiborrados de turistas. Atravesó los arcos amurallados y se detuvo en el Portal de los Pájaros. Se acordó del patio de su casa lleno de jaulas abiertas y de su madre silbando entre los mirlos; hablándoles mientras les colocaba pequeños trozos de pan mojado en leche. Nunca había conocido a nadie que tuviera los pájaros en esa libertad y sin embargo los mantuviera en casa. Las aves salían y entraban de sus jaulas en una tranquilidad asombrosa. Cuando había preguntado a su madre por qué no les cerraba las puertas, ésta le había enseñado la lección más importante de libertad: "Si quieres mantener a quien amas contigo, no le encierres. No le cortes las alas".

Pasó por el Portal de los Dulces, un sitio donde se podía probar todo tipo de manjares, algunos empalagosos, pero todos deliciosos; allí se compró caspiroletas rellenas de licor de anís, esos vasitos hechos de galleta que le encantaban cuando era niña; los saboreó con apetito de recuerdo hasta acabárselos en un santiamén. Se fue adentrando entre las callejuelas que aún conservaban los faroles del virreinato, sólo que hacía tiempo pertenecían a un gran alumbrado eléctrico. Aun cuando Garmendia del Viento mantenía intacta su historia, la modernidad la había convertido en una ciudad cosmopolita, vanguardista y funcional. La capital del diseño, el arte y la creatividad. Entre sus más ilustres habitantes se encontraba lo más selecto del panorama artístico y literario. Era una ciudad encantadora, romántica. Una babel caóticamente ordenada. La ciudad del amor y también de las desgracias, pues cuando el viento se enloquecía parecía que Dios castigara con su furia a los amantes.

Cruzó el Parque de los Suspiros, por donde hacía algunos minutos Martín acababa de pasar como alma que lleva el diablo, y se detuvo a observar unas niñas jugando a mamás con un muñeco. Volvió a sentir

su vacío de maternidad. Se acordó que muy cerca
estaba la capilla de Los Ángeles Custodios y pensó
en meterse un rato dentro para sentir su silencio.

En el interior, Estrella y *Ángel* celebraban con sus
bocas el reencuentro. Esa tarde, Estrella no se había
ido. Nunca había permanecido tanto tiempo sin hacer nada dentro de la capilla. Algo le había dicho en
su corazón que lo vería. Había ido despidiendo los
minutos de su reloj con una certeza de encuentro
inviolable. Sin permitirle a la duda que la obligara a
irse. Había luchado contra la desilusión y había valido
la pena. Después de esperar más de dos interminables
horas, había escuchado los pasos inequívocos de *Ángel*, y aunque había estado a punto de girarse, se había
aguantado las ganas para retener una posible dicha
incierta. Martín había entrado ahogado por la carrera
y al ver la silueta de Estrella sentada en el banco, en
lugar de serenarse su respiración se había desbocado.
Sentía que los metros que le separaban de ella, se
habían convertido en kilómetros. Se apresuró hasta
detenerse a sus espaldas. Respiró su perfume y se
arrodilló, justo detrás de ella. Pegó la nariz a su nuca
y empezó a olerla. Quería bebérsela entera mientras la
aspiraba. Estuvo un rato sintiéndola de espaldas, ella
cerró los ojos mientras el aliento quemaba su cuello;
cuando *Ángel* ya no pudo aguantarse más, metió los
brazos por entre el agujero del banco y la aprisionó
por la cintura hasta tocar sus senos. El pecho de ella
comenzó a agitarse. Tenía que abrazarlo, mirarlo de
frente, sumergirse en las profundidades de sus ojos.
Le retiró las manos y se giró. Quedaron frente a frente

resoplando pasión. Atragantados de palabras mudas, desenvolviendo caricias escondidas para vestirse de encuentro. Con una urgencia loca de desnudarse y comerse las almas en los cuerpos.

El fraile desde el confesionario vivía, como en un palco de honor, el retorno del amante ausente. Tan emocionado y excitado como si fuese uno de los dos protagonistas. Había resuelto ahogar sus descarriados suspiros metiéndose un pañuelo a la boca. Sin embargo, ya se le había escapado uno, que fue a parar donde ellos como un ventarrón venido de otro mundo, levantándoles el pelo. Ellos lo atribuyeron sin reparos a la magia divina que gravitaba en ese instante. Se sentían ángeles ligeros, tocando el cielo con las manos. Tenían que irse corriendo a la Calle de las Angustias a revolcarse en la felicidad. Necesitaban llenarse el uno del otro.

Al fraile le provocaba decirles que no hacía falta que se fueran. Que podían amarse ante los ojos de Dios sin vergüenza alguna. Que si querían, él podía dejarles su abstinente celda. Mientras lo pensaba, se iba justificando con razones eclesiásticas. ¿No había sido Dios quien había dicho: amaos los unos a los otros?, pues este era un caso de amor. Un amor que ya había pasado por unos meses de prueba y merecía colmarse de dicha. Se cogió la cabeza temiendo que sus reflexiones hubiesen sido escuchadas por los amantes. Se santiguó y agradeció a san Antonio el milagro. Con esto quedaba confirmado que ese santo era de fiar, pues nunca le había fallado, aunque a veces se demorara en responder a las súplicas. Lo tuvo en cuenta para cambiarlo de posición y situarlo más cerca del altar. Lo pondría en un lugar privilegiado.

Fiamma se dirigía resuelta a entrar a la iglesia. El paseo la había llenado de paz y alegría. Le fascinaba su ciudad. Subió los escalones y abrió la puerta. Cuando estaba a punto de entrar, las notas de un piano callejero la detuvieron. Era el Claro de luna de Beethoven, su sonata favorita. Subyugada por las notas, su oído empezó a buscar el lugar de donde provenía el concierto. Desandó algunos pasos, giró por una adoquinada callejuela y se topó en plena calle con un piano de cola blanco y un viejo de barba muy larga, vestido de frac raído que, con ojos entrecerrados, interpretaba la melodía con la maestría propia de un virtuoso. El lugar estaba desierto. Asistiría a un concierto exclusivo para ella. Cerró los ojos y se fue entre corcheas, semicorcheas, negras y blancas, en una dejadez maravillosa. Recordó las tardes en que su abuelo italiano la ponía a escuchar sonatas. Ella era muy pequeña para entender de música, pero él siempre le había dicho: "la música no hay que entenderla, hay que sentirla en el corazón. Escucha bien y descubrirás que en ella están todos los sonidos del alma". Luego le cerraba los ojos, mientras le susurraba: "lascia andare, Fiamma". Ahora volvía a perderse entre las cuerdas amartilladas del piano. Era una noche mágica. Las manos del pianista se deslizaban por las teclas, como si acariciaran un cuerpo de mujer. La música trepó por la pared de piedras, caminó por los tejados hasta coronar la luna y empaparla en notas. Fiamma no se movió. Cuando la calle volvió a quedar en silencio, ella todavía continuaba con sus ojos cerrados. Al sentir que la melodía había finalizado, sacó un billete, lo metió en el sombrero de copa que descansaba en el suelo y regresó a su intención de entrar en la capilla. En el camino de vuelta percibió un aroma familiar que se escapaba por la calle de al lado, pero no pudo identificarlo. Entró a la iglesia que estaba completamente vacía, como a ella le gustaba. Hacía mucho tiempo que no la visitaba. Se maravilló con los ángeles del techo. ¿Dónde había visto ella unos ángeles como estos?, se preguntaba, relamiendo las bóvedas con sus ojos. Repasando recuerdos, le vinieron todas las iglesias visitadas con Martín en uno de sus viajes a Italia y también ángeles de museos, jardines y techos. Finalmente su memoria fue a parar al piso de Estrella. Entonces cayó en la cuenta: era allí donde había visto unos ángeles semejantes. Pensó en cómo le estaría yendo con su *Ángel*, y una sonrisa cómplice acompañó su pensamiento.

Mientras, *Ángel* y Estrella corrían por entre las calles tratando de alcanzar a zancadas la Calle de las Angustias. Se encontraron de cara con la puerta de hierro del ático y entraron sin dejar de besarse, hambrientos de cuerpos. Estrella recordó la música que tenía preparada en el equipo y la manta que había tirado sobre el rincón de la terraza. Sin esperar a que él la desnudara se sacó la chaqueta y quedó con los pechos al aire, en falda y zapatos de tacón. Corrió a la terraza, apretó el mando a distancia del equipo de música y un sonido de mar y gaviotas inundó el jardín. *Ángel* respiró hondo observando el cuerpo semidesnudo de Estrella que se movía de aquí para allá encendiendo velas, preparando una noche inolvidable. Martín miró la luna y por un momento la sombra de Fiamma pasó como una nube por encima de ella. Se sacudió el recuerdo pidiéndole un whisky. Fueron a la cocina a buscar hielo, y después de restregarle un cubito por la punta de un seno, *Ángel* se lo metió a la boca. Deseaba hacerle el amor pero temía volver a fallar, así que se lo tomó con calma. La arrinconó delante de la nevera y la fue tocando, primero con los ojos y después con las manos; le sacó la falda y las braguitas negras hasta dejarla desnuda, vestida únicamente por sus eternos zapatos rojos. La mente de Estrella se revolcaba entre el miedo y el deseo. Quería ir llevando fuera a *Ángel* pero no se atrevía a dar ni un paso, pues se sentía licuada en sus caricias. Sin embargo, a empujonazos, los deseos terminaron llevándoles a la terraza. Estrella pensó en Fiamma y se llenó de fuerza e iniciativa. Hizo sentar a *Ángel* en una silla y después, a horcajadas, se le puso encima. Le empezó a besar los párpados como si fueran melocotones jugosos; dejó resbalar sus labios por la nariz, hasta sumergir de golpe toda su lengua en las profundidades de su boca y sin parar de besarle le fue quitando corbata y camisa. Se restregaron los pechos, que quedaron nadando entre sudores. Le abrió con delicadeza el pantalón, se arrodilló en el suelo, y con su lengua liberó su sexo que quedó izado a la luz azulada de la luna. Por un instante a Estrella le pareció ver en ese cetro, palpitante y húmedo de saliva, el destello

de una estrella fugaz. Era la primera vez que besaba
el sexo de un hombre y descubrió que le gustaba.
Le fascinaba sentir cómo crecía de placer entre sus
labios. Para *Ángel* ese estado de súbita ingravitación
le volvía loco. Todo su sentir se había amontonado
en un solo punto y ahora ese punto estaba en la boca
de Estrella. Había dejado de sentir brazos, piernas,
cuerpo y mente, para ser todo sexo, todo humedad
de tierra fértil. ¡Qué placer más refrescante y joven!
En ese instante se olvidó de todo menos de que
era hombre. La cargó y se la llevó al rincón, y entre
cojines, música de mar y velas, empezaron a dejarse
la piel, improvisando caricias. Ella aprovechó para
masajearle uno a uno los dedos de los pies y palpar
cada rincón, ungiéndolo en aceite de principio a fin.
Después, con su sexo le fue rozando suavemente el
cuerpo, resbalando entre pliegues hasta colocar la
rosa abierta de su pubis encima de su tallo a punto de
desbordarse en savia; se dejó penetrar y libar; por fin
tantos ríos de deseo desembocarían en el mar de sus
entrañas. Hicieron el amor hasta quedar exhaustos,
reventados de lujuria. Subieron y bajaron entre las
olas de sus hambres comiéndose suspiros y quejidos.
Los ángeles que rodeaban el jardín presenciaron
mudos el ir y venir de sus orgasmos; les vieron reír,
adormilarse en el letargo de los whiskies y el sonido
trasnochado de los grillos. Un búho vino a plantarse
delante de ellos escuchando intrigado los gemidos de
amor, creyendo que tal vez asistía al nacimiento de
una nueva especie de pájaro nocturno. Ella se sintió
amada como nunca, bella y entera. Por primera vez

sabía lo que era la plenitud del amor físico; había cruzado el límite del placer. Se llegaron a empachar tanto de piel que, al final, se prohibieron tocarse, temerosos de acabar indigestos de tanto amor comido. Así se les fue yendo la luna, envueltos en un viento salado que les protegió su desnudez del tenue amanecer; un amanecer confirmado por el canto de un gallo madrugador que terminó por despertar súbitamente a *Ángel* de su borrachera de amor. Miró el reloj; eran las cinco y media de la mañana y todavía estaba fuera de casa. El pánico se apoderó de él. En todos sus años de casado nunca había pasado una noche fuera salvo en sus viajes de trabajo. Fiamma debía estarse muriendo de angustia, pensó. Se sintió vil. Una nube de culpabilidad cubrió su felicidad recién paladeada. Contempló el abandono del cuerpo de Estrella durmiendo plácida. Le dolía ella y le dolía su mujer. Volvía a estar perdido en medio de dos sentimientos. ¿Cuál era el verdadero, el que le llevaba al amor?, se preguntó angustiado. Recogió su ropa sin hacer apenas ruido. No tenía tiempo de ducharse; se vistió como pudo y salió corriendo a la calle que ya se preparaba para un nuevo y soleado día. Antes de irse había escrito a Estrella una cariñosa nota dándole las gracias. Quiso cerrarla con un "te amo", pero temió de repente equivocarse, así que terminó arrancando una flor del jardín y se la dejó con un beso y un "hasta pronto" abierto en puntos de suspenso.

Mientras corría para llegar a casa ideaba mentiras que pudieran sonar a verdades. Conectó su móvil pero no había ningún mensaje. Con suerte, a lo mejor, encontraría durmiendo a Fiamma y ella ni se daría cuenta de su llegada. Rezó para que así fuera. No quería encontrarse con nadie, así que subió por las escaleras en un silencio mudo y, mientras lo hacía, fue revisándose el pantalón y la camisa, buscando estar presentable; que todo estuviera en orden. Descubrió que había olvidado la corbata en la terraza, pero ya no podía hacer nada. Abrió la puerta y entró de puntillas. Se desnudó y se deslizó como pudo entre las cobijas. Fiamma fingía que dormía. Un olor inequívoco de sexo penetrante, proveniente del cuerpo de Martín, se le metió de pronto en su nariz, perforándole de dolor el corazón.

Esa noche, después de salir de la capilla de Los Ángeles Custodios, Fiamma había estado callejeando algunas horas más. Deambulando alegre por el Callejón de la Media Luna, un sitio frecuentado habitualmente por artistas y bohemios. Allí su olfato la había llevado, sin proponérselo, hasta una puerta abierta de par en par, de la cual se escapaba un agudo olor a sándalo. Presidía la entrada la impresionante escultura de una mujer postrada. Fiamma reconoció en ella las fotos de aquel reportaje aparecido en el diario que había arrancado para estudiar a fondo y que al final nunca había leído. La artista debía ser una mujer con una sensibilidad extraordinaria, pues sólo verla, la imagen le transmitió desolación. Con la tristeza que transpiraba la piedra, le dieron ganas de llorar. ¿Por qué le resultaba tan familiar la mujer de la escultura? Sin querer empezó a palparla con sus dos manos, recorriéndola toda. Mientras lo hacía se sintió observada, pero no supo de dónde provenía la mirada. No sabía si entrar, era tardísimo. Escudriñó en el interior y a través de humos alcanzó a distinguir unas pocas personas moviéndose fantasmales entre las esculturas femeninas. Se coló entre los invitados que aún quedaban de la inauguración. Acababan de abrir la exposición al público. La atmósfera que se respiraba le había seducido. Por un momento pensó en las cosas maravillosas que se estaba perdiendo encerrada en las cuatro paredes de su consulta. Observaba fascinada; el lugar estaba decorado como si fuese un paisaje lunar de grandes cráteres y mares desiertos. Una aridez en tonos añil y hielo. De entre estos cráteres parecían emerger solemnes las mujeres de piedra. ¿Sería verdad lo que estaba viendo? Miraba incrédula. Las mujeres de las esculturas en realidad eran una sola mujer y las facciones le eran muy próximas. Mientras, un hombre la observaba fascinado. La mujer que acababa de entrar, Fiamma, era aquella que él no había parado de esculpir en serie durante años y años. Su imaginación la había creado; nunca se le había ocurrido pensar que esa mujer realmente podía existir. Su desconcierto era total.

El hombre se fue acercando lentamente a Fiamma, atónito; estudiándola como si se tratase de una escultura que acababa de modelar. Analizaba sus ángulos. La veía en escorzo, de perfil, de espaldas. Se fascinó con el óvalo perfecto de su cara. En particular había una zona que le atraía: aquella que subía de la barbilla y finalizaba en la oreja. La fue acariciando con los ojos, imaginando modelar ese rostro en barro. Ella se sintió incómoda y le miró de frente, interrogante. El hombre respondió a la mirada preguntando que le parecía la obra; entonces ella se extendió en halagos. Le dijo que la mujer que esculpía estas figuras debía ser muy femenina y entender mucho de soledades. Él no quiso sacarla de su error ni desvelarle que en realidad el artista era un hombre, y menos que era él; la dejó explayarse en la equivocación, anonadado entre la incredulidad de lo que le estaba pasando. Le fascinó el tono tranquilo de la voz de Fiamma. Su alada manera de mover las manos cuando hablaba. La vehemencia y lucidez con que esa desconocida le describía su obra. Pensó que no se le había escapado ningún detalle, interpretando cada uno de los gestos expresados en sus figuras. Era la primera persona que "veía" todo lo que él había originado en la piedra. Sentía como si la conociera de siempre. Era una sensación placentera que nunca antes había vivido. Fiamma se encontró sumergida en una conversación envolvente, sin entender cómo había podido abrirse tanto a hablar de sentimientos tan profundos como la soledad, el abandono, la tristeza y el dolor con una persona desconocida. Terminó confesándole su frustración como madre y su pesar. No sabía por qué le decía estas cosas, pero a ella le sirvió contárselas. Tal vez lo había hecho precisamente porque él era un desconocido y no se veía afectado de ninguna manera por las frustraciones de una mujer anónima.

A veces, la falta de sentimientos es justamente lo que propicia una confesión valiente. Ella, más que nadie, había comprobado esta teoría en su consulta; entre más desconocidas eran sus pacientes, más fácil les resultaba abrirse.

El hombre con el que se había topado en la galería, no sólo no hablaba sino que la escuchaba atentamente, y como a ella siempre le había faltado quien la escuchara de verdad, esa noche se había despachado a gusto en su monólogo. Se le habían ido las horas sin darse cuenta. Ni se enteró que en la galería sólo quedaban ellos y que no había parado de hablar. Le dieron las dos de la madrugada, embriagada entre el olor de los inciensos quemados y el atento silencio de su interlocutor. Cuando se dio cuenta de la hora que era, se avergonzó de no haber dejado hablar a su desconocido "amigo". Se dijeron los nombres, mientras él insistía en acompañarla hasta su casa, sobre todo para enterarse de dónde vivía, pues esa mujer le había fascinado. Ella, sin titubeos le comentó que estaba "felizmente casada" y esperó la confesión de él, que fue contundente: "felizmente soltero".

Fiamma se dejó acompañar por David Piedra sin pensar en lo que estaba haciendo. Las calles solitarias les fueron regalando siluetas de ventanas y balcones volados, cuajados de helechos y geranios. A la luz de la luna, sus alargadas sombras se proyectaban en el asfalto, creando una especie de escultura cónica con dos cabezas. Algo que David le hizo notar a Fiamma. Llegaron a la esquina de la torre del reloj y cuando estaban a punto de girar, él le propuso mirar al cielo.

Entonces, le enseñó como trepar a la luna escalando por las paredes con los ojos hasta llegar a la punta más alta de la torre, donde el astro aparecía pegado como la estrella de un árbol navideño.

Pasaron por entre portales y faroles. Se detuvieron en las murallas viejas para observar desde un pequeño agujero como bailaba sobre el mar la ondeante luz de la luna. Fiamma se sentía joven y feliz. El viento nocturno llevaba continuamente sus cabellos a la boca de David, pero a él, en lugar de molestarle, esos rizos le acariciaban. Así llegaron a la Calle de las Almas, y en el antiguo pórtico de la casa de Fiamma se despidieron con un sencillo pero sentido beso en la mejilla.

Subiendo las escaleras, la alegría de Fiamma empezó a descender. Al llegar arriba se volvió a acordar de Martín. No la había llamado, lo que quería decir que estaba tranquilo y se había ido a dormir, o por alguna razón todavía estaba en el diario. Miró en su móvil, pero no había ninguna llamada. Al entrar en casa fue a la cocina por agua; se moría de sed. Sintió un cansancio bienaventurado. Se acordó de sus pies y los redimió de sus sandalias. Salió al balcón y, en el silencio de la noche, se encontró pensando en el hombre que la acababa de dejar. Le hubiera gustado seguir hablando con él. Se acordó de Martín y fue directa a la habitación. La cama estaba tendida. Martín aún estaba fuera. Entonces corrió al teléfono y le llamó, pero salió la voz de su contestador. En el centro de la ciudad, donde quedaba la sede de La Verdad, había muy poca cobertura. Las grandes construcciones de piedra dificultaban muchas veces la comunicación, por eso no se preocupó. Tomó una ducha rápida para sacarse todo el sofoco de la noche y, mientras el agua resbalaba por su cuerpo, la imagen de David Piedra volvió a aposentarse en su cabeza. Inquieta cerró de golpe el grifo y se metió en la cama. Esa noche no podría dormir.

6. LA IDEALIZACIÓN

Dar a las cosas un carácter ideal
adornándolas en la imaginación
con todas las perfecciones posibles.

DEL DICCIONARIO DE LA LENGUA ESPAÑOLA

Martín giraba las páginas del diario mientras bebía a desgana un café negro. Esa mañana había amanecido espeso, moviéndose entre la bruma de una noche agitada de cuerpos. Después de haber llegado incómodo a su cama, no había dormido nada. Permaneció en ella lo justo para simular que había dormido allí, y luego había huido al baño a ducharse a fondo y sacarse el olor a cuerpos revolcados. Había restregado con alevosía la pastilla de jabón por toda su humanidad, temiendo que Fiamma le sintiera el olor del sudor ajeno. Aquella mañana estaba parco; evitaba cualquier tipo de conversación, pues desconfiaba hasta de su propia voz. Lo de mentir se le daba muy mal. Además, llevaba el atolondramiento propio del enamoramiento subido; por eso decidió lanzarse en el diario y ahogarse un rato en noticias.

Pero aunque a Fiamma le hubiera gustado saber dónde se había metido Martín la noche anterior, tenía la cabeza en otra parte: concretamente en el Callejón de la Media Luna. Pensaba en las mujeres de piedra. ¿Dónde estaba la artista? Le hubiera encantado conocerla y encontrar el porqué de su obra, investigar entre los vericuetos de su mente de dónde le salía tanta desolación; en cambio, había terminado hablando de sus cosas con un desconocido. Volvió a pensar en el paseo nocturno, pisando con sus recuerdos el camino recorrido la noche anterior. En esas estaba cuando su marido rompió su evocación para enseñarle una noticia que aparecía en el periódico. Era la exposición a la que ella había asistido. Martín recordaba haberle visto interés por ella, así que le dejó una parte del diario y continuó leyendo la sección económica. En el fondo agradecía que ella no hubiese tocado el tema de su trasnochada llegada.

Al leer el titular Fiamma se quedó boquiabierta. "Las mujeres de David Piedra: TURBADORAS".

Pensó para sus adentros en el ridículo que había hecho. Había estado hablando toda la noche con el artista, atribuyéndole su obra a una mujer. Se sintió torpe e ignorante. ¡Cuánto habría disfrutado David Piedra con su equívoco!, pensó. Trató de recordar las cosas que habían hablado, y se encontró de pronto nadando en su monólogo. Lo poco que él le había dicho hacía referencia al punto de vista de un artista. Ahora caía en cuenta de los comentarios que había hecho sobre las sombras proyectadas en el suelo, la escalada a la luna por la torre del reloj que ella había disfrutado como niña chiquita y el gran agujero en la muralla, donde la había llevado a ver sus reflejos. La sensibilidad que ella había atribuido directamente a "la" escultora pertenecía a ese hombre enigmático. ¿Cómo no se había dado cuenta? Tantos años estudiando comportamientos ajenos, repasando libros de sicología, analizando a los seres humanos, dando consejos, para venir a comprobar que a la hora de la verdad, cuando los había tratado de aplicar a ella, el resultado había sido nefasto. Nada de lo que sabía le había ayudado nunca a resolver ningún problema propio; por eso no dejaba de maravillarse de lo bien que les iba a todas sus pacientes.

Volvió a quedarse con el recorte del diario y antes de marchar le dio un beso a Martín mientras su orgullo se tragaba las ganas de preguntarle por qué había llegado tan de madrugada. Cuando estaba a punto de cerrar la puerta para irse escuchó la voz de su marido contándole una mentira: había tenido que estarse hasta las tantas de la noche resolviendo un problema de máquinas. No le había avisado para no despertarla. Cerró la puerta tranquila. En el fondo esperaba que él le dijera algo. La mentira le servía para cubrir el agujero de su incertidumbre. Era el parche que retenía el poco oxígeno que le quedaba a su matrimonio.

Esa mañana decidió que haría otro recorrido para ir a la consulta. Aunque tuviera que desviarse un poco volvería a hacer el camino que había hecho con David Piedra la noche anterior. Llegó a las murallas y se detuvo en una de las ventanas abiertas al mar. Respiró hondo la brisa temprana que soplaba por el orificio de la imponente pared. Entonces recordó las tardes de su infancia, cuando se escapaba de casa para soñar despierta que era artista. Le gustaba investigar texturas, manoseándolo todo. Acostumbraba sentarse a la orilla del mar y hacer esculturas efímeras con la arena blanda. Luego observaba atenta cómo el relamer de las olas terminaba desgastando bellamente su obra, que cedía ante tanto lametazo de sal, acabando derretida entre la espuma. En las vacaciones, cuando viajaba donde sus primos a la finca que quedaba en pleno corazón cafetero, se pasaba horas recogiendo troncos viejos, hojas de plátano secas, tallos donde adivinaba formas de cabezas o cuerpos. Al regresar a casa, después de dos meses de exploraciones y excursiones, llegaba felizmente cargada de deshechos naturales. Pero todo su trabajo acababa siempre en la basura, después de grandes discusiones con su madre por el desorden acumulado, pues las formas que Fiamma había adivinado con sus ojos de artista sólo eran vistas por ella. Nadie entendía por qué defendía tanto "esas cuatro ramas", como despectivamente le llamaba su madre a esas maravillas de la naturaleza. El calor de la mañana le evaporó el recuerdo.

Volvió a pasar su mano por la rugosa textura de la piedra para sentir su alma dura; ¡cuánto había soñado trabajar la materia a golpes de martillo y cincel! Cerró los ojos para hundirse de nuevo en añoranzas. Le fascinaba tocar. Era un gesto juvenil, que acabó clausurando cuando decidió que lo de estudiar bellas artes era una equivocación, pues su infancia ya la había marcado en una profesión más de entrega a los demás. Tratando de hacer feliz a su madre, escuchándole sus penas, los más íntimos anhelos de Fiamma habían quedado guardados en sus diarios. Aquellas páginas escritas revelaban la realidad de sus verdaderos sueños. Ahora, no sabía por qué, el resorte de su pasado había saltado con anhelos viejos que la hicieron pensar en lo mayor que se estaba haciendo. Le estaban llegando añoranzas. Como las de los viejos, pensó. Lo que acababa de pensar le dio risa. Ella, vieja. Pero la risa se le convirtió en pena. Se le estaba yendo la vida en otros. Por primera vez tomó conciencia de lo poco que se había escuchado a sí misma.

En la consulta se encontró a una Estrella saltando de gozo. No cabía en sí de dicha. La hizo pasar, deseosa de conocer los pormenores del encuentro. Estrella, que en eso de contar sus intimidades cuando todo le salía bien no tenía reparos, la puso al día describiendo con lujo de detalles las escenas de amor. No dejó fuera de la narración ningún jadeo, fuera propio o ajeno. Le comentó lo bien que le habían ido todos sus consejos. Lo de la música, los masajes y el amor al aire libre entre ángeles, velas, verdes y estrellas. Por primera vez ella había sentido lo que era amar. Su piel se había recreado en la materia. Mientras Estrella describía lo vivido, Fiamma notó cómo su cuerpo se estremecía de envidia y ganas. Su mente empezó a fantasear imaginando noches de lujuria amorosa; así que, aprovechando su posición de "instructora de vuelos", le enseñó a Estrella el arte de la contención del deseo para alcanzar goces superiores. La fue llevando por caminos que ella como mujer había anhelado disfrutar con su marido, pero que nunca se había atrevido a experimentar por miedo a que él fuera a pensar mal de ella.

Le sugirió que, antes de hacer el amor, meditaran
desnudos uno frente al otro para alcanzar una unión
más íntima que partiera más del espíritu. Le dejó a leer
el libro El goce de amar, un clásico sexual que Estrella
ni corta ni perezosa recibió con alegría. Ya tenía más
elementos con los que enamorar a su *Ángel*. Le habló
de arte y música. Se recreó en la obra de Mozart, uno
se sus compositores favoritos. Le estuvo explicando
de qué manera la música influía en los estados de
ánimo. La importancia de los sonidos agudos para
capturar energía y de los graves para obtener paz. Le
reveló que en la obra de este músico se encontraban
las notas más agudas de la historia musical. Era su
propia euforia, transformada en notas magistrales, la
que levantaba alegrías por donde quiera que sonara.
Estrella no paró de escuchar con atención de alumna
sobresaliente las palabras de su "profesora", y después
de grabar íntegros todos sus consejos partió gustosa
y feliz, envuelta en un aire de mujer segura y plena,
pues entre más se llenaba de Fiamma más confianza
en sí misma adquiría.

Después de Estrella, a Fiamma le tocó atender el
caso de la pirómana Concepción Cienfuegos, una
mujer elegante y distinguida de la más alta sociedad
garmendia, autora de uno de los incendios más
terribles en la historia de la ciudad. Una noche de
acampada y alerta de tifón, cuando era adolescente,
había prendido fuego a un árbol seco. Con el brutal
ventarrón, el fuego se había propagado en segundos
extendiéndose hasta las colinas. Las montañas habían
ardido una semana consumiendo hectáreas enteras

de bosque; las autoridades nunca habían podido dar con el culpable. Con los años, el matrimonio y un tratamiento largo, Concepción Cienfuegos se había recuperado de su enfermedad. Ahora, en la madurez volvía a reincidir. Se sentía excitada combustionando estrategias inverosímiles que satisfacieran sus irreprimibles impulsos. Buscando lugares insólitos donde poner su llama. En su bolso llevaba tal arsenal de encendedores y fósforos que habría podido abastecer a todos los fumadores empedernidos de la ciudad.

Era la mujer del presidente honorífico del gremio de bomberos de la ciudad y su marido ignoraba por completo su problema. Le aterrorizaba ser descubierta. La última vez que había estado en la consulta de Fiamma, cuando esperaba ser atendida, no había podido reprimir más su deseo de ver arder algo, y mientras la gorda secretaria chismorreaba por teléfono Concepción se había colado por debajo de su escritorio y había prendido fuego a su falda; la pobre secretaria había terminado dando alaridos desesperados, corriendo al baño a sofocar el fuego de su amplia falda en llamas a punta de ducha viva. Después, chamuscada y destilando agua, había abandonado el puesto sin despedirse, aduciendo que no podía más de locas encopetadas con cara de santas. Ahora Fiamma, con ciertos recelos, volvía a atender a Concepción. Procuraba no hacerla esperar para evitar que se pusiera nerviosa, retirando cualquier cosa que pudiera excitarla; velas, inciensos, lámparas de aceite perfumado, todo acababa escondido en un armario. Cuando Concepción Cienfuegos atravesaba la entrada, la consulta ya había sido desmantelada al completo. Para Fiamma, y desde la perspectiva del psicoanálisis, el problema de esta mujer podía residir en su nula satisfacción sexual. Ella veía en el fuego el símbolo de su sexualidad. El calor que creaban sus incendios era el equivalente a su excitación. Su piromanía se le había disparado en la madurez, cuando su marido había abandonado toda actividad carnal para dedicarse de lleno a la navegación. La había cambiado por un barco, le había llegado a confesar a Fiamma entre sollozos. Ahora se trataba de dirigirle sus fuegos en otra dirección. De aplicar tal vez una técnica de reconducción conductual. Para Fiamma este caso era muy difícil, pues no conocía de ningún pirómano que no hubiera reincidido; era pues todo un reto en su carrera.

A Fiamma se le fueron yendo las horas entre historias diversas y un pensamiento único: quería volver a la sala de exposiciones. Esperaba encontrarse con David Piedra y ofrecerle disculpas por su torpeza e ignorancia. Pero esa era la excusa que ella se había inventado a sí misma para volver a verlo, pues aunque no lo reconociera se sentía tremendamente atraída por ese hombre. Ignoraba que lo que más le imanaba de él no era él en sí mismo, sino el reflejo del sueño de ella, que veía plenamente realizado en aquel hombre. Él era escultor, artista; algo que ella había deseado con todo su corazón cuando aún sus anhelos estaban vírgenes, limpios de sugestiones y críticas. Admiraba la sensibilidad de David Piedra, que en realidad era la proyección de su más íntima sensibilidad. En definitiva le gustaba de él lo que ella tenía, pero que hacía años había dejado olvidado en el cajón de sueños frustrados de juventud.

Ese día llegaría más tarde. Le había dejado a Martín un mensaje en el contestador del móvil. Antes de salir de su despacho se miró en el espejo, un gesto que hacía mucho tiempo no hacía, pues nunca le había importado verse bonita o fea. Claro que, aunque no se arreglara demasiado, Fiamma tenía un frescor juvenil que mantenía a pesar del cansancio y de los años. Su piel era blanca y sus mejillas poseían un suave rubor natural. Nunca nadie hubiera dicho que tenía la edad que tenía. A veces se envejecía a propósito, poniéndose gafas y haciéndose algún improvisado moño, sobre todo cuando tenía alguna paciente mayor; buscando que ésta la sintiera más próxima a sus problemas, aunque sólo fuera en edad y scricdad.

Se soltó el cabello y sus rizos negros cayeron en cascadas sobre su camisa blanca. De día le fascinaba vestirse de blanco; decía que era el único color que poseía todos los colores del arco iris; el color que mejor reflejaba la luz del sol. Su armario estaba lleno de camisas de lino inmaculado, todas iguales.

Salió a la calle. La ciudad le olía a azahares; en verdad, era su incipiente ilusión la que exhalaba ese perfume de naranjo florecido. Se detuvo frente a la tienda de ropa interior donde hacía muchos días Estrella había realizado algunas compras, y se extrañó de verse reflejada en el cristal, contemplando interesada un tipo de lencería inusual en ella. Siguió avanzando, sonriendo a quienes se encontraba a su paso. Dobló

por el Callejón de la Media Luna y se detuvo en la
acera de enfrente de la galería donde exponía David
Piedra, tomando una revista de uno de los quioscos
de prensa, haciéndose la que leía para disimular.
Entonces le vio moverse dentro. Daba indicaciones
a un obrero para que trasladara de sitio una pesada
escultura de alabastro. Al darse cuenta que el escultor
no salía, decidió esperar en un pequeño café, donde
continuaría espiándole, pero más cómodamente.

Después de casi una hora y muchos cafés, observó que éste abandonaba la tienda, despidiéndose de
alguien con la mano mientras cruzaba la calle en dirección a ella. Pero él no la había visto; simplemente
quería tomarse algo enfrente. La terraza donde Fiamma había decidido sentarse era uno de los sitios que
él solía frecuentar.

Fiamma se levantó de golpe y empezó a andar, justo
para tropezar con él, y con gesto de sorpresa estu-
diadísimo le saludó. Para David el encuentro era más
de lo que hubiera podido pedir. La invitó a sentarse
en una de las mesas que ella acababa de abandonar,
y con un ademán le sugirió que pidiera al camarero
que esperaba a tomar el pedido; a Fiamma no se le
ocurrió otra cosa que ordenar otro café, pensando
para sus adentros que con tanta cafeína en el cuerpo
esa noche no pegaría el ojo; el encuentro la tenía
aturdida. David pidió un té a la menta, recalcando
que lo quería "como siempre". El muchacho apareció
después con una humeante tetera de plata marroquí y
unos vasitos de cristal verde pintados en arabescos de
oro. A Fiamma le encantó el olor fresco de las hojas

de menta y la manera peculiar en que el muchacho sirvió el té, levantando la jarra y dejando caer en el pequeño vaso un gran chorro desde lo alto sin derramar ni una gota. Después decidió por su cuenta llenar un segundo vaso. Había acertado. Fiamma abandonó rápidamente el café sin probarlo y se apuntó al té. Comenzaron a hablar entusiasmados. Ella había empezado ofreciendo disculpas por la confusión de la noche anterior. Él le había restado importancia al hecho. Poco a poco se fueron adentrando en el enriquecedor y seductor camino del arte. Ella escuchaba embelesada las historias que David Piedra, como un encantador de serpientes, le iba contando. Así, la fue introduciendo lentamente en el barro, descubriéndole ante sus ojos de artista inexperta un mundo nuevo donde manos y sentir afloraban sin parar. Le dio las primeras nociones para entender ese arte de volúmenes y gestos, enseñándole con fascinadora calma las herramientas para trabajarlo. Sobre el mantel de papel dibujó con maestría el tipo de utensilios más usados en la escultura. Le habló de la importancia de que fueran fabricados por el propio artista; le comentó de los palillos de boj, de la alaria, los vaciadores, las horquillas, un mundo tan atrayente para Fiamma que la fue preparando, dejándola como tierra blanda virgen, expectante a lo nuevo. Le dijo que el primer material que debía tocar antes de empezar a esculpir era la arcilla. La tierra era el elemento más bondadoso y dúctil para aprender, pues permitía el manoseo y la corrección de la forma tantas veces como se quisiera. La invitó a tener un día una experiencia con el barro húmedo. Le fue explicando cómo había empezado a esculpir. Le dijo que de pequeño había vivido cerca de una zona arcillosa donde, con su mejor amigo, habían creado un embarrado escondite para jugar a la guerra; allí se gastaban tardes enteras creando unas descomunales trincheras y un arsenal de pelotas de lodo que luego se lanzaban con furia infantil hasta quedar exhaustos, embadurnados de tierra, convertidos en pielesrojas. De tanto amasar bolas sus manos se fueron enamorando de la tierra. Allí supo que él había nacido para ser escultor. Luego, la soledad de hijo único hizo el resto. Sólo se sentía acompañado cuando creaba.

Mientras David hablaba, una química especial les fue envolviendo a los dos, atándoles desde los ojos. No paraban de intercambiarse historias. En todo eran coincidentes. Lo que le gustaba al uno lo corroboraba el otro. De pronto a David se le ocurrió la idea de pasear por el barrio indio. Como si le hubiese leído el pensamiento, Fiamma había pensado que ir con él por aquellos exóticos puestecitos le habría encantado. Lo veía espiritual. Le olía a esencias raras, como venidas de algún país oriental. Aceptó sin dudarlo. Había olvidado por completo que estaba casada. Su exaltación de niña le había borrado de un tirón la sensatez de adulta. Ahora quería reír, ver, oler, saborear, tocar, experimentar con alguien el bienestar que le producía pasearse por entre las locuras indias. Quería la alegría sencilla de la vida, pero no vivida en soledad sino compartida con un ser que ella empezaba a adivinar idéntico a ella. Sin pensárselo más se levantaron, seducidos por la idea de recorrer el mercadillo; era viernes y los viernes solían ser muy especiales en ese lugar.

Allí se maravillaron con los monos que saltaban por encima de sus cabezas. Encontraron una niña de ojos azabache vendiendo collares de flores para ofrecerlos al dios del único templo hindú que tenía el barrio, y Fiamma se quedó con uno de orquídeas lilas que David delicadamente colgó en su cuello. Entraron en una pequeña tienda que estaba a reventar de estatuillas de dioses hindúes. Sin saber que Fiamma coleccionaba estas deidades, David eligió de una vitrina una bella escultura tallada en madera. Era la imagen del dios Siva haciendo el amor con Parvati. Una pequeña figura de extrema delicadeza. La pequeña Parvati descansaba con sus piernas abiertas sobre el regazo de Siva, mientras sus brazos rodeaban con dejadez el cuello de su amado. Fiamma insistió en pagarla, pero él no aceptó. Una vez envuelta se la entregó. Ella no pudo reprimir su alegría de niña ante el regalo y se lanzó a darle un inocente beso, que en el aturdimiento terminó por rozar sin intención los labios de David. Se quedaron mirando, derramándose las ganas encima. Ella se separó de él, evitando sentir la cercanía de su cuerpo; acababa de descubrir que le alteraba la sangre.

Aprovechando que esa noche Fiamma tardaría en llegar, Martín había decidido volver a verse con Estrella. Esa madrugada se había esfumado de su casa y en todo el día no la había llamado. Con las ganas reventadas y acrecentadas por el éxito de la noche anterior, se reunieron de nuevo en el ático de Estrella, que volvió a convertirse en guarida de enamorados furtivos. Allí les faltaba tiempo para demostrarse su amor. Se veían perfectos, el uno para el otro. Esa falta de horas ayudaba a que lo vieran todo más difícil, a que su historia se fatigara de dolor. La frustración de no poder vivirse las veinticuatro horas del día actuaba como gasolina incendiaria. La negación les llevaba a sentir cada beso como si fuera el último. Terminaron con las bocas ensangrentadas de tanto morderse los dolores. Empezaron a crear estrategias de lo más variadas para poder verse cada noche. Se les convirtió en una obsesión el deseo de amanecer juntos y mezclar sus alientos entre albores de almohadas. No habían vuelto a aparecer por la capilla de Los Ángeles Custodios, y con la desaparición de ellos habían regresado los encarnizados rezos del fraile a san Antonio, quien al ver que las semanas pasaban sin ningún gesto había optado por amenazar al santo con cambiarse a santa Rita.

Así fueron transcurriendo las semanas. Martín se inventó un larguísimo trabajo nocturno; la creación de varios suplementos, uno para cada día de la semana, con los cuales sorprendería al editor, además de la posible creación de pequeñas gacetas de barrio que habría de ocuparle muchas noches. Le había dicho a Fiamma que, como el proyecto era secreto, en el diario lo desconocían casi todos. Con ello, se cubrió las espaldas de una posible indagación por parte de su mujer.

Terminaron por cancelar las cenas de los jueves en El jardín de los desquicios, pues se les habían convertido en ritual obligado, y desde hacía mucho ninguno de los dos disfrutaba de esas noches. Salvo los fines de semana, de lunes a viernes prácticamente ni se veían.

Para Fiamma esto supuso una tranquilidad; en el fondo necesitaba estar sola. Lo que le estaba pasando la tenía muy confundida. Desde la noche del beso rozado en el mercadillo indio se sentía culpable; aunque no había pasado nada entre ella y David Piedra, Fiamma no era capaz de mirar a los ojos de su marido sin sentir una punzada de angustia. Evitó durante muchos días verse con David, hasta que éste descubrió el número de su teléfono móvil y el de su consulta. Ella le había suplicado que no le llamara al trabajo y él había respetado a rajatabla su petición. A cambio, empezaron a verse cada tarde en la garita del baluarte de la Santa Inocencia que quedaba pegado a la torre de reloj. Se les escurrían los minutos observando las sombras del atardecer proyectadas sobre las murallas. Los agujeros de las rocas lejanas por donde se colaba el mar. Sus pensamientos iban y venían con las espumas de las olas. Se convirtieron en almas inseparables de sentires llanos y sencillos. Disfrutadores de castos momentos. En el fondo, David esperaba sin prisa a que surgiera un cambio en la relación de ella hacía él; estaba convencido que, en una parte escondida, ella guardaba el amor para él; pero como en ese momento sólo tenía acceso a la amistad, y él siempre había sido un solitario empedernido, había decidido esperar, estando atento a cualquier cambio, por muy sutil que éste fuera. Por su parte, Fiamma se relajó de su culpabilidad, pensando ingenuamente que lo que estaba viviendo con David era algo puro, sin ningún atisbo de deseo. Decidieron jugar como niños a ser amigos del alma, sin que el cuerpo interviniera para nada en los encuentros. Sólo valiéndose de él para desplazarse por los sitios. Como si fueran seres asexuados. David se sentía repleto de gozo. La mujer que él tanto había esculpido no era un sueño; era la realidad más maravillosa que jamás hubiera imaginado. Sufría del síndrome de Pigmaleón. Se había enamorado de una mujer imaginaria y el cielo le había regalado el milagro de tenerla cerca en carne y hueso. ¿Qué más podía pedirle a la vida?

Esas frugales tardes de observación les fueron llevando sutilmente a la clara cristalización de sus fantasías. En Fiamma fue el regreso a su ilusión temprana; el reflorecimiento de su anhelo infantil de dedicar su vida al arte. Garmendia del Viento ofrecía, como ningún otro lugar, una magistral visión de luz y sombra. Tanta piedra virgen, agua, tejados, agujeros, recovecos, balcones, plazas, iglesias y torrecillas, eran un suculento banquete para los ojos. Con el caer de la tarde, la abrasadora luz del sol empezaba a deslizarse entre palmeras como reina majestuosa, dejando a su paso perfiles de despeinadas sombras en la arena, que con el viento terminaban por crear una danza negra, como si se tratara de una obra de teatro japonés nô. De todo esto, los ojos de Fiamma y David se iban alimentando. Esas tardes bendecidas de brisa y sal bautizaron las ganas de Fiamma de amasar barro. Volvió a buscar en el suelo piedrecitas con formas raras; a rellenar sus bolsillos con cuanta cosa llamaba su atención. Por las noches llegaba a casa, como cuando era niña, con los pantalones a reventar. Se consiguió una caja de madera donde empezó a guardar todo lo que recolectaba con David en los crepúsculos. Ahora no tenía a su madre para que le tirara a la basura sus "tesoros" callejeros. Se empezó a sentir con ganas de vivir la vida. Por la mañana se levantaba ilusionada, cantarina y erguida; aquella posición encorvada de los últimos tiempos había dado paso a una altiva elegancia, propia de las personas realizadas.

Su comunicación con Martín se limitada estrictamente a formalidades; lo había notado feliz y dicharachero, y esa alegría la atribuyó inmediatamente a la realización de aquellos proyectos nocturnos en los que estaba tan inmerso. La frialdad que soportaban como pareja era calentada individualmente por otros sistemas. No habían vuelto a hacer el amor, pero tampoco les hacía falta.

Fiamma se iba sumergiendo cada vez más en las páginas blancas de su pequeño diario. Los fines de semana salía desde muy temprano a los acantilados para respirar el aire fresco y cargarse de energía marina. Solía hacer meditación sentada sobre su roca favorita, acompañada por el sonido del silencio y alguno que otro grito que a esas horas mañaneras le regalaba una gaviota hambrienta. Allí se sentía dueña del mundo; lo había convertido en su santuario personal. Era un escondite desconocido por todos, menos por su marido, que hacía años había dejado de asomarse por ahí. Una vez se había desnudado, y con los brazos abiertos había recibido el amanecer, haciendo una ceremonia personal de salutación al sol, imitando las ceremonias de los hindúes. Aquel día se había sentido plena, reina absoluta de la naturaleza. Jamás había querido desvelarle a otros ese rincón abierto al mar, pues le gustaba tener una parcela personal donde dejarse ir sin testigos ni juicios. Siempre había creído que todos los seres humanos debían guardarse para sí un espacio íntimo, por pequeño que éste fuera; una zona donde sólo reinara la individualidad; donde se guardaran aquellos anhelos imposibles de compartir con ningún otro ser, para preservarlos del tiempo y el rumbo que pudiera tomar la vida. Era en ese lugar donde sus diarios de portadas de colores se habían ido cargando de letras y dibujos. Ahora iba llenando, con sus sensaciones, el de la portada roja. Mientras observaba, no paraba de tomar apuntes de troncos retorcidos, buscando en ellos el alarido de una boca, manos crispadas suplicantes, ojos saltones, algún talle de mujer; una curva, óvalo o rectángulo que le manifestara algo. Descubrió por la gracia del sol, en la base de un gran tronco, los torsos abrazados de una pareja besándose. Los dibujó como pudo y debajo escribió "El beso". Le dieron ganas de esculpirlos tal como los había visto. Recordó la proposición que le había hecho David Piedra de enseñarle a trabajar el fango; se entusiasmó con la idea de hacerlo, y aunque se sentía vieja para ese tipo de experiencias pensó en probarlo, ya que a esas alturas no tenía que demostrarle nada a nadie, pues su carrera como sicóloga ya estaba hecha y en ella había triunfado plenamente.

Últimamente había notado que, cuando pensaba en David, se le agitaba de golpe el corazón, pero inmediatamente ponía en orden los pensamientos y lo situaba en el plano de la amistad cordial que habían ido construyendo y que les estaba regalando tanta belleza interior, los latidos volvían a caminar a ritmo sereno. Mientras saboreaba la idea de hundir sus manos en tierra una paloma roja vino a posarse en su hombro. Era la primera vez que se topaba con una de ese color. El recuerdo de su querido palomo muerto la invadió de tristeza, pero como la paloma no se iba de su hombro por más que ella se movía, resolvió distraer la pena hablando con ella. Comenzó por contarle lo que estaba pensando hacer; le dijo que si se quedaba con ella le llamaría Passionata, y empezó a repetir este nombre observando como la paloma giraba su cabeza, como si le escuchara atentamente. Probó a levantarse pensando que la paloma se espantaría al perder estabilidad, pero las patas se le agarraron a la camisa, así que decidió llevarla consigo hasta donde ella quisiera ir. Dejó que la mañana la absorbiera con todas sus bienaventuranzas; sintió unas ganas irreprimibles de bañarse en el mar, así que sin pensarlo dos veces bajó por la escalera esculpida en la roca hasta llegar abajo de todo. Desde allí examinó la piedra donde antes había meditado. Era como un embarazado útero gigante que paría feroces cascadas de agua. Nunca se había dado cuenta de la perfección del descomunal pedrusco, semejante a una escultura de Henry Moore. Le hubiera gustado compartir esa visión con David. Mientras sus ojos lo escudriñaban todo tropezó con la mirada de la paloma roja que desde arriba la observaba intrigada. Se quitó la ropa y poco a poco se sumergió en las tibias y cristalinas aguas, dejando que el agua la acariciara. Había olvidado el goce de sumergirse desnuda en ese infinito mar azul a plena luz del día y nadar libre, arropada por la soledad de la piedra. Ahora sabía por qué era su sitio favorito. Era el útero cálido y acuoso que la protegía de la vida.

Cada vez que iba a la consulta de Fiamma la euforia de Estrella llenaba la sala de aires triunfales. Su historia con *Ángel* iba viento en popa. No había vuelto a faltar ni un solo día a las citas con su sicóloga. Desde que entraba no paraba de hablar, con tal algarabía que Fiamma tenía que serenarla, haciéndole inhalar vapores calientes de eucalipto. Ahora la vida con *Ángel* había ido cogiendo una romántica rutina diaria de encuentros, charlas y cuerpos. Se la pasaba ebria de ganas y deseos. De aquellas noches donde se sumergía en bloques de hielo para enfriar calenturas había pasado a los revolcones de sábanas y al agotamiento frugal de cuerpos tocados. Se sabía de memoria el libro que Fiamma le había dejado para inventar noches de desnudos placeres; ahora, El goce de amar era su lectura de cabecera y no paraba de hacer prácticas de todas sus páginas. Se había convertido en una amante consumada. Trataba de sorprender a *Ángel* con situaciones que más parecían sacadas de alguna película que sentidas en realidad, pero con ello enloquecía de placer a su amado. Entre risitas cómplices le contó que una noche, después de haber visto un póster de Marlene Dietrich se le había ocurrido la idea de esperar a *Ángel* vestida sólo con un sombrero de ala caída, un bigote postizo estilo hitleriano y unos ligueros que aguantaban unas medias negras de rejilla; al llegar *Ángel*, ella había dejado sonar la canción Lili Marlene, imitando con sus gestos a la actriz y haciendo un doblaje perfecto de su voz. Le dijo que habían acabado llorando de risa, con el bigote pegado arriba de su ombligo, que *Ángel* había terminado por convertir en una cara, pintándole alrededor ojos y nariz.

Fiamma había llegado a la conclusión de que Estrella estaba viviendo el florecimiento tardío de su sexualidad, algo que le estaba sirviendo para curarle el trauma producido por su marido violador. Estrella consumía esas semanas con descargas físicas de orgasmos múltiples. Fueron días en que sólo habló de la satisfacción que le producía el amor corporal que estaba viviendo con *Ángel*. Mientras la escuchaba, el interior de Fiamma se revolvía en una sana envidia; empezó a fantasear con tener esos momentos, ya no con su marido sino con David; se imaginó desnuda delante del escultor; al pensarlo, la mariposa que dormía entre sus piernas de golpe se despertó. Sintió un ligero aleteo en su sexo; una palpitación que le había recordado que también estaba viva de cintura para abajo. Fantaseó ideando un tipo de sexualidad con David muy diferente del que le contaba Estrella; más en consonancia con lo que estaba viviendo en esos momentos de encuentros crepusculares de alma; un sexo liviano, que levitara ingrávido, invitando a la floración de espíritus. Creía que el amor no tenía que disfrazarse de panteradas para alcanzar su plenitud carnal. Soñaba con una entrega romántica y lenta, pero no por ello menos intensa y gloriosa. Había hecho todo un estudio sobre el amor tántrico, aquel que ponía a participar todos los sentidos, pero se lo había reservado para ella sola, con un egoísmo inusual; ni siquiera lo había explicado a ninguna de sus pacientes, pues en eso quería ser precursora; siempre había pensado que un día se daría la ocasión de probarlo con Martín, aunque nunca había encontrado el momento perfecto para introducirlo de manera fluida sin que pareciera la aplicación formal de un método y fuera a restarle color y sentimiento. Ahora le parecía mucho más fácil llegar a ello con David Piedra. Al tiempo que hacía todas estas reflexiones cayó en cuenta de algo que le estaba sucediendo cada vez con mayor frecuencia: a raíz de sus encuentros con el escultor, su atención hacia las pacientes había disminuido considerablemente. Muchas tardes, cuando se iba acercando la hora de verse con David, se sorprendía observando los labios de éstas, sin que sus oídos percibieran ni una sola palabra. Había dejado de escuchar a los demás. Se perdía en su elevada distracción y sólo volvía en sí cuando descubría los ojos suplicantes de la paciente, esperando algún tipo de anotación a su perorata desatada; entonces se veía en calzas prietas para coger el hilo. Desde su juventud Fiamma no había vuelto a sufrir de esas idas; ahora esa situación le recordaba a su aburrida y calva profesora Raquel, siempre con su impresionante y enlacada peluca, cuya voz monocorde y baja había terminado por no escuchar y, para sobrevivir a esas eternas horas de suplicio, como válvula de escape, a Fiamma le había tocado inventarse viajes fantásticos por su amada y desconocida India. Esas elevadas de cabeza le habían costado muchos ceros y convalidaciones a finales de año. Claro que se había desquitado a fondo, pues un día se había conseguido un loco artilugio; una dentadura postiza caminadora que, al accionar un botón, empezaba a carcajearse y caminar de manera tan desquiciada que hacía reír al más huraño y antipático. Así, una mañana, en plena clase de aburrimiento, Fiamma había hecho sonar la dentadura, haciendo salir de casillas a la profesora, quien empezó a perseguir como loca la dentadura entre los pupitres, buscando atrapar la alocada risa para acallarla de un pisotón, como si se tratara de una obscena cucaracha. La escena produjo en todas las alumnas un desmadre general. Se morían de la risa contemplando el corre-corre de su iracunda profesora, que acabó con la peluca torcida a punto de caer, caminando en altibajos, pues en la carrera había perdido el tacón de uno de sus zapatos, vociferando arrebatados castigos, cada cual más loco e imposible de cumplir, mientras la infernal risa continuaba haciendo de las suyas por entre las patas de los asientos. Habían pasado muchos años desde aquel día. A veces Fiamma se encontraba por la calle con su profesora Raquel, ya muy anciana, quien nunca la perdonó, y sólo verla volvía a castigarla y a insultarla en público, la mayoría de las veces mandándola al carajo a grito pelado.

Ahora con Estrella le había vuelto a pasar. Se había elevado a la estratosfera. Había dejado de escucharla, para soñar con sus deseos. Parecía que Estrella acababa de indagarle algo y ella no sabía el qué. En verdad le había preguntado a Fiamma cómo se sentía con su marido. Estrella tuvo que repetir la pregunta al notar la distracción de su terapeuta, pero Fiamma la rechazó con maestría centrando la conversación en cómo se sentía ella siendo la amante de un hombre casado. Con esta pregunta Fiamma había puesto el dedo en la llaga tocando la zona más frágil de Estrella, quien no quería ni oír hablar de esa palabra, pues la consideraba rastrera y ruin, algo que rebajaba su relación, y lo que ella estaba viviendo era, en términos eclesiásticos, divino.

Con la intensidad de las últimas semanas Estrella empezó a acariciar la idea de un posible divorcio de *Ángel*, y así como al principio había sentido una pena interior por la esposa de éste, ahora esa pena se había convertido en una encarnizada lucha por arrebatarle el marido. Se trataba de ganar una batalla que sólo ella libraba, pues si la despistada esposa se hubiera dado por enterada, a lo mejor otro gallo habría cantado.

Al notar que se le estaba haciendo tarde para su cita con David, por enésima vez Fiamma quiso acabar abruptamente con la entrevista. Se recriminó para sus adentros, sobre todo porque le tenía un cariño especial a Estrella y sabía lo importante que para ella eran estas visitas. Esa tarde tomó la determinación de adelantar en una hora todas sus citas. No podía sacrificar el tiempo de sus pacientes en aras de su felicidad. Se quedó pensando… FELICIDAD. Ya había empezado a darle el nombre de felicidad a los encuentros con David. ¿Se estaba complicando la vida? Por anteponer sus propios intereses había ido descuidando a sus pacientes.

Pero mientras una parte de ella la inculpaba, la otra la disculpaba. Esta última era la parte que tímidamente iba germinando. Era la rebeldía que tendría que haber aparecido con fuerza en su adolescencia, y que ella había ahogado por no molestar a sus padres. Ahora esa sana rabia pujaba por salir. Ella también tenía derecho a la vida, se dijo a sí misma. Había gastado su juventud tratando de solucionar los problemas de las demás mientras ella vivía sin vivir. Sí, era justo regalarse esas tardes de vida.

Quedaron como siempre en la garita del baluarte, aunque ese día Fiamma se retrasó, pues quiso pasar primero por su casa para acicalarse un poco. Se perfumó, aunque no le hacía falta pues desde pequeña su piel olía a frescos azahares, y por primera vez se maquilló con esmero. De salida pasó un momento por el gimnasio de enfrente y se matriculó; empezaría a hacer ejercicio. Últimamente se encontraba fofa y no quería descuidarse en ese aspecto. Al llegar a las murallas ya era casi de noche, pero el cielo conservaba aún pinceladas de arreboles naranjas. Comenzó a subir por la empedrada rampa. Arriba, le esperaba una sorpresa bellísima.

El último rayo de luz tiñó de oro el rostro de David, quien le aguardaba sereno sentado sobre las angostas

escaleras de piedra con una jaula de madera indoné-
sica; dentro, una paloma color sangre asomaba su
cabeza. Fiamma no pudo contener su gozo. Se acercó
a ella. Al verla, la paloma pareció reconocer a Fiamma,
pues las órbitas de sus ojos se crecieron de asombro.
Fiamma mirándola, preguntó incrédula: ¿Passionata?.
La paloma asintió con la cabeza. Entonces la sacó de
la jaula y, acariciándola, preguntó a David de dónde la
había sacado. Éste le explicó que todas las mañanas
la paloma solía ir a la fuente de su patio interior a
bañarse y beber agua, y que esa mañana se le había
ocurrido llevársela como regalo, después de haberle
escuchado la tarde anterior aquella triste historia del
palomo muerto. Fiamma a su vez le contó cómo había
conocido a Passionata.

Para Fiamma todas las casualidades que se estaban
produciendo alrededor de ella y David no eran fortuitas. Acostumbraba a creer en coincidencias, sueños
y sincronicidades que se producían alrededor de un
hecho. Le gustaba jugar a descifrar los símbolos diarios. Desde el cambio del cielo o fenómenos telúricos
hasta el canto insistente de un pájaro o la suspensión
total del viento. Su madre le había enseñado el arte de
leer entre líneas lo venidero y, después, una amiga suya
muy querida le había dicho que eso era Serendipity,
y al preguntarle Fiamma qué quería decir eso, ella le
había respondido que era el don de ir encontrando ac-
cidentalmente cosas valiosas y agradables no buscadas.
Ahora, el regalo que le había traído David le confirmaba una vez más que el destino podría estarle diciendo
algo, aunque todavía no entendía bien lo que era.

Decidió liberar la paloma que emprendió un rápido ascenso hasta perderse en el horizonte; Fiamma sabía que volvería a verla.

Después de disfrutarse como siempre, bebiéndose a sorbos las historias de sus respectivas vidas, donde Fiamma procuraba no mezclar la que concernía a ella y Martín, David y Fiamma se separaron al llegar a la puerta del reloj con un sencillo beso en la mejilla. Esa noche, mientras se alejaba de las murallas, a Fiamma le pareció percibir, en la humedad del viento, el presagio de una gran tormenta. Sintió un escalofrío confuso que no obedecía a nada exterior; era su desazón interior la que emergía para acompañar una confusión de sentimientos que le iba creciendo. La alegría y la tristeza aparecían de tal forma que podía identificarlas con una nitidez asombrosa; iban siempre pegadas, como hermanas siamesas, compañeras indisolubles de sus citas con David. Le llamó la atención el contraste y la profundidad con que empezaba a vivirlas. Eran los contrarios enfrentados cada uno con igual violencia. Lo bueno y lo malo. Lo bonito y lo feo. La luz y la sombra. El sonido y el silencio. El día y la noche. El encuentro y el desencuentro. El saludo y la despedida. Todos manifestándose en ella como pocas veces los había sentido. Estaba en un momento de su vida único. Empezaba a vivir en carne propia lo que tantas veces había plasmado como conjeturas en sus reflexiones de diario. Empezaba a vivir la realidad de la existencia, a ver la necesidad que tenían los contrarios de coexistir juntos para dar equilibrio a la vida. Ella sólo había querido vivir en los claros,

pues temía que las zonas oscuras le hicieran daño.
Había huido siempre de los enfrentamientos, y hasta
ahora pensaba que le había funcionado, pero con
ello lo único que había logrado era irse alejando de
cumplir con ella misma. Había elegido el camino de
la paz a costa de su felicidad. Evitando las discusiones
se había perdido de algo muy valioso: la lucha para
llegar a la verdad más íntima, la suya. Enfrentar las
equivocaciones le hubiera llevado necesariamente a
elegir de nuevo, y los cambios siempre la habían des-
estabilizado. Era un trabajo que le hubiera costado
el tenerse que replantear su modo de vivir, y ella ya
estaba "viviendo". Había confundido el bien-estar
con el bien-ser. Volver a valorar lo ya valorado, a lo
mejor para desvalorizarlo, era una labor triste y en la
mayoría de los casos dramática.

En el desfile de pacientes al que asistía diariamente,
había presenciado dramas desgarradores de mujeres
abandonadas o que habían abandonado, y que se encontraban a la deriva tratando de sobrevivir, algunas
en su soledad de mujer rechazada y las otras con unas
cargas de culpa tan grandes que no les había quedado
espacio para disfrutar de su nueva libertad.

Cuando una relación de pareja no funcionaba, su
experiencia como terapeuta le había enseñado que
siempre los implicados trataban de inculparse; de
encontrar a toda costa una víctima y un verdugo.
Enfrentar un fracaso matrimonial requería de una
sapiencia y madurez difíciles de encontrar.

Ahora ella no quería ni pensar que su matrimonio
con Martín no iba, pero su realidad más profunda

la estaba invitando a abordar esa posibilidad. Sintió miedo de lo que su cabeza empezaba a cavilar. ¿Desde cuándo cuestionaba su historia con Martín? Su mente no paraba de dispararle a bocajarro dudosas cuestiones... ¿La vida sólo era ese ir y venir diario a su consulta?... ¿Dónde estaba la magia de existir?... ¿Esto era TODO?

Mientras encadenaba una a una sus preguntas más íntimas llegó a la Calle de las Almas y se detuvo en el portal de la entrada de su casa; Martín estaba entrando. A Fiamma le sorprendió muchísimo encontrárselo a esas horas, pues últimamente llegaba cuando ella dormía y en las mañanas se iba cuando todavía no se había levantado; él también se sorprendió, no esperaba encontrarse con su mujer. Se saludaron con desganado cariño, y para sus adentros Martín pensó que se le acababa de dañar su salida. Por su parte, Fiamma se sintió incómoda; tenía que acostumbrarse a Martín, ya que todavía llevaba puesta la alegría de su encuentro con David. Se preguntó si se le notaría en la cara. Cambió de golpe la expresión de su rostro y entró en su piso con cierto aire de culpabilidad. ¿Le debería contar a su marido que se estaba viendo con el escultor? Su respuesta inmediata fue NO; no podía. Aunque no tenía nada con David, Martín hubiera pensado "como hombre" que ese amigo de las tardes iba tras de algo; entonces a Fiamma se le vino a la cabeza el dicho que su madre no había parado de repetirle en su pubertad: "el hombre propone y la mujer dispone", e inmediatamente lo aplicó a ella y su amigo. Si David llegaba a proponerle algo, sería ella la que tendría la decisión de seguir adelante o pararlo. No le diría nada a su marido. Protegería su pequeña e ingenua dicha crepuscular. Ajeno a todas las cavilaciones de su mujer, Martín encendió mecánicamente la televisión para ver el telediario, gesto que irritó a Fiamma pues ya se había acostumbrado al silencio de sus noches. Cuando llegaba del baluarte le gustaba quedarse en el balcón rumiando lo vivido, y después se sumergía en sonatas. Se estaba acostumbrando a vivir sola y le gustaba. Ahora se daba cuenta lo que llegaban a fastidiarle los gustos de Martín. Cuando su marido estaba en casa, sus deseos terminaban cediendo a los deseos de él. No se había dado cuenta hasta ahora de lo ahogada que había vivido. Se puso delante del televisor y, en un acto decidido y provocador, lo apagó. Martín desde el sofá, con el mando a distancia, volvió a encenderlo. Ella no cedió. Volvió a apagarlo. Así estuvieron un rato hasta que se calentaron y él acabó por dar un portazo y escapar a la Calle de las Angustias. Fiamma se lo había puesto en bandeja, pensó Martín. Últimamente no soportaba verla. Le molestaban aquellas velitas de incienso que ella se la pasaba encendiendo por la casa. Aquel olor dulzón que las paredes habían absorbido de tantas que había quemado. No entendía cómo podía pasarse la vida escuchando tonterías de mujeres, habiendo tantas cosas interesantes por fuera. Cuando la comparaba con Estrella la encontraba mojigata y recatada. En una palabra: simplona. Pensó que habían ido evolucionando de manera diferente. Él todavía tenía ganas de experimentar y alcanzar nuevas metas; ella en cambio, pensaba Martín, parecía que ya lo había conseguido todo y estaba apoltronada en su monótona vida sin cuestionarse nada. Con Estrella se sentía joven, atractivo y divertido. Reían y se lo pasaban en grande con cosas tan simples como cocinarse un plato de espaguetis entre arrumacos y tomates. Le había despertado un nuevo sexo. Aquel que había dejado de vivir, primero en su juventud, cuando se había ido al seminario, y luego en la invariabilidad de sus diez y ocho años de casado. Con Estrella había recordado la locura vivida con Dionisia en el campanario del seminario. Ella era divertida e interesante. Siempre tenía algo nuevo que contarle. Algo que enseñarle. Con Fiamma ya lo tenía todo visto. En su camino a la Calle de las Angustias, Martín iba llenándose de un sinnúmero de razones para barrer con ellas el último resquicio de culpa que podía ensuciarle la conciencia. Al llegar al ático de Estrella ya se había olvidado de su mujer.

Esa noche Fiamma entró en un soporífero sueño. Se había quedado dormida, vestida y sin cenar, escuchando desde la hamaca el sonido de su mar. Había empezado por balancearse y la hamaca y el calor habían hecho el resto. Soñó que hacía parte de un gran conjunto de esculturas de una grandiosa fuente semejante a la romana Fontana di Trevi. Ella, haciendo parte de la obra, permanecía inmóvil entre dos bellísimos y gigantescos caballos etruscos hechos en piedra. Uno de ellos desplegaba fastuoso unas enormes alas. Los dos emergían entre espumarajos de agua, en un salto que dejaba en tensión sus patas. En el centro de éstos Fiamma se veía como una altiva diosa guerrera que, con su fuerza, parecía dominar a las bestias llevándolas del cuello con unas correas. De pronto, sin saber cómo su cuerpo de piedra caliza cogió vida para montarse sobre el lomo del gran Pegaso. Entonces empezó a cabalgarlo mientras él le llevaba casi volando por entre las cascadas y los saltos de la fuente hasta escapar en frenético galope, desembocando de un gran salto en un intenso y maravilloso mar azul revuelto de olas. En el sueño, ella como soñante se presenciaba exultante de dicha, con sus largos cabellos como desordenadas medusas al viento. Abrazada al cuello del caballo volador en un bello acoplamiento de bestia y amazona experta. La alegría de saberse libre y feliz volando sobre el agua, bebiéndose las gotas que salpicaban su cara, la despertaron feliz. Un suave viento nocturno le había acercado a su rostro gotas diminutas de un mar revuelto. La marea había subido y las olas golpeaban la roca que descansaba sobre la playa. Fiamma abandonó la hamaca; era más de medianoche. De un respiro se bebió la húmeda noche y dejó que el viento la empapara, mientras su cabeza jugaba con descifrar el mitológico sueño que acababa de vivir.

Buscaría en su libro de sueños. No quería perderse ni un detalle. Ahora sí tenía la certeza de que algo estaba sucediendo en su vida. Echó de menos a su madre. Ella, sin vacilar, lo habría interpretado claramente.

Cuando se metió entre las sábanas su sueño todavía cabalgaba entre sus pensamientos. Deseó con toda su alma retomarlo donde lo había dejado pero, por más que lo intentó, no pudo lograrlo. Escuchó llegar a Martín y se recriminó por haberlo instigado esa noche. Cuando lo sintió cerca, le abrazó la espalda; él aguantó el abrazo y al cabo de un rato se separó bruscamente; sentía la piel de Fiamma muy ajena a la suya. No había resistido su roce; tenía su cuerpo empachado de Estrella.

Por la mañana, un suave golpeteo en el cristal de su ventana la despertó; era Passionata. La dejó entrar y descubrió, atada en su pata, una pequeña cinta que sostenía un diminuto papel enrollado. Desató el pequeño lazo rojo y alisó el papel. Era un mensaje de David en el que le daba los buenos días y la invitaba formalmente a tomar la clase de fango que le había prometido. Le dijo que le contestara por la misma vía. Sólo tenía que decir sí o no. La propuesta estaba fijada para el día siguiente, sábado, a partir de las tres de la tarde. No hacía falta que llevara casi nada, decía la nota concluyendo con un: "…sólo trae tus manos… y tus deseos". Cerraba con la dirección. Era la primera vez que veía la letra de David; entremezclaba mayúsculas y minúsculas sin discreción en un caos que al final resultaba desordenadamente homogéneo; tenía letra de arquitecto, se dijo Fiamma para sí. Qué diferente de la contenida caligrafía de su marido, que rozaba la perfección de la caligrafía inglesa de colegio.

Fiamma se quedó con el papelito en la mano mientras la paloma la observaba esperando la respuesta. Le parecía lo más romántico que había visto. Nunca había recibido un mensaje a través de una paloma, y menos de una paloma roja.

Dio una pequeña vuelta por el piso comprobando que Martín hubiera marchado; después, garabateó algo en un papelito que enrolló con urgencia y ató a la pata del ave, que huyó rauda por donde había entrado.

Con el correr de los días Passionata se les convertiría en su paloma mensajera, la portadora del correo de la mañana. El ave viviría en un frenético p'aquí-p'allá; de la Calle de las Almas a la Calle de las Angustias, que era el lugar donde David Piedra tenía su casa, un peculiar recinto que tendría mucho de santuario.

Pasó el día sin poderse concentrar en nada. Sería un viernes de martirio, pues tuvo que atender, aparte de las pacientes de siempre, dos nuevas que se le eternizaron. Las horas se le alargaron aburridas. Las fue empujando como pudo hasta alcanzar la noche.

Al llegar a casa Fiamma se inventó una dramática historia: una de sus pacientes con tendencias suicidas sufría de una terrible depresión. Le había prometido pasar todo el sábado con ella. No sabía a qué horas regresaría. Cancelaría la cena que tenían esa noche en casa de Alberta y Antonio. Mientras lo iba diciendo se sentía como una gusana rastrera, pero la ilusión del día siguiente le tenía secuestrada la razón. No se le pasaba por la cabeza lo fácil que lo hubiera tenido, sólo diciendo la verdad: que tomaría clases de escultura.

Martín, por su parte, no podía creérselo. Tenía un sábado libre. Aprovecharía para escaparse con Estrella a las afueras; la llevaría a Agualinda, aquella playita de corales donde en su niñez había encontrado las caracolas más exóticas. Pasarían la tarde nadando entre los cientos de bancos de peces que de pequeño le habían seducido. Descubrirían nuevas especies. Le mostraría aquellos amarillos de lunares rojos, y los azules rayados en fucsia, y los verdes de manchas violetas... Tal vez, con ingenio, podría inventarse algo para pasar la noche en aquel hotelito pintoresco y cenar alguna langosta recién pescada. Sería la primera vez que amanecería del todo con Estrella. Dejó que la suerte volviera a aparecer con otro regalo; quizás, el de la noche del sábado.

Se metió con el móvil al baño, y a escondidas y en voz muy baja habló con Estrella. Pasaría a recogerla temprano el día siguiente. Quería darle una sorpresa, le dijo. Colgó con un rápido beso; esa noche estuvo especialmente hablador y cordial con Fiamma.

Cuando Fiamma despertó Martín ya se había ido. Le había dicho que haría una excursión por los pueblos costeros, sin especificarle muy bien por cuáles, pues desde hacía tiempo estaba pensando en incluir en el diario una sección que promocionara y potenciara la riqueza de toda esa región; crear tal vez unas selectas rutas turísticas para anexarlas a la tirada de los viernes, algo que Fiamma había escuchado sin el menor atisbo de interés. Esa mañana el viento había amanecido cantarín y silbador. Se asomó al balcón y observó cómo bailaban las palmeras y se despeinaban en preciosa armonía. Se le ocurrió que se movían al ritmo de La primavera de Vivaldi. Empezó a tararear la melodía y, como si su canto hubiera producido el fenómeno, fue descubriendo en el aire aquellas flores violetas, semejantes a pequeñas campanas, que seguramente se iban desprendiendo de los cientos de gualandayes que poblaban las calles de Garmendia del Viento. Aquellos extraños árboles la maravillaban. No recordaba haberles visto nunca ni una hoja; o estaban llenos de flores, o estaban totalmente desnudos. Florecían una vez al año, y cuando ello sucedía Garmendia del Viento se convertía en una maravillosa alfombra de flores. Poco a poco el insistente campanilleo fue envolviendo la estancia. Las flores se empezaron a colar por las ventanas de su piso. Durante toda la mañana no cesaron de llover flores moradas, que caían delicadamente sobre muebles, suelo y cuanta superficie encontraron. Cuando escuchó las campanadas de las dos salió a la calle inmaculadamente vestida en blanco. El aire, como su alma, llevaba alborotado el dulce aroma de las flores. Todavía revoloteaban inquietas las últimas campanitas violetas. Todo el suelo era un extraordinario y tupido tapete de flores que Fiamma, a su paso, levantaba juguetona con sus pies. Giró por la Vía Gloriosa y se detuvo a la entrada de la Calle de las Angustias. Pensó que era una casualidad que David viviera en aquella calle tan recorrida por ella en su niñez. Era su calle favorita y ese día parecía que los gualandayes hubieran decidido bendecir, con su dádiva floral, los tejados morunos de sus casas. Se sacó del bolsillo de su pantalón la nota que había recibido el día anterior, buscando el número de la casa. Volvió a leer: "solo trae tus manos… y tus deseos." Se sonrió y la besó en un instintivo gesto que la sorprendió; era el número 57. Empezó a desfilar por la paleta cromática de casas, buscando entre portales el número. ¿No era por aquí donde vivía Estrella?, pensó. La respuesta al reconocer el portal de su casa fue inmediata. Preocupada, aligeró el paso; por nada quería encontrársela. Debía pasarse a la otra acera, ya que estaba en el andén de los pares y el número era impar. Treinta metros más adelante se quedó pasmada. No se lo podía creer. David Piedra vivía en aquella casa violeta que siempre le había intrigado. La que quedaba en medio de las casas rojas y azules. La que ella había bautizado como extraña flor oriental. La única casa violeta que había visto en Garmendia del Viento. Se detuvo frente a la vieja puerta de madera y cogió una pesada y oxidada aldaba de bronce cuya forma correspondía a una sirena de brazos largos, pelo ondulante y cola retorcida. La sal y el continuo manoseo del tiempo la habían embellecido. Fiamma pensó que era una pieza que bien podría estar en el museo marítimo. Golpeó, y la puerta cedió, pues en verdad sólo estaba ajustada. Sintió mariposas en su estómago. Llevaba tanto sin sentirlas que había pensado que se le habían escapado del cuerpo hacía tiempo, víctimas de la sequía de amor que llevaba viviendo desde hacía años. Se alegró de volver a vivir ese delicioso subibaja.

Atravesó la entrada, asombrada de lo que estaba viendo. En el centro de la casa una fuente árabe presidía el patio rodeado de arcadas por donde asomaban infinidad de esculturas a cual más, más preciosa. La paloma Passionata, que se sacudía de un chapuzón en la fuente, salió volando a recibirla y se le posó en el hombro. Fiamma empezó a buscar a David con sus ojos hasta descubrirlo arriba, asomado al balcón interior. Desde que había entrado estaba observándola. Iba vestido de blanco, y sus desordenados cabellos castaños brillaban con la luz del sol. Bajó despacio a saludarla con su sonrisa más abierta, y sus ojos color aceituna se extasiaron de gozo. Estaba bellísima, le dijo. La tomó de las manos y la condujo a una de las arcadas del patio. Allí lo tenía todo previsto. Había pastado un bloque de arcilla la noche anterior. Sacó un delantal que a ella le iba enorme y le ayudó a ponérselo, levantándole sus cabellos que exhalaron ese penetrante aroma a azahares que él, al igual que Martín, había bautizado como "perfume a Fiamma". Sentirla tan cerca y por primera vez en su casa le había alterado. A ella le había pasado lo mismo. Se sentía turbada en ese nuevo escenario, intimidada por la intimidad de David. No sabía si podría concentrarse; ese hombre tenía un algo que a ella le atraía con una fuerza extraña.

David, tratando de poner normalidad a la clase, le dijo que lo primero que harían sería una gran pirámide de arcilla; tenía que familiarizarse con la materia. Le hizo sacar el único anillo que llevaba, su alianza de casada, se puso detrás de ella y la tomó de las muñecas. La espalda de Fiamma recibió con una descarga eléctrica la cercanía del cálido cuerpo de David, quien tampoco pudo evitar pegarse a ella. La sentía temblar. Sin soltarla, le fue llevando delicada y lentamente sus manos hasta el barro y, de repente, con la fuerza de un solo gesto, se las hundió en la masa de fango húmedo. Las cuatro manos se quedaron inmóviles, atrapadas y embarradas, mientras sus cuerpos por primera vez se celebraban, en un quieto silencio, el jugoso placer de saberse vivos.

7. LA GLORIFICACIÓN

Cantate canticum novum...
Cantate anima mea...
Exsultet terra...
Celebrate, aclamate
quia bonus est.

Ese sábado, Agualinda era un paraíso perdido que esperaba ansioso ungirse de enamorados. Los corazones de Estrella y *Ángel*, reventados en aleteos de alegría y gozo, acompañaban los fastuosos remolinos de arrugados tafetanes y tules que vestían y desvestían sus ardientes playas en apasionada y armónica danza. Cuando el coche alcanzó la última curva y pudieron divisar la cristalina extensión azul turquesa, que se les ofrecía como virginal cortesana voluptuosa, el temor a ser vistos desapareció. Salvo dos pelícanos, que pellizcaban el mar tratando de robar algún pez volador, la playa estaba completamente desierta. Aún permanecía en el ambiente el fuerte olor a pescado que desprendían los alientos dormidos de las cansadas redes amontonadas sobre la arena blanca.

Para Estrella y *Ángel*, ventilar su amor a plena luz del día era un acontecimiento fresco y gratificante, pues últimamente llevaban una rutina de amantes de encierros que les había ido limitando el sentimiento a la cama, y aunque los dos disfrutaban como locos de esas euforias camísticas, el obligado confinamiento a esas cuatro paredes les había creado un hambre endémica de exterior que necesitaba urgentemente ser saciada. Por eso, se lanzaron hambrientos a comerse el día sin medir sus modales. Se desnudaron con impaciencia y corrieron a engullirse el suculento banquete de mar que esperaba por ellos.

Estrella desconocía la impresionante belleza de aquel lugar, una playa que *Ángel* había descubierto con su madre cuando era niño. Estaba perdida detrás de una montaña, y la carretera sin asfaltar, llena de baches y agujeros, la hacía de muy difícil acceso. Esa era una de las razones por la que Agualinda se conservaba intacta; además, los nativos de la zona amaban y cuidaban con esmero ese trocito de mar, ya que de él provenía todo su sustento. Hacía muchos años, un pescador le había contado que en Agualinda existían Nereidas, las ninfas del mar que, en las madrugadas de luna llena, aparecían ante los ojos de los pescadores. Acostumbraban viajar por los océanos cabalgando en caballitos de mar o delfines, y casi siempre llevaban coronadas sus cabezas por hermosos tocados de coral de los que saltaban vivarachos pececitos de colores. El pequeño *Ángel* nunca pudo verlas, pues por más que madrugaba, cuando llegaba corriendo a la playa el sol ya le había ganado la carrera; pero siempre estuvo seguro de que existían porque cada mañana, cuando se metía al mar, les dejaba pequeños presentes, flores o conchas, que al día siguiente habían desaparecido.

Ahora, después de casi cuarenta años, había vuelto a uno de sus rincones predilectos, enamorado, feliz y tan ilusionado como cuando era niño. Con unas ganas enormes de enseñarle a Estrella lo más bello de ese mar. Fue su tardía euforia infantil quien cubrió los ojos de Estrella con las manos, conduciéndola al lugar perfecto donde empezaba el más maravilloso espectáculo marino jamás visto. Allí le liberó la mirada. A través de las límpidas aguas, un universo de colores brillantes se movía vital. Cientos de peces ataviados con preciosas sedas multicolores desfilaban triunfales ante sus ojos por pasarelas de minúsculos arrecifes de corales. Los rayos del sol filtrados por el agua actuaban como verdaderos focos de presentación. Decenas de caballitos de mar habían salido a su encuentro, saludándoles con la cola en una coreografía perfecta. Se sumergieron para romper a nado suave los bancos de peces rosas que, como pétalos sincronizados, caían sobre sus pieles cubriendo su desnudez; parecía como si todos los peces les besaran los cuerpos a su paso. Todo estaba igual. Todavía existían aquellas especies que tanto le habían seducido cuando niño y aquellas a las que él más había temido, no porque fueran peligrosas sino porque sus bagreadas caras habían asustado su temor infantil.

Mientras nadaban, *Ángel* vislumbró el pequeño fósil de una estrella de mar y nadó hasta el fondo para capturarlo y regalárselo a Estrella que, desde que se había sumergido, había entrado en una especie de trance acuático. Se sentía perteneciente a ese reino, princesa del mar, como una de las Nereidas de la leyenda.

Cuando finalmente se cansaron de tanta belleza vista, cayeron tendidos en la playa a cansarse de otra belleza: la de revolcarse en arena y besos. Cuando se cansaron de exfoliarse el cuerpo y los granos de arena se les habían metido hasta en el alma, corrieron a cansarse haciendo el amor entre las aguas. Cuando se cansaron de tantas acrobacias náuticas, de nadarse de amor, de subirse y bajarse en las olas de horganzas y de orgasmos, se quedaron dormidos entre el canto de los pájaros mochileros, que empezaron a llegar cargados con los últimos estratocúmulos pintados de rojo que habían quedado despistados en el cielo. El horizonte había empezado a vestirse de largo noche, preparándose para una luna de sal que prometía desbordarse en su llenura.

Mientras tanto, en el No. 57 de la Calle de las Angustias, además de soplar flores violetas empezaban a soplar huracanados vientos enamorados. Después de haber intentado torpemente amasar la pieza de barro mojado que tenían en sus manos, mientras sus cuerpos les pedían a gritos embarrarse de caricias, David y Fiamma habían terminado voraces esculpiéndose las ganas en sus turgentes carnes. Embadurnándose el alma de húmedos deseos. Al sentir en su espalda el cuerpo quemante de David, Fiamma había perdido el último aliento de cordura que la hubiera mantenido ajena a esa arrebatadora pasión; ahora era tarde. En las manos del escultor su cuerpo era una masa que se iba derritiendo como cera de vela. Entre tantas ebulliciones, terminaron los dos licuados, encharcados de arrebatos en el suelo.

Allí, entre barro líquido y hambrientos giros, se fueron arrancando los linos hasta quedar desnudos, untados y teñidos de tierra roja y de pasión hasta los huesos.

Con el barro mojado, el cuerpo de Fiamma resbalaba fluido por el pecho, la cintura y el vientre de David. Su pubis entreabierto iba amasando suavemente todos los rincones de su recién nacido amante. Sus esferas lácteas se brindaban jugosas a los sedientos labios del solitario escultor, quien con sus manos expertas le iba esculpiendo caricias desconocidas de una sensualidad insospechada. David conocía de memoria ese cuerpo; durante 25 años lo había ido modelando, tallando, cincelando. Era un cuerpo que su imaginación había creado y con el que siempre había soñado, sin saber que en realidad existía. Ya había perdido la esperanza de encontrar su sueño en la tierra. Por eso se había ido llenando de frías esculturas que le habían convertido en un artista consumado. Era ese anhelo, ese vacío de mujer, quien había terminado por llenarle su vida artística. Ahora tenía en sus manos su sueño; podía amasarlo, besarlo, abrazarlo; fundirse en él; enloquecerse de dicha. ¿Cuántas noches había pasado su mano por esas esculturas de piedra? ¿Cuántas veces había pedido al cielo que, aunque sólo fuera por una noche, una de sus esculturas cobrara vida?

A sus cincuenta años, por fin estaba paladeando el amor. Era un amor que pertenecía al mundo del arte. Contenía toda la belleza que él necesitaba. Era sensible y delicado, cargado de feminidad; sutil, ligero y volátil como pluma. Virgen como piedra de jaspe por pulir, pues adivinaba en los largos suspiros de ella que nunca nadie le había tocado su cuerpo de la forma que él lo hacía.

Por eso, esa tarde tomó el cuerpo de Fiamma como si fuese materia nueva para que sus manos "cincelaran" con maestría una nueva mujer. No quedó ni un solo centímetro de piel sin ser re-creado. Sus dedos se convirtieron en hábiles instrumentos, multiplicadores de gemidos. Se detuvo en cada seno para esculpir despacio, sobre sus aureolas, los pétalos cerrados de un botón de rosa contenido a punto de nacer.

La fue "haciendo" sin prisas; era una obra de incalculable valor la que en esos momentos iba emergiendo de sus manos. Como buen escultor, cuando creía que ya había trabajado en exceso una zona de la "escultura", pasaba a explorar otra nueva. Se sumergió en el rostro intacto de su amada y, con su lengua como cincel, le fue creando las órbitas de sus ojos; marcó cejas, ojos, pestañas, los perfiles de la nariz, descendió por uno de los pómulos hasta llegar al lóbulo de la oreja; entonces se detuvo y, con lenta y delicada maestría, le fue tallando en suaves y rítmicos lamidos una nueva y delicada oreja.

Con el paso de David por su cuerpo a Fiamma le volvía a resucitar la piel. Era como si regresara de un obligado letargo. Como si hubiera estado dormida y muerta durante años y ahora volviera a nacer. Cada poro de su cuerpo celebraba abierto su retorno a la vida de los sentidos. Fiamma se entregó, con avidez de niña, al juego de ser figura de estatua viva, hechizada por las manos del inventor de magias de alabastro.

David la exploraba con hambre lenta; quería observarla, lamerla despacio, no sólo con su lengua, sino también con sus ojos. Era una opulencia visual tener cada pliegue de su cuerpo para sí. Observar la mariposa abierta de su pubis, sus delicadas alas; recrearse en la perfección de su más íntima estancia. Esto era diferente de la piedra, pensó David. El cuerpo de Fiamma respondía a sus caricias con vehemente vitalidad y no con la helada frialdad del mármol. Cuando David sació su sed de carne viva y Fiamma su hambruna de piel tocada, empezaron a amarse acompasados. Fiamma lo cabalgó como al caballo etrusco de su sueño mientras David, con su cincel de sexo, acabó por tallarle las entrañas.

Así se les fueron escurriendo las embarradas horas, goteando sudores escarlatas y jadeos; escuchando el suave gorgojeo de la fuente entre los alcteos locos de Passionata, la paloma roja que no paraba de sobrevolar en círculos sobre sus cuerpos, y el atardecer ebrio de vino tinto derramado sobre el cielo.

No supieron cuando se les hizo de noche ni tampoco les importó. Corrieron, saturados de esculpirse, a lavarse de tanto barro seco. Se metieron bajo la ducha a recuperar el color de sus pieles, perdido entre los lodos de su amor naciente. Plenos en la certeza de haberse fundido en uno. Ahora ya no eran amigos del alma. Acababan de convertirse en amigos enteros, de cuerpo y alma.

En el agua continuaron arrancándose besos que les iban naciendo a medida que se los iban bebiendo; deshidratados de amor; secos de tocarse y sentirse y sin poder parar. Estaban invadidos de deseo insaciable. Terminaron de nuevo en el suelo, esta vez el de la bañera, y con el grifo abierto empapándoles inmisericorde volvieron a agitarse la sangre y los anhelos de cabalgarse; acabaron desbordando las aguas, que resultaron vertidas por el mosaico ajedrezado azul violeta. Allí quedaron, esparcidos en charcos, suspiros, palabras, abrazos, bocas, jadeos y silencios llenos.

Rendidos se vistieron de luna, que esa noche se colaba intrusa por los rincones de la casa pintándolos de plata. David, un enamorado del cielo nocturno, había levantado todos los techos de su casa, y en su lugar había hecho colocar unos impresionantes cristales traslúcidos por los que desfilaban cada noche la Vía Láctea, constelaciones, cometas y todas las lunas del año. No quería perderse por nada el fastuoso espectáculo del manto celeste. Su habitación era un extraordinario observatorio astrológico. Se tendieron en la cama, y abrazados en el silencio majestuoso del amor observaron la danza de la luna hechicera, que jugaba a esconderse entre las nubes. Por un instante, el recuerdo de Martín emborronó la alegría de Fiamma. La luna le había traído su imagen. Esa noche hubiera querido regalarle a David la luna llena, pero hacía años ya la había regalado. Ahora pertenecía a su esposo. ¡Dios mío!, recordó de golpe. Estaba casada. La mano de David, ajena a su pensar, acarició su rostro; entonces, así como había venido el recuerdo se fue. Sólo le quedaron las ganas de querer quedarse entre la cama y el cielo, acurrucada en los abrazos de David.

Más tarde, cuando la estancia se había sumergido en el nocturno silencio, se levantó despacio para no despertar el rendido cansancio de David, y de puntillas bajó despacio las escaleras, buscando su bolso para llamar desde su móvil a Martín. Tratando de alcanzarlo, estuvo a punto de resbalar en los enlodados mosaicos del escenario de su amor. Encontró su anillo de casada, y decidió guardarlo mientras marcaba el número del teléfono de su marido. No hubo ni siquiera un timbre. Salió su contestador diciendo que el abonado estaba fuera de cobertura. Decidió dejarle un escueto mensaje que aludía a la imposibilidad de dormir esa noche en casa, pues su paciente se encontraba fatal. Acababa con un "lo siento" y un "buenas noches" que ocultaban la sobredosis de culpabilidad recién bebida, pues en el fondo se había alegrado inmensamente de que no le hubiera salido la voz de su marido. Temía que se le notara la mentira. Siempre había odiado el engaño.

Ángel se despertó al escuchar en el agua un sutil chapoteo. La salada luna bañaba su cuerpo y el de Estrella y se extendía sobre el mar voluptuosa, creando un infinito y sereno espejo. Se había hecho de noche y ellos seguían allí, rendidos y semidesnudos, tendidos sobre la arena de Agualinda. Cogió una toalla y, delicadamente, cubrió el cuerpo desmadejado y soñoliento de su amante que dormía plácida. Se incorporó tratando de localizar el punto de donde provenía el ruido. Entonces, casi perdió la respiración al descubrir entre las quietas aguas un azulado delfín montado por una pequeña niña de cabellos dorados y corona de corales. La imagen era tan nítida y hermosa que a *Ángel* estuvieron a punto de escurrírsele las lágrimas de gozo. Era una ninfa la que jugaba risueña entre las olas quietas. Por fin sabía que existían. Trató de despertar a Estrella haciendo el mínimo ruido posible; no quería que la ninfa notara su presencia, pero por más que sacudía su cuerpo, ella continuaba dormida; estaba atrapada en un profundo sueño. *Ángel* desistió y se dedicó a observar. Se quedó extasiado presenciando la escena; escuchando las risas cantarinas de la niña, que besaba al delfín abrazada a su cuello. Fueron unos pocos segundos gloriosos. Quiso correr y meterse en el mar para jugar con ella; le acababa de resucitar aquel niño que había dejado de soñar hacía cuarenta años y que ahora le empujaba a reír y a empaparse en travesuras.

Inconsciente de lo que hacía corrió a sumergirse en el mar, pero de repente, al contacto con el agua, todo lo que estaba viviendo desapareció. No sabía si la ninfa le había descubierto y había desaparecido o si lo que había visto se lo había soñado. Todo seguía idéntico; menos la niña, el escenario estaba intacto. Volvió a mirar al sitio donde antes había visto emerger a la pequeña princesa del mar, y descubrió en el agua unos pequeños círculos que se ampliaban hasta llegar a la orilla. Había sido verdad, se dijo; la había visto.

Se sacudió la alegría de encima; tenía que pensar. Volvió a la realidad. Debía avisar a Fiamma que esa noche no llegaría a dormir a casa. Buscó su móvil y se dio cuenta que no tenía cobertura; no podía hacer nada.

Él, que era muy previsor, había hecho una reserva la noche anterior en el pequeño y acogedor hotel que quedaba detrás de la montaña. Estaba deseoso de sacarse toda la sal que llevaba encima.

Despertó con un tierno beso a Estrella y se vistieron ayudados por la luz de la luna. Estaban agotados y hambrientos. Se pusieron en marcha, desganados de dejar tanta belleza solitaria y ganosos de pasar toda la noche juntos y revueltos. Al llegar al albergue "Las Albricias" les salió al encuentro el encargado; el hotel pertenecía a una pareja de homosexuales y estaba decorado con un gusto exquisito. Parecía como si de repente se hubieran sumergido en un cuadro de Van Gogh; había girasoles colgados en las paredes y florecidos en todos los jarrones; pintados en las cortinas y tirados en las baldosas. El hotelito era la casa donde esta magnífica pareja compartía su vida. Los dos parecían pintores de alegrías, pues todo lo que había en el lugar alegraba los ojos. *Ángel* y Estrella se sintieron cómodos desde que llegaron. Fuera de los dueños no había ni un alma en el hotel. Subieron a la habitación y lo primero que hizo *Ángel* fue conectar su móvil. Allí sí funcionaba. Entonces se encontró con el mensaje de su mujer. Decidió llamarla, sabiendo que ella solía desconectar el teléfono cuando estaba haciendo algo importante. Marcó el número y esperó; efectivamente, su móvil estaba apagado. Le dejó otro mensaje y exhaló un profundo respiro de alivio. Tendría la noche entera para descansar a pierna suelta, enredado entre las piernas de Estrella.

A la mañana siguiente amanecieron hambrientos. Salvo sus cuerpos, no habían probado ningún otro bocado. Engulleron con voracidad cuanto manjar encontraron en la mesa del desayuno. Se atiborraron de mangos, pitahayas, chirimoyas, pomarrosas y arepas de huevo. Bebieron un consomé de barbudo que les resucitó y dejó listos para empezar el día. Querían hacer una excursión por los pueblecitos aledaños.

Una vez abandonaron el hotel se metieron por entre las torturadas carreteras. En el camino se encontraron carros tirados por bueyes, cargados de cocos de agua; pescadores llevando a pie limpio la carga pescada en la mañana para ser vendida en el mercado próximo; familias enteras de mulatos vestidos con traje dominguero, con sus hijitas en holanes almidonados, peinadas con trencitas rematadas por lazos multicolores, caminando de prisa por la orilla de la carretera para asistir a misa de doce en la iglesia más próxima.

Llegando al municipio de Cienagabella una bulla festiva les sorprendió. Músicos callejeros con sus acordeones interpretaban la canción que contaba la historia del caimán que se comió a Tomasita. Había danzas típicas y contadores de cuentos de caimanes rodeados de niños con ganas de escuchar. Las calles estaban de fiesta, adornadas de lado a lado con guirnaldas vivaracheras. Una gran pancarta con el dibujo de un sonriente caimán rezaba: "Cienagabella les da su bienvenida al Festival del caimán cienaguero". Aparcaron donde pudieron y se bajaron. No esperaban encontrarse con tal ambiente; Estrella estaba maravillada. Se abrazaron y pasearon por todas las casetas ambulantes, montadas especialmente para el festival. Allí descubrieron por primera vez que existía un concurso de caimanes infantiles. Entraron en la feria fascinados por los cientos de pequeños anfibios, todos engalanados para el concurso. Algunos, con sombreros costeños atados a sus cabezas; otros, con pañuelos tricolores ligados al cuello; muchos con escapularios colgados de la Virgen de Las Aguas; todos con ganas de llevarse el premio de los cinco millones de pesos libres de impuestos.

Estrella y *Ángel* aprovechaban el desordenado barullo y el desconocido público para demostrarse ante los ojos de todos, con carantoñas y arrumacos de adolescentes enamorados, que se amaban. Iban buscando un buen sitio para observar la carrera que estaba a punto de empezar. En el recinto se respiraba un espeso olor a sudor, lagartos y aguardiente. Los dueños de los pequeños reptiles lanzaban vítores de triunfo a sus mascotas, llamándoles por su nombre. Se podían escuchar vivas a Wálter, Tarzán, Sherlock, Margarito, Emeterio, Ladidí, Whillington, los caimancitos primíparos que parecían ignorar a sus amos, presas del pánico pre-carrera. En el polvoriento recinto, con carriles pintados en el suelo y una cinta amarilla, azul y roja aguardando en la meta, el ambiente estaba caldeado.

Ángel y Estrella se colocaron muy cerca de la meta, a un lado del cordón que separaba a la gente de los caimanes participantes. A la orden de preparados, listos, ¡YAAAAA!, los lagartos empezaron a correr arrastrándose por el suelo. El caimán Margarito fue tomando distancia de los demás, observando fijamente a Estrella. Las patas le iban a toda velocidad. De pronto, al pasar por delante de ellos y cuando le faltaba muy poco para llegar a la meta, Margarito dio un tremendo frenazo y se paró sobre sus patas traseras, justo delante de Estrella, hinchando los músculos de sus extremidades delanteras, como queriendo hacerle una demostración de poderío y fuerza masculina; entonces le lanzó un beso soplado y, guiñándole un ojo, continuó. Acababa de brindarle la carrera. Llegó por los pelos a la meta, y corriendo parado en sus dos patas se llevó en el pecho la cinta nacional que le acreditaba como CAIMÁN DEL AÑO. Los lugareños quedaron obnubilados con el espectáculo. Nunca antes habían visto a un caimán actuar de esa manera. Empezaron a mirar a Estrella y *Ángel*, únicos turistas que había entre el público, como si fueran dioses; como si el gesto del pequeño lagarto estuviera profetizando algún tipo de augurio desconocido; una especie de señal divina que les vaticinara una futura dicha o desgracia, algo incapaz de ser entendido por los ingenuos aldeanos pero, de todas maneras, un clarividente signo para ser tenido en cuenta. Así se los dijo el alcalde del pueblo antes de llamarlos a la tarima y comunicarles que el pueblo, por unanimidad, había decidido agraciarles con el escapulario de la Virgen de Las Aguas, bendecido por el párroco antes de iniciarse la competición, y que Margarito había llevado puesto durante la carrera.

Estrella y *Ángel*, desconcertados pero muy contentos, terminaron por seguirles la corriente y acabaron

subidos en el estrado con el caimancito ganador, el
dueño del caimancito ganador, el alcalde y el párroco,
mientras todo el pueblo les aplaudía dando vivas a
Cienagabella y su festival.

El siguiente viernes, el diario La Verdad dedicaría
todo su suplemento cultural a ensalzar los festivales
provincianos, elogiando sus leyendas y fiestas autóc-
tonas como patrimonio inequívoco de singularidad;
instando al lector a vivir más su tierra; haciendo una
clara reseña al festival de Cienagabella, donde aparte
de la historia de Tomasita, ahora acababa de nacer
otra leyenda: la de los dos dioses-turistas que, con
su mirada, hipnotizaron un caimán para que ganara
una carrera caminando en dos patas.

Para Fiamma dei Fiori, ese sábado había sido
mágico. Durante toda la noche había visto desfilar
constelaciones, tendida en la cama de David que no
paraba de iluminarle el rostro con sus besos. Habían
jugado a adivinar si era Venus o Marte aquella estrella
brillante que acariciaba la barriga de la luna. Se les
fueron los ojos en el telescopio saltando de un planeta
a otro, como si sus pies brincaran sobre una gran
rayuela dibujada en el cielo. Se bañaron en los mares
lunares; se contaron sus juegos y travesuras de niñez y
descubrieron juntos que ese cielo nocturno era como
una inmensa cobija negra, llena de pequeños agujeros
por donde se colaba la luz brillante de la vida.

Celebraron el nacimiento del domingo bailando,
desnudos y abrazados, un tango de Gardel. Abajo
les aguardaba una nueva escultura: la huella seca de

cuatro manos que habían marcado de pasión el sencillo bloque de barro. De ello, más adelante David haría una gran escultura que presidiría el gran hall de la Escuela de Bellas Artes.

Ese fin de semana Fiamma volvió a la Calle de las Almas convertida en una experta en el arte de tocar; había aprendido con maestría a manosear el barro y el hombre. Su cuerpo había sentido una explosión de estrellas mientras la amaban; sus ojos habían visto otra mientras amanecía. Ahora sabía amasar ilusiones, despuntar alegrías, cincelar augurios y perfilar un posible futuro incierto. Cuando estaba a punto de llegar a su casa, se encontró con la tristeza en el camino. No sabía cómo enfrentar esta nueva situación. La había vivido a través de algunas de sus pacientes, pero nunca se había imaginado lo doloroso que podía ser llegar a sentir la dicha en brazos de un hombre ajeno, no porque perteneciera a otra, sino porque ella no pertenecía a él. Ahora llevaba dos cosas nuevas en el alma: el complejo de culpabilidad por su infidelidad y un indescriptible gozo que nadie le podría arrebatar.

Martín ya había llegado. Se lo encontró asomado al balcón, muy pensativo. Ni siquiera se giró a mirarla. Le lanzó un saludo destemplado, al que ella contestó rápidamente para no distraer sus presurosas ganas de meterse en la habitación. Se miró al espejo y descubrió un brillo impresionante en sus ojos y una lozanía en su cara que no tenía nada que ver con aquella que había visto el día anterior. Había rejuvenecido años. Se veía viva, con la sangre enarbolada en las mejillas que se le izaba altiva delatando su alegría. Por primera vez tuvo que maquillarse sus rubores, escondiéndolos tras una gruesa capa de polvos blanquecinos.

No sabía en qué cajón del alma esconder su tesoro. Abría y cerraba los cajones de su armario sin encontrar el vestido que disfrazara de cordura sus locos arrebatos. Por fin se serenó y salió cubierta de desgana cansada a preguntarle a Martín si cenaría; ella no podría morder ni un trago de agua. Martín le contestó que no tenía hambre y que al día siguiente tenía que madrugar. Se metería a la cama pronto. Le dio un beso de hermano y se alejó con su silencio. Fiamma no quería meterse en la cama con él, pues temía que en su cuerpo se le notara la otra cama. Le dijo que se quedaría un rato en el balcón. Necesitaba reflexionar en la hamaca donde hacía algunos minutos las pesadumbres de Martín se habían balanceado.

Allí, mientras la hamaca iba, ella se iba en alegrías. Cuando la hamaca volvía, ella volvía en sus tristezas. En este ir y venir se le pasó la noche. A la mañana siguiente tenía la cabeza demasiado desordenada para entender a ninguna paciente.

Le costó acomodar la mente y situarla en el contexto de "profesional de las almas"; todavía llevaba las huellas de los dedos de David revoloteándole en el cuerpo cuando dejó pasar a su primera paciente de la mañana. Se llamaba Renunciaciones Donoso, y había ido a verla porque decía que, de un terrible susto, había perdido el alma; el hecho había ocurrido en su propia casa y de eso hacía ya tres meses. Desde entonces la iba buscando como sombra en pena por cuanto rincón encontraba: debajo de la cama, dentro de los zapatos, entre bolsos y camisas, detrás de puertas y ventanas, en la cocina y la nevera… sin resultados.

Nadie entendía por qué se le iban las horas en esa búsqueda infructuosa, porque a nadie le había dicho qué era lo que se le había perdido.

Venía porque sentía la imperiosa necesidad de resolver ese tema cuanto antes; necesitaba que le volviera el alma al cuerpo, pues se había dado cuenta que sin alma no se podía vivir. Le decía que aunque al principio le había parecido muy agradable estar sin ella porque había dejado de sufrir, también había descubierto que sin ella había dejado de sentir. No quería vivir más de esa manera, en esa levedad de cuerpo sin alma; necesitaba el peso de sus angustias y alegrías, con todas sus consecuencias.

Fiamma le pidió que le narrara cómo había ocurrido y ella se extendió en pormenores, convencida de que el hueco que llevaba en el pecho era como un boquete enorme que todos podían ver. Empezó a explicarle el hecho tratando de serenarse, pues con solo recordarlo el agujero le crecía.

Su marido, que era médico, la había engañado diciéndole que se iba de viaje a una convención de medicina preventiva. Ella, aprovechando, había corrido a llamar a su amante y cuando estaban en pleno acto de descontrición, había escuchado que alguien abría la puerta; era su marido que había vuelto sin irse. In fraganti y desesperada sólo había tenido el tiempo justo para esconder a su desnudo amigo detrás de una pequeña cómoda de patas altas; cuando su marido entró en el dormitorio, la cómoda se reflejaba perfectamente en el espejo de la entrada y las piernas peludas del amante que aún llevaba puestos los calcetines asomaban acusadoras. El solo hecho de ver a su marido delante del espejo delator le había producido un shock de pánico, que había dado lugar a una alocada risa por la que salía desatada a borbotones una gran bola blanca que parecía llevar alas. Su marido, al verla, atribuyó su risa a la alegría del encuentro inesperado, y aquella bola blanca a su deseo; y las sospechas que tenía de infidelidad se le esfumaron raudas por entre las piernas de su mujer, que acabó por perder del todo el alma en los aullados jadeos que le tocó dar para ahogar los ladridos de su pequeño chihuahua, mientras las piernas de su amante aguantaban estoicas a que el canino acabara de hacer sus líquidas necesidades sobre ellas al haberlas confundido con las patas del encogido mueble.

Mientras Renunciaciones le narraba la historia, Fiamma se fue contagiando de su susto y su cabeza empezó a imaginar terroríficas historias que acabaron por alterar sus nervios, agitándole los miedos nocturnos que la noche anterior la habían dejado en vela.

Por primera vez en la historia de su profesión rechazaría un caso; no podría de ninguna manera llevarlo con objetividad, dado su momento actual. Llamó a una colega y, aduciendo que tenía demasiadas pacientes se lo endosó, no sin antes acabar de escuchar el final de la historia que terminó con el amante escapando con la cómoda puesta a modo de faldilla, dando pasitos cortos hasta alcanzar la calle mientras era perseguido por el ridículo perrito.

Sólo le faltaba a Fiamma escuchar historias de infidelidades, ahora que llevaba a cuestas la suya. Por
más esfuerzos que hizo durante toda la mañana, no
logró concentrarse.

De camino al gimnasio, Passionata la alcanzó al
vuelo. Llevaba otro papelito atado a su pata. Esa tarde
David la esperaba en su casa. Con las palabras más
amorosas, le rogaba que fuera; quería que le posara
para una escultura.

Aquella mañana, David había encontrado en la
cantera un grandioso bloque de mármol virgen y se le
había ocurrido trabajar la piedra, sin tomar antes ningún apunte. Le seducía la idea de tallar directamente el
bloque con su cincel y su martillo mientras Fiamma le
hacía de modelo. Esa antigua técnica la había aprendido
hacía muchísimos años en Pietrasanta, pero la había
abandonado ya que era mucho más cómodo modelar
la pieza en barro, vaciarla en yeso y luego pasarla a la
piedra copiando la forma, un trabajo que casi siempre
dejaba para sus ayudantes. Pero la talla directa siempre
le había fascinado. Le parecía que tenía una gran fuerza
intestina, una carga emocional muy grande; un aire ca-
tastrófico sobrevolaba la pieza desde el inicio de la obra
hasta el fin. Eliminar trozos de piedra, golpeándola a
punta de martillo y cincel, era un hecho definitivo que
no daba lugar a correcciones ni a arrepentimientos;
totalmente opuesto a la arcilla, tan dúctil y benévola.
Podía considerarse que la piedra era una malvada noble,
mientras la tierra era una bondadosa campesina.

David había admirado a artistas como Modiglia-
ni, Brancussi, Lipchitz y Epstein que, en una época

donde se imponían las modas fáciles, habían desafiado al mundo, golpeando con fuerza y rebeldía para rescatar del abandono lo más puro y fiel de la técnica, seguramente impulsados por algún revolucionario motivo, como el amor. Pero a él siempre le había faltado ese motivo; ahora lo tenía. Con Fiamma podía romper moldes porque se sentía más escultor que nunca. Con unas ganas imperiosas de expresarse en la piedra y dar volúmenes a sus deseos. La escultura, que hasta ahora había sido su vida, se le convertía en el instrumento para llegar a su amor. Sentía una lucidez nueva que podía darle aire fresco a su obra; tal vez hacerla menos elaborada y pulida pero, seguramente, más dramática y sobrecogedora. El solo pensar en ello le producía un egoísta gozo estético. Fiamma sería la generadora de ese nuevo escultor que saldría de él. El mensaje que le había enviado iba cargado de expectativas propias, pues si algo tenía era que siempre pensaba en él.

Fiamma se quedó con el papelito en la mano; era una invitación difícil de rechazar, una jugosa tentación después de lo que había vivido ese fin de semana. Pero tenía un serio problema: su tarde estaba llena de pacientes. Pensó de prisa ya que, como siempre, la paloma esperaba anhelante su respuesta; terminó por sentarse en un banco que encontró vacío y en el primer papel que halló en el bolso escribió que no podía ir. Luego se quedó mirando fijo a Passionata y tachó con rabia lo escrito. La cabeza empezó a girarle con recuerdos que danzaban entre barros y estrellas. Iría. Cancelaría todas sus pacientes por una indisposición de última hora. Mientras su mano escribía un sí mayúsculo, su corazón iba repintando una plana infinita de múltiples siiiís; no podía faltar a esa cita. Volvió a sentir aquellos locos aleteos de mariposas en su estómago. Llamó de prisa a su secretaria, que todavía se encontraba en la consulta, y le pidió que lo cancelara todo, aduciendo que de repente se encontraba descompuesta; que seguramente había cogido uno de los dengues que esos días flotaban en el ambiente de Garmendia.

En el gimnasio resolvió hacerse unas cincuenta piscinas para cansar esa locura de encuentro que empezaba a convivir con ella y la hacía malvivir en la alegría triste. Ni siquiera fue capaz de esperarse a las campanadas de las tres. Sus pasos la fueron llevando hipnotizados y raudos por las calles vacías de transeúntes, entre un sol justiciero que le quemaba la cabeza y un asfalto hirviente, oloroso a alquitrán derretido y a sancocho de pescado; el almuerzo que ese mediodía seguramente estaría llenando los estómagos de muchos garmendios.

Cuando llegó a la casa violeta, un descomunal bloque de mármol se erguía imponente ocupando casi la totalidad del patio. David había hecho montar un gran andamio para irse moviendo por la piedra con soltura; enfrente del bloque, una ancha peana estaba preparada para acoger el cuerpo de Fiamma. David se deslizó ágilmente por entre tubos hasta alcanzar el suelo y corrió al encuentro de Fiamma, besándole con alegría en plena boca. Le dijo que había preparado para ella velos de suaves caídas, pues quería que se desnudara y vistiera como Isadora Duncan para un baile. Quería trabajar los pliegues de las telas, la transparencia de los velos en su cuerpo. Esculpir sus pies desnudos irrumpiendo en la piedra sin abandonarla por completo; tallar el nacimiento de una Fiamma etérea, que pertenecía a la piedra pero de la que podía emerger letárgica para tomar un pequeño soplo de vida externa.

Empezó a desnudarla y Fiamma se abandonó a sus manos, y aunque él llegó a besarle con dulzura sus senos, no se distrajo del objetivo que se había trazado para esa tarde. David Piedra era así. Le gustaba planificarlo todo y organizar muy bien su tiempo. Era ordenado y meticuloso. Como la escultura había sido el gran objetivo de su vida, había aprendido a mantenerse firme y riguroso en sus propósitos. Ese tesón le había regalado muchos triunfos, pero también le había ido alejando de la gente. Su concentración total en la piedra le mantenía al margen de la vida; le había aislado, aportándole ese aire enigmático que le envolvía y lo hacía parecer incluso distante y frío, aunque en el fondo fuera tierno y próximo. Su rostro, de facciones puras y ángulos marcados, le daban un aire de escultura griega. Siempre iba despeinado y con la mirada profunda, armada de lanzas afiladas que terminaban atravesando el alma.

Observó la altiva desnudez de Fiamma, y sobre ella empezó a crear su bailarina. Le fue anudando velos en el cuerpo, dejándole al descubierto casi la totalidad de un seno, como si la tela hubiera caído distraída sobre el pezón rosa y su punta erguida hubiera detenido su inminente caída. Cuando por fin creyó que estaba lista, la llevó al espejo y volvió a besarla con ternura, dejando resbalar sus labios por el cuello hasta cerrarlos en la punta del seno descubierto. Delante de su imagen, Fiamma se reconoció bella por primera vez. Dejó que David la condujera delicadamente hasta el pedestal y subió a él, ansiosa por asistir a algo tan nuevo. El escultor de sus sueños empezó a golpear el mármol. Al fondo, una música suave la invitaba a danzar entre las esculturas que rodeaban los arcos interiores.

Con cada martilleo, Fiamma empezó a sentir una increíble excitación. Una especie de turbado desasosiego. Como si presidiera una gran ceremonia de destrucción y creación simultáneas. Algo dramático y visceral que la empujaba también a martillar. Acababan de nacerle ardientes deseos de desafiar la piedra; de romperla y aporrearla, de destruir sus aristas, para ver surgir redondeces y formas curvilíneas femeninas fuertemente suaves. No quería trabajar como David la figura humana o, mejor dicho, la quería trabajar simplificándola; sus ganas se inspiraban en la naturaleza. Si ella pudiera dedicaría su vida al arte, pensó; pero no podía. Con cada golpe que David daba a la piedra, Fiamma iba enumerando la cantidad de frenos que le impedían dedicarse a su sueño. No podía abandonar a sus pacientes; ellas habían creído en ella y la necesitaban; le habían confiado sus penas y frustraciones, esperanzadas en que esas citas enderezarían sus caminos. No podía dejarlas tiradas en la cuneta del descarrío. Aunque Fiamma estuviera convencida de que en el fondo había nacido para ser escultora, para expresarse y transmitir todo el volcán contenido en su interior, la vida no era tan sencilla como para dejarlo todo por un sueño tan etéreo y poco práctico. ¿De qué viviría? ¿Qué pasaría con Martín? La voz de David pidiéndole que levantara los brazos le espantó sus reflexiones.

Empezaba a estar seriamente confundida. Nadaba en un turbulento mar de frustraciones pasadas, ignoradas hasta ese instante. Tenía treinta y ocho años y, por primera vez, había querido pegar un grito de auxilio a su madre para que la salvara o le diera alguna luz; esta vez sería ella la que tendría que hablar y su madre tratar de comprender. De pronto, se sintió desvalida y desnuda entre los velos que llevaba puestos.

David la rescató del pedestal y empezó a hacerla girar al ritmo de la música griega que sonaba. Tomarían un breve descanso.

Fiamma cerró los ojos y se sintió feliz, como cuando era niña y su padre le enseñaba a bailar entre sus brazos. Finalmente se dejó caer, y empezó a deslizarse por el suelo sobre la punta de sus pies, abandonando su cuerpo a la música de los violines. Giraba y giraba, mientras sus piernas gráciles levantaban cadenciosas los velos y sus largos brazos parecían alcanzar el cielo con los dedos. David tomó su carboncillo y, dibujando sin parar, fue tomando maravillosos apuntes para incluir a martillazos en la piedra. Con sus ojos cerrados Fiamma recordó los cancanes y tules que vestía en el conservatorio y a su viejo profesor de ballet, Giovanni Brinati, marcando el compás con su bastón de empuñadura de plata.

David le removía el fondo de su pasado, como su abuela removía de la gran paila de cobre el pegado de manjarblanco que, después de cocinado, quedaba adherido al metal. Sabía qué cuerdas tocar para que su interior aflorara nítido y sonoro. Con Martín, pensaba Fiamma, se limitaba a ESTAR, a secas. Con David podía SER, sin límites.

Así, entre cavilaciones mudas y porrazos sonoros, terminaron los dos matando la tarde; cayeron despeñados innumerables trozos inservibles de piedra y pensamientos cargados de vanos remordimientos. Se agitaron a golpes desfasados, el alma del mármol y el alma de Fiamma. Emergieron recuerdos olvidados y se hundieron realidades confusas. Con la embrionaria escultura que emergía de la piedra virgen empezó también a emerger una incipiente Fiamma nueva.

Después de llevar muchas semanas sin ir, Estrella y *Ángel* decidieron que ese jueves se encontrarían de nuevo en la capilla de Los Ángeles Custodios; añoraban esos clandestinos encuentros, olorosos a inciensos y a sagrados misterios. Entretanto, el fraile se había ido despachando a gusto con san Antonio, culpándolo de la prolongada ausencia de los amantes. Le había castigado trasladándolo al último rincón de la iglesia, donde ningún feligrés podría encontrarlo aunque quisiera. Lo había cubierto con una gran tela de color morado, de aquellas que solía emplear los Viernes Santo cuando tapaba a todos los santos en señal de recogimiento y duelo, y hasta le había quitado el hierro con las lámparas de votos. En cambio,

santa Rita recibía otro trato; iba ganando puntos ante
los ojos del sacerdote, quien en los últimos días se la
estaba "trabajando"; le había empezado su novena
y hasta le había puesto flores frescas esperando un
gesto por parte de ella, pues no sabía por qué ese
jueves tenía el presentimiento de que le daría alguna
buena sorpresa.

Durante esa semana Estrella no se había visto con
Ángel; los últimos acontecimientos mundiales habían
acaparado todos los minutos de su amado. Como
director adjunto de La Verdad no podía distraerse;
era un momento crítico, ya que estaba a punto de
comenzar una guerra lejana y los medios de información debían estar al pie del cañón. Tendría que
organizar y decidir cuál sería el equipo informativo
que cubriría el conflicto y cómo distribuirían las noticias. Necesitaba lucidez y concentración. Aunque
Ángel la llamaba cada vez que podía, Estrella echaba
de menos tenerlo cerca; se había ido apegando fuertemente a él, y ahora necesitaba de su presencia para
no sentir aquel pavor a soledad que, como nube de
mosquitos, la perseguía a sol y sombra, y por el cual
un día había decidido ir a ver a Fiamma.

En la última cita con su sicóloga, le había comentado que ese pánico espantoso le había crecido; le
había dicho que no soportaba pensar que un día
Ángel no hiciera parte de su vida. Notaba que cuanto
más lo quería, más angustia sentía. Era como si ese
amor la completara, y sin él fuera un rompecabezas
sin fichas. Le daba miedo expresarle su miedo, pues
pensaba que demostrándole tanta necesidad podría

ahuyentarlo, y eso era lo último que quería. Mientras se lo decía, le había parecido que su sicóloga estaba como ausente; que no la oía. En las últimas citas la notaba muy cambiada; eso sí, mucho más alegre y bonita. Con las mejillas siempre subidas de tono y los ojos de un verde muy intenso. Sentía como si hubiese dejado de tener aquel interés primero por su relación con *Ángel*. Ya casi no le daba consejos, sino que se limitaba a escucharle las historias, sin intervenir; de vez en cuando abría la boca para pronunciar alguna sentencia que confirmaba un sentir, y de nuevo volvía a sumergirse en ese silencio ido. Estrella no se atrevió a preguntarle a qué se debía ese cambio, pues aunque le tenía confianza, Fiamma no dejaba de ser su terapeuta y ella la paciente; sin embargo, estaba convencida de que algo le ocurría. Incluso cuando le daba una lección parecía como si se la estuviera dando a ella misma. Recordaba las palabras que Fiamma le había dicho cuando ella le había manifestado todos sus temores: que se dedicara a vivir el presente intensamente, que era lo único que tenía claro, y que dejara que la vida le fuera mostrando el porvenir; pero por más que se repetía esto, su temor a perder a *Ángel* no paraba de crecer. Fiamma también le había dicho que tuviera cuidado, porque el deseo se volvía peligroso, cuando se convertía en un fin. Pero Estrella no podía dejar de desear. Deseaba estar con *Ángel* las veinticuatro horas del día. Deseaba que le hiciera el amor a todas horas. Deseaba que la llamara a cada instante. Deseaba que los deseos de él fueran los suyos. Deseaba que deseara divorciarse, para vivir con ella. Deseaba que la encontrara deseable. Deseaba que durmiera con ella. Deseaba que se despertara con ella y deseaba que, por arte de magia, él convirtiera todos sus deseos en vivas realidades...

Pero *Ángel*, a pesar de llevar tiempo con Estrella, seguía sin revelarle su verdadera identidad. En todo lo que se refería a su vida privada había trazado una clara línea divisoria que, sin decirlo, la dejaba fuera. Había colocado una pesada y hermética puerta de hierro con múltiples cerrojos, imposible de atravesar por ella, quien por temor a perderle nunca había tratado de investigar qué pasaba allí, ni siquiera asomando un ojo por alguna de sus cerraduras. Muchas veces Estrella se distraía tratando de imaginar cómo debía ser la esposa de su *Ángel*. Fantaseaba imaginándola gorda, peluda, bajita y bigotuda; sin pizca de gracia, de conversación aburrida, muy rezandera y recatada. Le costaba imaginarlo metido en la cama con ella. En verdad, le dolía cada vez más compartirlo con alguien. Lo único que tenía claro de la otra vida de su amante, a la que ella no tenía acceso, era que no había tenido hijos. De eso se había enterado una tarde, cuando retozaban desnudos en su ático; mientras escuchaban el llanto del bebé de la vecina de al lado, Estrella le confesó que por eso ella nunca había tenido hijos: no soportaba ni las rabietas ni los berreos de los niños; aprovechando esta ocasión, le había lanzado a quemarropa la pregunta de si tenía hijos, a la que *Ángel* rápidamente, había contestado que no. Ese NO tan rotundo le había quedado a Estrella retumbando en la mente, dándole una luz de esperanza. Le había regalado una simplista reflexión: si no había tenido hijos con su esposa, sería más fácil para él dejarla. Estrella no sabía que, muchas veces, existían lazos más fuertes que los generados por un hijo; compromisos o sueños prometidos, imposibles de incumplir; recuerdos y tristezas que podían encadenar más que el amor; excesos o carencias que se trasvasaban de marido a mujer y viceversa y, en el momento de una separación, llegaban a pesar más que el desamor. Juzgaba la relación de las demás parejas en base a su propia experiencia, y su experiencia había sido abandonar un dolor para irse desbocada en busca de una felicidad desconocida. Ahora, aunque sufría feliz, estaba equivocadamente convencida que el amor la redimiría de todas sus carencias, y de forma inconsciente veía a *Ángel* como a un alado salvador, el que le curaría de sus soledades e infortunios, quien la rescataría de esa soledad crónica.

Seguía yendo donde Fiamma, más por chupar de ella sus consejos y por tener a quien contarle sus alegrías que por creer que ésta la llegaría a curar de nada. Como necesitaba de una amiga desinteresada, prefería pagar lo que fuera a tener que sufrir cualquier decepción. Desde muy joven el medio siempre le había sido hostil; no podía decir que en toda su vida hubiese tenido alguien en quien confiar, pues todos aquellos en los que había depositado sus desahogos habían terminado defraudándola. Estrella había sido una niña herida en su infancia, una joven lesionada en su adolescencia y una mujer violada en su temprana madurez; todos esos golpes pasados la habían dejado incompleta y hambrienta; por eso sentía esa desproporcionada necesidad de llenarse desde fuera; por eso se moría por ser querida por quien fuera y como fuera. Necesitaba subsistir.

Antes de terminar la entrevista, su psicóloga se había extendido en darle explicaciones, haciéndole reflexionar sobre las dependencias; recalcándole lo malo que llegaba a ser el apego para su crecimiento personal; haciéndole ver que éste era la pérdida de la libertad, el encadenamiento al objeto o persona, la inmovilización e imposibilidad de avance, en definitiva, la parálisis del alma. Después de hablarle de las ataduras que traían consigo tantas "necesidades de", Estrella se había despedido de Fiamma, y al abandonar la consulta y girar la esquina se había vuelto a poner encima, como chal bordado, su apego a *Ángel*. Estaba tan enamorada que no era capaz de ver ni entender, ni escuchar objetivamente nada de lo que había oído.

Contó, como siempre lo hacía, los minutos y segundos que la separaban de su anhelada cita. Ese jueves, cuando entró a la capilla de Los Ángeles Custodios se recreó jubilosa en la expectación que siempre acompañaba sus solitarias esperas. Recordó las manos hambrientas de *Ángel* tocándola por encima de su ropa, cuando ese recinto era el lugar sagrado de sus primeros encuentros, y sonrió. Levantó la mirada y notó la ausencia de san Antonio; entonces empezó a buscarlo con los ojos por todos los rincones, ya que ese día quería rezarle; de repente, escuchó una voz varonil con tono de grabación que salía de alguna parte, recomendando para peticiones a santa Rita, diciendo que esa semana cualquier oración a esta santa resultaba efectivísima. Estrella quería pedirle por un futuro divorcio de *Ángel* y una pronta unión con ella. Cuando se disponía a empezar la plegaría, *Ángel* la sorprendió por la cintura, abrazándola con suavidad; la echaba mucho de menos; necesitaba hablar con ella, le dijo. El cura, que aguardaba atento desde el confesionario los retozos de la pareja, se fue desencantando lentamente al ver que la cosa se iba limitando a un cariñoso beso carente de calenturas, y a una conversación murmurada de la que él no llegaba a enterarse. Decepcionado de cómo habían cambiado los encuentros, emprendió su furia desenfrenada, esta vez contra la santa; fue urdiendo ingenuas maldades, mientras Estrella escuchaba anhelante a *Ángel*, quien entre monosílabos y palabras casi ininteligibles trataba de explicarle que la situación en su casa cada día era más difícil, no porque hubiesen grandes altercados, sino porque soportaba menos estar sin ella; que vivía sin vivir en él y que la deseaba ardientemente, pero que los temas internacionales le obligaban a postergar su decisión. Era la primera vez que Estrella le escuchaba hablar de ello. Comenzaba a dibujarse en el horizonte una posibilidad de futuro con él. Estaban a punto de llegar las navidades y, aunque ella nunca le había pedido nada, comenzar el año nuevo asida de su brazo podía convertirse en el mejor regalo que había tenido nunca. Por su cabeza desfilaron expectativas de todos los colores. Planes fastuosos de viajes leídos en revistas y guías. Imaginaba a *Ángel* y a ella sentados sobre algún camello en una noche estrellada cruzando las dunas del desierto; o encaramados a un precioso elefante pintado de flores, atravesando algún río en plena India; o sobrevolando un amanecer africano montados en globo, viendo el despertar de las manadas desde el cielo. Pensaba y pensaba, y entre más pensaba más ilusiones tejía y más expectativas iba colocando alrededor de *Ángel*. Cuando él acabó de exponerle lo que pensaba hacer, Estrella ya llevaba en su mente muchas leguas de vida vividas con él. Estaba haciendo todo lo contrario de lo que le había recomendado su sicóloga, pero eso era lo de menos, ya que *Ángel* había terminado euforizado con la vitalidad de ella, fantaseando felicidades por vivir al lado de una mujer divertida, profunda, sensible, que como por arte de magia le provocaba continuas floraciones de su yo más auténtico.

Por primera vez Estrella tuvo ganas de tener montañas de amigos, para revelarles ese amor que la hacía sentir tan plena y cubría profuso todos sus anhelos. Quería compartir su dicha con todos. Necesitaba confirmar su elección en los demás. Era esa urgencia adolescente de verse aprobada pluralmente por el prójimo; esa incompletud del ser, a la que se había referido Fiamma cuando le había hablado de la baja autoestima, y del buscar quererse a ella misma a través de los demás.

Así llegó el viernes y en la Calle de las Angustias se preparaba el encuentro de cuatro alegrías. La de David que organizaba con esmero una crepuscular tarde de fangos, esculturas, ternuras y amor arropado por las zalamerías de Passionata, que canturreaba alborozada festejando lo que vendría. La de Estrella, que acababa de llegar del mercado de los Pecados-Pescados con mariscos frescos, para elaborar una romántica y profusa cena marina de velas, copas y camas. La de Fiamma, que había colgado la bata de psicóloga y se estaba dando un baño de sales y aceites aromáticos antes de volverse a hundir en la bella ignorancia de alumna de amasares de amores y barros. Y la de *Ángel*, aligerando el paso para pasar por casa, tomar una ducha rápida y volar a comprar dos docenas de rosas y champagne francés en la vinería de la esquina de la Vía Gloriosa.

Cuando Fiamma se estaba acabando de vestir escuchó a Martín abriendo la puerta. Hacía algunos días que no le veía; la preparación del cubrimiento informativo de la guerra le hacía madrugar mucho y llegar por la noche a horas invisibles. Le miró sin verle, mientras se cruzaban un volátil saludo que ninguno de los dos recogió. Fiamma arrastraba una culpabilidad apartante y se escudaba en los excesos de trabajo de su marido para no fomentar diálogos que podrían delatarla. Acabó de ponerse el sujetador, sintiendo vergüenza de que Martín la viera en ropa interior. Hacía tiempo que ninguno de los dos se reclamaba ninguna caricia, y aunque eran perfectamente conscientes de ello, no les convenía abordar el tema por temor a una posible reactivación de algo que de ningún modo deseaban. Martín rozó con la manga de su camisa el cuerpo de Fiamma y ni la miró.

Se desnudó y metió rápidamente en el baño, evitando también que Fiamma al verle en paños menores tuviera algún arrebatador pensamiento pasional. La tensa semidesnudez y el silencio calcáreo acabaron por desunir aún más sus desuniones y acelerar sus respectivas huidas, desconociendo que ambos se dirigirían a la misma calle a buscar felicidades que, juntos, habían sido incapaces de crear.

Fiamma se fue arreglando en lenta y mentirosa calma, maquillándose y desmaquillándose, mientras el rabillo de su ojo controlaba los movimientos de su marido; necesitaba que se fuera primero que ella para no tener que darle explicaciones de adónde irían a parar sus ganas esa noche. Por su parte Martín, que todo lo había resuelto con los temas de su trabajo, deseaba que Fiamma no estuviera en la habitación para, por lo menos, poder arreglarse tranquilo; temía que de repente su mujer se sacara de la manga alguna salida o montara algún plan de última hora. Miró con inquietud el reloj; tendría que irse inmediatamente o corría el riesgo de que le cerraran la floristería. Escapó como ventarrón, dejando en su huida una estela de perfume a naranja recién cortada que la nariz de Fiamma absorbió con avidez; cuando estaba a punto de cerrar la puerta le gritó que llegaría tarde.

Bajó las escaleras de tres en tres, y en menos de lo que pensaba llegó al puesto de Cristino Flores, donde sabía que encontraría aquellas rosas rojas de pétalos gruesos que tanto le gustaban a Estrella. Se entretuvo eligiendo las más bellas y esperó a que las manos del amanerado dueño crearan un delicadísimo ramo, que resultó bastante aparatoso. Mientras pagaba, ramo en mano, se le ocurrió una idea romántica: al final de la noche arrancaría sus pétalos y los dejaría caer en cascadas sobre el cuerpo desnudo de Estrella; llevaba cinco días de deseos retenidos. Se tragó a zancadas dos manzanas, y en la vinería de Cesáreo se llevó una botella de Veuve Clicquot. Con las manos cargadas y el salitre oxidado del ambiente que se le iba pegando en los cabellos, llegó empapado de ansiedad a la Calle de las Angustias.

Fiamma, que había salido cinco minutos después que Martín, decidió que iría a la Calle de las Angustias caminando; necesitaba recibir el aire marino de la noche; bordearía las viejas murallas. Mientras sus pies la llevaban, sus pensamientos se perdían entre su realidad cansada y esa especie de felicidad ingrávida que no podía situar en un contexto externo, pero que su interior vivía con total plenitud. Sus cavilaciones se iban introduciendo fantasiosas en las grutas ignoradas de su inconsciente. ¿Sería posible que este maravilloso estado de dicha se diera infinitamente, que esta llenura de amor nunca se vaciara? Al mismo tiempo que su corazón la interrogaba, su razón la recriminaba. ¿En qué enredo se había metido? Ella no estaba hecha para vivir una doble vida; no servía para relaciones clandestinas; no era como Máxima Pureza Casado, aquella antigua amiga de universidad que seguía manteniendo en secreto desde hacía veinte años una oscura relación con un siquiatra que le doblaba en edad, habiéndose casado y tenido hijos incluso con él, sin que su marido se hubiera dado cuenta. Fiamma no sabía cómo actuar en este caso, porque nunca había tenido ningún affaire; además, no sabía si lo que empezaba a sentir por David era eso: un affaire o, simplemente, era puro amor... Y entonces, ¿qué era lo que había sentido por Martín durante años?... ¿Qué era lo que les seguía manteniendo unidos? No paraba de formularse preguntas. Lo que sentía por su marido, en ese momento se le había convertido en una gran incógnita. ¿Qué le unía a él?... ¿La costumbre?... ¿El piso?... ¿Lo vivido?... ¿El temor al fracaso?... Un sentimiento maternal y protector sacudió la mente de Fiamma. Si, tal vez siempre lo había sentido como a un hijo desvalido al que debía proteger... De pronto, el recuerdo umbrío del marido se fue quedando difuso, pues delante de él otro recuerdo se impuso altivo. La evocación del pecho firme de David restregando su cuerpo terminó por desvanecer sus sombras y culpas. Cuando faltaban dos manzanas para llegar a la casa violeta, el alma de Fiamma empezó a recordar las horas plácidas y frenéticas vividas junto al escultor, chorreantes de vida como tierra empapada. Con David había aprendido a mezclar la ilusión del alma con el placer del cuerpo; se había dado cuenta que la división alma-cuerpo, aquella que tanto había estudiado y en la que tanto había creído, no existía. Había tomado conciencia que el amor, como el ser, era un todo que abarcaba anhelos, realidades, plenitudes, vacíos, alegrías, tristezas, carcajadas, llantos, gritos y silencios. Sin darse cuenta, ella y David habían ido estimulando en cada cita todos sus sentidos. Un día, recreaban sus ojos descubriendo luces y sombras. Otro, provocaban lujurias de olores entre aceites, almizcles, esencias e inciensos; se olfateaban los cuerpos coronando éxtasis imposibles de describir. A veces, se lamían como gatos hasta saborearse el intelecto y las zonas erróneas. Habían ido cayendo en un amor tántrico, repleto de sensualidad, inteligencia y erotismo. Una mezcolanza de sentires infinitos a los que ella no podía renunciar.

Cuando le faltaban pocos metros para llegar, casi cae desmayada de la impresión. La figura de su marido la aterrizó de un bofetón al suelo; parecía dirigirse a su encuentro, cargado con un ramo de rosas y un paquete que contenía algún licor. Tuvo que reponerse de la impresión que le había dejado su rostro sin sangre. Se había quedado blanca, lívida. ¿Qué estaba haciendo Martín Amador por allí?… ¿Y ella?… ¿Qué le diría?… ¿Adónde se dirigía tan acicalada?… ¿Qué estaba pasando?… ¿Por qué las rosas?

Mientras Fiamma trataba de quitarse de encima las preguntas que se le habían pegado como sanguijuelas a su miedo y decidía si poner cara de "paseante plácida" o de "sicóloga circunspecta", Martín no daba crédito a lo que veían sus ojos. No era una alucinación. Fiamma dei Fiori se dirigía a él. ¿Se habría enterado de algo?… ¿Le vendría siguiendo?… ¿Qué hacía su mujer en la Calle de las Angustias un viernes por la noche?… Reflexionó rápido. Ella tampoco le había dicho si se quedaría en casa; simplemente, él lo había dado por supuesto… ¿Y ahora qué pasaría?…

Pero del mismo modo que las preguntas se le amontonaban amenazando aplastarle, otra cantidad de frases corrieron a auxiliarle.

Cuando la tuvo delante, lo último que quería decir le salió de primero. Se fue metiendo en el hueco de donde quería salir. Le explicó que "quería darle una sorpresa, pues llevaban muchos días sin verse", –mientras lo decía por fuera, por dentro se iba recriminando diciéndose a sí mismo que qué locura estaba diciendo–… pero continuaba… "que le iba a dar esas flores, y a sugerirle que se quedaran en casa y cenaran juntos"… –por dentro se decía: pero ¿qué le estás diciendo?–… pero continuaba… "que había comprado champagne para acompañar la cena"… –por dentro se decía: no digas más–… pero continuaba…" y que le sabía muy mal que le hubiera descubierto la sorpresa"… –eso sí era verdad, pero no de la manera que ella creía–… Le fue entregando a regañadientes el ramo, que ella recibió ofreciendo su boca fría, todavía matada por el susto. Por más que pidió a sus labios que sonrieran, los dientes se negaron a engalanar su cara. Tuvo que recurrir a las palabras de cortesía que su madre le había enseñado cuando niña: "No hacía falta… Qué bonitas… Por qué te pusiste… Muchas gracias… Huelen muy bien…".

Emprendieron apáticos el regreso a casa, arrastrando a desgana sus mutuas tristezas empantanadas de decepción y soledad, que empezaron a rodar por la Calle de las Angustias como ríos achocolatados y se colaron por las puertas del No. 57 y del No. 84, inundando de desencuentro y frustración todos los rincones.

Al llegar al portal de su piso, desencajados de pena y con el corazón como pasa de corinto, Fiamma y Martín se tragaron sus ganas, que pasaron raspándoles el alma. Fiamma colocó las aturdidas rosas, que decidieron marchitarse en el jarrón; Martín metió la botella de champagne en la nevera. Cuando la cena estuvo lista, se pusieron uno delante del otro y terminaron haciendo, entre conversaciones pesarosas, una gran noche de retazos pardos.

8. LA RENUNCIACIÓN

Desgraciados aquellos
cuyo corazón no sabe amar
y que no han podido conocer
la dulzura del llanto.

VOLTAIRE

Fiamma se duchaba cuando descubrió en una esquina de la pared una mancha negra. Lo que a simple vista parecía una sombra en realidad era una enorme mariposa negra. Un escalofrío la recorrió de pies a cabeza y la dejó con los pelos de punta. No veía este tipo de insectos desde que era pequeña. Recordaba que su madre les tenía pavor, pues estaba convencida de que eran emisarios de malos augurios. Fiamma, que había recibido en herencia ese legado pavórico, salió disparada de la ducha completamente enjabonada, y escurriendo champú por los ojos empezó a dar tumbos tratando afanosamente de espantarla, pero la mariposa se agarraba a la pared como si hiciera parte de ella; entonces empezó a gritar aterrorizada, pero los gritos no fueron socorridos por nadie, ya que Martín había madrugado como siempre para escapar de su vista. Salió del baño desnuda y, como pudo, llegó a la cocina, buscando la escoba para tratar de sacar de su

casa el oscuro bicho volador. Después de una frené-
tica pelea a escobazo limpio, la pobre mariposa cayó
rendida al suelo. Cuando pudo verla de cerca, inerte
y derrotada, Fiamma se entristeció por ella; ni era tan
negra como la había visto, ni tan fea como parecía.
La muerte la había hecho bella; la levantó por las alas
para arrojarla a la terraza y todo el polvillo ceniciento
quedó en sus dedos, tiznándolos de negro; trató de
limpiarlos, pero entre más se los restregaba más se
repintaban. Sus manos tuvieron que llevar durante
muchos días el obligado luto de la mariposa; había
sido la única venganza a la que había tenido derecho
el pobre insecto.

Durante los días que siguieron al encuentro de Martín en la Calle de las Angustias, Fiamma había evitado
encontrarse con David, pues cuando le veía quedaba
enferma de amor y todo su mundo se trastornaba,
resultando, después de estar con él, totalmente inha-
bilitada para practicar su oficio. Un día había pasado
por la consulta de su supervisor, pero cuando lo tuvo
delante no fue capaz de sincerarse y enfrentar el hecho
de que su vida afectiva estaba interfiriendo en el ejercicio de su carrera. Hacía ya tiempo que le aburrían las
historias de sus pacientes; se le salían bostezos, miradas al reloj, algún cabeceo o intervención nefasta; su
mente vagabundeaba entre sus sentidos más sentidos;
en el fondo, cada tarde quería correr al encuentro de
su escultor, pero se castigaba evitándolo. Estaba muy
preocupada de que Martín se llegara a dar cuenta que
le estaba siendo infiel, ya que por nada del mundo
hubiera querido hacerle daño; prefería hacérselo a

ella misma antes que a él. No soportaba ver sufrir a la gente, y menos a alguien querido. Así que, como siempre, eligió su dolor al dolor ajeno.

David, que se moría por verla pero que de ninguna manera quería presionarla, se había volcado en acabar la espectacular escultura que había empezado con ella, y aunque religiosamente le enviaba cada mañana algún mensaje con Passionata, aprovechaba sus pausas de descanso para inundarle de amor con más mensajes, envidiando a la roja paloma. En cada uno de ellos escribía la hora, para que ella supiera que en todos sus instantes la tenía consigo.

Fiamma ya no sabía donde esconder tanto papelito. Adoraba el picoteo mensajero en su ventana porque sabía que siempre le traía palabras enroscadas, de coloradas vehemencias; eran sus dosificadas alegrías.

Estaba sumergida en un profundo pozo de confusiones. Afrontar ante la vida su fracaso, o ante los ojos de Martín, iba a ser el caso más difícil al que se había enfrentado en su vida. Cuando pensaba que perdería a Martín, le dolía el alma. Pero cuando pensaba en dejar a David, el dolor era igual o más agudo. Quedarse con los dos era imposible, pues tarde o temprano todo quedaría al descubierto. ¿Sería posible que les amara a ambos?

Había concluido que el día que había conocido a David se le había partido en dos su corazón.

Encargó a los días la dura tarea de enderezar sus emociones, pero cuando se dio cuenta de que en lugar de encauzarlas las estaba torciendo aún más, decidió actuar.

Lo había resuelto aquella mañana, mientras se dirigía a la consulta, desafiando unos vientos arrebatados que casi la levantaron del suelo. Al llegar, el pelo se le había enredado como en aquellos jóvenes días de revolcado amor vividos con Martín en la playa. Se puso la bata, y buscando un informe en los cajones del escritorio, por entre los papeles removidos, una vieja caracola "saltó", destapando con su presencia recuerdos viejos de su noviazgo con Martín. Había olvidado que llevaba todos los años escondida en esa oscuridad de pino seco. La cogió, y de ella empezaron a salir palabras dichas y besos dados, risas y momentos de alegría; aquellas ingenuas certezas de los veinte años, de creer estar frente al amor completo que llenaría de gozo cada día de su vida. Quiso espantar el recuerdo, pero en lugar de ello se puso la caracola en la oreja. El sonido de las olas le llegó nítido, lleno de espumas y ondas. Logró cristalizar en su memoria el reflejo verde de un pez multiplicado, capturado por la cámara de Martín cuando se dedicaba a cazar con ella cuanta belleza le impresionaba. Ella le había llamado el "cazador de almas", pues en cada fotografía que hacía, Fiamma siempre había encontrado el alma viva del objeto retratado. Martín era capaz de encontrar en un viejo amarre de barca el dolor más profundo de sus nudos. Sabía que en lo inerte también se hallaba aprisionada la vida. Con Fiamma habían descubierto en una vieja librería un oscuro libro japonés que hablaba sobre el wabi-sabi: la quinta esencia del oscurantismo estético; una especie de filosofía visual que entrañaba en lo más hondo la subjetividad de la belleza; habían dedicado largas tardes a descubrir en las cosas menos llamativas ese espíritu austero que se escondía tímido entre desgastes y soledades. Durante años Fiamma se había dedicado a fotografiar los cielos, buscando también allí encontrar el alma de las formas. Y lo había logrado. Con las cientos de fotos disparadas a ese cosmos azul había creado "el gran álbum de los cielos", que contenía tal diversidad de figuras que nadie creía, salvo Martín, que todo ello se había visto alguna vez en el firmamento. ¡Eso les había hecho tan felices! Ahora, con la caracola en la mano, Fiamma se preguntaba dónde habían quedado esos pasatiempos tan pausados y profundos, tan ricos en experiencias. La evocación de su pasado le activaba aquel amor que había sentido por Martín, y ese fuego, a su vez, terminaba avivando las llamas de su sentir presente: su amor por David.

El timbre de la secretaria anunciando la llegada de una cliente la devolvió a su actividad. Dejó la caracola sobre la mesa y continuó buscando el informe. Finalmente hizo pasar a su paciente. Era Ilusión Oloroso, una cuarentona que padecía de pesimismo crónico. Aunque el día estuviese bañado por un sol ardiente, ella siempre decía que iba a llover. Si por algún motivo reía, un minuto después aseguraba que esa risa le traería muchas lágrimas. Si algo le salía bien, ella ya esperaba el castigo. Si alguien le alababa en algo, las alabanzas le traerían el maleficio. Todo lo que la rodeaba estaba cargado de malos pronósticos. Ahora que efectivamente soplaba un viento destemplado y gélido, nada usual en Garmendia del Viento, Ilusión

Oloroso estaba más pesimista que nunca. No le cabían más amuletos en su cuello ni estampitas de santos en su bolso. Llevaba tal revuelto de talismanes que un día iba a caer fulminada por tantas fuerzas ocultas; entre las patas de conejo, los colmillos de iguanas, los huesos horquetados de gallina rubia, los pelos de elefante, los cuarzos y las piedras, Ilusión empezaba a andar gibosa y cansada; claro que ella lo atribuía al peso de sus infortunios, pues si algo llevaba a sus espaldas era sus toneladas de dolores inventados, muchos de los cuales empezaban a ser realidades palpables, ya que nada llega a atraer más al fracaso que el sentirse fracasado. Fiamma le había llegado a estimular sus miedos, tratando de que los transformara en fuerza; estaba convencida que nunca se llegaba a ser valiente si, antes, no se había tenido miedo. Creía firmemente que un temor bien administrado era generador de grandes acciones. Había practicado con Ilusión durante semanas la acumulación de miedo, estimulando el alumbramiento del valor sin resultados.

Ese día, a Ilusión Oloroso le habían pasado, según ella, cosas terribles: se le había derramado la sal en el desayuno; le había aparecido roto el espejo de la cajita de maquillaje; se le había cruzado un gato negro en el camino; había pasado por debajo de una escalera y, para acabar de rematar, había abierto un paraguas dentro de su casa; estaban todos los ingredientes servidos para que se diera una gran desgracia. En verdad, lo que tenía a Ilusión Oloroso hundida en su pesimismo y tristeza era que la gran catástrofe que llevaba vaticinando desde hacía tanto tiempo se estaba demorando en llegar; en el fondo, quería afirmar ante todos la razón que tenía cuando pronosticaba adversidades.

Ante tanto presagio narrado, Fiamma terminó contagiándose de temor y acabó dándole la razón a su paciente: algo malo iba a suceder. Se miró sus dedos, que todavía vestían el riguroso luto de la mariposa y se quedó pensativa, recordando aterrorizada la dolorosa decisión que había tomado.

Tuvo un día largo y tendido, silbado de vientos encontrados y escalofríos. Cuando quiso abrir la ventana de su consulta para dejar entrar a Passionata que llegaba con otro mensaje, un soplo iracundo hizo desaparecer a la paloma de su vista. Esos días no estaba el viento para mensajerías. Salió arremolinada entre sus malestares sin poder ordenar su cabeza. Los recuerdos de Martín habían actuado como cuchara removedora de dolores; no ver a David le producía un daño casi físico. Se había impuesto un sufrimiento estoico que le estaba siendo muy difícil de sobrellevar. Fuera, la esperaba una tristeza alegre.

Las calles de Garmendia del Viento estaban ataviadas con millares de lucecitas, faroles y velas. Era la noche del alumbrado a la virgen, y la gente, a pesar del extraño viento glacial, se había volcado a las calles de la ciudad para cubrir de cera y alegría andenes y balcones. Esa euforia decembrina, en la que Fiamma se sentía totalmente extraña, le hacía vivir más profundamente su tristeza, pues ya se sabe que la felicidad ajena, cuando se está triste, en lugar de regalar contagios de alegría castiga, acentuando como un torturador malvado la desdicha. Entre tanto júbilo, Fiamma terminó por dejarse ir en suave llanto; mientras le resbalaban lágrimas, las risotadas como pañuelos de unos mulatitos le fueron enjugando sus penas; esos niños iban disfrazados de diablos, esqueletos y viudas, y cargaban con un "Añoviejo", un muñeco de tela que habían preparado entre todos; lo habían llenado de pólvora hasta las orejas y vestido con ropas gastadas, sombrero y cigarro; lo quemarían en una gran fogata, como era tradición, el treinta y uno de diciembre a las doce de la noche. Al son de maracas y guacharacas los chiquillos fueron rodeando a Fiamma hasta sitiarla por completo; entonces, una niña vestida de viuda negra se le acercó y con la mano del "Añoviejo" empezó a secarle su llanto mudo. Fiamma le sonrió al tiempo que extraía de su bolso un billete, que terminó depositando en la sacudida gorra que reclamaba, con su tintineo de monedas, más dinerito. Así se liberó del asedio de "la muerte", pues a ese día gris sólo le había faltado eso.

Fiamma, que en su infancia había disfrutado con locura del olor de los abetos, la pólvora, los muñecos nuevos, los buñuelos, la natilla, el bienmesabe, el musgo fresco, en definitiva, del olor a navidad, por primera vez no supo qué hacer con tanto encantamiento desencantado. Los villancicos inundaban las calles; el "tutaina, tuturumaina" no paraba de sonar en la megafonía de las tiendas, mezclándose con las ofertas anunciadas por las campanillas de los papá noeles y los gritos de "mazorca asaaaa" de los puestos callejeros; esa noche, todo lo que veía y escuchaba Fiamma abofeteaba de recuerdos su corazón;

finalmente, tanta marabunta acabó por descorchar y derramar sus nostálgicas reminiscencias infantiles, que vinieron a impregnar de sabor añejo sus adultas penas recién horneadas.

Cuando estaba alcanzando las escaleras de su casa una nube de suspiros corrió el riesgo de ahogarla. No sabía si suspiraba por su niñez, por la ausencia de su madre, por su situación con Martín o por su alejamiento de David. Sus sollozos habían provocado esa compulsión de inhalaciones y exhalaciones pesarosas. Al llegar a la alcoba, un ensordecedor ruido apagó sus quejidos; en el alfeizar de la ventana cientos de mariposas blancas azotaban con violencia el vidrio tratando de entrar. En realidad, eran mensajes enviados por David, que con la fuerza del viento chocaban contra el cristal produciendo ese infernal zumbido. Fiamma se acercó a la ventana, y al abrirla la fuerza de los mensajes la lanzó violentamente al suelo, quedando sepultada entre papeles escritos. En ellos, David le rogaba de todas las formas posibles que fuera a verle. No podía aguantar ese castigo; necesitaba arrancarle la ropa a besos; necesitaba amarla; tenían que hablar de muchas cosas. No entendía ese prolongadísimo silencio; estaba celoso hasta del aire que ella respiraba; le pedía que le dijera en qué había fallado, que le hiciera partícipe de sus pensamientos; le pedía que por favor no le castigara más. David Piedra estaba siendo víctima del contraviento helado que soplaba. Padecía lo que se llamaba un "arrebato urgente de amor". Sumergida entre tantos mensajes y con todo el cansancio de su triste día, Fiamma acabó gimiendo desconsolada. Nadie podía verla, y ella había decidido dar rienda suelta a su dolor. Sollozando, recogió los papeles y los escondió rápidamente como pudo. Estaba helada. Las temperaturas bajaban en picado. Fue hasta el balcón y trató de poner unas bombillas para adornar en algo su tristeza, pero cuando acababa de colocarlas el viento arrancó de cuajo todo su trabajo. Vencida, terminó sentada en la hamaca donde tantos ires y venires de su vida se habían bamboleado. Así se la encontró su marido, hundida entre sus pesadumbres e incertidumbres.

Al verla, Martín sintió pena por ella, y aunque dudó en consolarla por temor a ser mal interpretado, se le acercó. Esos días él también había decidido espaciar sus visitas a su amante. Después de su inoportuno encuentro con Fiamma en la Calle de las Angustias, no quería generar ninguna sospecha. En verdad, aún no tenía claro si quería abandonar a Fiamma por Estrella. Tenía un sentimiento extraño por su mujer, una especie de afecto paternalista que se activaba inmediatamente cuando la veía desvalida, y ese era uno de esos momentos. Se sentó a su lado preguntándole cómo le iba. Hacía meses que no sabía de su vida; ella le agradeció el gesto y le mintió, diciendo que le dolía la cabeza y que no se sentía bien, atribuyendo su malestar a una regla descompensada y larga que no acababa de irse. Le dijo que los problemas de sus pacientes la tenían agotada y que necesitaba descansar. Martín le propuso que se fuera de viaje; tal vez le convenía una pequeña temporada de relax; pero ella rechazó la idea, puntualizando que no podía descuidar a sus clientas.

Interiormente, Fiamma sabía que lo que necesitaba en esos momentos era aclarar su situación emocional y enfrentarse a la decisión tomada. Necesitaba tomar fuerzas para asumir lo que vendría. Tristemente, dio por zanjada la conversación, aduciendo un cansancio y sueño repentinos. Era el primer diciembre que Fiamma no salía a maravillarse de la iluminación de las viejas callejuelas de Garmendia del Viento; de esa impresionante fiesta visual que daba inicio a las fiestas navideñas. A partir de ese día las casas empezaban a preparar sus pesebres y belenes, las novenas al niño Dios y los bailes en casetas. Las ciudades de hierro, ferias y circos, se instalaban en pueblos y ciudades, llenando de colorido y alegría los ojos y sueños de los más pequeños. Las orquestas más afamadas afinaban sus instrumentos para ofrecer los mejores conciertos mientras los pies de los jóvenes apuraban el paso de última moda. Todo se preparaba para recibir el año nuevo y despedir el viejo. Por las emisoras garmendias volvían a sonar aquellas inmortales canciones decembrinas, como la del " yo no olvido al año viejo, porque me ha dejao cosas muy buenas… me dejó una chiva, una burra negra…" Pero esa noche, sin saberlo, Fiamma no se había perdido de nada, ya que el viento se peleó a más no poder con cuanta vela quiso encenderse. No hubo una sola cera que pudiera derretirse con el calor de su llama. Terminaron escarchadas entre el viento las ganas de homenajear a la virgen. Los meteorólogos no podían situar el origen de tanta descompensación térmica. Algunos lo atribuían a un frente polar despistado que había ido a parar a

la franja ecuatorial caribeña. No podían pronosticar
nada porque, en las fotografías que les llegaban por
satélite, este fenómeno no se manifestaba. Todos los
síntomas apuntaban a que podría estarse formando
sobre la ciudad un cumulonimbo gigante, esa especie
de nube arquetipo de las más inmisericordes inestabilidades; lo raro era que no se apreciaba en ninguna
de las imágenes analizadas. Ese diciembre no había
podido inaugurarse la Navidad por culpa del tiempo.
Muchos años después se recordaría como el único
diciembre inexistente, en cuanto a festejos y jolgorios,
en Garmendia del Viento.

Mientras Fiamma trataba de conciliar el sueño,
Martín se había quedado en la sala fumando su pipa
favorita, la Stanwell que Fiamma le había regalado
en su viaje a Londres. Iba produciendo compulsivamente bocanadas, tratando de visualizar en ellas
sus sentires. Mientras las cabriolas de humo subían
le dio por crear en su cabeza dos columnas imaginarias: una, encabezada con el nombre de Fiamma,
y otra, con el de Estrella; en ese ejercicio trataría de
escribir mentalmente los sentimientos que le unían
a cada una. La columna de Estrella se fue llenando
rápidamente, mientras que la de Fiamma permanecía casi vacía con un agradecimiento difuso y lineal,
un sentimiento de responsabilidad y compromiso
engrandecido y un pasado casi olvidado… o poco
recordado. La pasión, la alegría, el erotismo, la com-
plicidad, la amistad, la empatía, el futuro, todo había
ido a parar debajo del nombre de Estrella. Si todo
estaba tan claro, pensó Martín, ¿cómo era que no

se decidía de una vez y se dejaba de tanta mentira? Empezó a buscar culpables. Su férrea educación podría ser una de las causas que le mantuvieran retenido junto a Fiamma; aquellos principios inculcados por su padre, o por los curas; estaba seguro que esa extraña y molesta cobardía no provenía de él.

Esa noche, en el lado derecho de la cama, Fiamma con los ojos cerrados y sin poder dormir, anhelaba estar en la Calle de las Angustias, envuelta en los brazos de David. Esa noche, al lado izquierdo de la misma cama, Martín, con los ojos cerrados y sin poder dormir, anhelaba estar en la Calle de las Angustias, durmiendo pegado al cuerpo de Estrella. Ni siquiera la necesidad de calentarse los pies en esa helada noche pudo unirlos.

A la mañana siguiente, los dos arrastraban una ausencia fantasmagórica. Parecían deslizarse transparentes por la casa, queriendo hablar sin voz, tratando de sincerarse aunque sólo fuera por señas. Ninguno de los dos aceptaba la responsabilidad de que su relación se estuviera yendo a pique. Ambos esperaban que el destino decidiera por ellos favorablemente a sus deseos; que incluso fuera él, sin presiones, quien hiciera la mejor elección para no caer en la equivocación propia. Nunca como ahora habían sentido en sus carnes la inconsciente facilidad con que se habían dado el sí aquel día lejano, en la basílica de La Dolorosa. Aquel nudo prieto, que había atado sus vidas, parecía de hierro fundido. ¿Por qué un no costaba tanto de decir? ¿Qué era lo que arrastraba la negación que no poseía una afirmación? ¿Por qué era tan ligero y fácil, tan sonriente y abierto, decir sí? ¿Por qué para llegar a un no se debían atravesar tantos obstáculos? ¿Por qué dolía tanto escucharlo o decirlo?

Los dos desayunaban preguntas sin respuestas. Cuando por fin se indigestaron de ellas, se bebieron sin mirarse dos humeantes tazas de silencio; entre trago y trago, el uno aguardaba la palabra del otro que se quedó sin nacer. Vacías las tazas, se levantaron convencidos de que algo volaría a socorrerles y a arreglar sus desarreglos. Por lo menos aplazarían la decisión para otro día. Ahora, para sobrevivir ambos estaban necesitando un soplo de júbilo.

No podían aguantar sin ver a sus respectivos amores. Eran el agua viva que resucitaba sus días. Ese día, antes de salir, tuvieron que vestirse de pleno invierno, con abrigo, gorro y hasta orejeras.

Garmendia del Viento se estaba convirtiendo en una ciudad helada. Sastres y modistas no daban abasto cortando y cosiendo contra el tiempo cuanta prenda podían; por las calles empezaron a proliferar abrigos, chaquetas, jerséis, bufandas, ponchos, ruanas y pieles; todo era poco para proteger a los garmendios de aquel frío glacial. El mar se empezó a congelar y los peces tuvieron que emigrar raudos a los mares del Sur. Meteorólogos europeos, asiáticos y americanos se reunieron en la ciudad tratando de descubrir, sin éxito, los orígenes del suceso climatológico.

La gente rápidamente se fue acostumbrando al hecho. Los transportes municipales cogieron auge, y las caminatas a la luz de la luna no volvieron a darse. Las campanas de las iglesias sonaban roncas y quejumbrosas. En las noches, puertas y paredes crujían de frío. La gente se fue volviendo triste y los suspiros empezaron a frecuentar las viviendas. Todos añoraban el buen tiempo. Aquellos soles anaranjados y calientes ahora convertidos en pálidos rayos fríos. Una tarde Fiamma recibió la visita de una suspirómana compulsiva. Esta enfermedad empezaba a proliferar en Garmendia del Viento. Solita Hinojosa, que así se llamaba la muchacha, padecía de ahogos recurrentes que le azulaban los labios y la dejaban sin oxígeno. Primero había ido al médico, que infructuosamente había tratado de curarla hasta descubrir que el origen de la dolencia no provenía de ningún asma, y había terminado por enviarla a la consulta de Fiamma.

Sus ataques le habían empezado una tarde de abandono cuando su novio, un retorcido machista, la había humillado rechazando sus sollozadas súplicas de amor. La abandonaba sin explicaciones, después de haberle prometido esta vida y la otra. La desechaba como si fuera un Kleenex usado. La había utilizado como trofeo, pues al principio Soledad no le había dado ni la hora, pero él había hecho una apuesta con sus amigotes de que la enamoraría. La sedujo hasta someterla, y cuando la tenía enloquecida de amor empezó a maltratarla. Ahora se divertía diciéndole que nunca la había amado y que todo había sido un juego. Ella, que en su dolor había olvidado que tenía dignidad, le había rogado de rodillas que por última vez la amara, aunque sólo fuera mintiéndole. Se había tirado por el suelo, y arrastrándose pegada a sus tobillos, le suplicaba amor mientras el malvado novio se la sacudía violentamente de sus piernas, tratando de liberarse de sus abrazos bajos. Sin parar de rogarle, Soledad, que realmente se sentía morir, le había amenazado con matarse si la dejaba, pero él, sin un atisbo de humanidad, la había dejado vaciada de dolor en el piso. A partir de ese instante le empezaron unas intermitentes sacudidas de respiros, que poco a poco se fueron convirtiendo en sonoras bocanadas compulsivas. Estos episodios acostumbraban dársele cuando era testigo de alguna expresión de amor ajeno, como parejas besándose o en actitud amorosa; entonces arrancaba a suspirar en un crescendo incontrolable. No podía asistir a ninguna película de amor, pues de allí terminaban expulsándola; no podía ir a los parques ni a las playas. A veces, esos espasmos la sorprendían en el metro y la llevaban hasta el desmayo. Para evitar la suspiradera se había tenido que ir encerrando entre cuatro paredes. Ahora procuraba no ver a nadie. A pesar de todo afirmaba seguir enamorada de ese autista emocional, culpándose a sí misma del rompimiento.

Para Fiamma la curación de esa dolencia era sencilla, siempre y cuando la paciente tomara conciencia de su valía como ser humano. La mayoría de los casos que pasaban por su consulta se debían, simple y llanamente, a la falta de amor a sí mismo y al poco conocimiento de su sentir más íntimo. Todas las secuelas que traían esa carencia eran las generadoras de las desdichas humanas. Había tanta castración emocional, tanta desigualdad afectiva, que el mundo estaba corriendo el riesgo de perderse por falta de amor propio. No se había educado a las personas sentimentalmente. Se enseñaba a sumar, a restar, a multiplicar, a dividir, a leer y escribir, a comportarse en la mesa, a ir al baño, pero a amarse a sí mismo, a respetarse y ejercitar ese amor, a igualar la emoción y el sentir, tanto en hombres como en mujeres, a eso nadie enseñaba; en todo caso, todavía se seguía enseñando a los infantes, la mayoría de las veces veladamente, a separar y a clasificar: a los hombres como seres insensibles y a las mujeres como seres sensiblemente sufridores. El no sentir, en el hombre denotaba fuerza, seguridad y masculinidad. El sentir, en la mujer indicaba feminidad... y debilidad. Y así, de siglo en siglo, los fracasos sentimentales, muchos de ellos matrimoniales, se habían ido sucediendo sin descanso. Un mal que había empezado en el sexo masculino, aunque éste no fuera conciente de ello, ahora podía correr el riesgo de extenderse al femenino, pues la mujer golpeada varias veces por el mismo dolor terminaba convertida en fuerte e insensible, confundiendo fuerza como un sinónimo de insensibilidad. Y los hijos de esta nueva generación, ¿adónde irían a parar? Todos estos planteamientos, formulados por la cabeza de Fiamma, se quedaban allí, en meros planteamientos; y aunque ella creía en ellos, los intuía de muy difícil aplicación.

Cuando iban a ser las nueve de la noche Fiamma abandonó la consulta, envuelta en un largo abrigo de lana negro. Ella, que siempre había vestido de blanco, ahora se encontraba ridícula luciendo otro color que no fuera éste. Tomó un taxi, que la llevó hasta la casa de David; no podía aguantar más sin verle; allí se metió rápidamente, escondiéndose de miradas inexistentes, pues en las calles de Garmendia hacía días que no se veía vagabundear ni un alma. Para David, que llevaba aguantando con valentía su soledad, la visita de Fiamma fue una sorpresa extraordinaria. Ella, nada más verlo se lanzó a estrujarlo; su corazón no había podido contener tantos abrazos sin él. Se le habían ido multiplicando interiormente y se encontraba llena de abrazos por dar; había ido a vaciarse de caricias retenidas. Se había cansado de desecharlas como sobras de comida, cuando estaban tan frescas y esponjosas. No había podido superar la prueba del alejamiento forzoso. Como siempre le pasaba, en la casa violeta a Fiamma se le alborotaron los sentidos. Esa felicidad sencilla superaba todos sus razonamientos. Estuvieron horas enteras contándose lo que les había pasado en los últimos días. Fiamma se sinceró, confesándole como se sentía respecto a su marido, y él, aunque nunca había vivido una relación de pareja, hizo ver que le entendía perfectamente, pero con discreción empezó a presionarle para que tomara una pronta decisión. A pesar de llevar poco tiempo juntos, David estaba convencido de haber encontrado en Fiamma a la mujer de su vida; tenía la absoluta certeza de querer vivirla todos los días; no estaba dispuesto a compartirla con otro, aquello era demasiado doloroso. La sensibilidad y feminidad de Fiamma le seducían; sin saberlo, ella le estaba dando nuevas luces a su obra, llenándola de vitalidad. Su último trabajo así lo demostraba. Estaba orgulloso de la escultura que acababa de terminar. La había escondido bajo una gran sábana esperando el momento de descubrirla ante sus ojos. Era sobrecogedoramente grandiosa. Al destaparla, Fiamma no pudo aguantar la emoción que le transmitía verse reflejada en la piedra, mucho más segura de sí misma de lo que en realidad se sentía. Esa figura era lo que ella quería ser; desde abajo, los brazos abiertos la convertían en gaviota libre, tocando el cielo con sus dedos-plumas; los velos ligeros, imperfectamente bellos, la hacían flotar sobre la gravidez de la piedra-tierra de la cual emergía y en donde quedaba sembrado uno de sus pies. Fiamma resumió ese sentir en una frase que le nació de la contemplación: "Los brazos en el cielo para tocar los sueños y los pies en la tierra para chupar la vida". Del mismo modo que David empezó a grabarlo sobre el bloque de mármol del que nacía la figura, Fiamma lo fue grabando en su mente como filosofía de vida. Así quería vivir a partir de ahora: manteniendo los pies en el suelo, pero bañándose de vida en las alturas.

Esa noche el cielo estaba de un azul distinto. Desde que habían empezado esos embravecidos vientos, la atmósfera se había limpiado y la luz había cambiado. En el manto celeste se dibujaban perfectamente todas las constelaciones, y estrellas desaparecidas hacía millares de años volvían a alumbrar. Las heladas noches eran un regalo visual. Esa noche a David Piedra le pareció haber visto algo insólito y quería enseñárselo a Fiamma. Corrieron a la habitación, con la curiosidad viva de los niños en sus ojos, y se plantaron en la cama a observar el techo de cristal vestido de cielo.

Una joya brillante se delineaba clara sobre él; era la majestuosa Corona Boreal, como se le conocía, y parecía estar allí esperando coronar una hermosa cabellera. David hizo arrodillar a Fiamma en la cama y empezó a desnudarla, botón por botón, hasta desprenderle con besos su ajustado vestido negro. Bajo la corona estrellada, el cuerpo de Fiamma iluminado por una tenue vela quedó completamente desnudo. Desde abajo, por un juego óptico, la cabeza de Fiamma se situaba justo debajo de la brillante aureola. Así terminó David coronando a Fiamma con una diadema de estrellas; explicándole entre murmullos y secretos la bella historia del origen de esa constelación. Mientras su dedo como pluma repasaba el cisneado contorno de su cuello, su voz acariciante le fue contando que, según la mitología griega, esa corona pertenecía a la hija del rey de Creta, Ariadna, quien no quería aceptar la propuesta de matrimonio de Dionisio por ser mortal... David hablaba lento, como si arrastrara cada palabra con su dedo hasta colocarla en algún rincón del cuerpo de Fiamma, que respondía a la leyenda floreciendo... Le contó que Dionisio, para probar que era un dios ante los ojos de su amada, se quitó la corona y la arrojó al cielo, donde se quedó para siempre iluminada... Del mismo modo que su voz la elevaba a un mundo de ensueño, su dedo iba descendiendo por su vientre hasta rozar la húmeda boca de su rosa abierta... Así, sin detener su búsqueda de fresca miel, David continuó susurrándole como Ariadna enamorada acabó por casarse con su Dionisio, ya convertido por el cielo en dios inmortal... al terminar la historia, el índice de David ya había bebido todo el azúcar del primer néctar de su amada.

Vaciada de su primer placer, Fiamma volvió a sentirse diosa; ¡con David era tan fácil dejarse ir en sueños! En todo lo que hacía ella presentía la fuerza de su magia; por eso había tratado de distanciarse de él. Creía que mientras no lo veía estaba a salvo de sus hechizos, aunque esos hechizos la transportaran al cielo. Con David Piedra sentía un extraño temor a perder su anclaje terrenal; pensaba que hasta las aves necesitaban descansar de sus vuelos, repostando en la tierra aterrizadas. Un eterno vuelo era imposible de mantener indefinidamente, y eso era lo que a veces había pensado que le pasaba con David. Él la hacía volar y desprenderse de las realidades cotidianas. Lo veía poco de este mundo. Mientras pensaba en todo ello, los ojos de David volvieron a tocarla hasta hacerle olvidar sus apellidos. Sus manos de escultor fueron acariciando sus largos rizos negros, que quedaron como medusas desparramadas sobre las blancas sábanas; al contemplarlos, David tuvo una idea. Se incorporó y pidió a Fiamma que se quedara tal como la había dejado. Regresó sonriente, con las manos llenas de mariposas brillantes. Eran unas delicadísimas mariposas de plata, que él había creado para hacer una especie de móvil calderiano; se las fue enredando en su pelo, y cuando creyó que había terminado de adornarla la besó en los ojos, llamándola princesa. Así empezaron a volar entre las sábanas las caricias más tenues y subidas. Se reventaron de quejidos las almohadas y se ahogaron de gozo los colchones.

Cuando volvieron en sí de tantas idas y venidas ya era medianoche.

Martín había salido del diario confundido y tenso. Todo su día había sido un completo desastre.

Esa mañana, en el desayuno había querido plantearle a su mujer una posible separación, pero cuando había estado a punto se le había congelado la palabra; entonces había esperado inútilmente a que la sicología de Fiamma le auxiliara con alguna pregunta hirviente, pero salvo el café nada había humeado en la mesa. Se había tenido que marchar sin haber dado un paso hacia su liberación, culpándose severamente por su falta de fuerza.

Esa desazón afectiva que venía arrastrando le había llevado a cometer un error gravísimo en el periódico. En su última editorial había hecho saltar a la luz pública un oscuro tema de faldas, en el que se implicaba al presidente del banco más poderoso del país con la mujer del presidente del segundo banco; dichos bancos estaban a punto de fusionarse; la historia, aunque verídica no interesaba ser ventilada por el diario, ya que en esos momentos sus dueños esperaban, justamente de ambas entidades, un fuerte apoyo financiero expansionista. Así que, esa misma mañana, Martín había sido llamado al despacho del presidente de La Verdad, quien con aires amenazadores le había hecho totalmente responsable del descalabro de la operación. Nunca en toda su vida profesional había pasado más vergüenza; debió hacer una cara tan desastrosa que, al final, el mismo dueño le había consolado con

unas palmadas en el hombro diciéndole que tratara
de arreglarlo pronto. A partir de ese momento quemó
todas sus energías tratando de solucionar el tema; al
abandonar la sede, las rotativas limpiaban con tinta
negra la conciencia del diario y la del presidente del
banco, manchando con grandes titulares exculposos
la primera plana.

Martín llevaba caminando mucho rato, sin notar
que sus extremidades se le habían helado. Había
salido en mangas de camisa, dejando el abrigo que
odiaba y al cual todavía no lograba acostumbrarse.
Con la debacle vivida ese día, había olvidado que en
Garmendia del Viento ya no se podía ir por la calle
sin abrigo, pues si te exponías mucho rato a los aullidos gélidos del viento corrías el riesgo de que se
te congelara hasta el alma. Sin embargo, a pesar del
helaje le pareció escuchar gritos que salían de una
antigua gallera clausurada hacía muchos años. Dobló
por una esquina y sin darse cuenta se encontró frente
a un improvisado cuadrilátero, presenciando la más
cruenta pelea que había visto en su vida. Se trataba
de gallos finos, posiblemente jerezanos, uno negro
y el otro colorado, que se despedazaban a punta de
pico y espuela estimulados por los gritos alegres de
sus dueños. Mientras los veía destrozarse, pensó en
Fiamma y en él. ¿Cómo enfocar su rompimiento sin
pelearse? ¿Sin que salieran sus más crudas miserias?
Las preocupaciones volvieron a ocuparle la cabeza.
Ni se dio cuenta que un sucio desconocido le ofrecía
beber aguardiente a pico de botella, ni que un grupo

apestado a alcohol le tenía rodeado. Le agarraban de la camisa pidiéndole su apuesta para la siguiente pelea, pues de la anterior riña ya no quedaban sino piltrafas del gallo colorado. Al darse cuenta del cruento espectáculo en el que se había metido huyó con su camisa ensangrentada de gallo muerto, tratando de abandonar también en ese sitio sus densas reflexiones, que decidieron perseguirle sin clemencia. Así continuó su camino; adolorido por su pena propia y por el gallo ajeno.

Ahora más que nunca le urgía solucionar su situación afectiva, pensó. Al pasar por delante del Parque de los Suspiros sintió una urgente necesidad de refugiarse en los brazos de Estrella. Estaba cansado y esa noche se sentía más solo que nunca. Hacía días que quería verla, pero le había dado largas al encuentro, esperando llegarle con la noticia que sabía ella anhelaba y que él no podía ofrecerle todavía por haber ido esperando un desenlace que, si él no provocaba, con seguridad no se daría.

Buscaba un motivo valedero, un porqué del cual asirse para dar por finalizada su larga relación con Fiamma. Necesitaba un punto de apoyo, alguna falta, algo que le ayudara a culpar el fracaso de su relación. Se recriminaba pesaroso. No había avanzado nada respecto a su posible separación, y aunque Estrella no le apretaba, era él quien se había impuesto un plazo mental. Empezó a buscar en su cabeza casos de amigos o conocidos que hubiesen estado en una situación similar a la suya, y con su calculadora imaginaria fue haciendo porcentajes con los resultados, concluyendo que tenía las mismas posibilidades de triunfar que de fracasar. Sabía de una pareja que después de pasar por calvarios de abogados y llantos, ahora gozaban de relaciones plenas; también sabía de otros que habían dejado a sus esposas creyendo que habían encontrado la gloria, y se habían arrepentido cuando ya no había nada que hacer; pero los que ni siquiera lo habían intentado, que eran la mayoría, se pudrían de tristeza en su cobardía.

Tenía que poder asumir su elección, pues con ella se haría libre, pensó… La palabra libertad empezó a sonarle a vida. Siguió cavilando… Pasaría una gran tempestad, pero luego disfrutaría de la calma. Empezaría a agarrar las riendas de su existencia. Ya había cumplido los cuarenta y ocho; si le quedaban treinta años más, esos serían para disfrutarlos a plenitud. No podía desperdiciar más vida en la monotonía. Tenía derecho a vivir. Pensó en Fiamma… ella era fuerte y lo superaría. Estaba seguro que, de tanto escuchar a sus pacientes, su caso sería de los más fáciles de entender. Lo afrontaría con entereza y dignidad. En verdad hacía tiempo que ella no estaba enamorada de él, o por lo menos eso era lo que le parecía. Seguro que lo amaba pero, con suerte, el tipo de amor que ella le profesaba era igual al que él sentía: un amor de hermanos.

Recordaba los cientos de veces que con sus gestos le había sugerido hacer el amor, y cómo al final ella siempre había terminado apartándolo. Lo había ido rechazando sistemáticamente, aduciendo dolores de cabeza, menstruaciones, cansancios o preocupaciones.

No estaba seguro, pero hacía mucho tiempo, ¿años?, que no recordaba ningún placer carnal con su mujer. La convivencia se les había vuelto tan rítmica y plana que había terminado como gota constante de agua perforando la piedra de su tedio; y eso que, delante de todos sus familiares y amigos, su matrimonio había sido calificado de "matrimonio modelo".

Ni Martín ni Fiamma se habían dado cuenta de la presión social a la que había estado sometida su relación; inconscientemente, se habían impuesto ser el ejemplo de pareja a seguir, creyéndose de verdad que eran la pareja perfecta. Demostrándoles a todos que, mientras a su alrededor sucumbían relaciones de toda la vida, la de ellos se mantenía firme y sólida. Habían vivido de cara a fuera, conservando pintada de sonrisas armónicas la fachada exterior de su relación, olvidando que dentro se les iban llenando de moho sus quehaceres más íntimos. La separación les había empezado hacía años, pero ellos no la habían visto llegar. Les había llegado de la mano de un cariño costumbroso al que ellos habían dado el nombre de estabilidad. Habían dejado de estimularse los sentidos, abandonando las pequeñas cosas que les hacían reír y enamorarse. Habían dejado de respetarse sus individualidades y diferencias, invadiéndose y obligándose mutuamente a intercambiar sus gustos a disgusto. En el camino se habían ido perdiendo del placer de enriquecerse por separado para aportar más savia al árbol de sus vidas. El amor les había ido agonizando entre sus manos, falto de oxígeno, hambriento y sediento, y ellos ni se habían percatado de su inminente muerte.

Estrella abrió la puerta y se encontró a *Ángel* tiritando de frío, sucio y derrotado. Le envolvió en sus brazos y le preparó un espumoso baño caliente; le fue enjabonando dedo a dedo como si fuera un niño, y le mimó tiernamente hasta hacerle volver el calor al cuerpo. Mientras se bebían un whisky improvisó una pequeña chimenea sobre un enorme plato de cerámica, colocando algunos leños que resultaron negados para la llama por llevar el corazón húmedo; pero como esa noche necesitaba del fuego, Estrella no se dio por vencida y acabó por despedazar la guía telefónica, haciendo arder las direcciones y teléfonos de todos los garmendios, provocando cuatrocientas llamaradas efímeras, las cuatrocientas hojas que componían la guía, en su desesperado empeño por calentar el momento de destemple que vivían.

Desde su llegada, *Ángel* casi no había articulado palabra; arrastraba un dolor ceniciento que le teñía de viejo la cabeza y le remangaba el alma. Había envejecido de golpe todos los años, aunque por fuera se mantuviera atado a los cuarenta y ocho. Cuando finalmente habló, Estrella supo que pronto *Ángel* estaría con ella. Llevaba puesto en sus ojos un duelo adelantado por su separación venidera, y ella ya sabía lo que era eso; recordaba cuánto le había costado abandonar a su marido, aun a sabiendas de que le hacía mal. Salvo los desalmados, todos, en algún momento de nuestra vida, terminamos dolidos de dolor ajeno, reflexionó Estrella.

Esa noche, ella no quiso apabullarlo con caricias inoportunas ni reproches. Le dejó vagabundear por entre recuerdos y miedos pendientes ofreciéndole su cama como refugio, pero *Ángel* en lugar de dormir, fue deambulando por el piso, observando cuanto objeto encontraba, ojeando cuanto libro veía; buscándose sin hallarse. Le hacía falta ponerse su pijama y sentarse en la hamaca de su balcón a ver el mar, lo único que tranquilizaba sus días turbulentos. Necesitaba ver volar a las gaviotas, ir y volver con cada ola, pero llevaba muchos días en que nada de eso podía hacer. Todo estaba cambiando en Garmendia del Viento. Se le ocurrió pensar que tal vez esos cambios estaban marcando su renovación.

Estaba en la antesala de su rompimiento. Sin parar de reflexionar, se fue acercando al ventanal del salón y dejó que sus ojos se perdieran entre los cristales de las ventanas de enfrente. Las calles estaban desiertas. Se distrajo un rato con las luces del semáforo, que le invitaban intermitentemente a parar o a seguir, en rojo y en verde. Se quedó con el verde. Seguiría adelante. Necesitaba agarrar el volante de su vida y hundir el acelerador de su decisión. En esas estaba cuando descubrió la casa violeta. Nunca se había detenido a observarla; era la única que estaba a una altura inferior. En realidad era una casona antiquísima, que se conservaba como reliquia de otra época. No tenía nada que ver con la arquitectura de las que le rodeaban. Sorprendido, descubrió que en su techo no habían tejas sino cristales. Dejó que su mirada se colara por ellos y permaneció ensimismado observando. Le pareció distinguir, entre los claroscuros de una cama, un bello cuerpo de mujer abandonado al sueño. Deslumbrado, vio que de su larga cabellera negra salían pequeños destellos brillantes de luz. Por un instante ese cuerpo lejano le recordó a la Fiamma de su juventud. Rápidamente se deshizo del recuerdo y volvió a mirar. El cuerpo de un hombre había cubierto por completo su visión. Con el gesto, la imagen quedó en penumbra total. Se apagaron las luces de enfrente y *Ángel* regresó a la cama. Estrella se había quedado dormida leyendo. Le retiró el libro y se metió entre las sábanas, entrelazando brazos, piernas y torso con los de ella. Después de varias horas revoloteando entre los algodones arrugados, tratando inútilmente de dormir, decidió vestirse. Susurró al oído de Estrella un "te amo" muy sentido y partió a su casa.

Cuando salió ya era de día. Se metió en la primera cafetería que encontró, donde el dueño se quedó mirándolo como si hubiera visto un fantasma. En los últimos días, ver a alguien cubierto sólo por un delgado popelín de camisa era de locos. Se bebió varias tazas de café tratando de alejar el trasnocho y decidido a afrontar lo que venía. Al abrir la puerta de su casa, le recibió en el suelo el gran titular de la portada de La Verdad por el que había estado devanándose los sesos la tarde anterior. Recogió el diario del suelo y releyó por encima lo que seguramente todos estaban leyendo en ese momento. Le había tocado sacarse de la manga una mentira piadosa, inculpándose del error, atribuyendo la historia a un malentendido de apellidos. Era la primera vez que mentía en su profesión y se sentía fatal de haberlo hecho. La Verdad había faltado flagrantemente a la verdad.

Buscó a Fiamma por el piso y se dio cuenta que ya se había ido. En realidad, esa noche Fiamma no había dormido en casa, pero como él tampoco había estado no lo supo. Se dio una rápida ducha y salió corriendo. Cinco minutos más tarde entraba Fiamma a hacer lo mismo.

La mañana se le presentaba cargada de pacientes que aguardaban en la antesala de la consulta. Fiamma se había retrasado, precisamente el día que había tenido que abrir espacios a la fuerza entre cita y cita para atender a las más desesperadas; ese día se le amontonaban casos de urgencias emocionales inaplazables.

Saludó a ventarrón a su secretaria y se enfundó la bata. Después de escuchar atentamente el caso de una paciente con problemas de donjuanismo femenino hizo pasar a Estrella, quien lucía una radiante alegría. Sólo abrazarla, Fiamma le sintió el corazón jolgorioso, brincante de júbilo. Después de sacarse la bufanda y el abrigo de astracán, Estrella se puso delante de su sicóloga amiga. Comenzó por contarle que la noche anterior había tenido a *Ángel* durmiendo en su casa, y que le notaba a punto de separación… Fiamma observaba el cambio que su paciente había ido experimentando a lo largo de su terapia. La percibía más segura y confiada, expresando de forma vital sus gustos y disgustos, identificando con mayor claridad sus emociones. Aun cuando la dependencia de *Ángel* todavía era muy fuerte, creía que una vez que Estrella conviviera con él dicha dependencia sería superada. Era posible que la velada rivalidad con la esposa de

Ángel le hubiera recrudecido su inseguridad. Mientras la escuchaba atentamente, iba mezclando en el aceite de su lámpara una esencia cítrica que Estrella le había regalado. Dejó caer un chorrito y la encendió. Todo el lugar floreció de limones.

De repente Estrella detuvo su conversación, al descubrir sobre el escritorio de Fiamma una lustrosa caracola rayada, idéntica a la que *Ángel* le había regalado hacía meses con el poema escrito sobre sus líneas negras; el bello cascarón de molusco hacía de pequeño pisapapeles sobre un montón de escritos; era la caracola que Fiamma había encontrado refundida entre sus papeles, y que por un olvido, aún permanecía sobre la mesa. Estrella, con su habitual entusiasmo infantil, le comentó a Fiamma que ella también tenía esa misma caracola. Corrió al sofá donde había dejado su bolso y con la mano adentro, fue palpando hasta descubrir la bolsita de fieltro donde la guardaba. Quería enseñársela. Le dijo que siempre la llevaba consigo, pues era el regalo más bello que había recibido de *Ángel*. La sacó y la conversación fue cogiendo los matices nacarados de las diferentes especies de caracolas y conchas marinas. Fiamma, que sabía mucho de ellas por la afición que había compartido con Martín en sus inicios de relación, le explicó que en un viaje que había hecho a las islas Maldivas había encontrado las especies más raras y bellas. Le habló de aquellas islas blancas, de aguas turquesas y peces soñados, como del lugar más paradisíaco de la tierra. Por su parte, Estrella le comentó todo lo que *Ángel* le había enseñado de moluscos. Quería que Fiamma la percibiera ilustrada en algo. Le habló con propiedad de los cientos de familias y subfamilias que convertían a este grupo en el segundo más numeroso del reino animal, algo que también Fiamma sabía perfectamente por curiosidad propia. Las dos estaban de acuerdo en bautizarlas auténticas joyas acuáticas, que dormían en los océanos como si pertenecieran a un botín de barco naufragado que nadie se atrevía a rescatar. Hablaron de la Babylonia formosae, de la Triphora perversa, también llamada Campanile, esa especie larga y tubular, verdadera escultura de la naturaleza. De la Jenneria pustulata, con aquellas rayitas hendidas que semejaban el interior de una vagina. De las terebras, las cónidas, de las porcelanita del Adriático… de esta manera fueron vaciando los minutos hasta quedarse sin una gota de tiempo; cuando miraron el reloj, suspendieron la conversación con risas. Habían abandonado el crucial tema de la separación de *Ángel* para perderse entre los nacarones. Estrella, que había sacado su caracola con la intención de enseñarle a Fiamma el poema que llevaba escrito, había olvidado con la conversación, hacerlo. Cuando estaba a punto de salir, se devolvió a recoger la caracola que descansaba junto a su gemela en el escritorio y se despidió con el abrazo de siempre: feliz.

Antes de hacer pasar a la siguiente paciente, Fiamma se acercó a la mesa y cogió la caracola en su mano. Quería guardarla, pues le tenía cariño, y si la dejaba fuera corría el riesgo de que la señora de la limpieza la tirara o dejara caer. Al tomarla, la notó áspera. La hizo girar entre sus dedos, pero las rugosidades estaban en toda su superficie. Intrigada se la acercó a los ojos y le pareció ver una especie de escrito tallado a lo largo de todos sus renglones; entonces, tomó la pequeña lupa del vaso con bolígrafos y cortapapeles y la fue acercando a la superficie de la caracola. Evidentemente esa no era su caracola, se dijo. Lo que empezó a descubrir le revolcó el corazón y su estómago. Había un poema escrito con una caligrafía que ella conocía a la perfección. Era la pulida caligrafía de su marido. Tuvo que sentarse para no caer. Por su cabeza empezaron a desfilar comportamientos de Martín de los últimos meses revueltos con las decenas de historias narradas por Estrella. Todo le giraba a velocidades de vértigo. Se sentía metida en un mareante carrusel del cual no podía bajarse. Le costaba creérselo. Pensó que tal vez se estaba equivocando. Se obligó a serenarse y trató de leer el poema. Al hacerlo, sus dudas se esfumaron. Nadie más que Martín podía haber escrito esos versos. Tenía un estilo inconfundible. Sus lágrimas le fueron empañando la lectura, creando una espesa cortina salada que la dejó empapada de tristeza. Aun cuando ella llevaba engañando a su marido desde hacía algunos meses, le dolía el engaño de él. Culpó a Martín de su desatinada infidelidad propia. Se decía para sí que, si él le hubiera dado todo lo que ella necesitaba, ella no habría caído en brazos de David. Se sentía ridícula, traicionada en sus propias narices; había ayudado a una de sus pacientes a acostarse con su marido. La había ido preparando para que le hiciera de perfecta amante. Le parecía increíble no haber intuido nada

de nada en todos estos meses. Se sentía herida en
su amor propio. ¿Qué tenía Estrella que no tuviera
ella? ¿Cómo era posible que él se hubiera fijado en
Estrella, una mujer tan poco hecha e insegura? Le
costaba reconocer al frío Martín Amador en aquellas
historias románticas contadas por Estrella. Ese ser
cariñoso y delicado no podía ser su marido.

El primer impulso que tuvo fue dejar tiradas a sus
pacientes e irse directamente a la sede de La Verdad a
buscar a Martín; el segundo, irse a su casa, desnudarse
y enroscar su cuerpo en ovillo fetal sobre el suelo de
la ducha, para dejar que el agua hirviente le lavara el
alma mientras sus sollozos se ahogaban en el ruido
del grifo abierto; el tercero, correr a la Calle de Las
Angustias y descansar en el regazo de David. No
hizo ninguno de los tres. Se quedó durante todo el
día atendiendo como pudo a sus pacientes, llorando
en las desgracias de ellas su propia pena.

Antes de salir, sus dedos terminaron marcando el
móvil de Martín, quien contestó la llamada intrigado. Sabía que Fiamma nunca le llamaba a no ser que
hubiera algo importante. Le sintió la voz cansada.
Las frases le salían como piedras pesadas, arrastradas
por un hilo fino a punto de romperse; era su voz casi
irreconocible, pidiéndole que fueran a cenar esa noche
a El jardín de los desquicios. Necesitaba hablar con
él, le dijo. Martín aceptó sin dudarlo, preguntándole
si se sentía bien. Ella, sin responder a la pregunta,
se despidió atropellada antes de ponerse a llorar.
No quería desvelarle nada; por lo menos, no quería
hacerlo por teléfono.

Se guardó la caracola en su bolso, con la pesadumbre rabiosa de ver a su marido como un ordinario mortal, igual a los demás hombres; incapaz siquiera de innovar en los regalos. Había repetido en Estrella el mismo regalo que le había hecho a ella diez y ocho años atrás y que ella, en su ingenuidad de enamorada, había considerado original y romántico, guardándolo como si fuese una reliquia; un acto único, provocado por su amor. Claro que con Estrella se había tomado la molestia de tallarle el poema sobre el nácar mientras que a ella se lo había garabateado en un papel, concluyó sarcástica.

Recordó historias de pacientes divorciadas que confirmaban lo que acababa de pensar: la mayoría de los hombres, en sus segundas relaciones terminan repitiendo viajes y regalos hasta por orden cronológico. Esa misma mañana, Digna María Reyes, una paciente suya, le había estado explicando que su exmarido se había ido a Egipto con su amiguita; con éste, era el tercer viaje que repetía; irónicamente le había pedido a Fiamma que apuntara en su libreta, para corroborarlo después, que el siguiente viaje sería a Tailandia. Ahora, Digna María había aprendido a reírse de todo aquello, pero en su momento cada viaje que montaba su ex se le clavaba como puñal en el centro de su rabia; como ahora se le había clavado a Fiamma la caracola.

La borrasca helada que esa tarde todavía soplaba sobre Garmendia del Viento era espectacularmente espeluznante. Las calles estaban invadidas de trozos de ladrillos, cornisas, papeleras y cuanto artefacto había podido arrancar el viento a su paso. Algunas señales de tráfico habían girado de dirección, confundiendo izquierda con derecha. Los stops habían volado y los semáforos habían enloquecido; las bocinas de los coches ensordecían la ciudad. Las sirenas de los bomberos y la policía se peleaban con las de las ambulancias por reventar los tímpanos de los garmendios. Por las calles iban volando macetas de geranios secos, buscando aterrizar sobre alguna cabeza despistada.

A pesar de ver todo ese caos, Fiamma no quiso anular la cena.

Al llegar a casa, un entumecido silencio le invadió. Se desvistió como autómata, y en la ducha terminó lavada por sus propias lágrimas; secada por la baldía solitud de su desgracia. Con la absoluta certeza de que todo se les había agotado desde hacía años, y ellos habían asistido al derrumbe de su amor, impávidos, sin haber parpadeado ante el desastre. Se sentía desvalida y perdida. Presa de un temor nuevo. Ahora, un motivo de fuerza mayor la obligaba a tomar aquella decisión, tantas noches rumiada en sus desvelos. Caminaba incansable por entre su pasado, sin moverse del armario abierto. Su desnudez externa era nada comparada con la que vivía por dentro. Estaba perdida en su desgracia propia. No sabía qué hacer, o mejor dicho, sí sabía, pero le dolía hacerlo. Después de media hora paralizada por la incertidumbre, Fiamma se vistió de riguroso orgullo y salió a la calle enfundada en su negra pena, arrastrando un desangelado abrigo. El helaje le congeló la penúltima lágrima que quedó cristalizada como diamante en su cara. Cuando llegó al restaurante ya eran las diez. En la mesa de siempre,

la del rincón derecho, le esperaba por primera vez
una vela encendida y la mirada interrogante de Martín. Al verlo, Fiamma le devolvió la mirada con ojos
desconocidos, como si viera a un anónimo comensal,
y evitando el beso de Judas le sonrió con formalidad
mecánica. Al sentarse supo que le costaría afrontar
ese dolor de muerte marital. A pesar de los pesares,
volvía a descubrir en Martín el magnetismo del primer
encuentro, pero el dolor de la traición la auxilió, invis-
tiendo a su marido con el fantasmal traje inapetente
de los últimos años.

Como siempre, antes de empezar a hablar de
nada, pidieron al camarero dos margaritas dobles.
Esa noche, Martín veía a Fiamma distinta. La tristeza que llevaba puesta le otorgaba una belleza lívida
de estatua. La encontró bella en su distanciamiento.
Para opacar la mudez, Martín le contó, con pelos y
señales, la metedura de pata que había vivido en el
diario y la tirante situación que estaba aguantando en
la oficina. Fiamma le dejó hablar, sin creer nada de
lo que le decía. Acababan de perder lo último que les
quedaba: la confianza.

Cada vez que Fiamma intentaba abordar la delicada
situación, terminaba por hablar de cualquier otra cosa;
era como si su inconsciente no quisiera dar aquel
último paso. Por un instante le pasó por la cabeza
tratar de perdonar aquella infidelidad y empezar de
nuevo con Martín, pero pensó en David y en lo que
sentía a su lado, y terminó convenciéndose que lo
que estaba sintiendo en ese momento era un acto
reflejo, producido por las reminiscencias de un deseo

de juventud viejo. Recordó todas las escenas de amor narradas por Estrella en su consulta, y pensó que su marido no merecía nada de nada.

Removió la ensalada, pasando el tomate al lugar de la mozarella, contando las hojitas de berro y de albahaca que adornaban el plato, sin probar bocado. Buscando extraer de su aderezo las palabras precisas. Abrió la boca en el mismo momento en que Martín empezaba a hablar. Fiamma se calló y terminó escuchándole. Su marido cuidaba con delicadeza su discurso. Le hablaba de lo mal que estaban viviendo últimamente y del derecho que tenían los dos a ser felices, haciendo especial énfasis en la felicidad de ella. Le comentó de la vacuidad de pasión que vivían y del aletargamiento forzoso de sus días. Le habló de las increíbles diferencias que siempre les habían separado; de tantas noches desgastadas en peleas y en desacuerdos; de tantas salidas forzadas y placeres equivocados; de tanto rellenar vacíos internos con errados silencios; de tantos desayunos desabridos y fines de semana aburridos. Le hizo recordar el último desastre de su viaje a Bura. Se atrevió a sugerirle, indirectamente, que la culpable de tanto distanciamiento había sido ella. Le propuso que se dieran un tiempo para pensar... Le dijo que la amaba con un cariño distinto... Que ya no estaba enamorado de ella... Fiamma, que le pedía a su garganta defenderse, se quedó como siempre se quedaba ante el dolor más duro: muda. Quiso rebatir con gruesos argumentos los delgados muros que Martín levantaba, pero su catalepsia emocional reciente la había dejado convertida en escultura de piedra. No opuso resistencia a que su marido la convirtiera en culpable del fracaso mutuo; le dejó pasear impecable sobre los años menos vistosos de su matrimonio esperando que, al final del discurso, éste le confesara lo que ella ya sabía. Esa revelación final habría otorgado, por lo menos, un poco de dignidad a tanta mentira de meses, pero la confesión que esperaba Fiamma no se dio.

El camarero vino a retirar los platos, casi intactos, preguntando si algo estaba mal o si querían que les preparara cualquier otra cosa; al recibir como respuesta el sepulcral silencio, se dio cuenta que la noche no estaba para postres. Les dejó nadando en la inapetencia trascendental del momento, acompañados por las notas quejumbrosas del piano, que esa noche interpretaba el Yesterday más triste que jamás habían escuchado. Era la última melodía que El jardín de los desquicios les regalaba en su despedida. Al sentirla, la lágrima escarchada en la mejilla de Fiamma empezó a resbalar hasta estrellarse sonora contra el plato. Cuando acabó la canción, lo único que se le ocurrió a Fiamma, como respuesta a tanto inmisericorde monólogo, fue buscar en su bolso la caracola. Miró a Martín con sus ojos encharcados de mar salado, y con el gesto más digno que había tenido nunca extendió su brazo, depositando suavemente sobre el plato vacío de su marido la caracola rayada con el poema escrito para Estrella.

En ese momento, la furia inverniza que se encontraba agazapada y contenida fuera se desató de golpe enfurecida, rompiendo en su ventisca energúmena los cristales de todas las ventanas del restaurante; inundando el lugar de una gélida nieve negra que comenzó a manchar de azabache los blancos manteles del restaurante. A partir de esa noche, Garmendia del Viento vivió un luto inclemente. Durante cuarenta días y cuarenta noches no cesaron de nevar negruras que venían de un encapotado cielo embravecido. La doliente nevada afligió por completo el corazón de todos los garmendios, que nunca en su vida habían visto la nieve y menos en aquel color retinto. Todo lucía un manto ceniciento congelado. La helada negra había quemado palmeras, gualandayes y cuanta hoja verde había encontrado en su caída. En la antesala del desastre emigraron los últimos pájaros cantores, dejando a la ciudad envuelta en un silencio tan solemnemente fúnebre que ni siquiera las campanas de las iglesias se atrevieron a romper ese mutismo. La ciudad pasó a ser un doloroso camposanto de hollín y acarbonado hielo.

9. LA LIBERACIÓN

Bienaventurados los que tenéis hambre
porque seréis saciados.
Bienaventurados los que lloráis ahora
porque reiréis.

Lucas, 6: 21-22

El anhelado sol volvió a alumbrar con su majestuosa fuerza, deshaciendo por fin los sólidos bloques de hielo que yacían en el suelo como esculturas de ébano callejeras, haciendo parte del paisaje urbano. La nieve corría derretida por andenes, convertida en viscosos ríos renegridos. Lentamente, las calles de Garmendia del Viento fueron recuperando sus risas callejeras y sus vendedores ambulantes. Después de los tremendos estragos invernales, la vida se fue normalizando y los abrigos se quedaron escondidos en los armarios. La pesadilla helada que sus habitantes habían vivido durante los dos últimos meses les había hecho resucitar ahora una alegría nueva. Los vallenatos y los acordeones esquineros fueron llenando de música la vida de los ajetreados garmendios. En el Portal de los Dulces proliferaban acarameladas formas de atrapar al paseante. Los pintores de la calle volvían a acuarelar la vida de los turistas; las estatuas vivientes resucitaron con sus espectaculares representaciones de vida y el Portal de los Pájaros y de las Flores llenó de color y sonido las bóvedas de las murallas. Cacatúas, papagayos y loros resurgieron con sus trajes arcoirisados, engalanando de plumas y saludos las arcadas del muelle. Ahora siempre había tiempo para detenerse en alguna terraza y dejarse acariciar por los ardorosos rayos del sol. Las palenqueras de delantales almidonados renacieron con su cadencioso meneo de caderas y sus bateas en la cabeza, llenando de cocos de agua, papayas, piñas y melones las playas de Garmendia del Viento.

Habían pasado dos meses desde la terrible noche de la negral nevada y Fiamma había continuado con su habitual rutina. Desde que vivía sola, no había vuelto a regar su rosal azul ni se había vuelto a sentar en la hamaca del balcón, pues hacerlo le traía recuerdos dolorosos. Por todo el piso le parecía escuchar los pasos de Martín y las risas de cuando eran felices. Se metía a la cocina, como buscando algo que nunca encontraba. Abría y cerraba compulsivamente y sin explicación la nevera y el horno. Aparentemente, lo de la separación de Martín lo llevaba bien, pero la procesión estaba dentro. Había pasado de odiar a su marido por todo lo que le había hecho, a perdonarlo a escondidas. Ahora, los más bellos recuerdos de Martín emergían con una magnificencia desproporcionada, haciendo desaparecer todas las desavenencias vividas junto a él. Lo último que había sabido por Alberta, era que le habían despedido del diario por un escándalo de banco, y que vivía con Estrella en la Calle de las Angustias.

Para sus amigos, la noticia de su separación había caído como un baldado de agua helada. Todos comentaban que lo hubieran esperado de otros menos de él. La infidelidad de Martín se convirtió durante algún tiempo en la comidilla de las tertulias. Fiamma se alejó durante un tiempo de cualquier acto social o cena particular, evitando convertirse en víctima por la que se debía sentir lástima, ya que, de cara a los demás, ella era la esposa ofendida y traicionada.

Había hablado con David Piedra y le había rogado que le concediera algunos meses de soledad, pues su actual estado le impedía pensar con claridad. Le había pedido respetar su luto, ya que su separación no dejaba de ser la dolorosa pérdida de un ser querido, con el cual había compartido más de dieciocho años de su vida, y así no estaba preparada para iniciar una nueva relación, por más bella que ésta pintara. Necesitaba limpiarse de dolores, le dijo; algo que David Piedra comprendió con fina delicadeza.

No quiso volver a hablar con nadie de su familia, pues desde que había muerto su madre, para ella la familia ya no era lo que había sido. En una breve visita les había puesto al día de los hechos y había cerrado cualquier tipo de opinión, agradeciendo de antemano omitir comentarios, evitando con ello que se le fueran a meter en su nueva vida, cosa que tampoco había permitido en los años que había vivido con Martín.

Las visitas de sus pacientes a la consulta volvieron a coparle las horas. A veces llegaba por la noche con un cansancio que la derrumbaba en la cama y la hacía encogerse de dolor. No lograba distraer los recuerdos de sus alegrías pasadas, ahora perdidas irremediablemente, con los problemas actuales de sus clientas. Quiso esconder las fotos de Martín y ella, que se encontraban diseminadas por toda la casa, y guardar todas las cosas que le recordaban a su marido, pensando que si no lo veía lo olvidaría, pero ni eso pudo, pues para hacerlo tendría que haber destruido la casa entera, ya que hasta en la descascarada pintura de las paredes estaba la mano de los dos. Se había quedado huérfana de amor a todos los niveles. Sin darse cuenta, a su manera, Martín le había ocupado todos los huecos de sus carencias. La de su madre, la de su padre, la de los hijos que nunca había tenido, la de las amigas que había perdido en su infancia. Con la cruenta partida de Martín se habían ido muchos trozos de la Fiamma que había sido durante años. Ahora se encontraba en el suelo, recogiendo retales incompletos de ella misma, ignorando cómo pegarlos.

Aquella noche fatídica, Martín había abandonado el restaurante sin modular palabra; a pesar de la violenta nevada, había partido entre los espesos copos negrunos, evitando ver con sus ojos un dolor que ahora consideraba ajeno: el dolor de su mujer. Al ver la caracola escrita sobre su plato se había quedado sin argumentos de defensa. Había enmudecido de vergüenza. Su complejo de culpa le había hecho esquivar la mirada de Fiamma. Había evitado que las lágrimas de ella mojaran de cobardía final su escapada. Fiamma había interpretado esa rápida partida de su marido como una urgencia vital de caer definitivamente en brazos de su amada. Se había quedado lela, petrificada mirando hacia la puerta, con los ojos idos durante horas, hasta que un camarero se había apiadado de su estado y la había ayudado a levantarse, acompañándola al final hasta la Calle de las Almas.

Una noche, pasados algunos días, Fiamma se encontró sobre la cama una escueta nota de Martín, donde le comunicaba que esa tarde había estado en el piso y se había llevado, en una de las maletas, algo de ropa; así mismo le decía que pronto la llamaría un abogado para empezar los trámites legales de la separación, puntualizando que, de bienes materiales, él no quería nada de nada. Esa fue la última vez que supo de él por él mismo. Nunca más volvió a hablar con su marido, ni por carta, ni por teléfono, ni personalmente. Fiamma nunca sospechó que lo que a Martín más le apartaba era la vergüenza que sentía de saber que ella conocía más que nadie, incluso más que él mismo, los pormenores de su relación con Estrella; se había enterado después, por su amante, cómo había ido a parar la caracola a manos de su mujer. Supo que Estrella era paciente de Fiamma desde hacía casi un año y que, desde el comienzo, había estado al tanto de toda su historia clandestina. Conocía desde sus primeros encuentros con Estrella en la capilla de Los Ángeles Custodios, pasando por las eróticas noches en la terraza de los ángeles, hasta las numerosas madrugadas y fines de semana que habían dormido juntos. Se había quedado totalmente desnudo; sin dignidad para volver a mirar a los ojos de Fiamma, a quien consideraba merecedora del más grande respeto.

El estado posterior a su separación había dejado en Martín una sensación de vacío paupérrimo que le hacía sentirse, más que nunca, mezquino y poca cosa; un ser despreciable.

Ese malestar le impedía vivir a plenitud su nuevo estado de alegría y disfrutar de lo que hacía. En el ático de Estrella se encontraba extraño; le hacían falta sus objetos más queridos, pues sentía que nada de lo que había en aquel sitio estaba vivido por él; a pesar de la calidez celestial de unas paredes cuajadas de frescos renacentistas y de las impresionantes y angelicales esculturas que proliferaban en la casa, su desangelamiento interior era profundo. No dejaba de pensar cómo se estaría sintiendo Fiamma después de lo ocurrido. Interiormente, hubiese preferido que la ruptura se produjera de otra manera y no por el desenmascaramiento de su infidelidad, pero no había podido elegir. Las circunstancias le habían puesto contra la pared, y él se había dejado llevar por la corriente de los hechos consumados hasta la Calle de las Angustias. Ahora que había logrado lo que tanto había anhelado, no estaba seguro de saber si era eso lo que en verdad quería. Pensaba que tal vez se había precipitado al irse a vivir inmediatamente con Estrella, quien se deshacía en mimos y querenduras con él. Por una parte, se sentía lleno de amor por ella pero, por otra, se sentía vacío. Era como si tuviera un agujero invisible por donde se le escapaba todo lo que recibía de Estrella. Como nunca había vivido ese estado de "cambio de pareja súbito", empezó a darle tiempo al tiempo, para que fuera él quien le devolviera el sosiego a su alma. Estando en esa espera, recibió el desgraciado comunicado de la presidencia del diario informándole de su fulminante despido como Director adjunto de La Verdad. Aducían que su equívoco imperdonable había puesto en tela de juicio la integridad de esa institución. Le daban a elegir entre una renuncia voluntaria, con la consecuente repercusión económica que ello tendría, o el despido con una suculenta indemnización. El mazazo que recibió Martín fue tan fuerte que optó por acogerse al despido. Creía injusta la reacción del diario; él había cumplido a rajatabla la filosofía de La Verdad: "Por encima de todo, la verdad". Si ellos creían que eso era un delito, allá ellos; por otro lado, le convenía que le destituyeran por la cuantiosa remuneración que recibiría, pues aunque vivía holgadamente, ahora que venía su separación necesitaba todo ese dinero para sobrevivir. Su vida empezaba a dar un vuelco total. Estrella, por su parte, le dio la vuelta al despido de Martín, convirtiendo ante los ojos de él esa desgracia en una oportunidad; le ilusionó con la idea de tomarse un tiempo sabático que podrían emplear en viajar. Ella siempre había querido ir a Italia y ver con sus propios ojos el desbordamiento lujurioso del barroco. La magnificencia de sus iglesias, fuentes, plazas y museos. El orden y la serenidad renacentista Toscana. Se soñaba paseando por entre cipreses y paisajes ondulados, adentrándose en sus palacetes y en su historia. Desde que había empezado su afición por los ángeles, tenía ese viaje pendiente. Era un buen momento para irse; pronto llegaría la primavera a Europa. A Martín la idea le encantó. Conocía a la perfección la Toscana, pues en sus tiempos de seminarista había vivido algunos meses en la sede franciscana de Asís. Sabía de una ruta que nadie había hecho, porque él se la había ido inventando en sus fines de semana solitarios, bautizándola como "La ruta de los ángeles". Hacía muchos años que no la hacía. La última vez había sido con Fiamma, y se lo habían pasado de maravilla. Seguro que a Estrella le fascinaría, pensó ilusionado. Decidieron que viajarían en pocas semanas, coincidiendo con la Semana Santa.

Los preparativos del viaje distrajeron del todo el malestar de Martín, quien poco a poco se fue acostumbrando a su nueva vivienda. No se volvió a dejar ver, ni por los círculos periodísticos, ni por los amiguísticos; prefirió que fuese Fiamma quien se quedase con sus amigos comunes, para no ponerles a ellos en el penoso trance de tener que decidir por uno de los dos. Sólo se quedó con un punto de contacto: Antonio. Era él quien, en secreto y después de sonsacarle información a su mujer Alberta, le llevaba noticias frescas de Fiamma, filtrándole sus estados de ánimo y su diario vivir. Se tranquilizó de saber que su exmujer continuaba con la misma rutina de sus días y que, en términos generales, se encontraba bien. Nunca sospechó que le llegara a echar de menos.

Cuando ese atardecer de finales de marzo el avión de Alitalia levantó su vuelo, Martín se liberó por fin de sus angustias; en tierra habían quedado sus enmarañados complejos de culpa, su pasado cercano,

su pasado lejano, su profesión fallida, su piso, sus
escritos, su terraza, sus atardeceres, su hamaca, su
mar, sus caracolas, sus fotos, sus recuerdos... y Fiamma; todo aquello que le había ido atormentando
sin descanso en los últimos días se fue esfumando
entre el paisaje etéreo de las nubes y el horizonte
nuevo que le aguardaba. Para Martín, este viaje no
era sólo un tour por Italia: era la ruptura total con su
vida pasada. Se había liberado, o lo habían liberado,
de todas sus antiguas ataduras. Empezaba una vida
nueva junto a la mujer que amaba. Su corazón comenzaba a expandirse frente a la aventura que se le
dibujaba esplendorosa. Observaba por la ventanilla
del avión un jugoso atardecer, nunca visto. A sus pies
estaba un sol ardiente, que separaba con una delgada
línea roja el cielo de la tierra. La luz arriba y la sombra abajo. Era la primera vez que contemplaba un
atardecer claramente divisorio. Pensó en lo bello que
sería poder presenciar desde el espacio, entre órbitas
planetarias, el ciclo entero de un día terrestre. Observando el cielo, no pudo evitar pensar en Fiamma y en
su álbum de nubes. En ese mismo instante Estrella
le redimió de su recuerdo, recostando la cabeza sobre su pecho. Estaba radiante de alegría. Nunca en
toda su vida había sido más feliz. Iba a despertar un
sueño que llevaba durmiendo en su corazón desde
hacía algunos años, y lo iba a hacer con Martín. Atrás
quedaban las mentiras y aquel atormentado *Ángel*.
Ahora que nada quedaba oculto, que todo estaba
nítido, sus inseguridades habían desaparecido. Creía
que ese viaje les ayudaría a los dos a liberarse del

fantasma que planeaba constantemente sobre ellos desde que vivían juntos. Aunque en verdad muchas veces le habían hecho falta sus visitas a Fiamma, ya que durante meses había sido su amiga confidente, sólo pensar en su sicóloga, ahora exmujer de su... no sabía cómo llamarlo... la hacía sentir fatal con ella misma. Ella, que siempre había querido agradar a los demás, le había hecho daño a la mujer que más le había dado en los últimos meses. Intentaba por todos los medios que esta rumiadera constante de sentires no se le notara cuando estaba con Martín, pues ambos, de alguna manera, abrigaban sentimientos profundos hacia Fiamma.

Estrella, que tenía total autonomía en su trabajo, ya que lo hacía por puro placer, decidió tomarse unos meses de licencia, dejando Amor sin límites a cargo de su ayudante incondicional, Esperanza Gallardo. Económicamente, vivía de los bienes heredados de sus padres, quienes habían amasado una suculenta fortuna proveniente de la venta de una poderosa empresa textil. Después de su trágica muerte, ocurrida en accidente de tráfico, ella como hija única había pasado a ser heredera universal de un opíparo patrimonio, repartido en acciones de sólidas compañías: desde jaboneras y papeleras hasta entidades bancarias. Esa opulencia material no había podido llenar su hambre espiritual. Mientras su nevera y armarios se iban atiborrando, su alma se iba quedando cada vez más vacía. Por eso un día, viendo la televisión acompañada por su soledad de divorciada, había decidido montar aquella ONG, de la cual se había ido nutriendo los últimos años, cuando su soledad supuraba tristeza en carne viva. Aprendió a distraer sus dolores internos con acciones externas, viajando a zonas diezmadas por guerras, injusticias y hambrunas; sintiéndose salvadora en tierras ajenas, mientras se convertía en víctima en su propia tierra. Víctima de todos sus teneres; convertida, para su desgracia, por arte de herencia, en "quien tenía"... sin haber buscado nunca dentro de sí, el "quién era".

Ahora que estaba enamorada todo había cambiado para ella. Sus bienes serían los instrumentos que le ayudarían a completar su dicha; ayudarían a que su relación triunfara.

El día que se enteró de la perversa jugada que el diario había hecho a Martín, corrió a ofrecerle dinero, influencias y abogados, todo lo que él necesitara para recuperar lo que había perdido, o para que por lo menos no le importara, pero Martín, en su dignidad de hombre, no había querido aceptar su eventual ayuda económica, salvo en lo referente al viaje, ya que odiaba mezclar estos delicados temas con el amor.

Fue Estrella quien se encargó de planificarlo todo mientras Martín cerraba sus temas profesionales. No escatimó ni un peso en encontrar los mejores hoteles, reservando las suites más románticas en ciudades y pueblecitos elegidos por los dos con una ilusión desmesurada, propia de recién casados a punto de realizar su luna de miel. Por primera vez, Estrella haría uso de su dinero en beneficio propio. Necesitaba que Martín recordara ese viaje como el más bello que hubiese realizado nunca.

Les despertó la voz de la azafata y el olor humeante del desayuno aéreo, que por el cambio de horario no les apetecía tomar. Estaban a punto de llegar. Habían dormido toda la noche de un tirón. Se restregaron las caras con las toallitas calientes que les habían entregado y lanzaron sus soñolientos ojos al paisaje exterior. Era una mañana soleada y risueña. Sin hablarse, sus miradas se regocijaron de promesas. Tenían el alma rebosada de expectativas. Aterrizaron en Fiumicino, en el Leonardo da Vinci, donde les esperaba un coche que les llevó, sorteando un caótico tráfico, hasta el hotel.

Las siete colinas se silueteaban perfectas desde la ventana de la habitación. Se habían alojado en un hotel de la Piazza Trinità dei Monti que se vanagloriaba de tener las más bellas vistas de Roma.

Después de tomarse una ducha y festejar su llegada haciéndose el amor con desaforada hambre libertina, salieron a beberse la Ciudad Eterna, que se les entregaba a sus pies. Estrella enloqueció de gozo al descubrir, desde lo alto de la gran escalinata de piedra, decenas de azoteas que, como su terraza, estaban invadidas de madreselvas y ángeles. Las gradas por las que descendían abrazados rebozaban de músicos callejeros, flores y estudiantes tomando el sol. Para Martín, volver a respirar esa Roma caótica en plena primavera era renacer. La primera vez que había bajado por esas escaleras iba vestido de sotana, y sus ilusiones distaban mucho de ser las que ahora le acompañaban; su caribeña juventud se había deslumbrado con tanta exuberancia barroca, historia y mitos plasmados. En aquel entonces había pensado que la Roma que estaba viendo era una ciudad distinta a la que había imaginado. Era como si un coleccionista endiablado hubiera decidido, en su locura, enmarañarlo todo; fundir pasión, memoria, olvido y cinismo con obeliscos, estatuas, recovecos, catacumbas, piedras, fuentes y muros, arrojándolos luego, sin ningún pudor, a las verdes colinas; creando el desbarajuste más elegante y bello jamás visto. Todo seguía igual, pensó. Los italianos se seguían gritando entre ellos y los cafés seguían albergando los cientos de turistas de todos los colores que confundían sus idiomas en babeles con sabor a capuchino y expresso. Roma les recibía con su más íntima y loca magnificencia.

Al llegar abajo, se sentaron en la Fontana della Barcaccia a presenciar, durante largo rato, una ceremonia esplendorosa: las famosas escalinatas de la Trinità dei Monti, por donde acababan de descender, empezaban a vestirse de azaleas florecidas, tapizándose de colores hasta teñir la piedra con vaporosos pétalos. La ciudad se preparaba para celebrar la fiesta de la primavera. Hasta en ello se sentían gratificados. Roma les acogía con flores, pensaron los dos sin decírselo.

Ahora tenían todo el tiempo del mundo y podían caminar libres, sin tener que esquivar ninguna mirada ni comentario lenguaraz. Martín empezó a experimentar por fin lo que era la libertad sin desazones. De tanto que se había escondido todavía le quedaba algún despistado miedo, que rápidamente se sacaba de encima cuando constataba que ya no tenía nada que temer, pues todos los obstáculos habían sido superados; llegó a alegrarse hasta de su despido, reflexionando contento el "no hay mal que por bien no venga". Estaba convencido que todo lo que le estaba pasando hacía parte de su futuro por construir. Nunca, en sus veinticinco años que llevaba trabajando, había hecho un parón como éste. Durante cada año no había dejado de viajar, aprovechado sus vacaciones que hacía coincidir con las que se tomaba Fiamma; pero vivir así, pendiendo en la incertidumbre, teniendo claro que nada le aguardaba, era una sensación nueva que dotaba de un gusto diferente el placer de viajar.

Se tomaron un té aromatizado a mango en el entrañable Babington's tea-rooms de la esquina de la Piazza di Spagna, donde el viejo encargado reconoció en Martín a un antiguo seminarista que solía pasar las tardes escribiendo en la misma mesa donde ellos estaban sentados; Martín no quiso desvelarle que aquel joven seminarista era él; en cambio, terminó invitándole a sentarse, convirtiendo la improvisada ceremonia mañanera en una animada charla español-italianizada. Cuando partieron, llevaban un perfecto mapa trazado con recomendaciones angélicas privilegiadas, ya que el encargado había llegado a ser, en sus años mozos, comisionado de arte de uno de los pabellones más alados de la Galería de los Uffici en Florencia.

A pesar del largo viaje, Martín y Estrella se sentían ligeros. Estar en tierras extranjeras les aportaba lozana juventud y deseos púberes de comerse el mundo a trozos, como si fuera un delicioso pastel de fresco chocolate derretido. Martín no quería perder el tiempo; le habían vuelto las ganas de paladear a fondo cada instante de vida; por eso, se dio prisa en iniciar la búsqueda de ángeles; en empezar a acumular recuerdos nuevos con su amada, paseándola por aquellos rincones italianos que él más había disfrutado. Sobre todo, anhelaba ver crecer de asombro los aterciopelados ojos de Estrella cuando se encontrara frente a los ángeles más bellos del mundo. Quería llenarse de felicidad viéndola feliz. Ella, a su vez, anhelaba complacer a su amado en todo; ahora, su misión en la vida era darle alegrías; devolverle la plenitud que él le regalaba, exteriorizando a borbotones su dicha. Ambos pensaban que ese era el verdadero amor. Dar alegría al otro y, por un acto reflejo, darse alegría a sí mismo. Ninguno de los dos se había dado cuenta que, mientras buscaban desbocados por las calles romanas aquellos ángeles externos, lo que sus desesperadas almas buscaban era un ángel interior propio que apaciguara, por separado, sus respectivos espíritus inquietos.

Martín condujo a Estrella con los ojos cerrados hasta la entrada del Ponte Sant'Angelo. Allí, le descubrió la mirada: diez majestuosos ángeles de Bernini custodiaban altivos, a lado y lado del puente, la entrada del Castel y parecían, en su barroca elegancia, darles una celestial bienvenida. A partir de ese momento Estrella se sumergiría en una embriaguez visual de alas y amor al arte de la cual no se repondría nunca; se le volvió a alborotar su desaforado coleccionismo querubínico, que durante todo el viaje habría de manifestarse compulsivamente.

Con el paso por el puente, Martín dio por inaugurada "La ruta de los ángeles". Siguiendo las indicaciones dadas por el encargado del bar, empezaron por buscar esos alados personajes en el Vaticano. Se colaron en la Basílica de San Pietro y se bautizaron de ellos, en aquellas pilas sostenidas por los querubines más desproporcionadamente proporcionados.

Era una paradoja; esa desmesura de columnas, altares, esculturas y espacios, se convertían en mesura por la desenfrenada belleza del despilfarro de arte. Durante horas enteras se pasearon por cada uno de los altares, monumentos funerarios y capillas. Se sobrecogieron ante La Pietà de Miguel Ángel y, con el olor a velas y a santuario, evocaron sus encuentros secretos en la capilla de Los Ángeles Custodios. Se dieron cuenta que, por más que quisieran comerse en un día tanta belleza, sus sensibilidades no estaban preparadas para digerir tantos impactos visuales; necesitarían de muchos días si querían sobrevivir a tanto arte. Sin embargo, en un último gesto de locura fugaz y estando sobresaciados de hermosura, decidieron en su gula empalagarse aún más, llegando al fondo de todo. Hicieron el interminable recorrido que les llevaría hasta la Capella Sistina y, una vez dentro, esperaron a que el bullicioso tumulto de japoneses con cámaras colgantes y vídeos clausurados que habían entrado con ellos estuvieran fuera y, arropándose en el barullo, burlaron milagrosamente la vigilancia de los guardas hasta quedarse completamente solos; aquella lujuriosa obra renacentista, que Martín nunca en sus visitas anteriores había podido ver tan luminosa y viva, pues se encontraba ennegrecida por el humo de los cirios y el polvo de los siglos, les sobrecogió de éxtasis el alma. Ese lugar exudaba una espiritualidad asombrosa. A Martín se le ocurrió tenderse con Estrella en el suelo, para bañarse en naranjas, rosas y verdes suaves y revolcarse de amarillos deslumbrantes y azules turquesa victoriosos. La bóveda sixtina era una amalgama de gestos, expresiones, brazos, túnicas, cólera, expulsiones, amor, órdenes inmisericordes, dedos acusadores y serpientes enroscadas. Dioses creando y destruyendo; perdonando y castigando. Todas las debilidades y fuerzas terrenales estaban expresadas con maestría sobrenatural sobre ese cielo de yeso.

Hipnotizados ante ese espléndido cosmos de dimensiones sobrehumanas, Martín y Estrella cayeron presos de un extraño letargo, quedando con los ojos idos y los brazos abiertos bajo el paraíso, la creación y el diluvio nacido de las manos de Miguel Ángel. El hechicero sopor que les poseyó era observado desde el altar por un implacable juez supremo que impartía justicia desde la pared, con su brazo en alto, amenazando juzgar la desobediencia sacrílega de Martín y Estrella. Cuando volvieron en sí, se encontraron envueltos entre lamentos, alaridos, trompetas y llantos. La oscuridad reinaba en la capilla y las gentes arrojadas al infierno suplicaban clemencia, lanzándose a los pies del justiciero Dios, mientras otras corrían perseguidas por demonios. Martín y Estrella, cabizbajos en su semidesnudez de velos, eran conducidos por ángeles hasta los ojos del juez, que después de enumerarles los ignominiosos pecados cometidos, sus mentiras y encuentros profanos en la casa de Dios, las infidelidades y engaños a Fiamma, les condenó a chamuscarse eternamente en el incombustible fuego del infierno. Estrella gritaba despavorida, tratando de liberarse del férreo brazo que la empujaba con fuerza a meterse en la repugnante barca reventada de pecadores, aclarando a gritos que, cuando conoció a Martín ella desconocía que él era casado; pasándole todas las culpas a su compañero, quien por otro oscuro demonio era arrastrado a las tinieblas, entre una sudorosa y pestilente masa hedionda a orina y excrementos, que tropezaba y caía huyendo de los tridentes demoníacos que pinchaban sus cuerpos. El ensordecedor sonido de trompetas daba por concluido ese juicio, anunciando el caso siguiente. La sensación de calor y asfixia que Martín y Estrella vivían por separado, a medida que bajaban al abismo, les aterrorizó de tal manera que terminaron abjurando de su amor, arrepintiéndose de sus alocadas tardes de amores y caricias y de sus amaneceres de amados compartires; aborreciendo el haberse conocido aquella tarde en el Parque de los Suspiros; deseando volver a vivir las miserias de la soledad, el tedio y la monotonía en su Garmendia natal. Entre el ahogo y el pánico hicieron un último esfuerzo por huir de la condena, lanzándose desde la barca al vacío, tratando desesperadamente de encontrar alguna puerta que les liberara del encierro, pero los ángeles infernales, al darse cuenta de su escapada, se lanzaron furiosos a perseguirles. Cogidos de la mano, jadeantes y a tientas, fueron buscando alguna salida o agujero liberador; palpaban con urgencia las paredes, que ahora lucían pulcramente blancas como si nunca hubiesen albergado aquel magistral sueño cromático.

Martín se odió por haber tenido la loca idea de querer quedarse con Estrella en la capilla. En el pavor del encierro no entendía nada de lo que les estaba sucediendo; lo único que tenía claro era que necesitaban huir. De repente, una bella sibila envuelta en velos verdes y ocres salió de las sombras, y tomándoles de las manos les guió a escondidas hasta un gran ventanal donde, sin dudarlo, Martín y Estrella terminaron por arrojarse al exterior.

Era la segunda vez que estando con Estrella le ocurría. Martín ya había tenido antes esa sensación de estar despierto, cuando en realidad seguía dormido. La primera vez había sido en las playas de Agualinda, donde le había parecido ver, entre las olas del mar, a la Nereida que tanto había buscado de niño. Ahora, su cansancio de vuelo trasatlántico le había vuelto a producir esa realidad fantasiosa de la cual, aunque quería, le costaba salir. En su sueño, Martín luchaba desesperadamente por despertarse; su cuerpo estaba viviendo aquel angustioso vacío de caída que le llevaría seguramente a la muerte. Trataba de abrir los ojos para dar por finalizada su angustia, sin resultados. Entonces, cuando estaba a punto de estrellarse contra el suelo, se incorporó jadeante, bañado en sudor. Todo había terminado. Miró a su alrededor. La bóveda de la capilla seguía intacta, desbordando matices entre las sombras; las majestuosas paredes permanecían sosegadas; la penumbra de la tarde empezaba a envolverles.

Estrella lucía serenamente bella en su profundo sueño. Tendrían que irse de allí antes que se les hiciera de noche, pensó Martín, mojando los voluptuosos labios de Estrella con los restos de ansiedad que todavía le quedaban de su pesadilla vivida. Se dieron el tiempo justo para volver a la realidad y comenzaron a buscar la salida, pero las puertas estaban firmemente cerradas. El arte les tenía literalmente atrapados.

Fiamma dei Fiori se enteró del viaje de Martín Amador y Estrella Blanco el mismo día que se fueron. Alberta no se había aguantado las ganas de darle la noticia y, llamándola a la consulta, la había puesto al día de todos los detalles. Le dijo que habían marchado hacia Italia, sin fecha de regreso; que visitarían la Toscana, hospedándose en hoteles maravillosos de pueblitos de ensueño; le dijo que había sido un amigo suyo quien se había encargado de organizarles el viaje. Para Fiamma, la noticia fue un mortal ventarrón que terminó por apagar la débil llama de esperanza que guardaba su corazón. En el fondo, creía que su matrimonio con Martín se podía arreglar, aunque esperaba que fuese él quien viniera a pedirle perdón. Le echaba de menos, sin entender muy bien por qué. Tal vez era su instinto animal quien la llevaba a esa lucha invisible; el hecho de que otra mujer se lo hubiera llevado le había devuelto aquel amor de pertenencia. Le habían quitado a su hombre sin pedirle permiso. Tal vez ese amor repentinamente vivo hacia su marido proviniese de su amor propio herido, que buscaba ganar la partida.

La llamada acabó por desalentarla del todo. Le pidió a Alberta que jamás volviera a contarle nada de Martín, pues necesitaba erradicarlo de su vida. Abandonó por completo sus salidas, y se volcó en su vida profesional con la peor desgana que había tenido nunca. Se encerraba en las noches a repasar su vida con Martín, sin dejar de pensar en lo que él y Estrella estarían haciendo. Dejaba sonar y sonar su teléfono, ya que no soportaba tener que ponerle a sus amigos aquella voz de "no me pasa nada" cuando le pasaba de todo. Se sumergía entre los viejos álbumes, tratando de encontrar allí la pista del fracaso. Un día se dormía odiándose por recordarlo, y otro amanecía con el amor de Martín pegado a sus sábanas. Había vuelto a soñar sueños frustrados. Se despertaba de noche buscándole en la cama, y terminaba por envolverse en los poemas viejos escritos por él cuando eran novios. Había recuperado del cajón polvoriento del altillo las bellas fotos realizadas por los dos, cuando se dedicaban a capturar instantes de vida con sus cámaras, y con ellas una noche empapeló las paredes de su cuarto.

Un amanecer, de tantos desvelados, Fiamma sorprendió a Passionata en su ventana y corrió ilusionada a abrirle; con tantas tristezas había olvidado sus rojas alegrías mensajeras. La paloma arrastraba un largo pliego en su pata y parecía sonreírle con el pico. Al entrar, se puso a revolotear por toda la habitación sin detenerse; parecía como si quisiera jugar con ella; Fiamma la perseguía, tratando de atraparla, pero el ave cucurruteaba cantarina por los techos, desplegando sus alas como si supiera que era portadora de la alegría que ella necesitaba en aquel momento.

Estuvieron largo rato jugando al gato y al ratón, hasta que Passionata escapó por el pasillo y fue a posarse en el marco del cuadro Ocho rosas, el de la blusa ensangrentada del accidente con Estrella, que Fiamma había reconocido como una obra surrealista haciéndolo enmarcar. Con sorpresa, Fiamma se dio cuenta que la sangre del trozo de camisa había desaparecido por completo; ahora el cuadro era un retal de tela anodino, pegado a un fondo azul, con inscripciones de oro. Miró al suelo, y un minúsculo charco de sangre se había solidificado. No sabía cuánto tiempo llevaba allí aquella mancha. Descolgó el cuadro y lo fue destruyendo con alevosía ante los ojos del ave; arrancó el trozo de tela, los marcos y el paspartú; tachó las inscripciones que ella misma había hecho alrededor de las manchas rojas; tijereteó el pedazo de camisa despegado hasta volverlo añicos, tratando con ello de destruir la última rabia que le quedaba del abandono de su marido; ese objeto era lo único que no deseaba tener en su casa. Una vez concluido el asesinato del cuadro y liberada del rencor final, la tranquila paloma se le acercó, ofreciéndole el mensaje. David resucitaba de nuevo en su vida. Su letra de arquitecto le removió las pasiones adormiladas de sus últimos meses; en la nota le pedía romper definitivamente ese luto absurdo que iba viviendo. La invitaba, como si fuese la primera vez, a dar un paseo por el mar; quería llevarla a un lugar que seguro ella desconocía: La Gruta del Viento; dejarían que fuese la brisa quien en aquellos momentos les hablase y guiara. Cada palabra escrita por David había sido minuciosamente sopesada para no producir sino lo que él necesitaba: volver a verla. Sabía que, si la tenía delante, lo demás vendría por añadidura. Al terminar de leer la nota, David Piedra había logrado morder sutilmente el alma de Fiamma dei Fiori. Quedaron de volver a verse, esa tarde en la garita del baluarte de la santa Inocencia, a la hora de siempre: la de antes. La paloma había volado con la noticia a la Calle de las Angustias.

Fiamma no estaba del todo segura de querer volver a ver a David. No deseaba que la vieran con otro hombre... todavía. Ahora, que ya no tenía nada que temer, temía. Se sentía una viuda que, frente al cadáver de su marido, ya coqueteaba con quien le daba el pésame. Eran esas ideas religiosas que había chupado de su madre en su niñez. Le costaba desprenderse de todo aquello en este momento en que se hallaba tan desvalida emocionalmente. Imaginaba a su madre diciéndole: "no sólo hay que ser buena, Fiamma, también hay que parecerlo". Luego aparecía la voz de su padre sentenciando: "nos mató esta venida al mundo"... y acababa sintiendo profundamente esa frase. Siendo una realidad tan llana, aquella expresión adquiría en estos momentos para Fiamma un significado errado: cansancio de vida; empezaba a estar cansada de vivir. Nada le ataba a este mundo. Nada tenía significado. No tenía hijos que la necesitaran, ni marido que la amara, ni madre que la cuidara, ni anhelos por cumplir. Había dejado de sentirse necesaria para alguien. Ni siquiera sus pacientes la necesitaban. Todos podían sobrevivir sin ella. Sus días vitales habían muerto. Incluso los fuegos artificiales, que en su día David había encendido para ella, se habían apagado con la noticia de la infidelidad de su marido. Empezaba a atravesar una crisis de identidad que todavía no reconocía. Una depresión planeaba sobre ella, en círculos, como gallinazo hambriento, y estaba a punto de desgarrarla a picotazos.

Iba yéndose sin querer hacia las murallas, empujando sus ganas desganadas. Volvía a vestir de blanco y cara lavada inmaculada. Parecía una virgen abandonada en su noche de bodas. Subía cada escalón como si escalase el Everest sin equipo apropiado. Al coronar la rampa de piedra, un atardecer rayado le esperaba inconcluso. Parecía como si el pintor que lo estuviera pintando se hubiese cansado, abandonando la obra con la mitad del lienzo por hacer. En sus mejores días, Fiamma habría corrido a buscar su cámara para fotografiar aquella maravilla, pero el momento le impedía visualizar colores. Sufría de una acromatía interna de alegría. Estaba ciega al color de la vida, porque su alma se negaba a verlo.

Era temprano y David aún no había llegado. Se metió en la torrecilla abierta y su soledad creció con las alturas. Se preguntaba qué estaba haciendo allí, cuando en verdad no quería ni levantarse de la cama. No tuvo tiempo de responderse. La sombra del cuerpo de David le anunció su llegada. Estaba despeinado por el viento, y su camisa blanca resaltaba su bronceado. Sus toscas manos de escultor aguantaban un ramo de pensamientos que había arrancado de sus trinitarias florecidas.

Sus enamorados ojos le lanzaron unas ganas de abrazarla, que Fiamma contuvo con un hola resistido. Él no sabía cómo comportarse con ella en ese momento, pues temía asustarla; así que, dominando su impulso de tomarla en brazos y beberse su cuello a besos, le entregó el ramito de violetas como si fuera un ritual establecido, y restándole importancia al pequeño presente la cogió de la mano y la distrajo, hablándole de lo último que había estado trabajando en su casa. Quería volver a entusiasmarla con la piedra, con el fango o con la arena. La veía derrotada y él la necesitaba viva. La dejó que hablara y hablara hasta que vació la última palabra que le quedaba dentro. Como si transportara un molde de yeso hueco de una escultura vaciada, David fue llevando a Fiamma al rincón del viento, bordeando murallas y luego acantilados, hasta adentrarla en el camino que conducía a la gruta; era un pequeño agujero entre las rocas, por donde se había ido colando el mar hasta crear un íntimo lago, desconocido por muchos. La luna se reflejaba en las tranquilas aguas, y el viento al pasar creaba unos lamentosos silbidos largos. En silencio atravesaron la entrada y se sentaron en una de las piedras que sobresalían del agua. Una intensa humedad, provocada por la atomización de las olas al chocar contra la roca exterior, les fue mojando, ablandando con ello los dolores difusos de una Fiamma desconocida por David. Ella, para protegerse tal vez hasta de ella misma, había optado por ponerse en la posición favorita de su adolescencia: la de ovillo protector. Acurrucada y con los brazos rodeándose las piernas, descansaba su cabeza sobre las rodillas. David se quedó contemplándola, y sin perder tiempo sacó un cincel y un mazo pequeños que siempre llevaba consigo, y en una pequeña roca que encontró fue creando una diminuta escultura con forma de huevo, de donde salía una pequeña niña entristecida. Cuando acabó se la ofreció a Fiamma. La sonrisa blanca de su "Galatea" volvió a iluminarle el rostro. Jugaron a recoger piedrecitas y lanzarlas, para romper con círculos el inmóvil espejo del aguado cristal y los silencios expectantes. Empezaron por bañarse los pies en el verde líquido del estanque y acabaron con las ropas pegadas a sus cuerpos, empapados de ganas, entre lametazos salados, espumarajos y la contradictoria resistencia de Fiamma a dejarse ir en lo que el cuerpo le pedía. En un sí y no constantes fueron rasgándose las ropas, hasta que la furia de amor contenida en David sometió las congojas de Fiamma a su voluntad desaforada de amor carnal. Por primera vez, la Gruta del Viento recibió unos lamentos endiosados por el eco: las voces divinas de dos amantes, desfallecidos de ganas inconclusas. David había amado a Fiamma con atropellada violencia lasciva; Fiamma, despojada de apariencias y formas, se había rendido indefensa ante la fuerza oscura de su amante escultor, quedando clavada contra la roca mientras recibía brutales embestidas de pasiones desbocadas. Una vez liberada a la fuerza de su impuesto luto, Fiamma quedó desnuda, bautizada de luna y amor cumplido. David, emancipado de deseo y aprovechando la acústica del viento, le fue lanzando a gritos te amos, que rebotaban en las paredes de la piedra y se multiplicaban entre musgos y humedades, creando promesas vegetales de amor nunca sentidas.

A partir de esa tarde de amor rabioso, las lánguidas penas de Fiamma se fueron soliviantando. Decidió, sin embargo, que aunque David llenara un poco el hueco de sus solitudes, ella continuaría viviendo en su piso de la Calle de las Almas. Todavía no quería desprenderse de los recuerdos de Martín, pues en sus objetos vividos presentía un poco de su alma. No sabía cuánto lo había amado hasta que le había perdido. Con Martín le había pasado lo mismo que de pequeña con su cajita de música. Se había aguantado muchas veces las ganas de darle cuerda y abrirla, aunque le fascinaba hacerlo, para ver cómo salía aquella estilizada bailarina de ballet y bailaba El lago de los cisnes sobre el cristal; pensaba que, si la abría demasiado, corría el peligro de que se dañara el mecanismo; tenía miedo de romper la cuerda. Había desperdiciado tantos momentos con Martín por miedo a que se les gastara el amor, y el amor se les había roto en el desuso; ahora se arrepentía de tantos rechazos y silencios; de tantas noches en las que sus cuerpos habían podido arder y en cambio se habían helado en el estoicismo del orgullo y del cansancio. No habían sabido aprovecharse de tenerse. En este momento en que lo veía claro, ya no podía hacer nada. La música ya no sonaba, y la bailarina no bailaba…

Quería mantener intacto el recuerdo de Martín, no sabía por qué motivo; tal vez por el mismo que le llevaba a conservar en la buhardilla su cajita: la vana esperanza de volver a escucharla, o de que se arreglara por sí sola. Durante años sus ojos habían rebujado las vitrinas buscando hallar otra igual, pero nunca la había encontrado; a sus seis años había llorado por esa caja como si hubiese perdido un ser querido; el saber que ella sonaba, aunque no la accionara casi nunca, la hacía feliz. Igual le había pasado con Martín; tenerlo a su lado había sido suficiente para tranquilizar su espíritu. Habían malgastado dieciocho años de vida en común viviendo sin vivir, oyéndose sin escucharse, esperando que todo se les diera por añadidura. No habían parado de trabajar, pero no se habían trabajado.

Ahora Fiamma sentía que la vida quería enseñarle, a golpe de señas, a vivir de otra manera, y a ella le estaba costando descifrar lo qué quería decirle.

Entendiendo muy poco su nueva situación de separada, y apoyada en el amor de David, Fiamma continuó sus actividades con algunas gotas de ilusión, tomando los casos de sus pacientes con una dedicación exagerada; distrayendo sus pesares de abandono con la ilusión e incertidumbre de una relación que todavía estaba por manifestarse a fondo; gastando sus días en ires y veceres.

Volvieron a darse los escondidos encuentros impregnados de pasión en la casa violeta, y por las calles de Garmendia del Viento empezaron a florecer rosales que dieron la primicia de una bella especie desconocida: la rosa negra de Garmendia. Como el alma de Fiamma, el alma de Garmendia del Viento había cambiado. A pesar de que casi nadie lo percibiera, ya nada volvería a ser igual.

Aun cuando le costaba acostumbrarse a su nueva condición, Fiamma dei Fiori poco a poco fue entendiendo que tenía que seguir caminando, aunque de momento fuese entre tinieblas. Ocultó a todas sus pacientes su fracaso matrimonial para no espantarlas, y huyó de las preguntas capciosas de sus amigas. De la vida de ella nadie sabía nada, salvo ella y David Piedra.

Se empezó a aficionar con la afición de su amante, que en su casa había creado un inmenso jardín protegido por cristales, una especie de invernadero donde revoloteaban miles de iridiscentes mariposas. Cuando estaba seco de inspiraciones, David Piedra salía con su red a cazarlas, llegando cargado de esos "pétalos vivos", como le gustaba llamarles, que liberaba en su jardín botánico. Fiamma, que prefería verlos en total libertad, aprendió a disfrutar de sus vuelos en sus visitas crepusculares. Era como una terapia de belleza y silencio. Se quedaba horas enteras pegada al cristal observando el apareamiento de las mariposas, fotografiando sus inimaginables colores, descifrando especies, copiando y delineando alas puntiagudas, redondas, triangulares, dobles y ovaladas en las páginas de su inseparable diario rojo; inspirándose en las estrambóticas y vermiculadas formas de las flores donde ellas solían posarse a beber. Llegó a saber más de mariposas que el mismo David, quien sólo las capturaba por el placer de decorar bellamente su santuario. Aquella exótica explosión de flores aladas y flores estáticas creaba un cromatismo vibrante.

La vitalidad que transpiraba ese espacio impresionaba; los largos pistilos ofrecían sus intimidades a las sedientas lenguas de las mariposas; todas las flores se abrían desvergonzadas ante colibríes y abejas, en una danza erótica de transparencias y velos sólo percibida por la mirada sensible de Fiamma; los perfumes de narcisos y jazmines se esparcían en el aire, provocando desfloraciones prematuras; hasta las flores solitarias perdían su timidez cuando presentían que se alborotaban los cortejeos. En ese mundo de naturaleza viva todos se entendían; los armoniosos encuentros se producían en silencios colmados; todo estaba establecido sin reglas; parecía como si para cada flor existiese una mariposa, una pertenencia velada, sin papeles; las margaritas de corolas doradas vivían rodeadas de mariposas azules; los crisantemos anaranjados, de mariposas coloradas; los lirios azules recibían la constante visita de anaranjadas mariposas; los almendros florecidos eran disputados por bullosos pajarillos y descarriados abejorros. Entre tantos revoloteos nupciales, las flores acababan desnudas, derramando sus néctares y pólenes, expandiendo sus mieles en despilfarros indecentes; creando una atmósfera húmeda que invitaba constantemente al amor; un círculo vicioso de copulaciones florales, rico en amores y colores.

Aquel jardín era como una fábrica de tintes vegetales que ofrecían, en un abrir y cerrar de vuelos, una infinita paleta de matices. De éstas y más cosas Fiamma se fue empapando, convirtiéndose en una observadora finísima. Cuando retiraba los ojos del invernadero, sus retinas continuaban advirtiéndolo

todo. Una tarde, de tanto observar, acabó descubriendo en el patio de la casa violeta algo que la dejó
atónita: todas las esculturas colocadas en las arcadas
alrededor de la fuente tenían su rostro. Sorprendida y
asustada, recordó su primer encuentro con David; lo
que le había impresionado tanto aquel día de exposición
en el Callejón de la Media Luna, no era la actitud de las
esculturas, como ella había creído; era el verse reflejada
y multiplicada en las decenas de piedras esculpidas.
Terminó rescatando su vieja teoría de las casualidades;
tantas coincidencias no debían ser fortuitas; tal vez
David había aparecido en su vida para rescatarla de
sus infortunios. Pensar en ello la tranquilizó.

Para distraerse de tantas elucubraciones sin respuesta dejó que David fuera adiestrándola en el arte del
barro, y sin darse cuenta empezó a hacer pequeños
volúmenes, que poco a poco fueron cogiendo formas
inquietantes. Fue necesitando más espacio, pues ya no
se conformaba con las pequeñas formas coloidales. Su
espíritu creativo, tantos años aprisionado, le pedía experimentar nuevos formatos y materiales más nobles.
El volumen se fue convirtiendo en una necesidad vital
para expresarse. Precisaba de las dimensiones para
plasmar sus frustraciones y sentires. En ese novísimo
arte, empezaron a escapar sus anhelos y tristezas. Se
pasaba el día en la consulta esperando la tarde con
vehemencia; sin percatarse, le fue naciendo un amor
apasionado por crear bultos, figuras y abstracciones.
Toda aquella necesidad incumplida de fecundar hijos
olvidados le había vuelto; cada pieza moldeada llevaba
el alma de su irrealizable maternidad.

Su incipiente estilo mostraba una predilección por las formas curvilíneas y simples. Era como si sus manos fueran guiadas sólo por las emociones, como si trabajaran independientes del resto de su cuerpo. Cuando estaba frente a la materia, Fiamma parecía entrar en trance de amor. Sus pupilas se dilataban en un éxtasis prolongado, del cual no regresaba hasta no tener perfilada la obra.

David se sentía orgulloso de su alumna. Nunca había visto una persona que se tomara el aprendizaje con aquel ímpetu. Muchas noches, a Fiamma le llegaba la madrugada sin haberse despegado de su creación, y aunque David le rogaba que se quedase, Fiamma siempre iba a dormir a su piso; desde que se había separado, no había faltado ni un solo día a su promesa interior de mantener su casa como si nada hubiese cambiado. David se había convertido en un amigo mudo, que asistía a su terapia de recuperación ofreciéndole todos sus conocimientos, a la espera de recobrar a la Fiamma que él había conocido. Le habilitó un espacio en su jardín, muy cerca del invernadero de las mariposas, y tratando de no importunarla, la dejaba sumergirse en sus historias. De vez en cuando le llevaba alguna taza de té de menta, y aprovechaba para envolverla en sus abrazos y reconfortarla en sus caricias. Ella se dejaba amar sin grandes aspavientos. Parecía que el cuerpo se le hubiese separado de su sentir más profundo. David se conformaba con ello, pues estaba convencido que era un tema transitorio y que, mientras ella estuviese con él, todo llegaría. Nunca le mencionaba nada que pudiera recordarle a

su ex-marido, y evitaba presionarla en su deseo, cada
vez mayor, de que ambos empezaran a compartir sus
vidas. Fiamma, por su parte, se fue dando cuenta que
para esculpir necesitaba más tiempo; imperceptiblemente, fue recortando el tiempo de sus pacientes de
las tardes para añadirlo a su nuevo placer.

Una mañana de consulta, después de haber aten-
dido a Divine Montparnasse, aquella llamativa mujer
que padecía el síndrome de Famosismo Focoso y
siempre vestía unas enormes gafas negras que no
se quitaba ni siquiera para dormir, pensando que
hasta en sueños podrían reconocerla unos fanáticos
seguidores inexistentes, Fiamma recibió a la única
paciente a la cual temía. Había sido su primera cliente
y llevaba todos los años tratándola. Era un caso agudo
de personalidad múltiple; aun cuando su verdadero
nombre era Visitación Eterna, cada vez que venía
a verla le llegaba con un nombre diferente, el de la
personalidad que ese día se hubiese apoderado de ella.
En total, Fiamma le tenía reconocidas ciento setenta
y cinco personalidades. Esa mañana le había venido
vestida con traje verde de camuflaje, gorra y botas
militares. Llegó cargada de autoritarismo donde la secretaria, y después de hacerla poner de pie y saludarla
militarmente, requirió despótica la presencia de una
tal sub-comandante Fiamma. La secretaria, que ya la
conocía y dominaba el tema, le siguió la corriente, y
tratándola con sumo respeto la invitó a sentarse. Su
inconfundible acento y vestimenta no dejaban lugar a
dudas: había llegado Fidela Castro, una supuesta líder

de la revolución cuya única misión era liberar de la opresión yanqui el pueblo de Garmendia del Viento. Lo primero que empezó a hacer la secretaria, sin siquiera recibir órdenes de la sicóloga, fue cancelar las cuatro citas siguientes. Sabía por otras entrevistas que esta paciente había realizado con dicha personalidad, que la hora se le alargaba de forma inmisericorde.

Fiamma salió a recibirla con una desgana que no pudo disimular. Para sus adentros pensaba que no se merecía tanta tortura, sobre todo el día en que estaba a punto de terminar su primera talla en piedra y tenía planeado escaparse de la consulta más temprano. La hizo pasar, y con un amable gesto le sugirió que se sentase. Fidela, sin dejar de caminar, empezó su inaguantable perorata de injusticias realizadas por el pueblo americano contra los garmendios. En su discurso mencionaba igualdad para todos, cartillas de racionamiento, super raza atlética y profesional. Conminaba a los garmendios a un encierro forzoso en su ciudad, a vigilar las calles las veinticuatro horas del día para prevenir una imprevisible invasión; a no desear los bienes ajenos ni los propios. Hablaba de multar a cuanto garmendio encontrara realizando oficios que fueran en contra de los estatutos revolucionarios, y condenaba para siempre a los adolescentes con ganas de vivir y ser adolescentes a comportarse militarmente y a realizar desfiles a favor de su causa. Mientras lanzaba su arenga comunistoide y dictatorial, Fidela Castro iba blandiendo sus brazos y lanzando lluvias intermitentes de saliva, que se escapaban espumosas entre sus dientes. Durante siete horas Fiamma estuvo escuchándola, tratando de hacerla entrar en razón y que recuperara su cordura o por lo menos su personalidad real, la de Visitación Eterna, sin resultados positivos. Entre más trataba de calmarla, Fidela más se alborotaba. Cansada de tanta diarrea verbal y saliva focal, que le tenía embabada la cara, Fiamma entró en un estado de saturación tal que decidió, de un portazo, no sólo abandonar su despacho sino su profesión, maldiciendo sus dieciséis años de vida dilapidada dentro de esas cuatro paredes. Mandó al carajo informes, agendas, bolígrafos, grabadoras, cintas, casetes y cuanto objeto le recordaba su profesión, en un arranque de cordura y sensatez como nunca en su vida había experimentado. Después de lanzar sobre el escritorio de su secretaria su bata blanca y de decirle que ahí se lo dejaba todo para ella, escapó volada como alma que lleva el diablo, envuelta en sus propias refunfuñas y protestas monólogas; repitiendo en voz alta un monótono e inacabable "se acabó, se acabó" por entre los inocentes garmendios, que no acababan de entender qué era lo que se había acabado.

Caminó y caminó sin rumbo hasta que sus piernas se rindieron. Se sentó en la misma playa donde había conocido a Martín. Dejó que las olas la tranquilizaran, y objetivizando, llegó a la conclusión de que nunca en su vida había hecho lo que quería, sino lo que se esperaba de ella. Ahora, que no tenía nada que perder, pues ya todo lo había perdido, renunciaría a cargar con las desgracias de las mujeres garmendias y se dedicaría a aguantar las suyas. Empezó a acariciar la idea de dedicarse a esculpir. Sus ahorros de toda la vida se lo permitirían. Tendría todas las horas del mundo para hacer florecer un viejo anhelo. No le debía nada a nadie y nadie le debía nada. Le faltaba poco más de un año para cumplir los cuarenta y le había llegado el momento de renacer, por lo menos profesionalmente. Fue pensando qué haría con todas sus clientas, y al final terminó reconociendo que no le importaba. Se levantó y con todas sus fuerzas arrojó al mar su odiado móvil; después lanzó a los cuatro vientos de Garmendia un feroz grito de liberación; las olas le devolvieron un espumante sí, mojándole los pies. Empezaría a vivir para ella. Por una vez en la vida sería todo lo egoísta que pudiera, aunque nadie la entendiera. En un "no me importa" gesticulado, Fiamma alzó los hombros con todas sus ganas; ese gesto infantil, perseguido y castigado severamente por su padre, ahora le ayudaba a reafirmar su decisión. Nunca en todos sus años de existencia había estado más sola ante la vida. Era verdad que David estaba allí, pero ella no se sentía acompañada, porque aún no le había dejado un verdadero espacio en su alma, que parecía ocupada todavía por Martín. Se metió en el mar vestida, y las tibias aguas tropicales la reconfortaron. Le había explotado una rebeldía quinceañera que la hacía nadar, sumergirse y flotar en algo nuevo: la sensación de sentirse libre de todo. Acabó desnudándose y lavándose de prejuicios, composturas impuestas, medias veladas, sonrisas mentirosas, pasados pendientes y taras de tristeza familiares. Durante horas meditó desnuda, en posición flor de loto, arrullada por cantos marinos y

nocturnos paseos de cangrejos. Le pareció elevarse
de la arena, inundada por un íntimo halo placentero
que le condujo al centro mismo de su ser, donde una
suave luz le bañaba de esperanza. No hubiese salido
nunca de ese estado de gracia levitante si no hubiese
sido porque la mano de David Piedra la aterrizó de
nuevo en la terrenal certeza de su masa corpórea.
Al verla tan mojada y desnuda, el escultor se sacó su
camisa y con ternura cubrió su desnudez. La había
esperado y esperado en la casa toda la tarde, y al darse
cuenta que era medianoche y no llegaba, conociendo
la excitación que Fiamma tenía por acabar ese día
su obra en piedra, corrió preocupado a la Calle de
las Jacarandas donde quedaba el consultorio. Era la
primera vez que entraba allí, pues sabía que Fiamma
odiaba que le invadieran sus espacios. Había encontrado la puerta abierta de par en par, y desparramados
por el suelo yacían papeles desordenados, casetes
rotos, grabadoras descuajaringadas, un caos que puso
en estado de máxima alerta el corazón de David.
Lo primero que pensó era que allí habían entrado
a robar. Cruzó hasta la sala interior y se encontró a
una mujer vestida con ropas de camuflaje militares
discursando sobre revoluciones inconexas, sola y
completamente a oscuras. Entonces entendió que no
se trataba de ningún robo material, sino de algo peor:
un robo espiritual; esa mujer le había estado robando
el tiempo a Fiamma. Comprendió inmediatamente su
fulminante huida. Fue buscándola por los rincones
que sabía eran los favoritos de su amada, y después de
caminarse toda la bahía sin resultados había optado

por dejarse guiar por su instinto, acabando en el sitio menos pensado, acertando de lleno.

Había estado observándola muchos minutos, y al ver que no volvía en sí, había decidido ponerle suavemente la mano sobre su hombro. La encontraba cambiada. A pesar del enmarañado desorden de su cuerpo, estaba invadida de paz. Un brillo sereno resplandecía en sus verdes ojos. La abrazó y le sintió el cuerpo entregado, placenteramente desmadejado. Desde que le había ocurrido lo de su marido, David no la había sentido así. Era la primera vez en meses que volvía a él en cuerpo y alma.

No quiso romper el hechizo de la noche, y después de cubrirla con su abrazo protector la condujo hasta el coche, como si su cuerpo fuese de cristal y pudiera astillarse. Al llegar a la casa violeta, la cargó y fue subiendo las interminables escaleras con ella agarrada de su cuello; cuando alcanzó el rellano de su habitación los desmadejados brazos de Fiamma se habían soltado; había entrado en un profundo sueño. La dejó sobre la cama, cubriéndola con una liviana manta y un beso.

Después de cinco meses, Fiamma volvía dormir en el lecho estrellado de David.

Al día siguiente se despertó aérea, recuperada de un cansancio de años. Era como si de repente se hubiera quitado de encima todos los pesos que había cargado durante siglos. Aquella resolución de abandonar su profesión había limpiado y aclarado su horizonte futuro. Tendría algo por qué luchar. Un fresco sueño, rodeado de piedras, barros y alabastros. Se le despertaron ganas y hambre, todas juntas; quería devorar.

Se desperezó como gata desgonzada, y de su enmarañado pelo cayó una pequeña caracola verde, que con
seguridad había quedado atrapada en las redes negras
de sus rizos mientras se revolcaba en sus nados de
sirena trasnochados. Por un instante su pensar cayó
en Martín, pero no permitió que ese machucón de
tristeza enturbiara su dicha nueva.

David había preparado para ella un suculento
plato de frutas tropicales. Apareció por la puerta
recién duchado, vistiendo su albornoz blanco; olía a
guayaba madura y a sándalo. Iba cargado con la bandeja, y alrededor de él Passionata revoloteaba feliz,
festejando con canturreos y arrumacos la presencia
de Fiamma. Al verlo, Fiamma lo encontró bellísimo
en su pulcra limpieza; se dejó agasajar con mimos y
caricias. Comió con avidez de gamina hambrienta los
trozos de papaya, melón, sandía y guayaba. Devoró
los mangos chancletos, dejando que el jugo le escu-
rriera por manos y brazos, chupando su pepa, hasta
conseguir que sus mechas quedaran descoloridas, sin
gota de zumo. Recordó cuando de niña las convertía
en caras; primero las ponía a secar al sol, y después
les pintaba ojos, nariz, boca y pelos de colores; así
llegó a acumular decenas de "muñecas pepas", con
las que se pasaba el día jugando en el patio de su casa
mientras sus hermanas mayores asistían al colegio.
Le encantaba encaramarse a los árboles de mango
e imitar los cantos de los pájaros para que su madre
creyera que eran ellos los que le hablaban. Mientras
desayunaba, los pensamientos de Fiamma saltaban
desordenados de su pasado a su futuro, rebotando en

su presente inmediato. Pensó que tendría que avisarle a su secretaria que no iría, pero su desidia venció. Sería irresponsable con todas sus consecuencias. Se cansarían de esperarla en la consulta.

David la observaba embelesado; le parecía que nunca la había visto tan niña abierta; los rubores de mora madura, vestían de exaltación sus mejillas. Toda ella emanaba una sana locura contagiosa. Sin poder resistirse más a su alegría, David acabó amándola con infinita ternura. Ella volvió a entregarse a él, temblando enamorada. Ese día celebraría, por fin, su libertad.

Decidió irse a vivir con David, convencida que un cambio de casa le ayudaría en su nueva vida. Tardó algunas semanas en cerrar su piso. Salvo una exigua maleta no quiso llevarse nada, pues en el último rincón de su alma todavía quedaba un dolor atado a esa estancia. En una atormentada y solitaria ceremonia, Fiamma fue cubriendo, con sábanas blancas, sillones, sofás, esculturas, mesas, fotos alegres, vasijas, cuadros, lámparas y cuanto objeto se encontró; era como si fuera a hacer un largo viaje sin fecha de regreso. Empapeló de negro los cristales para evitar que la dañina luz del sol se colara dentro; cerró cortinas; enrolló alfombras; subió al altillo, donde dormían los recuerdos de ella y su marido, y terminó tropezando con la caja de madera que contenía la colección de caracolas de Martín. No pudo resistir la tentación de abrirla. Al hacerlo, su corazón volvió a romperse; no había caído en cuenta que su alma todavía estaba convaleciente. Allí permanecían, opacadas por el polvo, las bellas caracolas que habían recogido juntos en sus largos atardeceres de noviazgo; todas guardaban dentro una historia de su amor. Acabó derramando sobre ellas las últimas lágrimas viejas que le quedaban; brotaron como ríos desbocados sus más hondas tristezas, y cuando la caja empezó a temblar desbordada por el peso de sus lágrimas y las caracolas emergieron del fondo flotando desorientadas en su salitrado llanto, la abandonó en el suelo y huyó escaleras abajo. No volvería a pisar nunca aquella casa. Sus paredes la amarraban a un pasado que le hacía demasiado daño, y ella quería liberarse del dolor. Una vez hubo cerrado la puerta, se agachó para meter la llave por la ranura, tratando de matar con ese gesto tal vez una futura tentación de volver a entrar, pero al final cambió de idea: la arrojaría al mar desde la orilla donde se habían amado, para que se ahogaran con ella sus memorias. Decidió hacerlo en ese mismo instante, huyéndole a los arrepentimientos de última hora.

Camino a la playa Fiamma apretaba en su puño cerrado la única llave que quedaba de su hogar. Sabía que lo que estaba a punto de hacer, más que una acción deliberada, era un ritual de renuncia. Lanzando esa llave al mar abandonaba cualquier posibilidad de retorno a su vida pasada.

Al llegar al lugar se detuvo a escuchar el oleaje, pero el mar impasible se negó a cantar; entonces, en aquella quietud de noche cerrada, lanzó con todas sus fuerzas el pequeño bronce, que como pesada gota de oro acabó clavándose en las profundas aguas.

Tardaron unos días en planearlo todo. David había tenido la brillante idea de proponer un viaje de tres meses a la India y Fiamma había aceptado alborozada. Sentía fascinación por ese país. Era uno de sus grandes sueños por cumplir; sus curiosidades espirituales y artísticas le habían ido conduciendo hasta allí y deseaba impregnarse de aquella milenaria cultura de religiones y rituales. Le enamoraba todo: el colorido de los saris, la belleza de sus múltiples artes, sus raras y exóticas esencias y especies, sus tejidos y tintes, la elegancia con que las mujeres asumían y veían la vida a través de los velos, esa serenidad que transmitían en sus ojos, el khol en las miradas ingenuas de los niños, la delicadeza y el costumbrismo de los cuadros rajputas, el rabioso colorismo de la pintura kalighat, la arquitectura sagrada, las leyendas que circulaban alrededor de sus dioses, los cultos tántricos. Pero sobre todo, le enloquecía de dicha la idea de ir a Khajuraho y conocer los templos del amor. Hacía años que alimentaba el sueño de hacer ese viaje, pero nunca había tenido tiempo; sabía que la India era un país para saborearlo en observadora lentitud.

Con la ilusión desaforada del viaje por hacer, David y Fiamma fueron juntos al barrio indio y allí se apertrecharon de libros, guías y cuanta información pasó por sus manos. El escultor ya había visitado ese país cuando era muy joven, y la India se había convertido para muchos jóvenes liberales y rebeldes en fuente de inspiración de donde brotaba la paz y el amor universal. Durante meses había vivido envuelto en túnicas y ayunos, realizando esculturas sobre piedra arenisca tomada de las canteras de Panna; el mismo tipo de piedra amarilla jaspeada en rojos con la que se habían construido los maravillosos templos jainíes. Había conocido de cerca al famoso grupo de Liverpool, The Beatles, y les había escuchado interpretar las inéditas canciones que más tarde enloquecerían al mundo. Después de todo ello sólo le había quedado su pasión por vivir rodeado de inciensos y su soledad de asceta, rota ahora por la aparición de Fiamma en su vida.

Las semanas previas al viaje vivieron un verdadero éxtasis de preparativos. Se entrevistaron con un yogui amigo de Fiamma, quien les recomendó, como guinda final del viaje, apartarse del circuito turístico. Se dedicaron apasionadamente a crear el viaje soñado, y cuando lo tuvieron todo a punto, sin decir nada a nadie, partieron rumbo a Delhi. Harían el norte de la India; visitarían Udaipur, Jodhpur, Jaipur y Agra, se asomarían al Taj Mahal, se inspirarían en Khajuraho, se sumergirían en la resplandeciente Varanasi, y después, se recuperarían en un silencioso monasterio, antes de regresar a Garmendia del Viento.

Las semanas habían ido transcurriendo para Martín Amador y Estrella Blanco en un ambiente verde, de colinas suaves y cipreses. Después del sonado incidente en la Capella Sistina, donde se habían visto obligados a pernoctar toda una noche acabando en la comisaría, entre los furiosos carabinieri que insistían en que la pareja quería destrozar las valiosas obras del Vaticano, mientras el cónsul de su país se desgañitaba por explicar que todo había sido producto de la inconciencia del amor, la pareja había prometido no volver a meterse en líos. Agradecieron las gentiles gestiones diplomáticas de don Plegario de la Cruz Caballero, amigo íntimo de la familia de Estrella, invitándole a una gran cena en el restaurante del último piso del hotel Hassler, donde se alojaban.

Su paso por Roma había devuelto a Martín la ilusión. Se había contagiado del romanticismo que emanaba de todos los rincones. Había aprovechado para enseñarle a Estrella lugares entrañables. La había llevado a aquella pequeña fuente desbordante de musgo fresco, verdadero monumento al triunfo de la humedad sobre la aridez de la piedra, que en sus recreos de seminarista se había cansado de contemplar y fotografiar. Allí la había bautizado "como suya", ungiendo su frente con heladas gotas que brotaban de los verdes líquenes. La había conducido por callejuelas de pendientes difíciles y fachadas desteñidas, cubiertas de ropas empapadas que los trasteverinos extendían con descaro, aireando a los ojos del visitante desde sus manteles hasta sus más íntimas prendas; calzoncillos, bragas y sujetadores se alzaban como banderas gloriosas, impregnando el barrio de humedades olorosas a detergente. La paseó por entre los verdes florecidos, que escapaban de repente de los patios de las casas en cascadas de flores azules, invadiendo de naturaleza los viejos adoquines desgastados de pisadas. La había llevado a la Piazza de Santa María in Trastevere para que escuchara las campanas nocturnas; allí le había explicado el lenguaje de los bronces; le había enseñado a distinguir los diferentes tipos de campanas: las graves, marcando las horas, y las agudas, marcando los cuartos. Estrella aprendió a reconocer los tañidos de celebración y los de duelo. Satisficieron sus ganas de rissoto de fruti di mare y Chianti bajo los emparrados, mientras un músico de mesas, acompañado por su acordeón, interpretaba con su voz rota… "Al dilà dil limite del mondo, di sei tu…", que un Martín enamorado había dedicado hacía tiempo a Fiamma y ahora dedicaba a Estrella.

Después de un largo mes romano, de caminarse monumentos, plazas y museos; de vivirse a fondo las tiendas de arte de la Via Marguta; de fascinarse con la Vía dei Coronari y sus impresionantes palacetes en ocre y tonos ahumados; de apertrecharse de angelitos en sus increíbles tiendas de anticuarios; de asegurar su regreso y sus deseos cumplidos lanzando de espaldas, como aconseja la tradición, dos monedas a la Fontana di Trevi, Martín y Estrella partieron en coche rumbo a la Toscana a encontrarse de lleno con el Renacimiento, olvidando entre los ondulados paisajes que un día tendrían que regresar y enfrentarse a la convivencia diaria del trabajo y la rutina.

Martín evitaba pensar en su futuro. El presente le tenía eufórico y por nada quería perderse ese estado. Con Estrella todo iba como había soñado. Recordaba cada vez menos a su exmujer, y su oficio de periodista se iba perdiendo en la desmemoria. Volver a trabajar en ello no le hacía la más mínima ilusión. Ni siquiera se planteaba el regreso. Si hubiera podido se habría quedado viviendo para siempre bajo la luz toscana.

Estaba convencido que esa región había sido bende-
cida por los dioses; allí el tiempo transcurría de otra
manera; todos sus habitantes vivían obedeciendo
aquella expresión acuñada en el Renacimiento...
Festina Tarde, apresúrate despacio.

Se habían instalado en Firenze; habían cambiado de
ser los típicos turistas alojados en hotel a vivir como
florentinos; consiguieron un bello apartamento en la
Via Lungarno di Acciauoli, que daba justo enfrente
del Arno. Desde sus grandes ventanales tenían la
vista más sosegada y bella del río; allí, los amarillos y
verdosos reflejos de las ventanas jugaban entre nados
de patos a robarse las últimas luces del atardecer que
danzaban sinuosas sobre el agua. En las mañanas,
las aceitunadas colinas se abrían entre brumas, enseñando serenas sus ondulantes contornos; al lado
izquierdo, el Ponte Vecchio les regalaba su atiborre
de minicasitas de orfebres, repletas como siempre
de desaforados turistas. En ese lugar permanecieron
cuarenta y cinco días; planificaban sus horas para no
perderse nada; hicieron clases de culinaria toscana,
la auténtica cucina povera, y se volvieron adictos al
pan con aceite de oliva, trocitos de tomate y albahaca.
Aprendieron el arte de las hierbas y de los perfumes.
Estrella siguió engrosando su ya voluminosa colección
viajera de ángeles. Llegó a suplicarle a una vendedora
de frutas, que tenía colocado un ángel de cartón piedra sobre sus naranjas, que le vendiera il puttino. Ese
enfermizo desafore de acumular ángeles empezaba a
molestar a Martín, que siempre había sido un hombre
austero y poco gastador. Había notado en ella una

necesidad insaciable de compra. Se habían visto obligados a adquirir dos maletas, pues las que habían llevado
estaban a reventar de las últimas creaciones italianas
exhibidas en la Via Condotti de Roma. De seguir así,
pensó Martín, cuando finalizaran el viaje tendrían que
fletar un avión sólo para ellos. Estrella, que notaba su
disgusto, se lo camelaba con besos y pucheros de niña
malcriada, saliéndose siempre con la suya.

Entre clases y compras tuvieron tiempo de continuar haciendo su "ruta de ángeles". A Martín, que lo
de clasificar le encantaba, le dio por repartir la búsqueda entre Anunciaciones, Adoraciones, Visitaciones,
Ascensiones y acompañamientos varios. Se concen-
traron en buscar en la Galleria de los Uffizi todas las
Anunciaciones pintadas en el Quattrocento; se dieron
gusto admirando la bella anunciación de Leonardo
da Vinci con el ángel de perfiles inequívocamente
salidos de sus gloriosas manos; la de Botticelli, cuya
delicadeza enturbió los ojos de Estrella; la de Lorenzo de Credi, Melozzo de Forlí, Alesso Baldovinetti;
tantas que durante una semana prácticamente no
salieron de la galería. Buscaron los famosos ángeles
de Rosso Fiorentino, los de Tintoretto, Veronese y
Luca Giordano. Martín pudo, in situ, ilustrar a Estrella
en el arte de las alas, aprendido por él mismo en su
soledad de seminarista perdido. Le enseñó a saber ver
la diferencia que existía entre las alas de los arcángeles y las de los ángeles, partiendo de dos cuadros de
Francesco Botticini, Tobías y los tres arcángeles y La
adoración del niño. Estrella le seguía como colegiala
deslumbrada. Nunca se le hubiera ocurrido que los

ángeles dieran para tantas historias. Alucinaba de alegría ante cualquier curiosidad que Martín le revelaba. No entendía cómo él podía pasarse el día disparando fotos, interesándose en cosas tan raras; como apenas le iba conociendo, ignoraba muchos de sus pasatiempos. Él se mostraba vivaracho y seductor; se le habían desempolvado sus dotes de charlador intelectual y observador nato, dormidas durante mucho tiempo. El ojo de su cámara casi termina volando de tantas alas que llegó a contener dentro.

Una vez que Martín y Estrella colmaron sus ganas de volar a través de los ángeles vistos, les costó hacer sus maletas y continuar con el viaje; no por la cantidad de compra acumulada, que era mucha, sino por la tristeza de tener que abandonar la ciudad de la flor de lis, pues se habían hecho amigos de "los Fagioli", una rara y divertida familia que cargaba con ese apodo por la desmesurada afición que tenía a tomar zuppa di fagioli hirviente incluso en pleno agosto. El padrone del clan era una verdadera mamma italiana. Les había cogido cariño cuando ellos asistían a sus clases de culinaria, y había terminado invitándolos a cenar cada noche a mesa pelada, empezando su ritual con tacos de mortadela, pan, aceite y Chianti, y acabando siempre con vino santo y carquiñoles. Después de una escandalosa despedida, en la que todos los vecinos se enteraron de su partida, Martín y Estrella prometieron regresar.

Visitaron amuralladas ciudades medievales; pasaron por la magnífica Siena; bordearon viñedos, acariciaron el paisaje de cipreses y colinas; se detuvieron en

Montepulciano, pueblo del cual huyeron despavoridos al descubrir que el cuerpo incorrupto de un santo italiano que se encontraba en el altar mayor de la Catedral de Santa María había abierto los ojos mientras ellos le contemplaban con morbosidad escolar.

Bebieron todo el vino que quisieron en la región del Chianti. Fotografiaron hasta la saciedad el perfil de San Gimignano, esa especie de Nueva York medieval con sus catorce torres que todavía continúan erguidas desafiando el paso de los siglos.

Hicieron excursiones a Lucca y Pisa, y en las Termas de Montecatini descansaron de tantas caminatas abandonándose al dolce far niente. Se pasearon Arezzo donde, admirando los ángeles del techo del gran salón de la casa Vasari, Estrella estuvo a punto de desmayarse al reconocer su mismo techo en tierras tan lejanas... Todos sus días eran una sucesión de sincronicidades y empatías que se daban, sobre todo, porque Martín era un gran guía, y ella una aprendiz ávida de conocimientos. Se hallaban en estado de euforia permanente; en aquella fascinante positura de "encantador y encantada" que les impulsaba a vivir aventuras que trasgredieran normas; las que en su juventud no se habían atrevido a romper. En definitiva, tenían ganas de divertirse y ser felices. Por eso, Estrella secundó a Martín en la idea que traía consigo desde Garmendia. Le había hablado de llevarla al seminario donde había hecho votos de silencio en su juventud. Valiéndose de influencias, había conseguido una carta dirigida al prior del seminario franciscano de Asís, escrita y firmada por el prelado de la Arquidiócesis de Garmendia del Viento, Monseñor Iluminio María Resucitado Singracia, amigo íntimo de Martín en su efímera época clerical; en ella, el obispo solicitaba comedidamente para su amigo le permitieran hospedarse, sólo por una noche, en la celda en la cual había hecho sus votos de castidad y silencio hacía treinta años. La carta llevaba la rúbrica diocesana.

Durante años, Martín había acariciado la idea de volver a esas frías paredes, pero en otra situación. Ahora que se encontraba en total plenitud y su mundo espiritual se había diversificado, quería experimentar, aunque sólo fuera por una noche, ese encierro. Desde que había marchado, nunca más había vuelto a aquel lugar que de manera extraña todavía le atraía. Sabía que era una locura, pero necesitaba satisfacer su fantasía.

Buscando el dichoso convento, Martín y Estrella terminaron perdidos entre las estrechas y escarpadas carreteras; les anocheció buscando en vano algún letrero que les guiara. Por fin, a medianoche y envueltos en una espesa niebla, coronaron la cima de la montaña, donde emergía el sombrío convento franciscano.

Aparcaron lejos de la puerta, entre los cipreses que rodeaban la gran construcción de piedra. Allí se quedó escondida Estrella, mientras Martín se dirigía a la entrada con la carta; golpeó en la vieja puerta de madera, y al ver que nadie respondía decidió hacer sonar la enmohecida campana de cobre que colgaba a la entrada. Los recuerdos le invadieron; volvió a sentir aquella reticencia interna a convertirse en sacerdote,

que peleaba con las promesas dadas a su padre de
llegar a ser obispo. Los días pasados entre esos muros
habían sido una dura prueba a su condición humana. Mientras se perdía en pensamientos, la pequeña
ventanilla central se entreabrió y de ella asomó un
sorprendido fraile, que no entendía quién podía ser
a esas horas. Sin hablar, pues en el convento se vivía
en perenne voto de silencio, el sacerdote recibió la
carta que Martín le entregaba, y al ver en el sobre el
escudo de una Arquidiócesis, abrió la pesada puerta que protestó con un chirrido al paso de Martín.
Después de llevar la misiva a su superior, el portero
regresó con ademanes amables, envuelto en capa y
capucha marrón, y condujo a Martín por entre patios,
escaleras y recovecos hasta la vieja celda. Una vez allí,
Martín despachó con una sonrisa al silencioso fraile
y se quedó de pie frente a su pasado. Cerró la puerta
y descubrió la vieja sotana. Sobre la espartana mesa
de noche el mismo candelero de madera aguantaba
la vela, y en el camastro de colchón parco le aguardaban dos sábanas blancas, pulcramente limpias,
una rancia pastilla de jabón, una toalla y su gruesa
manta de lana virgen. Todo seguía idéntico; parecía
que el tiempo no hubiese pasado. Aquel olor ácido
a herrumbre y moho de paredes empedradas y el
perdido aroma de hábitos colgados le revolvió sus
penitencias vividas. Repasó con su mano el cordón
franciscano que colgaba del cabezal de la cama, tal
como él lo había dejado cuando había partido, y el
viejo reclinatorio donde sus rodillas habían aguantado
noches enteras de dolores y rezos. Se puso manos

a la obra. Arregló la habitación, cogió la sotana y empezó a buscar la salida. Necesitaba introducir en el convento a Estrella sin que nadie la viera. Se dio cuenta que por donde había entrado no podría ser, pues el portero estaba alerta. Entonces recordó aquella pequeña puerta lateral por la que tantas veces se había escapado, y se dirigió hasta allí atravesando de puntillas y a oscuras los corredores dormidos que daban a todas las celdas de los monjes más veteranos. Alcanzó el exterior, deleitándose en lo que le estaba ocurriendo: la dificultad y el temor a ser descubierto le habían alborotado la libido. Llegó hasta Estrella y la hizo vestir con la sotana, algo que a ella le fascinó; escondió su rubio cabello en la capucha y corriendo entre arbustos alcanzaron la entrada. Poco a poco, y sin casi apoyar los pies, se deslizaron por el pasillo cogidos de la mano, como adolescentes furtivos, volviendo a vivir aquel temor de sus primeras citas. Pasaron por delante de puertas por las que se filtraban, ahogados, latigazos y lamentos de un monje que seguramente en esos momentos se estaba impartiendo su dosis de flagelación nocturna, letanías en susurros de otro, oras pronobis interminables, gemidos de deseos impostergables sofocados en solitudes de mano, entonados y susurrados cánticos, ronquidos apnéicos, monólogos gritados por algún dormido cura harto de tanto silencio diurno... Después de haber pasado a través de tan variopinta misticismo sonámbulo, Martín y Estrella se metieron ansiosos en su celda. Ajenos a ellos, unos ojos perdidos en la oscuridad habían seguido todos sus movimientos.

Sin prisas, Martín encendió la tenue vela de la mesilla. En esa atmósfera de prohibiciones y aguantes, los deseos de ambos chisporrotearon candentes. Observar a Estrella envuelta en hábitos le producía un placer indescriptible. Recordaba cuánto había deseado, en ese frío colchón, abrazar el cálido cuerpo de una mujer. Enredado entre su abstinente pasado y su desbordamiento presente, metió las manos por debajo de la sotana de Estrella, y al palpar su cuerpo se dio cuenta que iba completamente desnuda. Entonces, poseído por una ráfaga de placer y vicio desconocidos, empezó a rasgarle con hambre los raídos hábitos que la cubrían. Hacer el amor en aquel lugar donde había vivido tantas negaciones y continencias carnales le emborrachaba de lujuria. Entre besos y jadeos sedientos se quedó con el blanquísimo cuerpo de Estrella, vestido únicamente por el grueso cordón de nudos ciegos, que a modo de cinturón colgaba atado de su talle. Los nudos rozaban su pubis, balanceándose rítmicamente sobre el pecado de tocar la más suave y caliente de las pieles. Martín decidió acariciarle los senos, creando círculos alrededor de ellos con el suave tacto del deshilachado final de la cuerda, observando cómo se templaban de placer. La miraba con ojos de seminarista hambriento, deleitándose y bebiéndose cada palmo de su cuerpo arqueado y tenso de embriaguez que se insinuaba en la penumbra de la débil llama. Ni siquiera tuvo tiempo de sacarse la ropa, pues el deseo le obligó urgentemente a saciarse; en el camastro, y aupados por los maitines y los cantos de las cuatro de la madrugada, comenzaron a hacer el amor como nunca lo habían hecho. La evocación penitencial alzaba sus desenfrenos mientras el férreo silencio del lugar les obligaba a ahogarse con gemidos mudos que se morían por reventarse en alaridos. Acompañados por los rítmicos chillidos del catre virgen, que por primera vez asistía a un encuentro de cuerpos pluviosos, se amaron perdiéndose en las estrelladas nebulosas del clímax. Mientras sus humanidades se debatían por desbordarse al unísono, Estrella percibió en una tenue ráfaga de viento un profundo aroma a clavos de olor. Recordó, no supo por qué, la capilla de Los Ángeles Custodios, pero estaba tan ida en su venida que terminó por olvidar el olor especiado, sumergiendo su nariz en el perfume a naranjas frescas que desprendía el sudoroso cuerpo de Martín. Supo lo que era su sexo cuando sintió su cuerpo desintegrarse, volando en átomos de sudor desparramado sobre el aire viciado de la celda. Martín, por su parte, pudo coronar su fantasía uniéndose a los cantos celestiales de los monjes cuando alcanzaba la terrenal gloria del orgasmo.

Desde la cerradura de la puerta, un jadeante fraile había podido satisfacer por fin sus deseos interminables de espiar una sesión completa de amor de esta pareja; era aquel cura que durante sus encuentros en la capilla de Los Ángeles Custodios les había acompañado, protegido por el silencio de su confesionario, quien casualmente, en esos meses se encontraba haciendo sus retiros espirituales en dicho monasterio, y por cosas del destino esa noche le había tocado hacer de portero del convento. Había reconocido a Martín nada más verlo y le había seguido durante toda la travesía; ahora, turbado por lo que había visto, sudado y sentido, dudaba entre correr a confesarse o huir para siempre hacia el mundanal ruido de la vida.

Antes de que el día clareara del todo Martín y Estrella abandonaban el convento por la puerta principal, después de haber pasado de puntillas y aguantándose las risas por delante del portero, que lo sabía todo y además había resuelto escapar a continuación de ellos. Ella, envuelta en hábitos descompuestos, con las manos escondidas y la cabeza baja amagada en la capucha en actitud de recogimiento, se alejaba pegada al cuerpo de Martín, mientras el superior, desde una ventana distante, observaba cómo el extraño invitado de la noche se dirigía al coche acompañado por un irreconocible monje que se contoneaba sospechosamente, dejando ver bajo la sotana unos finísimos tacones rojos.

Cuando volvieron al hotelito, Estrella tenía un mensaje de su asistente Esperanza Gallardo, la mujer que había dejado al mando de Amor sin límites, en el que le pedía contactara con ella urgentemente.

Estrella esperó hasta la tarde, teniendo en cuenta las siete horas que habían de diferencia, y llamó. Esperanza le explicó que Nairu Hatak llevaba varios días tratando de ponerse en contacto con ella; le dijo que parecía, por el tono de su voz, que se trataba de algo importante; le dio los números de teléfono que le había dejado, donde le podría localizar, y colgaron. Después de la llamada, Estrella se quedó pensativa. Recordó lo agradable que había sido este hombre cuando le había conocido en su viaje a Somalia, en aquellos días en los que atravesaba momentos críticos con Martín. Había sido amable y cálido, y aunque en ningún momento le preguntó qué le pasaba, se ocupó de hacerle los días fáciles. Intrigada, no dejaba de preguntarse para qué la querría; estaba nerviosa, pues nunca se hubiera imaginado que un premio Nobel de la paz podría necesitarla para algo.

Chequeó la diferencia horaria con Zimbabwe y llamó. Le sorprendió que le contestara él personalmente; con un perfecto inglés, Nairu Hatak le puso al corriente del gran proyecto que tenía entre manos, para el cual había pensado en ella. Se trataba de crear un gran centro de acogida y rehabilitación de mujeres que habían sufrido maltratos por retorcidos rituales y prácticas étnicas. Le dijo que el proyecto estaba en fase de formación y requería total dedicación para llevarlo a buen término, y que aún faltaba por concretar el lugar donde se montaría la sede; puntualizó que en los próximos cuatro días necesitaba una respuesta definitiva. Se despidió con un cálido abrazo telefónico y una esperanzada respuesta afirmativa. Estrella dejó el teléfono excitada con la propuesta. Era la primera vez que alguien creía en su capacidad profesional, y además ese alguien era un importante y reconocido humanista, que había demostrado al mundo su valía con hechos reales. Por un lado, le seducía el desafío de empezar algo nuevo; por otro, no veía como compaginarlo con su recién estrenada situación afectiva. Resolvió estudiarlo con Martín, que después de tantas alegrías optó por apoyar a

Estrella, sugiriéndole con cariño que fuese ella quien tomara la decisión, pues al fin y al cabo era ella quien se iba a dedicar a esas tareas, ya que él todavía tenía por definir el rumbo que daría a su vida profesional. El optimismo que estaba viviendo le hacía tomarse la vida de otra manera; incluso llegó a ver como una gran ventaja vivir lejos de Garmendia del Viento.

Hacía semanas que David Piedra y Fiamma dei Fiori estaban en la India. Los bestiales impactos visuales, nasales, táctiles y gustativos les habían excitado las ideas creativas. Para Fiamma ese país era un sueño multimpresionista que necesitaba vivir en su madurez. Le despertaba las ganas de manifestarse espiritualmente, empleando todas las artes. Tomaba apuntes de todo cuanto veía. Su nariz vivía la borrachera de los mercados; sus ojos, la saturación de los colores en esos velos de tintes vegetales y colores inverosímiles que, en sus finas transparencias, dejaban adivinar negruras de miradas; tantas expresiones bellas le impedían soltar su cámara y descansar el dedo de disparos. Como no podía quedarse, necesitaba al menos llevarse el alma de sus vivencias, atrapándola en sus carretes. Sentía que cada día indio la acercaba más a su interior. Acababa rendida, con un cansancio físico que contrastaba con su liviandad espiritual; aunque estaba acompañada por David, su gozo interno era tan intenso que a veces olvidaba su compañía.

En ese viaje Fiamma había ido a encontrar aquella paz que tenía claro debía existir en algún lugar del mundo. Sin decírselo a nadie, iba buscando un motivo que le diera a su alma otro estado de conciencia superior que le abriera a una felicidad duradera; algo que tímidamente había saboreado en sus meditaciones solitarias, aprendidas por ella misma y disfrutadas en soledad pero que no lograba mantener, pues desconocía la fórmula para retenerla. Desde que había llegado a ese país respiraba de sus habitantes ese estado, y se había dejado contagiar por él sin forzarse a nada. Iba por la calle, enfundada en sus sandalias y su blanco atuendo con sus sentidos abiertos de par en par. Todo le ilusionaba; hasta comer un trozo de pan recién hecho se le convertía en un banquete sensorial. Se aficionó al Tali Vegetariano y al Chesse Nan, aquel pan relleno de queso y salpicado de menta. Su remarcado odio a las especies picantes se transformó, como por arte de magia, en un gustoso placer que le anestesiaba la boca.

Por donde caminaban siempre hallaban dioses y diosas de desquiciadas miradas y múltiples brazos dadores, algunos en actitudes serenas y otros en clara actitud castigadora. Allí, por fin, comprendió Fiamma el significado de tanto misticismo y la variedad de personalidades que un solo dios podía llegar a adquirir según la situación. Comprobó la plural religiosidad existente y aquella enredada pirámide de castas, que condenaba de nacimiento a todos y cada uno de sus habitantes a comportarse y sobrellevar su existencia sin rebelarse, pues su condición ya había sido predestinada. Entendió que eso que ella había llamado resignación para ellos era conciencia y realismo. Supo por qué la serenidad estaba presente en sus miradas,

pues vivían en un presente perpetuo. Todas estas reflexiones íntimas eran vividas sólo por las páginas de
su diario, pues todavía escondía lo que ante los ojos
de los demás podría ser tildado de rareza mística.
Aún no lograba abrirse totalmente a David; incluso
pensaba que habían sido más amigos cuando todavía su relación no había trascendido al plano físico.
Para él, en cambio, éste viaje era toda una prueba de
convivencia, ya que aunque pareciera increíble, era
el primero que realizaba en compañía. Toda su vida
había sido una solitaria vivencia sensorial. Las veces
que había intimado con alguna mujer había terminado
dejándola, pues sus inquietudes artísticas eran tan
grandes que le absorbían por completo su capacidad
de amar, dejándole sin nada que ofrecer; claro que
ninguna le había obsesionado tanto como Fiamma.
En ese viaje, David estaba fascinado. Como sagaz
observador se daba cuenta de la felicidad de ella, y la
atribuyó al bienestar recíproco de estar juntos. No se
cansaba de mirarla, encontrándola bella en todos sus
gestos y expresiones. Entre los dos decidieron que
vivirían ese viaje como si fuese el primero y el último,
dejando que la fuerza de ese río de experiencias nuevas
les arrastrase y revolcase en sus vertientes. Resolvieron
que vivirían la India al más puro estilo indio, con sus
mentes y corazones abiertos a lo inesperado.

Antes de entrar a los templos, se ungieron en aceites
y polvos naranjas, rojos y amarillos, siguiendo con todas las de la ley los rituales hinduistas. Hicieron colas
interminables, descalzos y revueltos entre feligreses,
para acercarse a grandes y negros Lingam, aquellos

falos representación simbólica del dios Siva, y dejar como cualquier hindú su regalo frente al miembro viril que, rebosante de ofrendas florales, inciensos, perfumes, cocos, plátanos y arroz, recibía sin inmutarse las frotaciones y mimos del brahmán de turno. Cuando se cansaban de tan alto voltaje de vivencias se refugiaban en el hotel de turno para recuperar fuerzas y sosiegos, pues si algo tenían las calles indias eran que dejaban exhausto de impresiones.

Durmieron en pleno lago Pichola, en la que fuera residencia de verano de antiguos maharanas, ahora convertido en un hotel de ensueño. Allí Fiamma se cansó de fotografiar, en sus refrescantes fuentes interiores, las palomas que se acercaban sedientas a beber y los reflejos de sus serenos lotos. Se emborracharon con el rosa de Jaipur, con las sombras proyectadas en sus paredes y suelos; visitaron su "Casa de los Vientos"; compraron a un vendedor, con vocecita de castratto y ademanes féminos, sedas salvajes para esculpir en piedra los gestos de sus pliegues; atravesaron gigantescos ríos montados en elefantes pintados de flores fucsias; se metieron en palacios de maharajás, de los cuales no quedaban sino las telarañas de sus lámparas de araña; pasaron tardes enteras viendo pintar en seda aquellas eróticas figuritas, siempre en actitudes complacientes y posiciones descuartizantes, que inundaban todo el Rajasthan. Buscaron la abstracción y concentración conjuntas, desnudos, con la mirada ida y en posición flor de loto, consiguiendo un endeble dominio después de mucho practicar. Se rieron de ellos mismos hasta llorar; meditaron en silencio en pleno Taj Mahal, aquella "lágrima de mármol detenida en la mejilla del tiempo" descrita tan bellamente por Tagore, donde David, visitando la gran cripta y en presencia de un grupo de turistas, resolvió probar la acústica de la bóveda gritando el nombre de Fiamma, que quedó vibrando entre paredes funerarias hasta después de bien abandonado el majestuoso monumento de amor.

Navegaron por el sagrado Ganges donde dejaron flotando velitas de esperanza. Presenciaron sobrecogidos las piras funerarias de los muertos, salvados por irse a morir a orillas de sus aguas.

Saltaron por entre los micos mientras los micos les saltaban. Montaron en los rickshaw y dejaron para el final lo que con tanto ardor habían ido a buscar: los templos de Khajuraho.

David esperaba estudiar a fondo el impresionante expresionismo que emanaba de todas las figuras que adornaban esos templos: su tallado, el brutalismo sensual de sus surasundari, las ninfas celestiales que aparecían adornando todos los santuarios, la plasticidad y realismo de sus posturas, la delicadeza y crudeza con que representaban en piedra el amor físico. Fiamma, en cambio, quería aprender el verdadero significado del Tantra; conocer los secretos del amor absoluto y del erotismo sagrado. Sabía que el tantrika se basaba en la experiencia más que en la interpretación. Después de su fracasado amor con Martín, al que aún no podía recordar sin sentir un profundo dolor interno, la vida la había puesto en un camino desconocido en el que un hombre, David, esperaba acompañarla; y aunque no quería repetir sus mismas vivencias fracasadas, necesitaba con toda su alma del amor; no estaba dispuesta a renunciar a él, aunque hubiese sido doloroso y frustrante. El golpe recibido había sido una sorpresa hasta para su confundida alma; le había forzado a marcar un antes y un después. Ahora estrenaba una fe relativa en lo que concernía a sentimientos. Creía a medias. Por un lado se había liberado de sus ataduras profesionales, pero por otro se había atado a un sentimiento velado de incredulidad en lo amoroso. Necesitaba con urgencia creer en algo y tenía el presentimiento que ese algo lo podía encontrar en Khajuraho; a medida que penetraba en la India profunda sus sentimientos se licuaban, fluyendo esperanzados. Había hecho caso a su amigo yogui, y había dejado para el final del viaje una experiencia desconocida que podía abrirle las puertas a otra existencia; iría a un monasterio situado en las montañas y viviría una iniciación, entre ayunos, naturaleza y silencio.

Llegaron al inmaculado hotel con las últimas luces del atardecer. Desde la ventana de su habitación los templos se levantaban majestuosos. Una mezcolanza de desnudos lejanos parecían cobrar vida con las doradas exhalaciones del sol. David y Fiamma querían correr a ver esa maravilla, pero decidieron esperar hasta el día siguiente, pues estaban exhaustos por el viaje. Esa noche Fiamma dei Fiori tuvo sensuales sueños en los que, convertida en apsara o mujer celestial y llevando el fuego divino del sol, era cortejada por la azulada luna que pretendía adormecerla con una cítara para robarle el centro de su energía. Volvió a soñarse que era de piedra pura y que, a lado y lado de su desnudo cuerpo, dos mujeres celestiales sostenían sus piernas, mientras ella, descansando sus brazos sobre los hombros de las ninfas, se dejaba amar por un misterioso dios. Al mismo tiempo que era amada, Fiamma se había desdoblado en su visión, y desde fuera se contemplaba a sí misma en aquel cuadro escultórico de amor; lo que veía parecía una perfecta mariposa hecha de cuerpos. Trató de descubrir quién le producía tanto placer soñado, y cuando lo descubrió se despertó muy triste. Martín se le había metido de nuevo en sus sueños convertido en dios. Se reprimió por no haberle disfrutado en el tiempo que le había tenido. Cuando ella se sentó en silencio a meditar, David Piedra todavía dormía. Las respiraciones profundas la centraron de nuevo en su presente. Antes del amanecer la serenidad le había vuelto al cuerpo. Decidió no comentar su sueño, y armada con su cámara se lanzó al gran descubrimiento.

Un guía les había llevado en coche hasta Khajuraho. Era un hindú perteneciente a la casta de los guerreros, que decía haber estudiado filología hispánica y conocer el idioma a la perfección; David y Fiamma le habían bautizado, sólo verlo, como "Gigi el amoroso", por su llamativo atuendo de gigoló de bufanda, pañuelito a juego, pendientes y bigote rajput; "Gigi" les puso al corriente de todo, a su manera; confundiendo erotismo con heroísmo, desnudo con peludo, diosa con gaseosa, músico con tísico, figura con finura, animal con nominal, musa con mesa y sexo con seso, fue describiéndoles cada templo; casi los mata de la risa con tan surrealista discurso, y aunque le rogaban que callara, él, que no se enteraba de nada, continuaba con su parrafada dislocada. Se dieron cuenta que ante cualquier interrupción provocada por alguna pregunta, el guía perdía el hilo de su prosa y volvía a empezar el mismo desternillante discurso. Llegó a repetirles la misma historia unas diez veces, hasta que lograron esconderse y perderlo de vista para siempre. A pesar del incidente del guía pudieron admirar con deleitosa calma todos y cada uno de los santuarios que increíblemente, sin arcos ni bóvedas, se aguantaban perfectamente empinados.

Estando en plena contemplación repararon en una mujer que les observaba lejana, sentada en el suelo con las piernas cruzadas, en plena entrada de uno de los templos: el dedicado a Surya, el dios sol. Intrigados, se fueron acercando, comprobando que la mujer que parecía mirarles en realidad estaba abstraída en sí misma, con los ojos abiertos. A Fiamma, la imagen radiante de paz y serena alegría que irradiaba esa extraña mujer se le quedó grabada. Vestía de rojo y, aunque era una occidental, sus plácidos rasgos parecían orientalizados por los años. Debía rondar sobre los sesenta y aún conservaba algo de su juvenil belleza. Parecía hallarse lejos, pero sembrada en el ahora. En una imprudente foto, Fiamma inmortalizó el instante, comprobando que ni siquiera el clic de su cámara había perturbado su paz.

Después de permanecer algunos días en Khajuraho, y tal como habían previsto, David y Fiamma se separaron. Él se dirigiría a las cercanías de las canteras de

Panna, donde tenía previsto encontrarse con algunos maestros que todavía estudiaban y trabajaban las esculturas jainíes, tomando como influencia el arte gupta. Esta travesía la había preparado desde Garmendia del Viento, donde había desenterrado antiguos conocidos indios que todavía se dedicaban a la piedra. Quería aprender a esculpir sensualidades, harto de tanta desolación cincelada en su pasado. Necesitaba para su próxima exposición un tema que sedujera, y había pensado que el erotismo era lo suficientemente fuerte para crear ese impacto. Empezaba a repetirse demasiado con sus solitudes femeninas. Incorporaría a su obra el componente masculino y la inundaría de erotismo velado.

Por su parte, Fiamma tenía planeado perderse en un monasterio que quedaba en los montes Vindhya, no muy lejos de los templos del amor. Desconocía lo que le esperaba en aquel lugar, pero confiaba en la sabiduría de quien se lo había recomendado: aquel amigo yogui que había visitado en el barrio indio de Garmendia antes de iniciar su viaje. Él le había asegurado que, si viajaba sin esperar nada, lo alcanzaría todo. Este hombre era un sabio que había vivido casi toda su vida en el país asiático, entre experiencias espirituales de toda índole; con la fuerza e ingenuidad de sus veintitrés años había ido a evangelizar, y le habían evangelizado; había llegado a salvar, y le habían salvado; había aterrizado convencido de estar en posesión de una verdad indivisible que debía promulgar, una verdad que hablaba del culto a la oración y al sacrificio, de una meditación basada en llenar la mente de nuevos pensamientos y santos propósitos, y allí había aprendido que la gran meditación era vaciar la mente en el silencio de la respiración. Había llegado a la conclusión de que en la India no necesitaban aprender a orar; no necesitaban de salvadores de almas, porque si algo sabían hacer sus habitantes era mantener el alma a salvo, con un tipo de oración que para una mente occidental sería una pérdida de tiempo incomprensible: la oración de la contemplación; la búsqueda de la nada interior a través del silencio. Había aprendido, después de muchos años, que el gran dios de la India era la negación; allí había entendido que el gran vacío era la felicidad más llena; esa era la verdad más pura y sencilla, la esencia del misticismo oriental. Había acabado veladamente excomulgado, mezclando su pasado como sacerdote con las enseñanzas budistas, hinduistas y sijks y su experiencia personal, alcanzando una comunión perfecta con su interior; un estado de gracia y bienestar que Fiamma admiraba con sana envidia.

Provista de un pequeño maletín que contenía sólo lo indispensable para sobrevivir un mes, Fiamma inició su ascenso por el escarpado camino. Aunque el taxista había insistido en dejarla a la entrada del monasterio, ella había preferido caminar. Siempre le había fascinado sentir la naturaleza, y esa tenía mucho en común con la de su adorado país. Rodeada de palmeras y bosques de mangos fue caminando, respirando el cálido aire matinal que la envolvía. Nunca en su vida había escuchado cantar tantos pájaros juntos. A su paso se extendían cientos de rocas, que parecían pequeños recintos creados por la propia montaña para albergar caminantes cansados de la vida. El sonido del agua corriendo le llegó puro y fresco. Le habían hablado que esa zona era cuna de grandes ascetas. Allí habían alcanzado su iluminación cientos de hombres y mujeres de todo el mundo. A pesar de encontrarse sola en aquellos parajes, Fiamma se sentía segura. Aprovechó su soledad para meterse en el río y bañarse en sus cristalinas aguas, recordando aquellos lejanos domingos de excursiones en los cuales, con sus hermanas y padres, solía dar rienda suelta a la ilusión de chapotear ingenuidades en aguas vacacionales.

Llegó al austero lugar, que parecía abandonado, y dubitativamente se metió dentro. La entrada carecía de puerta y todo parecía estar en un orden y sencillez difíciles de entender. Siguió caminando, muda. Ese silencio le infundía un respeto que ella no se atrevía a violar ni tan siquiera con un saludo musitado; se dijo, para sus adentros, que no había prisa; ya notarían su presencia. Sus zapatos no hacían el menor ruido. De pronto, detrás de ella, apareció un anciano envuelto en túnicas y nombrándola por su nombre le dio la bienvenida.

Después de tomar una humeante taza de té, en un silencio alto, Fiamma esperaba que el anciano le dijera lo que tenía que hacer, pero no lo hizo. En cambio se alejó, dejándola llena de dudas. No sabía qué hacer, pues esperaba seguir unas instrucciones, recibir algún manual con horarios; algo que le organizara sus días allí. Estuvo deambulando por el monasterio, una especie de montaña mágica de un rojo tierra, y se dio cuenta que no había nadie en el lugar. El anciano, tal como había llegado había desaparecido. Se encontró en la cocina un gran cuenco cerrado que contenía arroz, una tinaja llena de agua fresca y una cesta llena de mangos. Siguió investigando y halló, en la parte trasera de esa especie de santuario abandonado, un huerto con un platanero, sembrados de zanahoria, tomates y algunas lechugas y judías. Esperó impasible, y al ver que nada se movía, a la hora de la comida decidió que tenía hambre y que se prepararía algo. Cocinó en leña, pues no había electricidad, arroz y algunas verduras, y cuando estaba a punto de sentarse a comer descubrió que no habían cubiertos; sería la primera vez, exceptuando su etapa de bebé, que comería con las manos. Pensó que lo que estaba viviendo era más duro de lo que se había imaginado, pero después se recriminó por juzgar el momento. Trató de mantenerse en lo que le había dicho su viejo amigo: no esperar nada para alcanzarlo todo.

Después de semanas de vivir en ese aislamiento ya había aprendido a crearse una rutina. Cada cinco días se encontraba alguna intrigante nota, que siempre aludía a algún sentido. La primera había ido acompañada de una caracola minúscula y decía: DEJA QUE TU OÍDO ESCUCHE. Durante varios días, sobre la mesa y con la misma nota, encontró distintos elementos de la naturaleza: hojas secas, piedras, pétalos de rosa, plumas; pájaros en libertad, grillos, sapitos... Fiamma los escuchó a todos.

De tanto afinar la escucha, el silencio le dolía en los oídos, y su vida desfilaba por su mente produciéndole inquietudes que no la dejaban dormir. Escuchar... ¿no era lo que había estado haciendo ella durante toda su vida? Su escucha había empezado con su madre, se había afinado con Martín y perfeccionado con sus pacientes. ¿Qué lección era la que trataban de enseñarle?

Entre los silencios, Fiamma fue desaprendiendo lentamente todo lo que sabía hasta regresar a la esencia de las necesidades básicas; estaba convencida que algo pasaría, pero ya no quería esperarlo.

Cada mañana iba directo a la mesa de madera y trataba de seguir el consejo sin desviarse. La siguiente nota decía: DEJA QUE TUS OJOS MIREN.

Dejó de contar los días que llevaba sin ver a nadie y empezó a degustar el placer de estar en esa solitud de montaña, con toda la naturaleza para ella. Salía de madrugada para no perderse el amanecer a la orilla del inmenso río, y a última hora de la tarde escalaba a lo más alto del monte para saborear la lenta desaparición del sol, que envuelto en tintados arreboles se perdía besando azulados perfiles de lejanas montañas. No se había llevado ni su cámara ni su diario ni ningún libro, pues una de las recomendaciones que más le había repetido su amigo era ir a ese lugar limpio de distracciones y ligero de equipaje. Así que en el hotel de Khajuraho había dejado su maleta con la mayoría de sus pertenencias.

Aprendió, a fuerza de no tener su cámara, a saborear los cielos más claros y las nubes más gordas y expresivas, no ya a través de la lente de su Nikon como acostumbraba a hacerlo, sino pasando las imágenes del cielo directamente a la retina de su alma.

Las noches eran un espectáculo lujurioso de estrellas apretadas, peleando por brillar y destacar en el negro manto de la noche, que Fiamma disfrutaba con un nuevo tipo de embeleso. Sin distractores, observar le producía un intenso placer. Había llevado su reloj de mano y, sin ninguna razón clara, un día sus agujas se habían desprendido de la esfera; así y todo había decidido conservarlo en su muñeca, para mantenerse en esa nueva realidad del tiempo relativo.

A pesar de que su soledad le jugaba malas pasadas, pues los recuerdos le tenían capturada el alma, a veces degustaba instantes de una vacuidad extraña, que todavía no entendía. Carecía de todas las comodidades, pero empezaba a sentirse insólitamente cómoda en esa existencia carencial de todo. Fue hilvanando los días como si fuese una libre prisionera, marcando el paso de cada tarde crepuscular con cruces que hacía sobre el tronco de un viejo roble donde solía sentarse a pensar. Todavía no había intentado meditar, ya que percibía que su organismo no estaba preparado para ello. En la montaña, los sueños le crecieron y se le convirtieron en su compañía y su obsesión. No paraba de soñar, un día con Martín, otro con su madre, otro con sus palomos muertos, otro con sus recuerdos de infancia, con sus hermanas dejadas, con sus pacientes, con David… Más que sueños, a veces eran pesadillas que la dejaban exhausta y sedienta. Aprendió a reconocer todos los ruidos nocturnos y a no asustarse con los búhos y con aquellos mandriles insomnes, que solían robarle plátanos de su improvisada alacena. Dormía en el suelo, en una simple esterilla que era lo mismo que nada.

Un día se había levantado llorando y no había parado de hacerlo durante tres días, sintiendo hasta el cansancio una lástima por ella misma que lavó del todo con sus lágrimas; después había quedado deshidratada pero ligera. Interiormente, presentía que se iba limpiando de su pasado, pero cuando pensaba en su futuro se cargaba de incertidumbres prefabricadas. Una tarde de reflexiones, bajo la sombra del añoso roble, cayó en la cuenta que estas incertidumbres, que tanto le preocupaban, podían dejar de ser valoradas como algo negativo si su mente las apreciaba como un devenir libre, así que decidió dejarlas en libertad de actuar sin juicios.

Aprendió a lavar sus ropas y penas en el río, y aprovechar el sol para secarlas y alegrarlas mientras con los brazos abiertos jugaba a tocar las nubes. Se entretenía con las mariposas y las hormigas. Perdió la noción del tiempo, y sin darse cuenta entró en tal ayuno voluntario de agua que los pantalones le caían y fue necesaria una rafia para sostenerlos en su sitio. Se sentía verdaderamente livianita en peso corporal, pero no le preocupaba, es más, le encantaba. Lo único que parecía pedirle el cuerpo eran litros y litros de agua; como si el alma necesitara purificarse. Se metía en el manantial y bebía hasta saciarse. Nunca en su vida había degustado tanto un trago de agua. Aprendió a saborearla con su garganta sedienta. Le parecía el elixir más preciado, desbancando a sus amadas

margaritas tantas veces bebidas los jueves en El jardín
de los desquicios. Una madrugada de pesadilla, había
necesitado saciar su sed y el preciado líquido había
desaparecido. En su lugar había encontrado una frase:
DEJA QUE TU PALADAR SABOREE. Horas más
tarde, la tinaja volvía a estar otra vez rebosante, y en
el frutero los mangos explotaban de dulzura. Pasaron
muchísimos días, en los que Fiamma se desgastaba en
felicidades efímeras y largas penas; todo se le había
revuelto en la soledad de ese extraño monte. Sólo la
acompañaban las frases y sus sentires, cada vez más
a flor de piel.

Una noche de luna llena le llegó una ráfaga de
viento sobrenatural, que parecía venido de Garmendia del Viento; una espiral que bajaba desde el cielo
y se acercaba a ella; después de encontrarse la frase:
DEJA QUE TU PIEL SIENTA, su cuerpo empezó
a moverse al ritmo de la brisa envolvente que, con sus
soplos, parecía invitarla a bailar, cantando entre las
hojas una clara melodía arboral; envuelta en el verde
sonido, sus pies descalzos iniciaron una danza azul.
Sobre las plateadas rocas y los brezos, su alargada
sombra parecía besar la luna, acercándose y alejándose
al ritmo de la orquestada hojarasca nocturnal. No
supo a qué horas se despojó de sus ropas. Desnuda,
no paró de danzar con loca alegría, y girar y girar
sintiendo todo su cuerpo abierto a las tibias caricias
de las alas de ese viento generoso; bailó y bailó hasta
que el sol rasgó como puñal de oro la tela tafetada de
la noche y el viento se durmió cansado.

Días después, se encontró delante de una monumental cueva de piedra una rosa azul que desprendía un extraordinario aroma y acompañaba otra de aquellas notas: DEJA QUE TU NARIZ HUELA. La aspiró, robándole el perfume, y delante de sus ojos la flor se desmayó. Con la fragancia dentro de su alma decidió pasar algunas noches en aquel rocoso recinto; allí permaneció, sintiendo en su piel el palpitar profundo de la tierra.

Y una mañana, después de tanto ayuno y silencio, cuando el perfume de la rosa finalmente se había evaporado de su conciencia, aquella mezcla de vaivenes, de confusas alegrías y tristezas pareció cesar en su interior; la calma externa por fin había entrado a su espíritu. Amaneció con deseos de meditar. Se puso delante de un salto de cascada, guiada por la voz interior de su conciencia que por primera vez escuchaba nítida; nunca se había atrevido a acercarse al lugar por temor a las alturas; permaneció de pie en su orilla, con los ojos abiertos. Había llegado el momento de enfrentar sus miedos ancestrales. Sin pestañear, con la respiración más leve que jamás había sentido y sabiendo que estaba en un sitio del cual podía caer, se mantuvo firme; desde que vino el sol hasta que la luna lo relevó en el cielo, su cuerpo se mantuvo inmóvil, rozando el borde, en un rítmico balanceo producido desde su interior; desde su mente se vio caer, comprobando que mientras caía al precipicio no sentía el menor atisbo de miedo. Se veía a sí misma flotando en una nada inconmensurable que le producía una placidez indescriptible. Así se la encontró aquella mujer de rojo que semanas antes, ella y David habían visto en la entrada del templo de Chitragupta, en Khajuraho.

Le había llegado el momento de entender lo que era el Tantra.

Con una voz que llevaba el sonido del viento, la mujer la llamó por su nombre. Fiamma volvió en sí de su experiencia. Después de tantos días, volvía a contactar con un ser humano. Sin saber por qué, aquella mujer le recordó a Passionata, su paloma roja, mensajera de sus últimas alegrías. Un cálido sentimiento le acercó de inmediato a ella. Una necesidad de madre compañera de pronto precisaba ser saciada. Tantos días de confusiones le habían dejado sus sentimientos en carne viva. Sabía que tenía que fortalecerse y que sólo acababa de iniciar un largo camino.

Esta enigmática mujer de larga cabellera blanca, que dijo llamarse Libertad, había seguido en la sombra toda su estancia en la montaña. La había ido poniendo a prueba. Era ella quien le quitaba el agua, quien le dejaba aquellas notas escritas, quien le había puesto la rosa, quien le había traído el viento. Conocía a la perfección sus inquietudes y cavilaciones de esos días, ya que ella hacía veinte años también había pasado por una experiencia similar, aunque un poco más drástica.

La mujer, con cálida proximidad, le contó como había ido a parar ahí. Le dijo que había huido de su país después de una cadena ininterrumpida de fracasos, abandonando familia, trabajo, amigos y amor, buscando una verdad que calmara su convulsionada alma, convencida que si se alejaba de todo aquello sus problemas desaparecían, pero los problemas la seguían; simplemente los había trasladado a otro lugar. Quería que todo lo que estaba a su alrededor cambiara, le fuera benévolo. En ese momento ignoraba que la transformación tenía que darse primero dentro de ella misma. Fiamma la escuchaba con otros oídos. Antes le habría parecido que era una de sus pacientes y hubiera corrido a clasificarla, ayudada por su voluminoso libro de psicopatologías; pero ahora la entendía, ya que parecía que era la voz de su propia conciencia quien le hablaba… Esta vez escuchaba desde el alma… Le fue diciendo que, durante noches y noches, había permanecido atormentada por todo su pasado, en el mismo lugar en el que ahora se la había encontrado a ella y que, de repente, después de vaciarse de pensamientos, había llegado a su gran verdad: debido al miedo, su Conciencia había permanecido cerrada. Esa clarividencia le hizo entender muchas cosas. Era debido al miedo que tantos y tantos seres en el mundo actuaban o dejaban de actuar. Un miedo que ella misma se había negado a aceptar, disfrazándolo de valentía barata. Un miedo no a cosas o personas, sino a la base sobre la cual había levantado sus sueños. Ella había vivido rodeada de miedos sin saberlo; primero familiares, los que de pequeña había recibido de sus padres; después escolares, los que le habían inculcado sus profesores; más tarde religiosos, cuando empezaron a hablarle de pecados y castigos, de gente crucificada ensangrentada. En su adolescencia desarrolló los del amor frustrado, y cuando alcanzó la mayoría de edad la celebró estrenando los miedos laborales.

Esos miedos era los que a ella misma le habían hecho perder cuarenta años de su vida.

Mientras escuchaba, Fiamma fue recordando su pasado, identificando sus temores; parecía que hablaba ella misma a través de la voz de esa mujer; por un instante dudó si ella leía sus pensamientos, pues hasta en las palabras coincidían.

Hablaron del miedo atávico, heredado por la mayoría de mortales. De ese miedo aupado por la productividad, que vivía arraigado en el mundo occidental donde ambas habían crecido. Aquel miedo agigantado por un modelo de vida, reproducido en serie…

Hablaron del miedo a la muerte… la otra cara de la vida. Del miedo a no ser aceptado o a no pertenecer. Del miedo a asumir las equivocaciones. Del miedo al dolor. Del miedo a la alegría. Del miedo a cantar verdades. Del miedo a tenerlas. Del miedo a la rectificación. Del miedo a la incertidumbre que ofrecía un camino desconocido. Del miedo a desaparecer socialmente de la vida. Hablaron del MIEDO con mayúsculas, que era en definitiva quien les había ido bloqueando imperceptiblemente sus sentires.

Ahora Fiamma entendía por qué mucha gente prefería vendarse todos sus sentidos antes que enfrentar un cambio de dirección. No ver, ni oír, ni entender, era más fácil que despertarlos y hacerlos vibrar en plenitudes de vida. No tenerse en cuenta, en todo el sentido de la palabra, parecía más sencillo que iniciar una vida pensada en saborearse a sí mismo; un sano egoísmo que haría florecer al ser en todas sus expresiones y conectarse más limpiamente con todos sus semejantes…

Por un momento Fiamma pensó en su madre, en sus hermanas, y supo cuán infelices habían sido. Pensó en todos los seres de la tierra que nacían, crecían, se reproducían y morían, convencidos que habían vivido, que habían amado intensamente... sin haber sentido la vida en toda su dimensión. Sin haberse vivido a sí mismos. Haciendo lo que las demás personas, instituciones, sociedades esperaban de ellos para ser aceptados; "felizmente esclavizados" a las opiniones externas, entregando su bienestar o malestar al libre albedrío de sus semejantes; poniendo al servicio de otros sus estados de ánimo... "si me quieren soy feliz, si no me quieren soy infeliz"... entregando su libertad de ser a otros seres que llevaban velado el mismo problema a cuestas.

Todos estos miedos le habían ido desfilando a Fiamma durante años por su consulta, vestidos de patologías diversas, y ella había vivido convencida que, aplicando algún tipo de tratamiento estudiado, aquellas personas encontrarían lo que con tanta ilusión o desilusión venían a buscar.

Había sido una profesional de los sentires ajenos, desconociendo la verdadera esencia de los propios. Se había erigido como salvadora, olvidando salvarse primero a ella misma...

Esa tarde, Fiamma despertaba a la vida. A sus cuarenta años había vuelto al origen de su corazón, sin apoyarse en nada, salvo en su propia fuerza interior. Había limpiado su inteligencia de aprendizajes cegadores y volvía a estar como piedra en bruto, abierta a las experiencias por vivir. Se sentía recién nacida.

Asumía la vida como aquel río que tantos días había observado fluir de la montaña; llevaba una fuerza cambiante; siendo el mismo, era diferente en todo momento. Nunca repetía el mismo salto, ni mojaba igual la misma piedra; no paraba de correr y rumorar, pero su camino no era alterado por el mismo; "el río se dejaba ser", no se impedía. Ahora Fiamma empezaba a sentirse naturaleza, parte de todo aquello que durante su vida tantas veces había admirado de lejos, limitándose a verlo sin participar. Había recuperado su capacidad de maravillarse. Sabía que estaba viva porque sus cinco sentidos habían recuperado su libertad de experimentar. Dejaría a su ser, SER.

Había comprendido que la vida era un continuo inspirar y expirar, y que en medio de ese inspirar y expirar, estaba aquel vacío donde era posible paladear el yo más profundo. Había aprendido que todo el universo llevaba un armónico y perfecto ritmo. Un ir y venir constante, un tiempo, y que cuando ello era violentado, el ciclo del devenir se rompía, produciendo dolor.

Les llegó la medianoche sin moverse de la cascada, envueltas en una densa niebla de nubes bajas. Fiamma sentía que Libertad todavía tenía cosas por descubrirle, pero ya no tenía prisa. El tiempo había dejado de ser importante. Ahora podía esperar toda la vida.

Después de mirarla intensamente a los ojos, Libertad volvió a hablarle, diciéndole que sabía por qué estaba allí. Con aquella voz que descorría velos,

le habló del Tantra. Le dijo que el tantrismo era volver a la suprema sencillez de la vida. Era dejarse ir,
sin tratar de evitar las turbulencias, pues ese acto de
retención, en lugar de combatirlas, las reforzaría. Le
dijo que lo importante no era correr tras la felicidad,
sino mantener el espíritu limpio, abierto y ligero a lo
inesperado. Porque el Tantra era la continua experiencia de la libertad y no la imposición de la mente;
huir del sufrimiento impediría a la verdad revelarse en
toda su magnificencia. Le habló del Tantra como del
culto a la feminidad; la feminidad entendida como la
apertura de todos los sentidos. Era en la sensibilidad
donde residía la base de la armonía.

Fiamma supo por qué su relación con Martín
había fracasado. Al Martín niño le habían castrado
su feminidad cuando era niño; por eso nunca, salvo
cuando se acercaba sexualmente, le prodigaba ninguna
caricia. Esa parquedad en expresar sus sentimientos
había sido una de las causas por las que se habían ido
alejando. Se entristeció por él y por ella. Lo había descubierto demasiado tarde. Habría querido abrirle su
conciencia, pero sabía que eso no podría hacerlo ella.

Cayó en cuenta de por qué en el mundo había tantos
amores negados.

Sabía que los hombres que negaban su feminidad se
estaban negando su capacidad de sentir. Su capacidad
de disfrutar la vida.

Entendió por qué potenciando el sentir se poten-
ciaba la sensualidad y esta podía llegar a desbordarse
en una sexualidad completa. Una experiencia divina
de amor absoluto.

Libertad le reveló el secreto de la meditación que durante tanto tiempo Fiamma se había empeñado en practicar. Le dijo que meditar no era buscar ningún estado o éxtasis, sino estar al cien por cien en la realidad. Percibirla dentro de sí, en toda su magnificencia. Tener conciencia de que lo divino residía dentro de cada persona. Ser espontáneo ante la vida. Fiamma ya sabía de eso. Esos días se había encontrado y conocido a fondo. Ahora se sentía más viva que nunca.

Con ese tesoro, Fiamma abandonó el lugar estrechándose al cuerpo de Libertad en un intenso abrazo de despedida. Mientras la abrazaba, sintió su energía fundirse con la de ella. Un sentimiento embrionario le invadió; cerró los ojos para disfrutar de aquel afecto, y sintió que estaba en brazos de su madre y era tan pequeña como un bebé. Partió al amanecer. Después de muchos días, su estómago celebraba con rugidos las fiestas del primer banquete frugal: una papaya madura.

Caminó durante horas acompañada por un paisaje nuevo. Todo lo veía brillante y vivo. Saludaba a cuanto ser se encontraba en su camino. Se hizo amiga de todas las vacas y carretas, de los niños y las mujeres. Ayudó a lavar una ternera en un río. Se subió a un autobús abierto y pintado de colores que llevaba un interminable mantra cantado a todo volumen, y recordó las "chivas" de su Garmendia del Viento. Tenía ganas de regresar y empezar una nueva vida.

Al llegar al hotel de Khajuraho casi no la dejan pasar, pues la confundieron con una mendiga; su aspecto había cambiado extraordinariamente. De la Fiamma que había partido no quedaba el menor rasgo. Había adelgazado quince kilos y sus mejillas habían perdido lozanía. Los enormes ojos verdes ocupaban toda su cara. Su enmarañado pelo era una masa compacta. Los huesos se le marcaban en su escuálido cuerpo, envuelto en un rojo sari que Libertad le había regalado para el viaje, pues sus ropas se habían deshecho entre la tierra. Pero ella se sentía más bella que nunca. Fue necesario que enseñara su pasaporte al director del hotel para subir a su habitación.

Habían quedado de encontrarse con David después de treinta días y ella había tardado casi dos meses; sin embargo, encontró sin deshacer la maleta que él también había dejado. Fue directa al baño; al mirarse en el espejo, reconoció en sus ojos aquella profunda serenidad que tanto había admirado en los ojos de su madre. La serenidad que daba el haber trascendido el sufrimiento… A lo demás, no le dio importancia.

Pidió en la recepción que le consiguieran unas tijeras. Se cortaría el pelo. Se sumergió en agua caliente y cerró los ojos. Ahora, cada vez que los cerraba emergía de su centro un hondo sentimiento de paz. Se había reconciliado consigo misma y todo le producía alegría.

Se lavó como niña, restregándose desde las orejas hasta los dedos de los pies. Lanzó dentro del agua un enorme cuenco de pétalos de rosa, y su serenidad nadó con ellos.

Cuando estuvo satisfecha de humedades, se secó y se quedó desnuda delante del espejo. Todo su cuerpo era un saco de huesos forrado. Había perdido todas sus curvas y parecía una incipiente adolescente vieja. Tomó su larga melena y, de un tijeretazo, empezaron a caer al suelo sus largos rizos negros. Lo que estaba haciendo formaba parte de su ceremonia de limpieza. Sus cabellos habían sido para ella un signo de identidad exterior. Algo que ya no necesitaba, pues ahora se reconocía desde dentro. Fiamma ya no sería Fiamma por su aspecto exterior, sino por lo que irradiaba su interior. Hasta que no hubo cortado su último rizo no abandonó su reposada tarea.

Después se vistió de blanco, acomodándose como pudo unos pantalones que le bailaban por todos lados. Todo le iba enorme. Su piel emanaba como nunca aquel extraño perfume de azahares que nunca se ponía, pero que le venía del alma. Bajó al restaurante y se encontró sola, entre las mesas. Sabía que tenía que volver a acostumbrar su estómago a los alimentos. Eran más de las cuatro de la tarde y, aunque el comedor estaba cerrado, la atendieron.

Pidió sólo lo justo, aunque se permitió un viejo placer: su entrañable cóctel. Desde que había roto con Martín, aquella fría y lejana noche, no había vuelto a probar su margarita. Se hizo preparar una, paladeándola a sorbos lentos; brindando para sus adentros por su amor pasado. Por primera vez recordaba a Martín sin dolor. Aceptaba su pasado como parte de su aprendizaje de vida. Ya no culpaba a nadie de su tristeza vivida. Después de perdonarse a sí misma, su corazón les perdonó a los dos. Estrella y Martín eran dos seres humanos llenos de inquietudes y carencias, como ella. Pensó en David agradeciendo a la vida el haberle conocido. Con él habían despertado sus anhelos dormidos. Ahora tenía claro que esculpiría sin descanso. Tenía mucho que decir, utilizando el más puro y áspero lenguaje: el de la piedra.

Había perdido, pero también había ganado.

Se fue caminando hacia los templos; su cuerpo se había acostumbrado a dar largas caminatas. Quería volver a verlos con ojos nuevos. Se dio prisa, pues por nada quería perderse contemplarlos a la hora del crepúsculo. Iluminadas por los dorados rayos de ese caliente sol indio, aquellas piedras areniscas con las que se habían construido las torres de los santuarios adquirían una dulce pátina rosada. Fiamma se fue acercando a la plataforma donde el gran templo Kandariya Mahadeva se alzaba en cuatro cuerpos integrados, cubiertos de tejados piramidales ascendentes que culminaban en el gran shikhara, símbolo de la gran montaña sagrada. Dejó que sus ojos fueran tocando los relieves de sus eróticas figuras. Las últimas luces se iban metiendo entre sus sensuales curvas, imprimiéndoles un dorado realismo; después de observarlas, llegó a la conclusión que, aquellas imágenes de amor que inundaban aquellos templos, no decoraban. Estaban allí como centros de irradiación. Su objetivo era diáfano: esas esculturas querían enseñar, en su representación del acto sexual, que éste, más que la unión de los cuerpos y los goces externos, era la unión de las almas. Por eso, los rostros de los amantes, con aquellos ojos entrecerrados y esas tiernas y serenas sonrisas, alcanzaban una expresión inconmensurable de alegría y plenitud; una serenidad extraordinaria.

No era la satisfacción corporal, era la comunión de espíritus. Lo masculino y lo femenino unidos, creando un todo. Esas imágenes de músicos tocando, dioses y diosas volando; de ninfas, animales, serpientes, cocodrilos, e instrumentos, transmitían todo tipo de sentires. Detuvo su mirada en aquella mariposa de cuerpos, idéntica a la de su sueño, y le transmitió, aparte de exquisito sensualismo, un profundo y sereno equilibrio. Esperó a que el sol la pintara de oro viejo y dejándola, después, en sombras. En esas estaba, mientras David la buscaba entre los turistas que a esa hora se encontraban allí. Había pasado muy cerca de ella, sin reconocerla, pues la Fiamma que David buscaba distaba mucho de parecerse a la nueva.

Había llegado al hotel procedente de Panna, donde había permanecido todas esas semanas esculpiendo en un taller indio; volvía lleno de ideas y con unas ganas locas de encontrarse con su musa. A primera hora se enteró de su regreso a Khajuraho, ya que había dejado indicaciones al director del hotel de hacérselo saber. Quería darle la sorpresa, apareciéndosele esa noche. Hacía dos meses que no la veía y necesitaba saciar esa larga ausencia. Había viajado todo el día y, al llegar, se había enterado en la recepción que Fiamma había partido en dirección a los templos; entonces había vuelto a subirse al taxi, pidiéndole al chofer que rápidamente le llevara hasta allí.

Después de dar vueltas y vueltas por entre los templos, se detuvo cansado delante de Fiamma, y aún teniéndola enfrente, no la vio.

10. LA REALIZACIÓN

Viajamos mientras la tierra duerme.
Somos las semillas de una planta firme,
y es en nuestra madurez
y en la plenitud de nuestro corazón
cuando nos vemos lanzados al viento…
y desparramados.

Jalil Gibran

Habían vuelto las temibles borrascas. En Garmendia del Viento, la arenisca revoltosa andaba alborotada haciendo de las suyas, metiéndose en cuanto agujero se encontraba. Era el maldito viento salado al que tanto temían los confiteros que solían instalarse en el Portal de los Dulces. Todas las dulzuras de sus tenderetes acababan saladas por culpa del azote castigador venido del mar. Ese polvillo salitroso se encargaba de desajustar las bisagras, hacer llorar a los gallos, sazonar las hostias y oxidar hasta los corazones más blindados. Los dientes rechinaban arena, siendo imposible un beso limpio de sales minerales.

Fiamma dei Fiori hacía ya tiempo había regresado de la India, y ahora buscaba un sitio donde trabajar a fondo la piedra. Investigando, descubrió un recóndito lugar que no aparecía en ningún mapa. Una gran zona calcárea totalmente deshabitada, pues las condiciones de vida eran durísimas debido a la aridez de la tierra. Era un sitio inhóspito, donde nunca llovía ni se encontraba un alma, salvo la de los muertos enterrados por los aborígenes de la zona, que vagaban desconcertadas esperando su segundo entierro para, finalmente, descansar en paz.

Se había ido adentrando por carreteras semejantes a trochas hechas a punta de machete. Después de pasar por pueblos y caseríos, antes de meterse en pleno desierto, un acuerpado mulato, de inmaculada sonrisa, le indicó donde podía encontrar lo que estaba buscando; con una amabilidad impropia de la zona la condujo por áridas colinas, advirtiéndole de los peligros a los que se exponía; la llevaría hasta un paraje que antiguos viajeros habían bautizado con el nombre de Roncal del Sueño y al cual atribuían leyendas inverosímiles. Allí, el viento se metía entre las rocas creando unos atronadores ronquidos, que los indígenas habían atribuido a algún espanto dormido, y por eso nadie, en su sano juicio, se había atrevido nunca a poner los pies en aquel lugar.

En el camino se encontraron con una muchedumbre adolorida celebrando, en una especie de camposanto abierto, un banquete en presencia de sus muertos. Después de diez años, desenterraban a sus seres queridos, en medio de una fogata que servía para calentar sus viejas penas y el aguado café.

Epifanio, que así era como se llamaba el mulato, le fue explicando a Fiamma, con pelos y señales, todo lo concerniente a ese extraño ritual. Le dijo que aquellas personas venían por sus muertos obedeciendo al llamado que éstos les hacían a través de algún sueño y cargaban con ellos hasta sus rancherías. Una vez allí, les daban sepultura final, liberando sus almas para que éstas pudieran emprender su viaje cósmico y regresar de nuevo a la tierra convertidos en lluvia.

Los invitados, ataviados de blanco, habían llevado ron y carne de macho cabrío, para compartir con la familia en el trance. Los más viejos lloraban a grito pelado por los desenterrados, mientras una mujer, aguantándose las ganas de llorar para impedir que el espíritu de alguno de los muertos se la llevara consigo, abría ataúdes y desempolvaba huesos y ropas.

Fiamma, que ahora ya no se espantaba por nada, pues había sepultado para siempre sus miedos en la India, decidió observarlo todo. Fue testigo de la exhumación de unos novios quinceañeros, que el mismo día de su boda habían muerto en el banquete, atragantados por su propia tarta de bodas. Yacían como si durmieran un plácido sueño en su ataúd doble, único lecho que habían podido compartir; ella vestida con su traje de novia y cubierta por su largo ramo de rosas que aún conservaba su fragante frescura. Tal vez, su inocente amor no consumado había hecho el milagro de que sus cuerpos permanecieran sin corromperse todos esos años. Al verlos, la sabia anciana encargada de llevar a cabo la ceremonia decidió volver a enterrarlos, convencida que estarían mejor allí, en esa tierra de silencios, que trasladados al bullicio que les había matado. El amor se mantendría vivo y sellado en aquella caja blanca donde les había colocado el dolor de sus respectivos padres. Era un caso claro de amor inmortal. Algo que, según la tradición indígena, nadie debía perturbar, pues podrían caer múltiples desgracias sobre la comunidad.

Así, en medio de tumbas abiertas, los lagrimosos invitados volvieron a gritar el "¡que vivan los novios!", mientras los devolvían a la tierra.

Después todo volvió a quedar tranquilo, y la anciana, sin inmutarse, continuó su labor. Limpió con aguerrido aplomo, uno a uno, los demás huesos desenterrados, sin taparse la nariz ni cubrirse las manos. Cuando acabó la dura tarea se desnudó y de cara al sol, se empapó de ron el cuerpo para purificarse, mientras los invitados bebían y comían del chivo, entre los esqueletos de los que fueran sus parientes y amigos. Era tanta la comida que habrían podido quedarse quince días más haciendo lo mismo sin pasar hambre.

Finalizada la macabra ceremonia, viejos, jóvenes, mujeres y niños emprendieron una marcha blanca, arrullados por sus propios lloros que sonaban como melodías cumbiamberas, acompañadas por el sonido maracoso que producían los huesos al chocar entre sí dentro de las bolsas; llevaban al entierro final los restos de sus deudos evitando, eso sí, mencionar el nombre de alguno de los difuntos, por temor a ocasionar con ello algún nuevo dolor en la familia.

Después de verlos desfilar delante de sus ojos, Epifanio y Fiamma decidieron continuar con su búsqueda; atravesaron el valle de los muertos, se metieron por entre picudos cerros, haciendo un gran tramo en burra por serpenteados caminos. Cuando llegaron,

Roncal del Sueño les recibió con sus más gloriosos ronquidos.

A Fiamma le fascinó el lugar. Esas cascadas de pedregales eran lo que ella andaba buscando. Se alzaban sobre una morfología áspera de valles, pendientes rocosas y picos agrestes. Estaba lleno de cabras salvajes, que se subían a los pocos arbustos para robar el escaso forraje de sus ramas. Fiamma estaba feliz de ver el insólito espectáculo. Era perfecto para lo que ella quería.

Tendría que edificar una pequeña casa, pensó; ¡ahora necesitaba tan poco! Epifanio, que estaba deslumbrado por la valentía de la mujer, se ofreció a ayudarle; Fiamma, que necesitaba un ayudante, le contrató como su asistente poniéndole al día del proyecto, explicándole cómo lo harían. Construirían un gran habitáculo rectangular, acondicionándolo con lo indispensable. El agua la traerían de un lago cercano y crearían un pequeño aljibe.

Con los ahorros que tenía y la ayuda de varias decenas de amigos de Epifanio, en pocas semanas Fiamma levantó un sencillo y bello hogar-estudio. Aparte de policromados diversos, Roncal del Sueño guardaba en su vientre una mina de mármoles rojos que todavía nadie había descubierto, ni siquiera Fiamma.

Trasladó sus pocas pertenencias tan pronto como pudo. El tipo de escultura que pretendía hacer en ese lugar necesitaba de rústicos utensilios, que pronto se le convertirían en preciadas joyas. En un gran contenedor consiguió transportar macetas, punteros, martillos, cinceles de doble punta y sencillos, bujardas y gradinas, mazos y alguna maquinaria pesada para que fuese manipulada por el mulato Epifanio. Haría de Roncal del Sueño un "Valle de Alzados". Levantaría grandes figuras, para que el viento, el sol, la luna y las estrellas disfrutaran de ellas. Por un instante, recordó a David; si todo hubiera salido diferente, pensó, ahora ese sueño podría ser vivido por los dos.

Desde su encuentro final en Khajuraho, entre David y Fiamma todo cambió. Aquel crepúsculo, David Piedra había reaccionado violentamente al cambio físico que Fiamma había experimentado después de su experiencia en la montaña. Cuando se la encontró en el templo Kandariya Mahadeva, había sido Fiamma quien le había sacudido, pues él se había negado a reconocerla. La Fiamma de la cual él se había enamorado locamente no podía ser esa consumida mujer langaruta, con aspecto de chico escuálido, que le abrazaba. Sin poder evitarlo, al verla se había apartado, rechazando su abrazo.

Fiamma, ante tan inesperada reacción se había quedado atónita y boquiabierta. No entendía nada. Nunca se hubiera imaginado que aquel hombre, que parecía tan profundo y espiritual, reaccionara de manera tan frívola ante su cambio físico. Poco a poco, sus años de sicóloga y su serenidad le fueron aclarando todo. Estaba frente a un evidente caso clínico. David Piedra sufría del síndrome de Pigmaleón, aquel escultor griego que, enamorado de su estatua, había pedido a los dioses que le dieran vida. Ella no había sido nada más que su Galatea, aquella estatua con la cual él se había obsesionado. David estaba enamorado de una imagen que, al perder la belleza, había dejado de interesarle. Todo su sentimiento se había basado en el enamoramiento ligero, no en el amor profundo.

David trató de camuflar su desazón y disimular, durante el resto del viaje, la repulsa física que sentía ante la falta de curvas de Fiamma, pero la evidencia saltaba a la vista. Había perdido todo interés por ella.

Habían vuelto a Garmendia del Viento, y durante algunas semanas habían tratado de saltar por encima de todo, sin superarlo. Todo se había resquebrajado porque estaba basado en algo endeble. Al mismo tiempo, David Piedra empezaba a sentir enormes celos por el excelente trabajo que Fiamma empezaba a desarrollar como escultora. En el fondo, se negaba a reconocer que sus esculturas transmitían energía viva y profundo equilibrio. Tenían un punto de infantiles, pero eso las hacía más audaces, más libres. Eran alegres y, cuando se pasaba la mano sobre ellas, se sentía el latir del corazón de Fiamma. Eran todo lo contrario de las de él, que siempre habían reflejado su retraimiento y excesivo perfeccionismo interior.

En aquellas semanas que transcurrieron en la casa violeta, Fiamma comprobó lo difícil que era convivir con David; se había vuelto obstinado, irritable y egoísta. Le molestaba que le tocara sus cinceles y mazos y se había convertido en un crítico insoportable. No reconocía en él a aquel hombre que le había seducido con su sensibilidad y delicadeza.

Fiamma se daba cuenta que David no lograba centrarse en su nuevo trabajo; iba dejando bloques de piedra a medio hacer, sin alcanzar lo que se proponía. Trató de ayudarle, pero sólo consiguió alterarlo aún más.

Decidió abandonarlo el día que se encontró, al lado del invernadero de las mariposas, el último trabajo que ella había realizado: una impresionante paloma de mármol rojo, esparcida por el suelo, hecha añicos.

Durante algunos días se refugió en un hotelito que quedaba detrás de las murallas de la ciudad vieja. Allí, acompañada por las afónicas campanadas de la catedral que cínicas parecían remarcarle sus fracasados intentos de amor, se le ocurrió abandonar para siempre Garmendia del Viento; crear su propio taller en apartadas lejanías. Desaparecería del mundo, envuelta en la soledad acompañada de la naturaleza.

Se marchó definitivamente cuando el mulato Epifanio le comunicó que todo estaba listo. No se despidió de ninguno, pues no quería dar explicaciones inexplicables. Desde que había marchado a la India no se había dejado ver por nadie; incluso sus familiares y amigos seguían convencidos que aún no había regresado.

Empezó su nueva vida acompañada por el continuo resoplar del viento; se acostumbró a sus cantos lamentosos. La tierra iba pariendo piedras veteadas que a Fiamma le alegraban sus días.

Renunció a la electricidad, cuando le propusieron llevársela por aparatosos cableados que estropeaban el paisaje. Vivía una limpieza de atmósferas y ruidos que acrecentaba su inagotable creatividad. Se había acostumbrado a vivir las leyes de la naturaleza: vivía de día y soñaba de noche. Despedía y saludaba al sol cada día. Había renunciado a comodidades superfluas, que ahora tenía olvidadas por completo. Incluso en sus enseres de baño, se había negado a llevar ningún espejo, pues ya no lo necesitaba. Cuando recogía agua del pozo, éste le devolvía una imagen de mujer serena, dignamente encanecida. Su negro pelo se había ido blanqueando, como el de su padre, y ella lo aceptaba con alegría. Se sentía libre de acicales y menjurjes. Siempre había pensado que la sociedad había dado licencia total de envejecimiento a los hombres, mientras que a las mujeres las condenaba al martirio de preservar a toda costa la juventud eterna; ellas mismas habían caído en la trampa siendo las primeras en reprobar las arrugas de las de su propio sexo, como si fuese una deshonra enseñar orgulloso la profunda huella que el paso de los años dejaba en la piel. Una piel vivida nunca mentía. Dejaba al descubierto dolores, rabias, alegrías, tristezas. Era un mapa que resumía todos los trayectos de una vida.

No se había llevado ningún libro, salvo sus diarios personales que seguían llenándose de sentires pintados y escritos. Creía que algún día sus reflexiones podían servir a algún alma desorientada por exceso de vida malentendida.

Cuando se hizo amiga íntima de las cabras abrazó el credo vegetariano.

Vivía con poquísimo, pero lo tenía todo. Salvo el amor, nada le faltaba.

Vio desfilar los meses y los años, golpeando con su mazo caras, torsos, pájaros y úteros, que iba dejando sembrados en la montaña. Los nativos, vecinos lejanos, se acostumbraron a verla como una diosa, respetando sin entender aquellas gigantescas figuras bañadas de fuerza roja.

De aquellos materiales inertes, tantos años dormidos en la tierra, brotaban sin parar figuras que vibraban de energía, cohabitando con el viento y los elementos, en mágica sincronía. Con la luz de los atardeceres, las redondeces se crecían, dulcificando la montaña. Esas figuras eran las emociones de Fiamma que se alzaban majestuosas; sus pensamientos levantados a punta de martillo y sudor. Sus sueños infantiles suspendidos en el aire, flotando entre las luces y las sombras en total libertad.

Desde que se había instalado en Roncal del Sueño, no había dejado un solo día de meditar en la cima de la singular colina, y cuando bajaba, siempre se emplazaba a desafiar el misterio de la naturaleza.

En ese lugar se sentía poseída por los elementos. No había día que no tuviera ánimo para la creación. Cada figura que terminaba era un ser más, que venía a hacerle compañía; le regalaba ganas de seguir esculpiendo. Golpeaba y golpeaba sin descanso. La escultura era su amor, su goce, su grito, su silencio. Su protesta y su vida. Su frustración y su culminación. Su música y sus dolores viejos. Allí vivía abandonada a sus impulsos. Toda su pasión se desbordaba lujuriosa en esculpir. Vivía poseída por los sentires intensos y retenidos de su infancia. En un estado de goce perpetuo.

Su obra estaba cargada de delicadeza y elegancia extremas. No había una sola arista hiriente, ni siquiera a los ojos. Cuidaba de limar los bordes, acariciándolos con su lija hasta pulirlos y darles aquel acabado sedoso, que en noches de luna llena capturaba azules lunares. Sus figuras habían recuperado el arte de la sencillez. Hablaban directo al alma. Un día, Epifanio le había dicho que esas imágenes tenían música. Que en la noche él las escuchaba cantar. Adoraba a su jefa, porque le trataba como a un hijo. Le estaba enseñando a conocer a fondo las piedras y le había ido traspasando su amor por ellas. Había aprendido a no perturbarla mientras trabajaba. Cocinaba para ella, iba y venía con su pequeño tractor, extrayendo piedras a cual más, más bella. Habían encontrado una verdadera mina de mármoles rojos: desde el rojo collemandina hasta el rojo rubí.

Cada pieza creada era pensada con el bloque en bruto delante. Fiamma dejaba que fuese la misma piedra quien le sugiriese la idea. La escuchaba. Nunca imponía su voluntad. Respetaba su materia. Un día se le ocurrió empezar a agujerearlas, provocando en ellas una comunicación más fluida con el viento que no paraba nunca de soplar. Algunas hacían simplemente de ventanas redondas, por donde observar las verdaderas figuras enmarcadas sólo por el cielo; volvía a crear aquella combinación roja y azul de las paredes de su casa, pero esta vez fluía de forma natural. Era la combinación cielo y tierra. Su "Valle de Alzados" empezaba a ser el "Valle del Equilibrio".

De lejos, el lugar parecía arder, sembrado de llamaradas que se peleaban con la fuerza desbocada de los vientos. Pero al acercarse, la serena quietud de las figuras, sólo interrumpida por los silbidos del aire, reposaba los sentidos.

Una tarde, mientras excavaba, Epifanio encontró una gran caliza de azul intenso entre los mármoles rojos, y llamó alborozado a Fiamma. Era una piedra bellísima, que parecía lapislázuli. La alegría fue tal que resolvieron tomarse el resto del día libre. Mientras Fiamma acariciaba la enorme pieza con sus manos, ásperas a fuerza de emplear martillos, perforadores y herramientas pesadas, decidió que guardaría el extraño hallazgo a la espera de decidir qué haría con él. Ahora ya no tenía prisa por nada. Algunas veces sus esculturas tardaban años en terminarse. Acostumbraba a trabajar varias piezas a la vez. Cuando se cansaba de una, coqueteaba con la otra. Finalmente las "camadas" salidas de sus manos daban la impresión de haber brotado de la tierra, así, de tan fluidas y naturales que llegaban a ser. Cada una de ellas ratificaba la mutabilidad de su materia. Aquellas piedras inertes cobraban vida por obra y gracia de sus manos.

Vivía sumergida entre el polvo calizo que levantaban sus martilleos y pulimientos. Cuando llegaba la noche, acababa con la piel teñida de un fino polvillo rojo que se le metía por todos los agujeros y se le pegaba al cuerpo, uñas y pelo, convirtiéndola en una colorada alienígena. Trabajaba siempre al aire libre aprovechando los frescos amaneceres, pues el día era durísimo, ya que el sol justiciero acababa fosilizando hasta las lagartijas que se paseaban por entre las piedras.

Dedicaba las noches a observar el cielo. Hacían fogatas y, a la luz del fuego, intercambiaba historias con su inocente asistente, que para ella era toda su familia. A cambio de las leyendas de aparecidos que Epifanio no paraba de contarle, ella le regalaba todas las historias de sus viajes, pues el mulato nunca había puesto sus pies fuera de ese desierto peninsular. Ni siquiera había llegado a ir a Garmendia del Viento, ya que su pueblo consideraba esa zona como un lugar donde se podían coger muy malas mañas. Se maravillaba con las historias de Fiamma, y sus azabachados ojos brillaban como los de un niño cuando la escultora le describía monumentos y culturas lejanas.

Poco a poco fue aprendiendo a leer y a escribir, desarrollando un interés genuino por el arte y, sobre todo, por la pintura.

Epifanio se acostumbró a vivir como Fiamma, en un eterno presente. No entendía muy bien por qué ella no paraba de esculpir y esculpir, ni sabía qué haría cuando la montaña se cansara de dar piedras. Le extrañaba que nunca hubiese puesto interés en acompañarle a buscar víveres y que, en todos estos años, no se hubiera movido de Roncal del Sueño. Empezó a sospechar que algo extraño pasaba con ella. O había sufrido mucho, o no tenía a nadie.

En Garmendia del Viento, los familiares y amigos de Fiamma se habían vuelto locos buscándola. Sus desesperadas hermanas habían investigado sobre su paradero, removiendo cielo y tierra sin obtener de todas sus pesquisas ningún resultado. Habían rastreado sus

movimientos; desde su separación hasta el abandono de su profesión, perdiendo la pista en su extraño
viaje a la India, que todos catalogaban de huida por
depresión post-divorcio. Con el correr del tiempo
y el prolongado silencio, temieron lo peor. Primero
pensaron que en la India había acabado metida en
alguna secta extraña pero, por los registros de la
compañía de aviación, comprobaron que había regresado. Antonio y Alberta, que habían sido sus únicos
amigos de verdad, desconocían hasta su historia con
David Piedra; por eso nadie pudo dar razón de ella.
Llegaron a pensar que se había ahogado en aquellos
acantilados donde solía ir los fines de semana. Con
infinita tristeza concluyeron que a Fiamma dei Fiori
se la había llevado el viento.

Cuando se cumplieron los cinco años de su inex-
plicable desaparición, la familia mandó oficiar un
funeral en la capilla donde Fiamma había recibido su
primera comunión: la de Los Ángeles Custodios. Ese
día el recinto se desbordó de flores; delicadas coronas
entretejían mensajes entre rosas, heliconias, pájaros
de fuego, margaritas, orquídeas, bellahelenas y aves
del paraíso; parecía que las bóvedas iban a reventar
de tantos perfumados vapores encerrados a más de
35 grados; en el techo, cientos de palomas blancas
revoloteaban en círculos sobre el altar, mientras los
ave marías inundaban la estancia, ahogada en los
humos de los botafumeiros que eran sacudidos por
jóvenes monaguillos.

Junto a las escaleras del altar mayor se había colocado un ataúd inmaculadamente vacío, sobre el que

descansaba la foto de una sonriente y bella Fiamma vestida de blanco. A su lado, haciéndole guardia, permanecía cabizbaja una roja paloma triste. Debajo, colgando del blanco cajón, en asedadas letras doradas podía leerse: Descansa en paz, Fiamma dei Fiori. Por él, desfilaron desde sus compañeras del colegio hasta sus compungidas pacientes: la pesimista Ilusión Oloroso que dejó sobre el féretro su llavero de pata de conejo; la celópata Sherlay Holmes, finalmente curada de sus enfermizos celos; la pirómana Concepción Cienfuegos que sólo llegar estuvo a punto de incendiar la capilla, prendiéndole fuego con una veladora al manto de la Virgen de los Horrores; el travestido Marciano, convertido en Abril tras una operación de cambio de sexo, quien honró la memoria de su terapeuta dejando sobre la caja mortuoria la foto de su boda flamenca enmarcada en moldura de lunares rojos. Máxima Pureza Casado, la casada amiga infiel, eterna amante de su profesor de siquiatría; la sonámbula Rosalinda Ramos y su narcoléptica hermana Sacramento, que cayó redonda al suelo profundamente dormida y con la lengua afuera cuando estaba a punto de recibir la comunión; la abandonada Digna María Reyes, ahora acompañada por su nuevo marido; la "famosa" Divine Montparnasse, que llegó de incógnito esperando no ser reconocida, protegida entre sus negras gafas, dejando sobre el ataúd de Fiamma otro par de gafas, idénticas a las que llevaba puestas, seguramente para que su sicóloga se paseara por el paraíso envuelta como ella en igual halo de misterio; la longeva y amnésica Gertrudis Añoso, que

había cumplido los ciento cinco años sin recordarlos
ni entender por qué estaba allí; la cleptómana Amparo
Deseos que ese día había aparecido con un enorme
bolso donde había ido guardando, sin que nadie la
viera, candelabros, estampitas y figuras que vendían
a la entrada; Visitación Eterna, que ese día se había
presentado con la personalidad de Fidela Castro y
al acercarse al altar y ver tanta gente junta pretendió
montar un mitin, arrebatándole el micrófono al cura
en pleno evangelio. Asistieron también la juez metida
a monja de clausura, con sus cuatro hijos y su exmarido; la enllagada María del Castigo Meñique, con sus
manos en carne viva por la mordedura compulsiva de
sus dedos, y la que fuera durante años su secretaria,
ahora convertida en sicóloga por culpa de Fiamma.
Todas habían asistido a las honras fúnebres; hasta su
vieja y cascarreta profesora de historia. Allí estaban re-
unidos los que habían querido, cada uno a su manera,
a Fiamma. Incluso, entre los asistentes, un silencioso
y taciturno escultor presenció de lejos la ceremonia,
llorando como muchos su pérdida.

La familia recibió las condolencias, negándose en
el fondo a aceptar esa muerte. Alberta y Antonio, que
habían superado su crisis matrimonial, se unieron en
lágrimas para dar el último adiós a la que había llegado
a ser su más sincera amiga.

Ese mismo día, en Roncal del Sueño Fiamma com-
probaría con extrañeza que el viento había dejado de
soplar y que una gran nube de mariposas Monarca
habían llegado en gran vuelo a posarse sobre sus esculturas, manteniendo con sus alas cerradas un silencio

lamentoso que duró dos largas horas, exactamente lo que había durado su funeral garmendio; eran las mariposas del invernadero, que David Piedra había decidido liberar en la madrugada, pues le recordaban demasiado su historia con Fiamma.

Con el correr de los años, todos los que habían asistido a las exequias terminaron olvidando a Fiamma, todos excepto ella misma.

En el otro lado del mundo, los años también habían ido pasando para Martín y Estrella, quienes, una vez terminaron su viaje por la Toscana italiana, partieron rumbo a Somalia.

Después de la conversación mantenida con el premio Nobel de la Paz, Nairu Hatak, Estrella había tomado la decisión de aceptar el cargo que le ofrecía en Somalia.

Se instalaron en Mogadiscio, la capital de aquel país que les abría las puertas a otras experiencias mucho más duras que las vividas hasta ese momento.

No tuvieron tiempo de acomodarse, por la urgencia de meterse de lleno en el proyecto. Estrella estaba fascinada de poder trabajar con Nairu Hatak, quien demostraba creer ciegamente en sus capacidades benefactoras. Fundaron el centro Mujeres Salvadas, con un sonado caso aparecido en los diarios en el que en Boosaaso condenaban a dos mujeres a "Lapidación por prácticas antinaturales"; la Comisión Internacional de Derechos Humanos había denunciado el hecho, y una movilización mundial, agitada desde el centro recién fundado, había logrado forzar el indulto, librándolas de morir apedreadas. Ahora, estas jóvenes chicas se habían convertido en dos activas defensoras de la vida y ayudaban a Estrella en el centro.

Aunque el gobierno del Puntland, sitio de donde provenía la condena, enfatizaba el carácter islámico del Estado, imponiendo una mezcla de ley islámica shari'ah y de derecho penal somalí, había terminado cediendo a la presión internacional, que los había puesto en el punto de mira debido a la fuerte prensa que acompañaba las acciones denunciadas por Nairu Hatak.

Con aquel caso, y protegidos por la fama de Hatak, el centro fue creciendo.

Estrella y él luchaban a brazo partido por liberar a las mujeres africanas de tantas injustas leyes que las tenían condenadas desde antes de nacer.

Comenzaron a perseguir veladamente las prácticas de mutilación de genitales femeninos; crearon campamentos clandestinos, donde se impartía a las madres una educación encaminada a cambiarles sus errados puntos de vista sobre aquellas prácticas de iniciación que tan brutalmente marcaban el paso de niña a mujer. Se colaron entre las pequeñas, con impresos que les enseñaban con sencillos dibujos a protegerse de sus propios padres. Cada paso que daban estaba dado en la más absoluta clandestinidad; incluso se habían prohibido hablar de ello en las pequeñas reuniones que, de vez en cuando, Estrella hacía en el sencillo piso donde vivía con Martín.

Vivía sumergida entre los horripilantes porcentajes de mutilaciones sexuales que se daban en la región; en shock permanente; demostrándole a Nairu Hatak, con su solidaridad y entrega, que no se había equivocado al confiar en ella. Sentía por él una admiración que rayaba la adoración. Con Martín se veía poco, pero todo marchaba bien. Él se había dedicado a escribir artículos sobre todo lo que Estrella le contaba, haciéndolos circular por internet. De alguna manera, ayudaba a la causa blandiendo un arma que dominaba con destreza: la escritura.

Durante el primer año estuvieron inmersos, cada uno a su manera, en el nuevo estilo de vida somalí. Martín, de vez en cuando, añoraba su Garmendia del Viento, pero sentía que desde esa lejanía estaba ayudando a salvar algún trozo del mundo; se había ido contagiando del espíritu de abnegada lucha que demostraba poseer Estrella.

Procuraba no pensar en su pasado, pues a veces le asaltaban dudas sobre él mismo. Su vida comenzaba a desfilarle con demasiada frecuencia por su conciencia. Los recuerdos se le colaban por entre el pelo, invadiéndole la cabeza de interrogantes que empezaban a zumbarle cada vez más alto, jugándole malas pasadas. Le agobiaba el peso de su conciencia. Sentía que se hacía mayor. Ya había pasado los cincuenta, y haciendo un balance de su medio siglo no conseguía llegar a la conclusión de haber alcanzado la felicidad.

Necesitaba conseguir amigos, zambullirse en ruidos nuevos que le distrajeran, pues empezaba a sentirse solo. No lograba encajar del todo en aquella nueva situación. Cuando lo comentaba con Estrella, su optimismo desplegado acababa convenciéndolo que estaban en el lugar adecuado, realizando la labor más excitante que hubiesen podido soñar.

De vez en cuando se evadían de las miserias ajenas, realizando cortos viajes de desconexión europea; fines de semana en Viena, París y Londres, que ayudaban sobre todo a Martín a soportar aquella abnegada rutina. Estrella, en cambio, tomaba toda su fuerza de su nueva labor, pues la hacía sentir importante. Había ido trasladando a su nuevo trabajo la euforia vital que antes había desplegado hacia Martín; necesitaba sentirse necesitada; sentía que desarrollando aquella actividad había encontrado la plenitud, y se iba alimentando de ese sentimiento; todos la admiraban, desde Nairu hasta las mujeres del centro, para las cuales era como una heroína; su nombre aparecía en los diarios internacionales, se la describía como una líder fuerte y decidida; su vanidad iba creciendo a la par que su fama.

Antes, Martín hubiera estado encantado de vivir ese tipo de protagonismo parejal pero, en ese momento, no sabía por qué se sentía tan incómodo.

Con los meses, esa desazón le fue creciendo, convirtiéndosele en una alargada sombra que le perseguía a todas horas. Su vida se había ido limitando a tres actividades: escribir artículos que, aunque inteligentes, no dejaban de ser monotemáticos; cocinar las frescuras que encontraba en el mercado; y hacer el amor con Estrella de todas las formas habidas y por haber. Comenzaba a identificarse con todas las mujeres casadas, que exponían este tipo de problema en los consultorios abiertos de las revistas femeninas, de las cuales él tanto se había burlado. Se sentía utilizado por su pareja, como instrumento para aliviar tensiones. Empezaba a cansarse del sexo descargante que recibía de Estrella que, entre los desafores de las beneficencias, cada noche lo buscaba sólo para hacer el amor, convencida que eso era lo que él necesitaba, cuando era ella quien se desgañitaba de placer y al día siguiente desaparecía en sus campañas humanitarias. No paraba de hablarle de Nairu Hatak: de su gran corazón, de su gran porte, de su gran habilidad, de su gran fama, mientras que él trataba de encauzarle su charla hacia otros derroteros.

Se fue quedando solo en Mogadiscio los días en que Estrella viajaba con Hatak por el mundo consiguiendo seguidores para la causa que defendían. Empezó a sospechar seriamente que ella se había enamorado del líder humanista cuando, a medianoche, éste respondió al teléfono de la habitación donde ella se alojaba en New York.

Después de cinco intensos años de relación con Estrella, de malgastar horas y horas hablando con su compañera sobre su cada vez más raquítica vida en común, de comprobar con desilusión lo fácil que había sido para ella entender sus planteamientos sin siquiera luchar por retenerlo, Martín decidió dejarlo estar.

Se había saturado de sexo y soledad; se había metido a vivir un sueño ajeno: el de Estrella. Otra vez había fracasado en su intento de formar una pareja; había saltado de una mujer profundamente espiritual a otra ferozmente material. Acababa de comprobar, con patética certeza, lo poco estructurada que llegaba a estar aquella mujer por la que lo había dejado todo. Se sentía derrotado y perdido. Ahogado en su propia equivocación. Más triste y frustrado que nunca. Con una indigesta pesadumbre, que le provocaba retortijones en el corazón. Era la primera vez, desde que lo había abandonado todo, que Martín Amador aterrizaba en su conciencia.

Como cualquier ser humano que se ha equivocado, buscó desesperadamente encontrar un culpable que no fuera él, pero nadie le rescató. Lentamente fue rebobinando su memoria, como si su larga existencia se tratase de una vieja película interpretada por actores extranjeros que hablaban una lengua indescifrable. Entre tantas vaguedades, la imagen de Fiamma emergía y se diluía en retales de escombros. Empezaba a sentirse mareado en medio de sus inconciencias; un ácido amargor bílico le inundó la boca: se había quedado completamente solo.

Ese razonamiento le provocó un estado de cuestionamiento reflexivo.

Empezó a preguntarse cómo había podido estar tan equivocado. Cómo había llegado a meterse en semejante situación, teniendo la edad que tenía. Se decía para sí que eso sólo le pasaba a jóvenes ingenuos, no a un cincuentón fogueado de experiencias como él… De golpe la lluvia de preguntas repetidas cesó y se quedó empapado, agarrado a un interrogante que, sin saberlo, se le convertiría después en su salvavidas.

Lo primero que debía haber hecho, antes de aturdirse en precipitadas alegrías que le habían embotado la cabeza y hecho fabricar a la carrera ese futuro que ahora acababa de desaparecer, era haberse preguntado quién era él en verdad.

En ese momento quiso huir de lo único que no podía huir: de él mismo.

No era nadie, pensó. Ni era el director del diario más prestigioso de la ciudad, ni el columnista más leído, ni la pluma más sarcástica; ni era el valiente seminarista que había roto esquemas, ni el hijo ejemplar de su estricto padre, ni el compañero ideal; ni era el impetuoso amante de Estrella... ni siquiera era el marido de la sicóloga más acreditada de Garmendia del Viento. Se había quedado desnudo, a la intemperie en el país de la hambruna, y más hambriento que nunca. Con la peor hambre que podía llegar a sentir un ser humano. Un hambre que no podía saciarse desde fuera: el hambre de sí mismo.

Sintió que se le quebraban los ojos de llanto, pero se aguantó.

Partió esa noche, en el primer barco que zarpó; no quiso que le despidiera Estrella, quien le ofreció un fajo de billetes en un último gesto que él rechazó humillado; todavía guardaba su dignidad y los viejos ahorros de su despido. Con ellos se dirigió al oeste de la India; iría a Goa.

Durante los doce días que duró la dificultosa travesía, Martín Amador vivió su propio calvario.

Entre las ofuscadas olas del mar atravesó el océano, furioso con él mismo y con la vida que le había tocado vivir. Pasó noches enteras acostado de cara a millones de estrellas luminosas que su rabia cegaban;

el salado viento le castigaba por ello, abofeteándole el pecho; no lograba acomodarse en su camarote, donde se sentía atiborrado de remordimientos que colgaban del techo como murciélagos y se mecían con su propio malestar. Salía de madrugada a pasearse por la popa, y se entretenía mezclando sus negras y aplastadas contrariedades con los espumados surcos blancos que el barco levantaba mientras cortaba con sus hélices el mar.

Martín cayó en cuenta que en los últimos años había olvidado por completo al que había sido fiel compañero de reflexiones durante su niñez y adolescencia: el mar. Recordó la fuerza que tantas veces había tomado de sus olas. Trató de escucharlas, aunque ahora murmuraban palabras que a él le costaba entender. Un día, entre rumores, le pareció escuchar un débil nombre que iba y venía con las encrespadas palomas que se formaban en el agua: Fia… mma; repetirlo le ayudó a serenar un poco su atribulado espíritu; aquella rabia interior que le impedía cualquier acercamiento a él mismo. Otra tarde, exhausto de pensar, terminó por derramar su impotencia al mar crepuscular para evitar ahogarse entre sus penas. Madrugadas más tarde, el amanecer le sorprendía arrastrando su humanidad entre la popa y la proa, vomitando pasados quemados y presentes sin digerir; corroído por su propia alma.

Los días fueron pasando. Martín, tratando de aligerar sus cargas de dolores, había ido lanzando por la borda su confundido pasado con Estrella; un pesado equipaje que le impedía pensar con claridad, pues estaba unido a su equivocación.

Imperceptiblemente, y casi sin que él se diera cuenta, empezaron a nacerle pequeños brotes verdes de recuerdos juveniles. En su corazón se le fueron colando, silenciosas, las dulces sonrisas de Fiamma que él tanto había amado; sus largos rizos negros; su profunda mirada aguamarina; sus sonrosadas mejillas; los momentos más bellos y sencillos vividos por los dos, cuando corrían cámara en mano a capturar crepúsculos... y sobre la playa derramada en rojos buscaban, entre los vómitos del mar, caracolas marinas enroscadas... cuando recitaban alimón antiguos versos... Empezó a sudar frío, pensando cuánto hacía que no sabía de ella... Había sido tan egoísta. Recordó la desgraciada noche de nevada negra. Aquella última lágrima que él no había querido ver por temor a perder su equivocada dicha nueva. ¿Qué le había hecho Fiamma?... ¿Qué sucedió con ellos?... ¿En qué momento se habían ido torciendo sus vidas?... Desde que se había ido de Garmendia del Viento había evitado pensar en todo aquello, llenándose de euforia desmesurada; aturdiendo, con emociones efímeras, sus racionales reflexiones. No le había importado qué había pasado con la que había sido su mujer durante dieciocho años... ¿Se habría vuelto a casar? Pensarlo le dolió. Si hubiesen seguido juntos, ahora estarían celebrando su veintitrés aniversario. Se sorprendió, pensando que todos los recuerdos que le venían de ella eran bellos. Sopló ese último pensamiento al aire y se quedó sólo con el de su ciudad. Había perdido todo contacto con Garmendia del Viento. Al abandonar a Fiamma, también había abandonado a todos sus amigos; incluso con Antonio hacía años que no se escribía. La última vez que lo había hecho había sido desde Florencia.

A veces se metía por Internet a las páginas de La Verdad y leía las últimas noticias de su ciudad, pero como esto le traía nostalgias, procuraba no hacerlo a menudo. Echaba de menos la alegría de su gente y su mirar abierto, los gritos bullangueros de las mulatas, el olor salitroso de las bóvedas, el paseo por entre los portales amurallados, las pestilencias boñigas de los carros que esperaban capturar turistas a la entrada del hotel más antiguo, las campanas catedralicias... pero sobre todo, echaba de menos el viento de Garmendia. Hacía tiempo que se sentía extranjero en todas partes, un judío errante, pero como Estrella adoraba estar lejos, él nunca había querido dar rienda suelta a su nostalgia. No quería amargarle su alegría.

Faltando pocos días para arribar al puerto, Martín, en un arranque de lucidez marina, decidió que empezaría a escribir todo lo que sentía en ese momento para analizarlo una vez estuviera en tierra. No paró de garabatear en hojas sueltas sus pensamientos más ásperos y sus sentires inconclusos. Parecía que unía retales de incoherencias y con ellos creaba una manta para abrigar su helado espíritu.

Cuando los altavoces anunciaron en un inglés grabado la llegada al puerto, Martín descansó de tribulaciones.

La llegada a Goa, en plena noche de Navidad, le hizo evocar su Garmendia del Viento. Entre el barullo de atadijos sucios y gallinas enjauladas le costó encontrar su maleta. La ciudad le recibió festiva, con sus despelucados cocoteros enredados por el viento y sus blancas iglesias engalanadas de santitos y belenes; una alegría navideña adornaba los blancos dientes de sus habitantes. Martín fue cruzando el centro de la ciudad, atravesando una concurrida procesión llena de niños, velas y cantos que se dirigía a la catedral por entre puertas engalanadas con ingenuas estrellas hechas con papel plateado. El cielo parecía que iba a desplomarse con el peso de tantos luceros luminosos. Cansado y perdido entre el jolgorio ajeno, Martín caminaba cargado de incertidumbres; no tenía ni idea dónde hospedarse, por eso terminó metiéndose en el primer hotelucho que se encontró en el camino: una pensión de paredes desconchadas y habitaciones de grito. Allí se alojó sólo una noche, y al día siguiente partió en el primer bus que salió hacia Colva, una playa distante que prometía regalarle lo que él necesitaba en ese momento: paz.

El trayecto le sirvió para empaparse en los escandalosos verdes empantanados de arrozales. Fue descubriendo aquella mezcla acumulada de oriental y occidental que aparecía y desaparecía entre cocoteros y aguas. Pequeños templos coloristas, de azulones tiznados; esculturas en rojos mandarinos y ocres. Altarcitos de cruces y santos tonsurados de caras orientalizadas convivían con estatuas de diosas de múltiples brazos. Supo que ese lugar le encantaría al descubrir un mar infinito que parecía perderse entre el atardecer más derramado en violetas que había visto nunca. Kilómetros de playa silenciosa le recibieron a última hora de la tarde en un entrañable abrazo malva.

Se instaló en un hotel de pocas habitaciones que estaba completamente vacío, eligiendo la que él quiso, una con un gran ventanal que daba al mar. El encargado le atendió con amabilidad servil, poniendo a su disposición lo poco que podía ofrecerle. El lugar respiraba tranquilidad y sencillez extremas. Dejó sus cosas y se perdió en las desoladas playas a caminar su sombra.

Fue dejando poco a poco en libertad el alma, para que volara sobre su vida y sus recuerdos.

Se le fueron pasando los días y los meses, salpicados de crepúsculos y albores que le ayudaron a serenar su atribulado espíritu.

Sin darse cuenta, se le desbocaron los poemas con furia implacable; le empezaron a aparecer palabras que golpeaban con fuerza las rocas de su impotencia. Atempestadas violencias internas buscaban la salida a través de su pluma. Malogrados sueños aparecían entre huracanados versos. Una sensibilidad etérea parecía mezclarse entre vocales y consonantes, bailando con su música estrofas de deseos inconfesables.

No paraba de escribir y escribir, inagotable. No había resma de papel que aguantara tanto sentimiento, ni tintero que no se vaciara. Había abandonado su viejo vicio de fumar pipa, pero le había renacido otro: el de morderla.

Aprendió a vivir entre las redes esmeraldas de los pescadores y los cuervos. Sus amadas gaviotas volvieron a recibir los panes de su compañía. Vivía descalzo, enterrando y desenterrando en la arena episodios vividos y soñados. Dejaba que las olas le revolcaran en el salitrado dolor de saberse solo por culpa de él mismo.

El recuerdo de Fiamma se sumergía y flotaba en el océano de su papel en blanco; iba y venía con las olas de sus versos. Pellizcaba palabras. Se colaba en sonetos. Sobrevolaba comas y puntos suspensivos.

Volvió a recoger caracolas, atesorando las más raras y bellas, acariciando el inviable sueño de, algún día, enseñárselas a Fiamma. Dejó que el recuerdo de ella le fuera despertando su mutismo adormecido. Todos sus objetos se impregnaron de su amor negado. Ahora sabía que había encontrado un mar donde vaciar lo que le quedaba de vida: la palabra en su estado más puro, poesía.

Se hizo amigo de los pescadores, con los que salía a pescar de madrugada. Se acostumbró a vivir los perfumes del pescado fresco y los hedores del podrido. Se gastaba los ojos observando, sobre las playas mojadas, los reflejos de los canastos y las redes todavía olorosas a carga recién pescada; las mujeres de saris, anillos y pulseras, con sus manos ensangrentadas limpiando las vísceras de sus plateadas presas para correr a venderlas al mercado.

Se acostumbró al chillar de los cuervos en el amanecer y a pelearse con ellos los trozos de papaya de los desayunos. Su habitación pronto se convirtió en un almacén de poemas apilados que empujaban por echarlo.

De vez en cuando se dejaba ver por el mercadillo hippie, donde practicaba el hindi, que sin proponérselo había ido aprendiendo. En una de esas excursiones se hizo amigo de un joven americano, que según le contó estaba allí huyendo dcl destino al que sus padres le habían condenado: heredar la presidencia del negocio familiar creado por un bisabuelo, antiguo vendedor de enciclopedias a domicilio.

Eran los dos únicos occidentales en aquellos parajes. Tomando el té cuando bajaba el sol se hicieron amigos. Así supo que practicaba el budismo, religión que había abrazado como podía haber abrazado cualquier otra con tal de no volver a pisar suelo americano mientras sus padres no cambiaran de opinión. Escuchándole, a Martín se le ocurrió que ese chico podría haber sido hijo suyo, pues no sobrepasaba la treintena. Por vez primera añoró haber sido padre.

Se hicieron tan amigos que Martín terminó confesándole que era poeta, aunque no quiso explicarle la historia de sus amores. Empezó a leerle algunos de sus versos y la sensibilidad del muchacho afloró. Un atardecer, éste le explicó que sus padres tenían una editorial y que podía intentar publicar su poesía.

Maquinaron durante días cómo hacerlo, y al final llegaron a un acuerdo que les favorecía a ambos.

Martín, que no quería publicar sus poemas con su nombre pero que necesitaba algo de dinero para vivir, aceptó que se divulgaran bajo un seudónimo. Por su parte, el chico encontró una buena razón para justificar ante sus padres su permanencia indefinida en India, vendiéndoles que aquellos poemas eran suyos; publicarían, bajo el alias de El Farero azul, la inagotable poesía que Martín almacenaba en su cuarto.

Los versos azules, como se llamó la colección, se fueron esparciendo por el mundo como lluvia pulverizada de sentimientos, haciendo germinar los corazones más áridos. Las ráfagas de sonetos llegaron hasta Garmendia del Viento azotando librerías y quioscos, donde el enigma de El Farero azul provocaba en los círculos literarios un sinnúmero de especulaciones. Llegaron a pensar que se trataba de versos inéditos de un famoso poeta chileno, aunque su estilo no coincidía del todo con el de aquel. Los garmendios respiraban aires enamorados; parecía que las livianas palabras volaban entre los amantes, envolviendo de belleza las conversaciones más superfluas. La gente convivía entre odas, rimas y sonetos; los encontraban bellos y profundamente tristes. Quienes los leían acababan bañados en lágrimas, llorando sus propias frustraciones en las sentidas palabras de El Farero azul.

Una noche de luna llena, por las calles de Garmendia del Viento se vieron correr ríos plateados de llanto; se escapaban por debajo de las puertas; se deslizaban escurriéndose por entre balcones, ventanas y escaleras; convergían en esquinas, aumentando sus caudales que fueron a desembocar con fuerza al mar, y le llegaron a Martín después de navegar los siete mares, convertidos en olas de salados sentimientos que él, en su inspiración crepuscular, volvía a florecer en versos frescos, enviándolos al mundo para que los lloraran de nuevo en alegrías.

Su soledad la transformaba en libros vivos, donde sus sentires hacían de bálsamo a miles de adoloridos corazones. Todos querían conocer a quien era capaz de acariciar sus almas, al farero que les iluminaba con su luz algo olvidado: el amor.

Basados en sus odas, muchos novios volvieron a encontrarse. Muchas parejas descosidas volvieron a coserse. Muchas mujeres incrédulas volvieron a creer. Muchos hombres, escasos de lenguaje, pudieron acercarse a la ilusión de ilusionar a alguien con palabras ajenas.

Con el tiempo, algunos poemas se convirtieron en letras de famosos vallenatos y cumbiambas. Resucitaron las serenatas, los acordeones y las guitarras a la luz de la luna. Proliferaron los compromisos, las bodas y bautizos. Toda aquella epidemia de divorcios y desavenencias, desencadenadas con los vientos del nuevo milenio, se suavizaron en palabras tomadas de Los versos azules de El Farero azul.

Se volvió a poner de moda el amor.

Se crearon programas de televisión donde la gente explicaba en directo de qué manera Los versos azules habían tocado sus almas. Por las calles volvieron a verse octogenarios agarraditos de la mano prodigándose mimos adolescentes; mirándose a los ojos como si vivieran sus primeros días de amor apasionado; desarrugando sus envejecidos deseos, para agotarlos en lo que les quedaba de vida. En las tardes, los parques volvieron a llenarse de enamorados y palomos blancos. Las campanas que ya hacía años habían dejado de anunciar las bodas, volvieron a repicar con alegría.

En los hospitales, la tasa de enfermos incurables descendió y los consultorios de siquiatras y sicólogos empezaron a quedar vacíos.

De todo esto, Martín Amador no se enteraba. Vivía de revivir su amor en los papeles.

Un día no pudo más de recuerdos y nostalgias y marcó el número de Antonio. Quería saber de Fiamma.

En los últimos años, Roncal del Sueño se había ido convirtiendo en un rojo jardín de esculturas volumétricas. A Fiamma le parecía mentira que sus manos hubieran modificado aquel paisaje y que ahora, en lugar de cactus e iracas, florecieran rostros ovales y cuerpos que recordaban aquellos pulidos huevos cincelados por Brancusi. Hasta allí parecían llegar los gritos de las gaviotas plateadas de Garmendia, pero sólo eran eso, gritos. Alocados chillidos y susurros, producidos por las eternas corrientes de aire que mantenían envuelta a Fiamma en inspiraciones volcánicas. A veces le llegaban temporales de arena que la dejaban desfallecida, pero no dejaba de esculpir. Se ataba a su cintura sus duras herramientas, y aunque el viento intentaba llevársela ella se resistía, asiéndose con todas sus fuerzas a los hierros del andamio. Se había ido obsesionando con ese arte. Por las noches se ponía delante de su gran pieza de lazulita, única piedra azul parida por esa tierra, y se imaginaba esculpiendo sobre ella formas que iba descartando cuando se daba cuenta que, si fallaba, podía perder para siempre su gran tesoro. Una noche, observando el gran bloque de lapislázuli, su memoria acarició con ternura el recuerdo de su amor azul: Martín... Necesitaba pensar en él... liberar sus sentires de añoranzas viejas. Le pidió a Epifanio, como siempre lo hacía cuando necesitaba desenterrar su recuerdo de amor, que le preparara una margarita, y a la incierta luz de las velas, gota a gota empezó a paladear su evocación añeja; había sido hacía casi treinta años, y sin embargo el recuerdo tenía la frescura de un botón de rosa por abrir. Había ocurrido en su luna de miel. Empapados en lluvia, ella y Martín se habían metido en el primer bar que habían encontrado abierto: "El torito mejicano". Allí habían probado por primera vez el cóctel con nombre de flor, y entre rancheras cantadas, habían jugado a decirse todo lo que sabían del amor. Era un sitio precioso, de paredes verdes engalanadas con vibrantes pinturas de soles sonrientes; de mesas bajitas y manteles de popelina fucsia, adornados por pétalos de rosa desgajados, sobre los cuales Martín y Fiamma habían ido escribiendo palabras de amor subidas y bajadas de tono; se gastaron la noche soplándose los pétalos mensajeros, que en suaves caídas acariciaban labios, mejillas y contornos. Jugaron a tocarse las almas por encima y por debajo de la mesa.

Habían salido del bar con el ánima a flor de piel y de garganta y los deseos recalentados de ganas. Habían vagabundeado con la lluvia y encharcado sus besos en esquinas. Al llegar al hotel, Martín había tapado los ojos de Fiamma con un pañuelo negro, y desnudándola con los dientes, la había hecho estremecer de placer.

Ese día, en una pequeña tienda de arte japonés, había comprado un largo estuche con pinceles de pelo de marta de distintos grosores. Quería escribirle sobre el cuerpo un escandaloso poema de amor, utilizando rojos aceites perfumados.

Fiamma, abandonada a los deseos de Martín, se dejó pintar sentires adivinando en el desliz aceitoso las palabras que Martín dibujaba. Había empezado por el cuello. El mojado contacto de la punta del pincel sobre su cuerpo dibujaba vocales que la excitación de Fiamma equivocaba y enardecía de inspiraciones al poeta. Alcanzó a descifrar entre humedecidos óleos… "Vamos a emborrachar el hambre con caricias"… a medida que iba descendiendo, el mensaje de amor iba subiendo… "en riadas de lujuria hambrienta"… sobre sus senos caían derretidos de amor los sustantivos… "rechuparnos las entrañas como manjares suculentos"… su anhelante respiración provocaba que las gotas de aceite resbalaran por sus curvas, formando charcos por los cuales el cuerpo de Martín deslizaba adjetivos sin prisa, mezclando agitaciones con escritos… "narices con ombligos calientes anudados"… Fiamma creía que no podría resistir tanta calentura letral, pero su cuerpo, al rojo vivo, le contradijo. Trataba de recitar lo que las páginas de su piel recibía… "levantar huracanes de sábanas y almohadas"… Las pinceladas de los versos le llegaban y se le metían entre las piernas, quemándole de deseos las entrañas… Martín continuaba…" que se muerdan las ganas, devorando las ansias"… El empapado pincel bajaba por sus muslos, escurriendo frases… "que se nos salga el animal violento y nos relama con su lengua dilatada"… al llegar a los pies, Fiamma supo que liberaría … "cascadas de salivas exprimidas en un amanecer, gota naranja… sol ardiente".

Cuando Martín acabó de marcarle con sus versos, cuello, senos, caderas, pubis, entrepiernas, rodillas y dedos, empezaron a restregarse los verbos de amar y hacer, cuerpo con cuerpo; mezclando vocales, consonantes y sudores en escurridizas sacudidas, que les hacían escapar de ellos mismos como peces sudorosos. Sus manos, bañadas en aceite, trataban de agarrarse a los orgasmos subidos, resbalando en otros más profundos y sentidos. Estaban ebrios de juventud y amor. No les habían pellizcado aún los dolores de la convivencia; eran felices por el solo hecho de vivirse.

Fiamma acabó de beberse la margarita, tragándose con el último sorbo el recuerdo vivido de esa noche. Aquella reminiscencia le acababa de regalar la idea más bella que ella hubiese podido imaginar para una escultura. Ya sabía lo que haría con su piedra azul.

En la madrugada, sus ganas viscerales de golpear la piedra la levantaron; no pudo esperar a que amaneciera. Parecía un ánima; vestida sólo por su blanca camisa de algodón y en total penumbra, subió a la cúspide de la colina y, una vez allí, clavó con su mazo una estaca, marcando el sitio donde erigiría el monumento a su amor negado: La llama eterna.

Levantaría en el altozano de ese valle una escultura en forma de lengua de fuego vivo, que guardara en su interior los cuerpos desnudos de un hombre y una mujer en un abrazo eterno. Dos figuras que encajaran a la perfección, ella cóncava y él convexo. Ella roja y él azul. Sería una escultura que no revelaría a primera vista lo que contuviese su interior, pero que los ojos de un gran observador intuirían. Dispondría de un mecanismo secreto que, una vez accionado, pudiera abrirla y separar la llama en su vértice más alto. Necesitaba el bloque de mármol más cargado de hematites. Una gran caliza de un rojo intenso. Vaciaría su interior a punta de cincel, y dentro se esculpiría a ella misma.

Entre más lo pensaba más se entusiasmaba. Trasladaría la gran pieza de lapislázuli a la cima, y en ella esculpiría a Martín. Los brazos de Martín abrazarían el cuerpo de Fiamma y los de Fiamma se mezclarían en la piedra azul; todo quedaría contenido dentro de la llama.

Necesitaba vaciarse de recuerdos; injertar toda su frustración de amor en una pieza inerte. Con el paso de los años, y aunque le costara reconocerlo, su alma se había quedado anclada en su amor pasado, en su primer amor. Hacía tiempo que David Piedra se le había diluido; había desaparecido de su conciencia sin darse cuenta. En cambio, el recuerdo de Martín Amador acompañaba día y noche sus sudores. En los últimos años había ido emergiendo muy tenue, de las sombras; venía acompañado de episodios olvidados; se le había ido metiendo con alevosía en el alma. Pensó que tal vez nunca se le había ido y simplemente su imagen había estado escondida detrás de aquellas esculturas, que llevaban pendientes por hacer desde su niñez; ahora, que había saciado el hambre de piedra caliza, su amor inconcluso se le revolvía en el alma.

Ese amanecer, mientras Fiamma esbozaba los primeros apuntes de La llama eterna, habría de reconocer que todavía amaba a Martín. Por un momento imaginó qué haría y cómo estaría... su negro pelo ensortijado, seguramente llevaría la huella blanca de los años… Su rostro sereno marcaría en surcos los ecos de sus últimas risas y enfados, que ella no había visto ni vivido. Habían pasado, soplados por el viento, diez años… ¿Cómo sería su vida al lado de Estrella? No quiso dar rienda suelta a conjeturas. Se quedó con su pasado. Haría esa escultura de amor para ella; sería un brindis en piedra, un homenaje a lo que había sido su amor con Martín.

Tan pronto como Epifanio le preparó los bloques, Fiamma empezó con su tarea. Durante semanas y semanas no paró de lacerar el mármol rojo, sin importarle la gran nube de mosquitos que a veces le acompañaba. Hacía días que no soplaba el aire, y las cabras que tanto le habían acompañado en esos años habían desaparecido, hartas de masticar ramas secas; echaba de menos sus masculladas en lo alto de los enjutos arbustos que todavía quedaban. Empezaba a sentir la soledad como una losa pesada. Acababa en las noches con las manos agarrotadas por el esfuerzo, laceradas de tanto oficio martillado.

Comenzaban a pesarle los años. En los últimos días le invadían calenturas y cansancios. Necesitaba, durante el día, ir haciendo pausas de alivio. Mantenía una sed constante, que no se saciaba por mucha agua que bebía. Pensó que le había llegado la menopausia, aunque todavía sus reglas eran religiosamente exactas.

Se empeñó, a pesar del agotamiento, en seguir trabajando. Una tarde, celebró con Epifanio la culminación de la primera parte de su obra. Después de seis largos meses, media llama se alzaba majestuosa en lo alto de la colina. Parecía combustionar entre los fuegos del sol crepuscular.

A pesar de arrastrar ese nuevo desaliento, esas sudoraciones repentinas y calenturas azarosas, Fiamma no quiso parar de esculpir. Inició la concavidad del segundo bloque, que albergaría en su interior el cuerpo azul de Martín. Aunque Epifanio le rogaba que tomase descansos, una fuerza interior le obligaba a continuar, necesitaba avanzar su obra; que esa llama encendida desafiara al cielo.

Preparó sin desfallecer la segunda mitad, cincelando sobre la piedra azul la figura del que había sido el amor de su vida. A veces le entraban vahídos que le robaban el aliento y la hacían tambalear. Era como si aquel calor que tanto le había gustado empezara a hacer mella en su cuerpo. No encontraba la manera de liberarse de la fatiga. Pensó que tal vez le hacía falta tomar vitaminas y respirar otros aires.

Una mañana Epifanio se extrañó de no verla arriba del monte. Fiamma no había podido levantarse de la cama. Había amanecido empapada de sudor frío, revolcándose entre sábanas y pesadillas pendientes de las cuales no podía liberarse.

Sin hacer el mínimo ruido, el mulato se asomó a la habitación de Fiamma, pero no se atrevió a sacarla de aquellos oscuros agites.

En su alucinación, Fiamma trataba de alcanzar un oasis en pleno desierto. Caminaba descalza por entre una tormenta de arena, ahogada de calor y soledad, muerta de sed y con su reseco corazón apretado en el puño de su mano. A cada paso que daba sus pies se clavaban en la arena hirviente, y por más esfuerzos que hacía, no avanzaba; era como si repitiera el cansado paso cientos de veces. Trataba de atravesar la espesa arenisca que le impedía llegar al manantial, pero sus pies se lo impedían; sabía que si no sumergía su corazón deshidratado en el agua, moriría. En aquel lago, el cuerpo líquido de Martín se movía sinuoso. Ella le gritaba que no podía llegar, pero Martín no la escuchaba; todas sus palabras se las llevaba el viento en circundas; la tormenta se la tragaba, alejándola del agua y de Martín… convirtiéndola en polvo.

Durante todo el día, Epifanio la sintió gemir y delirar, quiso despertarla, pero no se atrevió por un respeto equivocado. Se pasó el día apostado en la entrada del dormitorio, vigilando desde fuera su perturbado descanso; en la tarde notó que se había calmado, y aunque se alejó tranquilo pensando que su jefa también tenía derecho a tener pesadillas en paz, estuvo atento por si ella le necesitaba; pero la noche había llegado a Roncal del Sueño sin que ella se hubiera despertado.

Esa tarde en un cuchitril de Goa, Martín Amador había conseguido entrar a internet y enviarle un mensaje a su amigo Antonio; su e-mail era lo único que le faltaba probar. Llevaba días tratando de localizarlo por teléfono, sin resultados. Ni en su móvil, ni en su taller de pintura, ni en su casa le contestaban a ninguna hora. Lo de saber de Fiamma se le había convertido en una obsesión, y a pesar de haber estado tentado de llamar a casa de la familia dei Fiori, un culposo pudor se lo había impedido. Sabía que sus hermanas no querrían darle razón de ella después de lo que le había hecho; había quedado como un bellaco.

Esperó una semana la respuesta de Antonio. Cada tarde se asomaba al café-internet, abría su correo y volvía a cerrarlo sin ningún mensaje.

Seguía publicando con éxito todos sus escritos, pero el hueco que tenía en el alma ya no podía llenarlo con poemas. Necesitaba amar y ser amado. Dar y recibir. Entregarse y entregar. Pensaba que si la vida le daba otra oportunidad con Fiamma, todo sería distinto. No dejaría que la monotonía les devorara sus sueños. Cada día celebraría con besos despertar a su lado. Respirarían la vida sin perderse siquiera el leve aletear de mariposas. Volverían a ver el mar con otros ojos. Colmarían sus tardes despertando sus sueños. La acariciaría mientras durmiera. Besaría con devoción los dedos de sus pies. Se bañarían desnudos a la luz de la luna y del sol. No tendría vergüenza de gemir y gritar mientras se amaran. La enjabonaría y lavaría como si fuese una pequeña niña desvalida. Hablarían de Schopenhauer y de Einstein. Aprenderían de Lao-tsê. Volverían a buscar caracolas entre las olas idas. Cantarían otra vez los boleros pasados de moda; recitarían a dúo versos de princesas tristes y mariposas vagarosas. Le escucharía en atento silencio sus divagares. Escucharían abrazados en la hamaca el triste canto de los grillos y los sapos. Respetaría sus anhelos y sueños. Hablarían de los hijos no concebidos sin echarse mutuas culpas. Le hablaría de sus frustraciones y dolores pasados. Cocinarían

juntos platos nuevos y repetidos. Le pediría perdón
por los años perdidos. Se emborracharían a punta
de margaritas. En las mañanas no leería el diario
para cubrir mutismos. Le llevaría el desayuno a la
cama. Le diría cada día cuánto la amaba aunque ella
lo supiese. Volvería a nadar en las cristalinas aguas
de sus ojos verdes. Admitiría no ser perfecto. No
trataría de camuflar vacíos con cenas de amigos. La
fatigaría de besos, inciensos y flores. Retiraría de
la habitación el televisor. Escucharía más música.
Sembraría menta, albahaca y cilantro en los balcones.
Olería la lluvia y las murallas. Leería más novelas de
amor y menos manuales de eficiencia. Aprendería
a respetar su sueño y a no querer salir los fines de
semana, tratando de huir de sus propias desazones.
Aprendería con ella a mirar el cielo y buscar animales
de nubes en los estratocúmulos. Se reiría de la vida
y de la muerte. La cuidaría si tuviese la gripe. Hablaría del amor con perros y cangrejos. Dejaría que se
fueran las horas contemplando las olas. Malgastaría
la risa. Se reiría de su propia torpeza en enchufar
aparatos electrónicos, instalar lámparas, freír huevos
y manejar mapas. Se despertaría a medianoche para
acompañarla a ver estrellas fugaces y eclipses de
Luna. Si la vida le diera otra oportunidad con Fiamma, viviría todos y cada uno de los días como si
fuesen el último. Celebrarían cada noche el milagro
de amarse en convivencia, paladeando silencios y
lecturas entre sábanas blancas; haciéndose el amor
pausadamente, con el alma y con el cuerpo atados,
o enloquecidos de ganas de fusionar sentires.

Una mañana, harto de esperar el mensaje que nunca llegó, Martín Amador tomó la decisión de regresar a Garmendia del Viento. Necesitaba urgentemente saber de Fiamma. No tenía tiempo de perder más tiempo. Iba a cumplir sesenta años. Había pasado toda su vida desperdiciando el amor. Creyendo que siempre sería joven. No sabía cuánto le quedaba de vida, pero la que fuera quería vivirla junto a Fiamma dei Fiori.

En Roncal del Sueño hacía más de una semana que los martilleos escaseaban. Después del día de delirios, Fiamma había entrado en una fiebre intermitente que a veces la obligaba a quedarse en cama. A pesar de ello, continuaba esculpiendo. Estaba convencida que aquellas fiebres obedecían a alguna gripe de las que solían alborotarse con las sequías caribeñas.

Vivía embrujada por su trabajo. Se sentía orgullosa de lo que iba naciendo de sus manos. Las figuras a las cuales se había entregado en cuerpo y alma se acoplaban a la perfección. Al unir la llama, el cuerpo sobresaliente de Martín quedaba contenido en la cavidad que conformaba la figura de ella. Estaban unidos por el vacío y el lleno, bellamente compensados. Cada figura era diferente; eran contrarios-iguales que al unirse formaban una sola unidad. Un doble cuerpo. Los brazos de él se enterraban en la piedra roja formando un abrazo abierto que abarcaba la cabeza de ella, que a su vez era el molde hueco de la de él. Aquella llamarada de mármol rojo era una escultura majestuosa que transmitía la fuerza desbocada del fuego. Saltaba hacia arriba como relámpago de lava ardiente, desafiaba el equilibrio, parecía brotar del centro de la tierra como volcán en erupción. En las tardes, su colosal sombra caía sobre las demás esculturas, humillándolas. Era una obra magnífica, digna del mejor de los museos.

El extenso trabajo que Fiamma había realizado en esos diez años tenía una fuerza e ingenuidad desconocidas; era una obra que hubiese sorprendido al mundo artístico, de no haber sido porque se encontraba perdida en una región donde ya no se aparecían ni las almas de los muertos más viajeros.

Fiamma empezó su trabajo de pulimiento con devoción romántica. Más que alisar, acariciaba con las lijas cada centímetro del mármol. Repasaba cada arista hasta dulcificarla. En sus febriles tardes, sus sentimientos bullían quemándole los ojos, envidriados de aguantar tanta calentura. En una semana se consumió. Una tarde perdió el conocimiento, y en su ensoñación vio a cientos de palomas blancas revoloteando sobre su cuerpo desnudo y a Passionata picoteándole el pecho carcomido. Volvió en sí bañada de sudores. Sentía que se quemaba por dentro, y en cambio su piel se helaba a los treinta y ocho grados que soportaba a pleno sol. No le dijo nada a Epifanio, pues no quería parar hasta no concluir su llamarada.

Garmendia del Viento recibió a Martín Amador en medio de la sequía más grande que había vivido en veinte años. Todo parecía más desteñido; hasta las palmeras habían palidecido. Sus fachadas multicolores se veían cansadas y viejas. Viéndolas, a Martín se le ocurrió que los años también habían pasado por el cuerpo de su ciudad; en su ausencia, Garmendia se había arrugado.

Sólo llegar al hotel, después de casi dos días de viaje entre escalas y tiempos muertos de aeropuerto, se pegó una gran ducha y salió a desandar sus pasos. Se sentía extraño recorriendo las callejuelas adoquinadas. Estaba feliz de haber regresado; dejó que todas las sensaciones le abrazaran. No se había dado cuenta hasta ahora de cuánto había amado esa ciudad. Todo le deslumbraba. Saludaba palenqueras, floristas, pintores, estatuas vivientes, ancianos y cuanto ser se cruzaba en su camino. Cómo había añorado su olor oxidado de salitre y mojarra frita; nunca se había imaginado lo muerto que había llegado a estar viviendo lejos de su patria. Era como si hubiese hibernado sus últimos diez años; como si en ese tiempo hubiera almacenado toda su energía para activarla ahora. Caminando se sentía con fuerzas de alcanzar lo que había venido a buscar. Toda su energía impulsaba su corazón.

A pesar del cansancio que llevaba dentro, Martín atravesó la gran bahía a pie. Picó, en los portales de las murallas, una arepa de huevo que a su viejo paladar le costó reconocer y dio cuatro sorbos a un salpicón de frutas. Las campanas volvían a saludarle como cuando era niño. Las gaviotas sobrevolaban sobre él, acompañándole con familiaridad. Volvía a estar en su casa.

Atravesó la Calle de las Angustias y se detuvo un momento frente al No. 84; lo había hecho adrede para poner a prueba su sentir. Comprobó que lo vivido con Estrella había pasado a su desmemoria con la dignidad que ahora su madurez le otorgaba; había asumido su tremenda equivocación y se había perdonado; gracias a aquella historia desacertada, él había crecido. Siguió su camino. Se paró en la vinería del negro Cesáreo, que ahora lucía en su cabeza una corona de algodones: sus pelos de alambre se habían decolorado; como la ciudad, pensó Martín. Era la primera persona conocida que se encontraba. Se estrecharon en saludos y el viejo negro terminó brindando con él por su regreso con un gran trago de Tres Esquinas, que a Martín le quemó el esófago. Se despidió del mulato prometiendo volver.

Cuando estuvo delante del taller de su amigo, de pronto le invadió un temor... ¿y si ya no vivía allí?; espantó su miedo haciendo sonar la pesada aldaba. Dejó pasar unos minutos, y al ver que nadie le abría insistió. Finalmente, un calvo enfundado en un mono manchado de pintura le abrió. Era Antonio, que ahora llevaba la cabeza como bola de billar. Sólo verlo, Antonio exclamó un grito de alegría revuelto de reproches, maldiciones, carajos y mentadas de madre. Se abrazaron largo rato, y después de preguntar formalmente por Alberta y de alegrarse porque siguieran juntos, Martín no pudo aguantarse más y preguntó por Fiamma.

El rostro de Antonio se ensombreció y se quedó en silencio. Todavía estaban en la puerta; cogiendo a Martín por el brazo y sin decirle nada, le fue guiando por el pasillo hasta el salón. Allí le hizo sentar, le ofreció un whisky mientras él se servía otro, y al ver que Martín no quería, le obligó a recibirlo.

La primero que Martín Amador pensó, al ver el silencio sepulcral de Antonio, era que Fiamma se había vuelto a casar; la ilusión que le había devuelto a Garmendia del Viento pasaba porque Fiamma estuviera libre. Recibió el vaso que su amigo le ofreció, y con la mirada suplicante buscó en sus ojos la respuesta; esperaba anhelante a que su amigo hablara, pero al viejo pintor le costaba abordar el tema. Finalmente, tomando toda la fuerza del whisky bebido de un solo trago, Antonio empezó a hablar.

Con la voz más enlutada que podía poner, fue desvelándole la trágica noticia. Le dijo que después de la partida de él y Estrella a Italia, Fiamma dei Fiori no había querido hablar prácticamente con nadie. Le contó que incluso había rechazado hablar con Alberta, suplicándole que necesitaba un tiempo para ella; por averiguaciones posteriores, se habían enterado que una tarde había abandonado intempestivamente su trabajo como sicóloga y había marchado a la India, donde, según datos de la compañía de aviación había permanecido cinco meses. A partir de allí nadie más había vuelto a saber nada de ella. Le dijo que durante años su familia la había buscado sin descanso, concluyendo tristemente que Fiamma dei Fiori había muerto. Hacía cinco años había asistido a su funeral.

Martín escuchaba sin dar crédito a lo que su amigo le contaba... Le había entrado una fatiga profunda. Había envejecido mil años en un segundo; un vacío con filo de puñal empezaba a abrirle un surco en el corazón. Un agujero negro por el que fueron cayendo en picado sus sueños e ilusiones recién nacidos.

¡Fiamma muerta!… Su mente no podía digerir esas palabras. Por primera vez Martín Amador supo lo que era el dolor. Le venía del fondo del alma como bola de fuego, queriendo escapar en un alarido que no podía brotar de su boca, muda por el espanto.

Las imágenes de Fiamma fueron desfilando desordenadas, enredándose en el nudo de lágrimas atado a su garganta que empezó a ahogarle de tristeza. Sin poder aguantar, Martín lanzó el grito mudo más desgarrador que se había escuchado nunca en Garmendia del Viento. Durante una larga hora lloró y lloró, a veces sollozando en aúllos, a veces gimiendo quedo. Lloró todas las lágrimas que desde niño tenía retenidas. Lloró por ella, por él, por los hijos que no había tenido, por los años malgastados, por su equivocación, por su vida, por tanto amor desperdiciado… por tanto tiempo muerto… Sin pronunciar vocablo, Antonio permaneció a su lado hasta que la noche les cubrió de sombras.

Era noche despejada de luna azul y en Roncal del Sueño una llama brillaba en lo alto del monte. Fiamma acariciaba su creación con orgullo de madre parturienta. Le había pedido a Epifanio que le ayudara a subir, pues se encontraba muy cansada, ya que se había empeñado en acabar la obra esa tarde. Quería contemplar la luna llena desde la llama terminada; el astro se reflejaba en ella, nítido. Parecía un hermoso lunar de plata sobre el fuego ardiente.

Hacía dos días que los mareos se le habían intensificado y las fiebres ahora eran constantes; los últimos dos días había tenido fuertes cólicos y dos alarmantes episodios de vómitos con sangre. Le costaba entender que estaba muy enferma. Dado su aislamiento, desconocía por completo que se había infectado con el virulento brote de dengue hemorrágico que corría por el pueblo vecino, al que las autoridades habían decretado en cuarentena.

A la menopausia, que había empezado a manifestársele hacía meses, incorporó los síntomas del desastroso dengue, creyendo que todo era lo mismo. Había ocultado a Epifanio sus últimos malestares, evadiendo tener que desplazarse a la civilización y terminar haciendo cola en alguna odiada sala de urgencias. Todavía le acompañaba aquella aversión de infancia.

Ese anochecer, volvía a soplar el viento y Fiamma se encontraba feliz. Le parecía que nunca en toda su vida había contemplado una luna más grande. Se sentía en paz consigo misma; como si ya lo hubiera hecho todo en la vida; en un estado de levedad interior que la elevaba. Una sola cosa le quedaba pendiente: saber de Martín. No le guardaba ni un ápice de rencor. Sólo quería saber si era feliz. Ni siquiera acariciaba la idea de volver con él. Aún lo amaba, pero con amor desprendido, aquel que había aprendido de su madre.

Últimamente dormía muy poco y soñaba mucho. En sus horas de desvelo, acostumbraba repasar su existencia. En términos generales, sentía que lo había hecho todo. Daba gracias a la vida por haberle enseñado a disfrutar de cada amanecer. Sentía sus sentidos florecidos. Había aceptado el devenir de sus días y, salvo obstinarse en acabar sus esculturas, dejaba que todo fluyera sin resistirse a nada… sin forzar nada. Tenía un punto de melancolía del cual no había podido liberarse, y era no haber logrado la felicidad de pareja, a pesar de haber amado con locura a su marido; aunque con todo lo bello que había recibido en sus últimos años, ese dolor se le había convertido en una sombra llevadera que ya no pesaba. No esperaba nada de nadie. Sólo quería esculpir y esculpir por el resto de sus días. Algunas veces añoraba a sus hermanas, pero sabía que nunca entenderían su cambio de vida, y prefería recordarlas en sus ingenuos juegos de niñez. No tenía ganas de pelearse con nadie ni convencer de nada. Le fascinaba esa paz que respiraba en Roncal del Sueño. Muchas noches se había soñado que lo que estaba viviendo en verdad era un sueño; que despertaría en su cama de la Calle de las Almas, en otro día repetido, recogiendo fuerzas aburridas para escuchar a la decena de pacientes que la esperaban, adornadas de problemas y ropas de marca; cuando amanecía, se sentía feliz del rumbo que había dado a su vida. Vivía en una verdad floreciente. Aplicaba cada día las enseñanzas aprendidas de Libertad, la misteriosa mujer occidental de su ya lejano viaje a la India.

Esa noche, contemplando su obra terminada, sintió unas ganas impostergables de bailar. Llevaba años sin hacerlo. Quería que la luna y el viento acariciaran su cuerpo. Pensó que tal vez la luna lunera la llamaba. Le pidió a Epifanio que la dejara sola, y en aquella cima, vestida de blanco puro y acompañada por la azulada luz, fue tarareando el primer

bolero que había bailado con Martín... Hablaba
del mar y de las olas... Cerró los ojos y empezó a
girar en círculos alrededor de su escultura. Abrió los
brazos soñando que abrazaba el cuerpo de Martín,
y sumergida en esa ensoñación amorosa, giró y giró
hasta perderse en vuelos; se veía llena de juventud y
dicha, hundida en el perfumado pecho de un Martín
treintañero enamorado; cantando y riendo mientras
él, embelesado, besaba su risa; en ese estado, su
cuerpo fue percibiendo el calor ardiente de fogata
encendida. No supo en qué momento empezó a
caminar descalza sobre unas llamaradas que ya no
le quemaban... Su cuerpo era ligero... Un fuego
espeso, tibio y líquido la fue bañando poco a poco
hasta diluirla... Después quedó flotando sobre la
nada blanca.

Epifanio encontró el apagado cuerpo de Fiamma
dei Fiori bañado de luna sobre un charco de sangre.
Desesperado, y sin entender nada, puso su oído de
mulato ingenuo en el ensangrentado pecho de aquella
mujer a la que había amado más que a su propia madre, pero sólo escuchó los aullidos del viento.

EPÍLOGO

Las playas de Garmendia del Viento estaban inundadas de cometas de largas colas, que el viento hacía bailar en un ballet aéreo pausado y cadencioso.

Después de muchos años, volvían a soplar vientos tranquilos. La vieja ciudad había aguantado estoica diez largos y cansados años de inestabilidades meteorológicas.

Dos meses después de la trágica noticia, Martín Amador todavía se relamía la herida abierta. No podía asumir la muerte de Fiamma dei Fiori. Solía pasar las tardes con la mirada perdida en el horizonte, garabateando poemas doloridos hasta que el sol se sumergía en el mar ahogándose de sal, borracho en rojos.

Recordaba con nitidez palabras pronunciadas por Fiamma en sus paseos. Observando la danza de las cometas en el cielo se acordó de lo que ella le había dicho una tarde. Que las cometas eran el alma de personas desaparecidas que se quedaban en el aire vivitas y coleando. Pensó que Fiamma seguiría viva mientras él la llevara en su corazón… y ahora sabía que eso sería para siempre. No dejaría morir su recuerdo.

Observaría las olas, para encontrar en ellas sus carcajadas blancas.

Se bañaría en los espumarajos del mar, para empaparse de su risa.

Buscaría, en alturas de algodones, elefantes, delfines, conejos y rostros, y cada vez que encontrara uno de ellos en el cielo celebraría con nubes su recuerdo.

Recogería de nuevo caracolas, pero no sería su mano huérfana quien levantara los nácares, sino una mano doble indivisible, la de los dos unidos por la sombra del tiempo.

Volvería a coleccionar las doce lunas llenas, y con ellas haría un fino collar para su cuello. Escucharía la lluvia, miraría las gaviotas, reseguiría el borde de las piedras para que éstas le hablaran en silencio. Buscaría en los tejados musgos florecidos de chiribitas. Escucharía sus sonatas favoritas de Beethoven y Mozart mientras bebía a su nombre margaritas. Ella estaría con él en sus sudores, trabajos y cansancios. En lo que le quedara de vida escribiría la historia de sus vidas tan perdidas.

Martín iba amasando recuerdos, repasando con sus pies sublimes momentos de su viejo pasado.

Llevaba cuatro sábados subiendo en las mañanas a los acantilados, donde tantas veces Fiamma se había recluido en soledades; recordó que, al principio, esos paseos los habían hecho juntos; descubrieron ese hermoso lugar una mañana, y ella, con su arrebatada alegría y su melena al viento, se había desnudado rogándole que se lanzaran al mar desnudos, pero su falso recato de seminarista le había frenado y Fiamma se había sentido avergonzada y fuera de lugar. Ahora entendía su júbilo espontáneo. Fiamma amaba vivir. Martín pensaba en las paradojas de la vida; aquello que tanto había amado en ella al conocerla, era lo que él más le había criticado tiempo después.

Estando sobre la gran roca donde Fiamma meditó tantas veces, Martín tomó la decisión de ir a la Calle de las Almas. Desde la tarde en que había hecho su maleta para irse a vivir con Estrella, de eso hacía más de diez años, no había vuelto a acercarse al piso que había sido su hogar. Tenía miedo de enfrentarse a su pasado, ahora, irremediable.

Esa misma mañana cruzó Garmendia del Viento cargando a cuestas la pesadez del miedo y la añoranza. Había adelgazado mucho y sus ojos tristes marcaban la huella de su pena. Derrotado y sin levantar los hombros, recorrió las murallas y se adentró en las viejas callejuelas. El suelo estaba dorado por las flores ocres de los lluviadeoros florecidos. Los graznidos de una gaviota le obligaron a levantar los ojos al cielo. Una luna despistada nadaba en el límpido azul del mediodía, pero Martín ya no encontraba en ella poesía. Se estaba secando por fuera y lo que era peor, por dentro.

Durante dos largas horas caminó hasta llegar al viejo portal de su casa, plantándose frente a ella, indefenso.

No sabía exactamente qué venía a buscar. Tal vez su alma se había quedado atrapada en aquellas paredes. Tal vez necesitaba empaparse de recuerdos para seguir viviendo. Le dolía cada día que amanecía.

Subió con pesadez las escaleras de hierro retorcido de la vieja casa, y al llegar al rellano del último piso se quedó lívido. Lo que vio le inundó de tristeza.

Las arañas habían tejido un vestido grisáceo, cubriendo la totalidad de la entrada de su casa con el traje impasible del abandono. Parecía que nadie hubiera subido hasta allí desde hacía siglos.

Todo estaba igual, pero muerto. Hasta lo inerte se moría, pensó Martín adolorido. Sólo observar la puerta le vino a la memoria el día en que la pintaron; el bello rostro sonrosado de Fiamma manchado de pintura. Era ella quien se había empeñado en darle aquel tono azul subido. Decía que esa era la portada al cielo. Nunca habían repasado la pintura, pues el color con los años se había ido diluyendo formando aguadas de olas fascinantes, que ellos habían dejado de ver cuando se dejaron invadir de desamores.

Con sus manos, Martín liberó la entrada de aquel pegajoso telarañado ceniciento. La puerta seguía siendo bella en su vejez abandonada. Extrajo su pañuelo del bolsillo y limpió con él la cerradura. Estaba llena de una arena compacta. No sabía cómo abrirla, pues aquella lejana tarde que había hecho su maleta para irse a vivir con Estrella había abandonado sobre la cama su vieja llave, que acompañaba la nota de abogados.

Antonio le había dicho que nadie había puesto los pies allí desde que Fiamma había partido a la India, por respeto a su memoria.

Con las fuerzas que a sus sesenta años le quedaban, Martín Amador dejó caer de golpe su cuerpo sobre la puerta, pero no pudo abrirla. Volvió a intentarlo, y a fuerza de golpes y golpes se encontró de pronto tendido en el suelo de su casa. Levantó los ojos y paralizado de pena contempló su viejo hogar. El cuadro era desolador. Todo estaba cubierto de cenizas. Los muebles parecían espectros fantasmales; las sábanas, con las que Fiamma les había protegido del forzado desuso, estaban enmohecidas, manchadas de años olvidados. La maleza había trepado por el balcón y se había filtrado por rendijas, aflojando bisagras y candados, atrapando esculturas y lámparas. El rosal azul era un zarzal reseco de espinas rotas. Todavía colgaban jirones de su hamaca. De toda la estancia emanaba un herrumbroso olor a sufrimiento. Era como si los objetos hubieran muerto llorando soledades; aquel lugar ahora era un cementerio de memorias. A Martín le costó incorporarse. Estaba entumecido de recuerdos. Intentó fijar la mirada en algún rincón, pero sus lágrimas le vendaron los ojos. Se quedó sentado en el suelo, rodeado de malezas y silencio. Los papeles con los que Fiamma había forrado los ventanales colgaban desprendidos, rendidos y acartonados ante tanto sol chupado. Los cuadros habían caído devorados por la hiedra hambrienta. Las fotos de los dos, rebozadas de polvo y arena, todavía se aguantaban de pie sobre las mesas.

Martín Amador no estaba preparado para afrontar tanta desolación. De todos los rincones brotaban episodios vividos. Carcajadas y llantos. Discusiones y silencios. Cantos y música. Acercamientos amorosos y distanciamientos repentinos. Aquellas paredes habían presenciado la rutina de sus días y noches y ahora, después de tantos años de mutismo, vomitaban con furia sobre él los ecos de su pasado.

No supo cuánto tiempo observó a través del prisma de sus lágrimas lo que le rodeaba. Fiamma no había tocado nada. Lo único que faltaba era aquel extraño cuadro de la camisa ensangrentada que ella se había empeñado en enmarcar. Había sido del funesto día en que había conocido a Estrella; imaginó el dolor que debió sentir su mujer al darse cuenta de su traición.

Se levantó despacio y fue directo a la mesa donde descansaba la foto de su boda. Le sacó como pudo los años de polvo hasta que aparecieron los rostros felices de los dos. Miraban a la cámara abiertos y confiados. Rebosantes de futuro por hacer, desbordando amor por los poros. La foto había sido tomada en la playa, con un mar de olas como telón de fondo. Vestían el traje de novios, con sus pies desnudos. Ella le había enseñado el placer de caminar descalzo sobre la arena mojada y abandonarse a las caricias de las olas. Ahora no podía vivir el mar de otra manera, ni la tierra, ni la hierba, ni el suelo. Sólo se calzaba para caminatas de ciudad.

Retiró la foto del marco y la acercó a su enjuto pecho, adentrándose por el pasillo hasta llegar a su habitación. Una enorme tela de araña cubría a modo de mosquitero la cama matrimonial. Martín abrió los armarios, y al hacerlo liberó una asombrosa nube blanquecina de polillas, que empezaron a revolotear enloquecidas, desprendiendo en sus aleteos un polvillo castaño nauseabundo. Las ropas estaban carcomidas por aquellas gruesas y repugnantes larvas.

Huyendo de aquello, Martín se refugió en las estrechas escaleras que conducían a la buhardilla, santuario sagrado de sus recuerdos; la puerta estaba abierta. Fiamma la había dejado así la tarde que había ido a cerrar su piso, huyendo del dolor que le había causado encontrar la caja de caracolas de Martín. Subió y despejó el acceso; las arañas habían tejido tules negros en todos los rincones. Se encontró abandonada en el suelo la vieja caja de madera que guardaba su amada colección. Una gruesa capa cenicienta la cubría. El cierre estaba levantado; recordaba perfectamente el último día que la había abierto; había sido para buscar la caracola que luego había hecho marcar con el poema para Estrella. Estaba convencido de haberla cerrado y guardado en el mueble junto al tragaluz. Nadie más que Fiamma había podido trasladarla hasta ahí. La recogió y al abrirla descubrió que la caja estaba inundada de agua y sus caracolas brillaban sumergidas en el líquido. Aquello no tenía sentido. Metió la mano y rescató del fondo la Spirata inmaculata con la que había acariciado el cuerpo de Fiamma la primera vez que habían hecho el amor. Resplandecía de belleza. Aquella novia del sur nunca había estado más bella. Probó aquella agua cristalina y le supo a mar; allí estaban guardadas todas las lágrimas que Fiamma había derramado el día de su partida. La caja contenía el dolor salado de su mujer, y ello había hecho brillar los nácares con una vitalidad esplendorosa, devolviéndoles la fresca lozanía del mar. Al abrir la caja se le abrieron en el alma de par en par los recuerdos. Recordó la primera conversación que había tenido con Fiamma aquella noche de lluvia y mar, cuando él, buscando un pretexto para acercársele, le había preguntado sin conocerla apenas a qué sabía la lluvia y ella le había contestado, después de saborcarla, que a lágrimas; entonces, a él le había parecido muy triste aquella respuesta y le había corregido con ternura diciéndole que la lluvia también tenía sabor a mar. Ahora entendía que el mar estaba hecho de infinitas lágrimas… era un llanto azul, oleado y silencioso.

Martín Amador cerró la caja, abrazándola a su cuerpo. Llevaba un solo pensamiento. Lanzaría al mar lo único que le quedaba de Fiamma: sus lágrimas… Para que se mezclaran con las olas. Para que nunca se secaran. Para que partieran y volvieran entre espumas y mareas. Para que fueran libres y acariciaran arenas. Para que en ellas nadaran ballenas y delfines. Para que bañaran rocas y proas de barco, niños y peces voladores. Para que humedecieran encuentros y despedidas. Para que fueran la inspiración de poetas y pintores. Para que tocaran el sol en los crepúsculos. Para que reflejaran la luna y los cometas. Para que arrullaran barcas y soledades. Para que azotaran de vida, acantilados… Para que se quedaran vivas para siempre.

De camino a la playa con su carga, Martín fue recogiendo todas las rosas negras que encontró en el camino; quería hacer un silencioso ritual de despedida.

Al llegar al mar, se sacó las sandalias y fue pisando la dorada arena teñida de atardecer. El crepúsculo había invadido de arrebolados rojos el infinito azul del cielo. El viento estaba quieto…

Volvía al lugar donde, treinta años atrás, había conocido a la que había sido su compañera de vida: Fiamma dei Fiori.

Allí estaba aparcada la vieja barca de pescadores. Todo parecía igual. El reloj sin agujas de la torre marcaba las horas infinitas del todo y de la nada. Martín se dejó volar, en aquel espacio sin tiempo que tiene la memoria de los recuerdos bellos, y volvió a paladear las cascadas de risas de su amada, las correrías de playas, sus menudos pies revolcados de arena... su agitado pecho desnudo esperando la embestida apasionada de su cuerpo... La fuerza suave... La violencia dulce... El amor entremezclando humedades... El amor...

Se acercó al mar, vestido de recuerdos, sosteniendo en sus manos la caja cubierta de pétalos negros; llena de lágrimas y caracolas. Las primeras olas le recibieron con caricias; siguió caminando hasta quedar inmerso en lágrimas saladas... Entonces, ofreció a las aguas el viejo cofre de madera. Una ola blanca vino, la arrebató de sus manos y se la llevó en su cresta. Martín se quedó con los ojos en la caja; durante algunos segundos la vio bailar, ir y venir, girar y revolcarse alegre, hasta cansarse y rendirse a los deseos del océano, dejándose beber, en un último acto de amor, hasta la última lágrima.

En aquel hermoso torbellino, sólo los pétalos negros quedaron sin ahogarse.

Había devuelto al mar lo que del mar era.

Se quedó así, envuelto en la tibieza de las aguas, sintiendo el mar. Miró al cielo, y en los rojos naranjas de las nubes adivinó un cuerpo de mujer alcanzando con su mano la azulada luna llena...

Empapado, con su camisa blanca y sus viejos vaqueros remangados, se sentó junto a la barca a sentirse por dentro... Estaba lleno de amor.

Cerró los ojos y durante horas permaneció besando silencios.

Un soplo de viento suave acarició sus mejillas regalándole las primeras gotas de lluvia. La sequía había terminado. Garmendia del Viento volvía a llorar lágrimas alegres.

Esta vez, el intenso olor de la lluvia, no llevaba perfume de humedades... Olía a azahares... Olía a Fiamma dei Fiori.

Con los ojos cerrados, Martín Amador se fue bebiendo a respiros lentos ese aroma. Temía que al abrirlos todo se perdiera. El perfume de azahares se había alborotado con la lluvia, inundando todo Garmendia de olor a novia joven. Cuando volvió a mirar, llovía a cántaros bajo el cielo estrellado. Las estrellas fugaces chorreaban estelas plateadas, marcando con surcos de diamantes los negros velos de la noche... La marea empezaba a subir... La playa estaba casi sola...

Empezó a caminar, repasando con sus pies las espumadas orillas.

A pocos metros, sentada en la arena, una mujer descalza, vestida de lino blanco, escuchaba envuelta en lluvias el ir y venir de las olas; respiraba feliz el fresco olor de naranjas recién exprimidas que el viento le traía. Con su rostro de cara al cielo se dejaba bañar por las estrellas... Sus rizos blancos, empapados de lluvia, goteaban lágrimas de nubes.

Martín Amador la reconoció. No podía ser más que ella. Estaba bella en su madurez serena. Una embriaguez de amor le inundó como nunca en la vida... Era un amor distinto... Una ternura infinita le sobrecogió el alma. No pudo hablarle… Las palabras se le habían ido todas en poemas… Se sentó a su lado y en silencio la fue respirando al ritmo de las olas… El viento les unía en un anillo perfumado. Volvieron a mirarse con mirada de olas… En un ir y venir de ojos vividos y sufridos… En un silencio lleno, donde el amor y el perdón nadaban solos en un ballet perfecto de armonía. Donde el mañana era tarde, y el ayer temprano. Donde el presente les resplandecía.

Una ola, suave como un beso, les lamió los pies, dejando en su partida una vieja y oxidada llave, que hacía diez años navegaba perdida.

AGRADECIMIENTOS

A Joaquín, mi compañero de vida y caminos. A mi hija María, por bañar mis días de frescas alegrías. A mi hija Ángela, por bendecir con sus lágrimas mi libro. A Cili, por leerme a distancia a cuentagotas y pedirme más páginas. A Patri, que me contagió el goce de leer. A Richard, que me abrió caminos sabios. A mis hermanos, por mantenernos unidos en las carcajadas y el llanto… y a Maika, por aguantar mis lecturas de los viernes.

Nerea, gracias por tus luces.